万里长城万里长

2020年军旅小说十家

朱向前 徐艺嘉 编

★ ★ ★ ★ ★ ★ ★ ★ ★ ★

山西出版传媒集团 北岳文艺出版社
BEIYUE LITERATURE & ART PUBLISHING HOUSE
·太原·

图书在版编目（CIP）数据

万里长城万里长：2020年军旅小说十家 / 朱向前编；徐艺嘉编. — 太原：北岳文艺出版社，2021.6

ISBN 978-7-5378-6401-5

Ⅰ. ①万… Ⅱ. ①朱… ②徐… Ⅲ. ①小说集－中国－当代 Ⅳ. ①I247

中国版本图书馆CIP数据核字(2021)第081845号

万里长城万里长

2020年军旅小说十家

朱向前　徐艺嘉 / 编

选题策划
刘文飞

责任编辑
刘文飞

书籍设计
张永文

印装监制
郭　勇

出版发行：山西出版传媒集团·北岳文艺出版社
地址：山西省太原市并州南路57号　邮编：030012
电话：0351-5628696（发行部）　0351-5628688（总编室）
传真：0351-5628680
经销商：新华书店
印刷装订：山西人民印刷有限责任公司

开本：787mm×1092mm　1/32
字数：292千字
印张：11.625
版次：2021年6月第1版
印次：2021年6月山西第1次印刷
书号：ISBN 978-7-5378-6401-5
定价：68.00元

目录

万里长城万里长

徐怀中

原名怀忠，河北邯郸人，作家。

1945年参加八路军。次年加入中国共产党。曾任晋冀鲁豫军区政治部文工团团员、第二野战军政治部文工团美术组组长。

其作品《底色》荣获第六届鲁迅文学奖报告文学奖，《牵风记》获得第十届茅盾文学奖。

长篇小说《我们播种爱情》入选“新中国70年70部长篇小说典藏”。

一

据研究报告，我们国家每年新增“植物人”（vegetative being）病例十万个，太可怕了！虽不属于军事医学，人民解放军第九军医大学还是特地组建了一个研究中心，主攻颅脑创伤神经功能损害修复及临床治疗。累计已经有近五十名“植物人”得到成功救治，恢复了正常人生活。

最新治愈的是81床。对不起！住院期间你无名无姓，一概被称为多少床多少床。纯粹为了医护工作上的方便，丝毫没有不敬的意思。更何况此人是当年鄂豫皖苏区时期的一名小司号员。要知道，由工农红军改编为国民革命军第八路军，又到成为中国人民解放军，每个连队始终仅配一名司号员。而今数百万将士之中，当过连队号兵并且依然健在的，独独只有81床了。当然，他只不过是以植物状态，将自己的正常呼吸及正常脉搏延续了下来而已。可是你不能不承认，至今他“依然健在”。

小号兵是得天独厚，凭借一把黄铜军号，顺理成章步入了云端之上的音乐殿堂，好像这一方境地原本就归属于他似的。他有一个独特之处，拨号音可以拨到最细微最细微的地步。一茬又一茬号兵集训下来,从没有谁能吹得出如此柔和如此弱化的号音,降低到一定音阶，别人的军号早失声了。小号兵吃的苦也是最多的一个，大别山风雪弥漫的拂晓时分，他照常爬起来，到山岭上练习拨音。触到号嘴，便被撕下一片嘴皮，血丝随着号音从喇叭口飘飘忽忽飞扬出去……

一次，连队骑兵通信员执行任务回到驻地来。连队紧急转移了，转移到哪里去了，路程多远，不得而知。骑兵通信员急得要命，忽然听到了本连司号员的号音，他循着号音策马向前，果然找到了连队。看见司号员正练习一支小曲，粗粗估算一下，相距至少在十公里以上。从此，人们神奇地发现，愈是远远拉开距离，他的号音你才能听得更加清晰、更加真切。多年以后，他已经成为一位优秀的高级军事指挥员，而在人们心目中，他的丰功伟业可忽略不计，只是传颂着他一把军号的妙音绝唱。

二

81床昏迷将近二十年，竟然还能苏醒过来，重要的一条，是家属（军队内部特指妻子）照料特别给力。81床夫人堪称家属模范，若论相貌，那更没有话说。病区一道光鲜亮丽的风景线，不是那些年轻漂亮的白衣天使，而是已过花甲之年的这位首长夫人。一般女性，身体曲线稍显欠缺，不会选择穿旗袍的。81床家属有几件丝绸旗袍，替换着穿。老红军家属就只能是童养媳吗？只能是“改组派（放足）”吗？我偏要穿戴起来从你们眼前走过去，敢不敢看是你们的事。女同胞们甘拜下风，不吝种种夸赞之词。男士方面，不曾听到对81床阿姨发表什么公开议论，至于私下里如何动心思冒傻气儿，只有他们自己清楚，不便彼此交流，以为共勉。

音乐学院指挥系一位副教授，就是这些冒傻气儿的其中之一。他出车祸受伤昏迷，在“九医大”住院不足半年，便苏醒过来了。青年才俊，事业有成，车子房子更不是问题，俘获一位歌星或是模特十拿九稳。本来第二天就急着要回家的，偶然在走廊见着了81床家属阿姨一面，立即改口了，决定延后出院，好巩固一下病情。当然，副教授不可能有他进一步的攻略意图，只不过是多磨蹭几天。每天早、中、晚三顿饭，便有三次可以在楼道里看见 81 床家属，推着一个带滑轮的小桌去餐厅打饭。

三

“九医大”研究中心根据神经再逼原理，在综合治疗的基础上，采取独特的中、西药及高压氧等方法，对各种类型“植物人”进行催醒治疗。陪床亲属给予全力配合，至少不亚于药物治疗。照说事情很简单，无非是还原患者昏迷前的身边环境，唤回他的记忆。但是时间太久太久，也有个别亲属承受不了，因此而采取决绝态度，终于酿成了惨痛的家庭悲剧。

81 床家属恰恰相反，从不把在病房陪住当作多么沉重的负担。这等于给她一个机会，让她尽心尽力，以满负荷工作量来服侍病人。只有如此，才算是两下里找齐了，才有可能对自己与丈夫之间存在的实际差距多少起到一点补救作用，才能够让她心安理得。

“植物人”处于不可逆昏迷，已无意识、知觉、思维等人类高级神经活动。但脑干仍具有一定功能，对外界刺激也还可以产生一些本能的反射。81 床家属在病房里挂起了大幅的全家福照片，希望病人能感受到一缕家庭的温馨。又在阳台上摆放了绿萝、文竹、火鹤、巴西龙骨，使空气含氧量充足。她每天给老头子洗头洗澡，连包皮也要认真冲洗，从不漏过。洗完了脚，忘不了张口咬咬丈夫的大脚趾，以刺激他的神经。医生讲不妨垫上毛巾，更卫生些。她说，不是直接用自己牙齿不好把握，轻了不起作用，重了怕病人会痛。

最重要的一种方式，莫过于听觉刺激。特别是运用歌声，疗效上佳，这是为古今中外众多病例所证实了的。少则几个月，多则十年二十年，在自己亲人歌声的召唤之下，重新在这个世界靠岸了。81 床家属是部队大院里小有名气的业余歌手，无论美声，还是民歌唱法、通俗歌曲，张口就来。她最喜欢为丈夫演唱的一首歌，是当年鄂豫皖苏区普遍流传的《调兵歌》：

姐在房中闷沉沉，忽听门外要调兵，不知调哪营调哪营！
南军北军都不调，单调黄麻赤卫军，打仗有本领有本领……

主治医生指导她说，不能逮住一首歌唱，重复太多，等于在做催眠术，大脑会自然关闭规则声音的。这有何难，她会两百多首歌，一首一首排着顺序唱下来，算是一个周期，不带重复的。唱了毛阿敏的《思念》《渴望》，接着是幺红的《图兰朵》《蝴蝶夫人》，再下来是成方圆的《游子吟》、王秀芬的《渔光曲》、张暴默的《鼓浪屿》、杭天琪的《黄土高坡》、迪里拜尔的《一杯美酒》。也还演唱了邓丽君的《在水一方》，嗓音虽够不上那样甜美圆润，也还颇有几分邓丽君小姐的余韵。

有好心人提醒她说，前不久音乐界还在批判靡靡之音。中国歌外国歌，可着嗓子唱你的去，干吗偏偏要招惹她的这一首？

81 床家属嬉笑着说：“我给家人治病，管得着吗？”

四

虽然是在病房里，不可放声高歌，只能是低声吟唱，她还是经常口干唇焦，喉咙出血。医生说可以适当调剂一下，唱不动了，就对患者讲些他平时喜欢谈论的话题，会有一定作用的。爱打麻将的人，一边为他演唱歌曲，一边夹杂一些牌局上的专有用语。老爷子是一个超级麻将迷，只要一上桌，别提多么认真了，为一张牌和小孙孙争得脸红脖子粗。从此，夫人常常在老爷子面前念叨起麻将经：三缺一，就等你了；平和断幺门前清，实打实的三番牌；老少副，一般高，缺一门，碰碰和；清一色一条龙，杠上开花……

老爷子心目中极为高超极富于理想化的一手好牌，即是“杠上开花”。麻将是三张为一副，一副牌是三张同花色顺序相连接的，也可以三张相同的牌，叫作“刻子”。如果你手上有了一刻，三个五筒，又起到一个五筒，即有权起回牌墙最末尾的一张，这叫作“开杠”。如果你的牌“听”了，等待开“和”的恰恰就是杠上起得的这一张，便叫作“杠上开花”，通吃，你赢大发了！

今天，81 床家属决定换一首不常唱的歌，给老头子增添一点新鲜感。她一边给首长剪指甲，一边唱起了传统民歌《孟姜女哭长城》，一边扭头看看他。天哪！老头子的眼皮在微微闪动。她怕是自己看走眼了，屏住了呼吸，凝视患者。只见他深陷的双眼慢慢慢慢地张开，忽然像是咣啷一下，两扇窗户被推开来。

红四方面军小号兵，以他昏花浑浊的目光，上下左右扫视这个老年妇女陌生的面孔。女人见他干裂的嘴唇反复地轻轻抖动，分明在口出什么言语，却未能发出声音。老妻终于“听”懂了，丈夫是在竭尽全力呼唤着她的名字。不！不是建制部队实力统计表册上所填写的一名女军人的正式名姓，而是在呼唤着与他同生共死、形影不离的这个农家女的乳名！

女人哇的一声扑在丈夫胸脯上痛哭不止，好一场号啕大哭，又不时发出狂欢的笑声，听上去好怕人的。日复一日，年复一年，苦苦煎熬二十多个春秋，终于有了今天。不知为什么，她忽地产生了一种莫名的恐惧感，担心冷不丁一下，老头子再一次跌下万丈深渊。医护人员也正在午休，她急着要喊医生来，用力按住了紧急呼救的电钮。

听到电铃哇哇地响个不停，医护人员跑步赶来，一个个像是被施了魔咒，愣怔在那里动不了。他们好久弄不明白，以为出现了怎样的严重意外。原来是喜从天降，“九医大”神经医学研究中心又增添了一名“植物人”治愈病例。大家彼此击掌相庆，病区一片欢腾。

后面赶来的，还在焦急探问：“出什么事了？出什么事了？”

前面人回答说：“81床‘杠上开花’了！”

五

神经医学研究中心的专业人员，谁都想第一个赶来探访81床，获得第一手资料。他们急于了解，是什么声音最先触动了患者，让他萌生了回返之意的？他听到的声音是从上、下、左、右什么方向传来的？音量很大或者是很小？是单纯的一个声音，还是伴随有别的声响？听到声音，他的第一个反应是什么？等等。一概被院领导挡驾了，必须给患者一段时间静养，百分之百恢复神志。

其实，即使允许随时探访，他们也未见得会有多少具体收获。从不可逆昏迷状态唤醒了病人的那个声音是哪里来的，经过了怎样漫长曲折的过程，终于抵达他的耳边？牵涉到人的生命体与“植物”之间彼此关联而又相互排斥的复杂命题。就患者而言，他只能回答说他听到了什么、没有听到什么，事情从始至终、一切经历过程不必去问患者本人，他找不到北。

老太太凭借她近水楼台之利，第一个向患者发出提问：“你最先听到的，是我的歌，还是我跟你说什么话？”

“好像是唱歌。”

“哪一首歌？”

老人向夫人点点头："正月里来是新春！"

"正月里来是新春"，这是《孟姜女哭长城》的第一句歌词。女歌唱家颇有些失落感。她的演唱曲目数三十首、五十首出去，也还未见得能数到这一首老歌。在丈夫床前演唱不知多少歌曲，这一首从来没有排上。纯属偶然，不知怎么忽然想起了，就心不在焉地为老爷子哼唱了一遍。偏偏就是这一下，创造了二十年植物状态下被唤醒的一个医学新纪录。而担任这次历史性重大演唱任务的，正是81床首长的老妻，并不是随便什么人所能取代的。她闭起眼睛，安安静静地站立在那里很久很久，享受着她最大的自我满足感。随即情不自禁地以手指敲击着节奏，轻声吟唱起了《孟姜女哭长城》。

红四方面军老司号兵在静听妻子吟唱，禁不住也跟了上来。一对夕阳情侣在联袂献演，愈唱愈是情深意切，愈唱愈是醉意洋洋。

六

人们应该记得音乐学院指挥系那位年轻副教授，转眼之间，他治愈出院已经有几年了。得悉81床苏醒过来，立即前来探视他所崇敬的这位老红军病友。传闻是老伴儿用一首《孟姜女哭长城》唤回了老爷子，他特地带了录音机来，要阿姨重唱一遍，录下来留作纪念。进了病房，正赶上老夫妻两个一同在吟唱。他不向两位老人招呼，先悄悄打开手提录音机录着音，然后轻声加入了吟唱，似乎他原本就是特地赶来参加友情演出的。

81床老人面部依然有些呆滞，喉咙沙哑，发音不畅。他全神贯注于吟唱的笨拙样子，让副教授深为感动。给他的感觉是，这位老军人乐感超强，声音表现力特别丰富。不仅成功把握了乐曲独特的节奏，跟随乐曲的层次变化，情绪表达也十分到位。似闻一个妇人呜咽哭泣，起而又息，止而又续。乐曲不似古琴曲《高山流水》那样富于描绘性，也不像二胡名曲《二泉映月》带有显著的叙述特点，《孟姜女哭长城》彻头彻尾是宣泄性的。通常歌曲会来一个大团圆，让人得到情感的缓和与慰藉。这首曲子与众不同，直至曲终，依然悲悲切切，怨愤欲绝。81 床歌手不是凭借他的嗓音，而是发自心底的情感投入，倾其所有，一览无余，恰恰适应了歌曲的内在要求。其中一些装饰性唱法，渗透了民间歌手们非自觉性的美学意识，须极高的技巧，不是一般人谁都可以尝试的。副教授得出的结论是，只有这位老红军司号兵，才能将旋律中属于魂魄的精华部分渲染得淋漓尽致。仿佛老人自身不复存在，早已成为一条小溪，以它的全部流量注入了大江大河，一泻千里奔腾而去。爱乐乐团首席指挥一语不发，规规矩矩向 81 床行了一个三鞠躬礼。

夫人偶尔回头望望，看见老爷子眼窝中含有两颗晶莹的泪珠，从干枯多皱的面颊上滚下，如漫过一面坚硬粗粝的岩壁，滴落在土地上。他们已经度过了“金婚”，妻子从来不曾看见过男人这样动情落泪。当即以她丰润的红唇，久久地热吻尚未完全脱离了植物化的红四军司号兵，热吻这个世界上她唯一最亲爱的人。

副教授以及在场的医护人员，意欲脱离这个“是非之地”，来不及了。大家干脆热烈鼓掌助兴，如同在观看一场拔河比赛，有节奏地一起呼喊：

“加油！加油！加油！”

七

大家欢欢喜喜闹哄了好一阵，终于安静了下来，音乐学院副教授这才向老夫妻俩表示衷心祝贺。81 床呆坐在那里，没有任何反应，难讲他是否意识到了有人前来探视。副教授自管热情地拉着患者的手，致以他作为一个晚辈的敬意与慰问。中国工农红军唯一的一名小司号兵，告别我们二十年不肯就去，终于为一缕歌声牵引，欣然踏上了返程。这一则新闻发布出去，该有多少相识不相识的人，会送来他们对81床老人发自内心的祝福。

讲起《孟姜女哭长城》，副教授如数家珍："这首歌传说起源于江苏松江孟家庄，流传到北方大地，发生了变异。曲调基础是依据辽南鼓乐改编为双管独奏曲《江河水》，又叫作《十二月花名》。六十年代初，湖北艺术剧院移植为二胡独奏曲，演出一直是采用原名加唱词。"

81床家属说："啊哟！教授不讲我们哪里知道，原来这首老歌很有根底的。"

"不妨说，这首歌也同样与我有缘，由我执棒学院爱乐交响乐团对外公演，至今有三十几场了。中国艺术团去美国参加汇演，由世界著名指挥家小征泽尔指挥，波士顿交响乐团演奏，大大提高了国际影响……"高谈阔论中，副教授恍然有所醒悟，不禁呼喊起来，"不对！不对！老首长这歌儿唱得有问题！问题大了去啦！"

夫人有些不悦了："教授！你怎么说话呢？一首老歌儿，充其量少唱一句多唱一句，有什么对不对的问题？别吓唬老百姓了！"

"不不不！不是讲唱得有问题，请不要误会！从老首长的歌声，我似乎发现了什么，我自己没有把握，不敢乱放炮。事情弄错了，等于是拿二老来制造假新闻，那可就是罪过了。"

首长夫人嘴一撇说："有话当面讲明，何必那么神经兮兮的。"

"不不不！我得回去好好听听录音再说话。好了！二位，我们明天见！”副教授提了录音机，兴冲冲地去了。

八

第二天一早，医生查房刚刚结束，副教授如期而至。省去了探视寒暄的一切话语，他直奔主题：“昨晚一夜无眠，录音带听了又听，直到现在，脑子还处于高度兴奋状态。一时真不知该从哪里张口，才好把头绪理清，让二老听得明白。我想，我们可以采取记者采访的方式，由我提问，阿姨您答记者问，您看怎么样？”

“随你！我接受记者采访也不是一回两回了。”

“那好！请问您是不是认为,首长是听您唱《孟姜女哭长城》，一下就苏醒过来了？”

“当然！这还消问吗？这一点必须首先要肯定下来！”

“没有问题，这一点可以肯定下来。根据您自己讲，这一首歌您以前从来没有唱给首长听过，是这样的吗？”

“是！”

“等于说您确认，除去苏醒之前听到您给他演唱的这一遍，他不可能还曾听到过别人的任何一个版本，是这样的吗？”

“是！”

“也就是说，首长和您唱的完全一个样，不可能有任何一点差别，是这样的吗？”

“是！”

副教授严正指出：“问题就出在这里。我听首长和您唱的，曲子基本上就是那样，唱词明显是有区别的。”

81 床家属嬉笑着说：“老头子平时不唱歌，什么时候高兴了，放开嗓子自由发挥一下，没有什么好奇怪的！”

“首长音准好，节奏感强，演唱也很开窍的。不过，我不会听走了样，他的唱词绝对不会是自由发挥。”

81床家属更加警惕起来：“我再重复一遍，首长是听到我唱《孟姜女哭长城》苏醒过来的，其外杂七杂八拉扯什么我不想听！”

“阿姨！既然首长是听着您的歌声苏醒的，那不就是说，植物化状态下，人的听觉是始终开启的，他同样能够听得到别人的歌声。至于要在怎样的主客观条件下，才有可能促使他做出反应，以至于重返正常状态，那是另外一个问题。”

81床家属嘲讽说：“照你这个逻辑，植物化二十年来，他听到别人的歌，那简直海了去啦！是吗？”

“也未可知，我不能肯定，可也找不出否定的理由。”

81床家属据理力争：“我们彼此看着对方张嘴在唱，再清楚不过，一个字也不带错的！”

副教授耐心地说：“十二段词，老长老长的，就算个别字句唱得不完全统一也在所难免。我这里要指出的，不是字句上有什么具体差别，而是发声的问题。”

“哦！我洗耳恭听，倒要看你怎么在鸡蛋里挑出骨头来。”

“这里牵涉到古代汉语的问题，我听过几次讲座，多少懂得那么一点点。这里也用不上许多专业词汇，只要阿姨您明白，古汉语分为四声，就不难理解问题的关键所在。”

“平、上、去、入，这个谁不知道！”

“好！我们单说入声。现代汉语的普通话里，入声字已经完全缺失，在后世各自分化到其他三声里，或是分化为现代汉语的四声，只在一些方言中有保存。问题就出在这里，首长跟阿姨您不同，老人家还完整保存了唱词中所有的古汉语入声字。”

“老头子南腔北调，他又是哼哼着在唱，你怎么可能一个字一个字给他挑剔出来？”

“古汉语声调分为四类，表示音节高低变化。入声字用古音，也就是‘平水韵’来读，又短又快，短促收藏，很容易分辨。”

81床家属不屑地说：“我不相信！”

副教授毫不掩饰他的傲然自得：“我这个爱乐乐团首席指挥不是吃干饭的。上百件乐器在演奏,哪个演奏员错漏了一个音符，我的指挥棒一下就指戳到他的脑门心上去了！”

“再讲一遍，我不相信！”

副教授打开录音机说：“阿姨先不要把话讲得那么死。我们来放录音，当场验听，正式做一个订正。凡是首长唱到一个古音入声字，我手点一下，您注意听好了！”

“不忙不忙，以后有时间再听不迟！”81床家属力阻副教授继续“采访”下去，她打哈哈说，“让一位大教授一个字一个字来圈点，太烦人了。秦始皇不知道让你这样大费周折，知道的话，他会改变决定，万里长城不修了！”

副教授恳切要求说：“我们还是一起来听一下录音，果然不错的话，请首长点头认可才好，就算是由他本人做了一个鉴定。阿姨！请务必配合一下，请务必配合一下！”

81床家属连连摆手道：“他原籍山东临淄，流落到江南也已经是几辈人了。不是陕西人，不是甘肃人、宁夏人，什么秦始皇什么孟姜女，八竿子打不着的事！”她愈说愈是气不打一处来，拍打着枕头，下达了逐客令：“首长要睡觉了！”

副教授一脸苦笑，极力掩盖着他的慌乱与尴尬，不得不把求助的目光转向老红军病友，希望他能有所表示。老司号兵在那里闭目养神，始终面无表情，很难判断他是否听到了老妻与别人的一场激烈辩论。副教授只得提起他的录音机悻悻而去。

九

81床家属回复医院门卫电话，断然拒绝了音乐学院指挥系副教授再次探视。她刚放下电话，副教授人已经迈步进了病房，以负荆请罪的姿态，向首长夫人作揖说：“对不起！对不起！阿姨赶我走了，我厚着脸皮又跑来了。”

女主人笑吟吟地说：“看你这话说的，欢迎你这位大教授怕还来不及呢。”

副教授取出一份资料，交给81床家属：“阿姨！昨天您提到秦长城的事，一个简单明了的历史事件，我概念上很模糊，抱歉抱歉！我去图书馆查阅了资料，和人家秦始皇还真的扯不上。这里有一篇文章，请您过目一下。”

“有话请讲好了！”老太太把打印资料丢到一边去了。

副教授讲解说：“孟姜女的故事，最早见于公元前五百四十九年，秦长城尚未开始修建，而齐长城西段已经完成了。传说齐国勇士杞梁，随齐庄公攻打莒国战死，妻子千里寻夫，见到丈夫尸首向天痛哭，长城为之倾倒。可以坐实，孟姜女哭长城的歌，指的正是齐长城。”

“秦长城怎么样？齐长城又怎么样？”

“古代齐国的首都是现在山东临淄一带，正是首长的原籍老家。我希望以后有机会，能陪同老爷子和阿姨去临淄一带走走，从当地方言里，不知是不是还能听得到古汉语入声字。”

81床家属仰天大笑：“照你这意思，没准儿老头子还听到过孟姜女亲口唱的《十二月花名》哩！”

“也未可知，我不能肯定，可也找不出否定的理由。”

原是双方打嘴仗，老太太话赶话提到了首长原籍，反而为对方提供了有力的论据。她转念一想，这个人竟是如此痴迷的样子，不如就满足他的要求，免得他纠缠不休。老头子懵懵懂懂的，一大半还在梦里，管不了他的闲事。夫人态度立即和蔼了下来："教授！看你这样一而再再而三，不到黄河心不死！首长答应了，和你一齐听一下录音。来吧！我们开始！"

"啊哟阿姨，我怎么感谢您呢！我怎么感谢您呢！"

副教授打开了录音机，手脚麻利地操作了几个动作，播放开始。

《孟姜女哭长城》歌词采用"十二月体"，用时令花名作序引。除去四月和五月空白，入声字分布在其余十个月份里，每月各有一两个或两三个字。副教授坐在老太太旁边，以便将歌词中的古音入声字逐一给她指认清楚。夫人发话了，病员老红军服从命令听指挥，尽可能挺直了腰板，以一种足够"正式"的姿态，在静听自己的吟唱。

"正月里来是新春，家家户户点红灯，别家丈夫团团圆，孟姜女丈夫造长城。"

随着两位老人含糊不清的歌声，副教授伸出手指点一下正月里来的"月"字，又指点了下句中的一个"别"字。

"二月里来暖洋洋，双双燕子到南阳，新窝做得端端正，对对成双在华梁。"

上句中的"月"是重复字，不必再次指出，副教授只是点了下句中的一个"得"字。

81 床家属集中注意力，在辨别老头子的吟唱发声。果然，凡遇古音入声字，他发声又快又短促，即出即收，与其他歌词唱法明显有别。重复的字不计，总共有十五个古音入声字，她全都听出了。以老头子的拙口笨舌，让他对照口型来模仿，怕也学不来的，他怎么能发出这样一种奇异的声音呢？夫人听“傻”了，百思不得其解。

现在就看红军小号兵的态度了，万事俱备只欠东风。如果首长摇头了，本人不认可，所有问题都落实不下来，从此免开尊口。一旦首长点头认可，一切的一切都齐了，怎么讲怎么有理！

副教授十分紧张，目不转睛地关注老人的反应。81床如同一台老式留声机，一张唱片播放完毕，便停止了转动。没有谁用把手重新上满了发条，留声机便永远在那里纹丝不动，不会再发出任何一点微小声音的。好一阵儿，只见老人努力地抬起右手，食指缓缓指向音乐学院副教授说：“你打的是一手‘十三不靠’！”

“十三不靠”是麻将用语。按规则要求，包括两张麻将牌在内，十四张牌之间，每一张与上下牌的数字不得靠拢，并且必须间隔两个空位以上，比如一条、四条、七条。说到“十三不靠”，听上去不是那么悦耳，牌型也不那么好看。但同样赢的是大满贯，足斤足两。不过概率极小极小，若无天助，只不过南柯一梦而已。但是麻将牌的魅力也正在于此，有人宁肯落得去跳楼，也要把他这一手大牌玩下去。

老红军病友给出的结论，让副教授欣喜若狂，他双手抱拳：“多谢老首长！多谢老首长！”

夫人大笑说：“你多谢谁呢？老头子言语不留余地，讲你太不靠谱了。得！到此为止，什么孟姜女长孟姜女短的，以后就别再操这份心了。”

副教授心有不甘，希望把采访继续下去。夫人已经替他收好了录音机，递在他的手上，就差没有强行把他推出门去了。来访者不得不走人了，刚刚转过身去，就听砰的一声，病房的门关上了。

篝火边的曾扩红

朱秀海

河南鹿邑人，满族，当代作家、编剧。

1972年入伍，先后在武汉军区、第二炮兵和海军服役。两次参加边境作战。曾任海军政治部文艺创作室主任，荣立二等功两次、三等功两次、海军通令嘉奖一次。

中国作家协会第八、九届全国委员会委员。

曾获第二届全国优秀报告文学奖，第一、五、九、十一届中国人民解放军文艺奖，“八五”期间全国优秀长篇小说奖，第八、十届中宣部“五个一”工程奖，第三届电视剧风云盛典最佳编剧奖，中国电视艺术五十周年全国优秀电视剧编剧奖，冯牧文学奖等。《音乐会》入选“百部抗战经典图书”，《乔家大院》第二部入选“2017年中国好书”。

公元2000年的夏天溽热蒸腾，院子里玫瑰花苞夜里绽开早晨萎谢，黎明时生发的林叶不到中午就枯干坠落，被热晕的鸟直接从巢穴里掉落下来。就是这样的一个中午，已在长城脚下某干休所居住了二十六年的老红军战士曾扩红家的空调偏巧坏了，在等待修理工赶过来时，她意外地收到了一封没有寄信人地址和姓名的神秘邮件。邮件沉甸甸的，里面有一封手写的来信。曾扩红老红军手持一柄老旧的放大镜加上一副新配的老花镜一一辨认过去，这些字迹才显出了它们本来的面目，笨拙和潦草的字迹让她觉察到写信人是在某种冲动和慌乱的情绪下匆忙完成的，并没有经过深思熟虑。结尾署名“一个关心您光荣历史的晚辈”，而日期则是两个月前的某一天。

然后就是那本一看就知道不是正式出版物的书。纯白色封面上印着《篝火边的曾扩红》几个特大号黑体字，下面印着作者的名字曾小红。曾扩红老红军当时刚满七十九岁，同样出身于红四方面军的丈夫徐荣华比她年长十岁，六十五岁时从某大单位正军职岗位上退下来，带着同年从国务院某部幼儿园园长位置上离休的妻子住进这家干休所。徐荣华虽然已届八十九岁高龄，身板依旧硬朗，说话底气十足，走路遛弯不说健步如飞，但大体上还能独往独来，就连最近一次体检也只查出了右眼陈旧性白内障、老年性骨质疏松症等高寿老人几乎无法避免的毛病。

曾扩红老红军趁着丈夫饭后遛弯和修空调的师傅到来前的不长时光，一目十行地读完了那封信。一个名叫曾小红的女子，声称是一名也叫曾扩红的女红军的后代，几十年间一直在寻找当年逃离夫家参加红四方面军的母亲的下落。有一天，终于在一支已撤编的老部队归入国家档案馆的旧战史中发现了一些似是而非的线索，便以极大的热情和意志力顺着它们寻觅开去，又经过了多年的努力，终于从众多“知情人”那里断断续续地听到了母亲在四方面军第三次、也是最后一次过草地时就牺牲在松潘大草地里的消息。虽然没人知道这位也叫曾扩红的女红军牺牲的详细经过，但她的女儿却在顽强的寻觅中模糊地听到了一个故事，并将其写成了一本书稿，自费印刷几百册，分别寄给从中央到地方各级党史军史研究部门，以期引起人们对牺牲在长征途中的母亲的关注，使这位湮没无闻的英烈重新获得今人的尊敬和纪念。

至于将这样一本书寄给自己并写了那样一封信的人，曾扩红老红军相信一定对她的身世和革命经历有所了解。偶然得到了这样一本书，觉得它和她的革命经历大不相同，担心书的扩散会对曾扩红老红军的声誉造成不好的影响，又不想暴露自己的身份，于是就用匿名的方式将书直接寄给了她。丈夫遛弯回来，修空调的师傅也到了，曾扩红老红军已经藏好了那封信和那本书，不等师傅修好空调，就告诉丈夫老胃病又犯了，要去住院。丈夫一句多余的话也没说，马上打电话给干休所的领导。当天黄昏，她谢绝了丈夫留院陪同的想法，独自住进了军队医院的高干病房。

夜幕在曾扩红老人的感觉中虽然降临得太慢但还是落了下来，她关严了病房门并上了锁，开始了通宵达旦的阅读。书挺厚，曙光初现时她只看了三分之一，但一颗悬着的心却放下了。书里讲的是另一个和她无关的也叫曾扩红的红军女战士的故事。但故事本身还是引起了她的兴趣。民国十年也即公元 1921 年，一个出生于川北大山深处连名字也没有的女娃，因为家贫，年方八岁便被卖到县城一家米店做童养媳。丈夫只有两岁，婆家买她的原因就是让她像带弟弟一样把丈夫带大，而且公婆也早早对她的家人明言，等丈夫长大他们还是要娶门当户对人家的小姐做少奶奶的，到时候她只能做小。开米店的人家自然不缺米，但是这个没名字的童养媳直到十四岁从这个家里逃走都没有吃过一顿饱饭，每天既要带丈夫又要干几乎所有家务，天天到后半夜还不得歇息。婆婆脾气出名的乖戾，据说是因为她自己的婆婆当年曾用尽一切病态的手段虐待她，她当然也要有样学样在童养媳身上报仇雪恨。公公老不正经，居然在她十三岁时强暴了她，并让她有了身孕。婆婆发觉后自然不能再容她留在家里，逼她上吊、投河，还拿给她一把刀抹脖子。童养媳在三种死法中选择了上吊。婆婆不舍得给她用新买的粗麻绳，只扔给她一根捆扎米囤子的糟麻辫子，她把脖子套进绳圈，一脚蹬翻凳子，那麻辫子就断了。她把麻辫子打结再扔到房梁上，连试了三次，麻辫子断了三次，最后一次摔得太重，瞬间感到腹痛难忍，把一个不足月的女婴产下来，便在当天拂晓从米店的后门偷跑出去投了嘉陵江。老红军曾扩红看到这里，眼圈早就红了，她已经明白这个叫曾小红的作者就是童养媳生下的孩子，她不知怎么还是活下来了，并且活到了革命胜利、全国解放，活到了今天。她以一颗无比坚执的心寻觅母亲离家后的下落，直到含泪为母亲写下了这样一本足有五百页的大书。

再往下看就是作者从各种“知情人”口中听到的那个连她自己也认为“模糊不清、时常不能自圆其说”的故事了。十三岁的童养媳跳进嘉陵江时，天色还一片昏暗，她料定自己这一跳必死无疑，偏偏这时就有本城一个大户人家的小姐，带着一个叫小翠的长随丫头，趁着拂晓的昏暗和雾气越过江堤，登上了一条贩运下江洋杂货的大船。刚要解缆驶向下游，却发现有人跳了江。小姐一句话没说便纵身跃入江中，在小翠和一众船工的帮助下将投江者救上船去。大船一刻也没有耽搁便急急顺流而下，消失在城外的山水和浓雾之间。童养媳被救上来时已经“死”了，小姐和小翠用尽各种方法生生地将她从鬼门关上唤了回来。天亮后，她在船的中舱睁开了眼睛，发现船已离开大江，在一条通往川东的支流上行驶。小姐装束也变了，她和小翠两人全都换了一身灰布军装，八角帽子上缀着红布五角星，上衣领子也一左一右缀上了两片旗帜样的红布领章。此前，童养媳在米店里曾听人说过鄂豫皖“赤匪”大举入川的消息，也在每天送到店里的报纸上看见过红军的照片，模糊地猜出是什么人救了她。当晚她主动对小翠开了口，不但说出自己是谁、为什么投江，也从对方口中知道了小姐原来是县城官府通缉捉拿的女共产党——肖剑奇，在家做小姐时的名字叫肖令仪，是城内最大洋货商号瑞顺福老板的长女。有关小姐的事情，童养媳以前听说过，很小就去上海和北平念书，后来一直念到了西洋外国，再后来不知怎的就成了女共产党和这个县城最大的“赤匪”要犯。第二天早上，小姐来中舱看她，直接告诉她自己此次冒险潜回家乡是要打探当地白军的兵力和驻防情况，现在沿这条水路向东走，则是为了迎接来自鄂豫皖苏区的红军主力西上，在川北一带建立新根据地。小姐只用几句简单的话就让一天书没读过的童养媳明白了，革命和红军都是为了让天下受苦最深重的妇女翻身解放，不用再受任何人压迫。童养媳一边听一边认定普天下受苦最深重的女人就是自己呀，过去也求过菩萨，没用，现在才是她的救星来了。两天前跳江死了也就算了，可现在她又活了，小姐不但救了她的命，还用一团火一样炽烈明丽的光照彻了她的心，不管是为了让自己重新活一回，还是像小姐和小翠一样帮助天下像她一样受苦的女人翻身解放，她都迫不及待地要加入红军。

小姐问她的名字，她说没有，只知道娘家姓曾。小姐和小翠对视一眼，再把目光转向她说："就是为了这个我们才要革命，我这会儿就让你有个名字，你愿意吗？"童养媳趴在地下磕头不起说："我愿意，小姐您是我的恩人，从今天起小姐走到哪儿我就跟到哪儿，我生是您的人，死是您的鬼。"小姐说："错了，从今天起我们都是一样的红军战士，革命队伍里职务不同但人格平等，没有小姐和丫鬟，更没有老爷和下人，徐向前总指挥号令各军入川后大力扩红，你姓曾，就叫曾扩红吧。"小姐是她的恩人和革命引路人，短短几天的朝夕相处已经让她像男人爱女人一样爱上了小姐。穿着一身红军灰军装、剪短发、打绑腿的小姐在她眼中不但是天下最聪明最有学问的女人，还是世上最漂亮的女人。从这天起，这个可怜的童养媳不但接受了"曾扩红"这个名字，接受了革命和做一名女红军战士的命运，还接受了自己心中萌发的对小姐的几近生命极限的爱戴和崇拜，直到死亡，这种感情都不曾改变。

读到这里，曾扩红老红军已经必须吃一片降压药才能不让自己血压升高了。书中的主角不是自己，但这另一位名叫曾扩红的童养媳参加红军的经历几乎就是自己的经历，仅有的不同是夫家不是开米店而是开中药铺的，自己逃出夫家时也并没有被公公玷污生下孩子。她把书放下来，想到自己八岁被卖到通江县城中做童养媳挨打受气的遭遇，想到公公醉后动不动就拿她撒气，用大竹板子打她，连同那个因为一点小事儿就用针扎她的婆婆。当年从夫家逃出来跳江的原因是自己两岁的小男人偷吃了不干净的东西上吐下泻，眼看着活不成了，公公婆婆把她吊在房梁上打了三天，坚持要她承认看上了药铺里的一个小伙计，说她和这个听风就跑掉的野汉子合起伙来给她男人下了毒。公公叫来了人要将她沉江，婆婆却叫来了人牙子要把她卖到成都窑子里去。夜里她用牙咬断绳子跑到江边跳了下去，也是一位潜回通江县城搞情报的小姐带着一个扮成丫头的女战士救她上了一条大船，藏在船舱里偷偷过了卡子出城加入了红军。也是因为她没有名字，红军入川后大举扩红，小姐为她取了“曾扩红”这个名字。

老红军战士曾扩红静静地躺在病床上默默流泪，她又想到了当时她也像这书中的童养媳一样热烈地爱上了自己的救命恩人和革命引路人，甚至有了一种随时愿意替小姐——后来在外改称大姐——去死的心情。长征开始，扮成大姐长随丫头的女战士牺牲了，她接替前者做了大姐的警卫员和勤务兵，直到大姐牺牲的前一天，每一场恶战中她都有意识地冲在大姐前头，用自己的身体替大姐阻挡枪弹，夜夜守在宿营地帐篷窗后，警惕地防备着每一个在她看来对大姐居心不良的男人。他们对大姐、大姐对他们的热烈而奔放的感情让她嫉妒，但又无法阻止大姐和他们相见并发生爱情，她只能躲在帐篷外的黑暗中，一边让不满和恐惧啃啮着自己的心，一边注视着帐篷里发生的事情，随时准备用生命去保护自己的恩人不受伤害。大姐直到中了那致命的一枪前，一直都认为她关于那个男人的想法是一种疯狂，并笑话童养媳出身的女战士不懂得革命也是对爱情的解放，革命队伍中的男女在恋爱和婚姻方面既是严肃的，又是自由的，严肃的是革命立场，自由的是不仅男人可以选择自己爱上的女人，女人也可以自由地选择爱或者不爱，或者是先爱上然后又不爱了。在大姐中了那最后的一枪，一口口吐出血来时，说出了对她的最后托付：“把你知道的事情如实向组织上报告。”大姐还有更多的话，但是已经说不出来了。曾扩红却觉得自己明白了，那个男人一定在最后一次被大姐从帐篷里赶出来前，对大姐说了某些绝对不能容忍的话，而这些话一定和阴谋、危险、背叛相关。这已经涉及整个红军队伍的安危存亡，因为此人工作的单位正是将要三过草地的四方面军总部机关。

大姐牺牲在她的怀抱里，死不瞑目，却也没有仇恨，只有为信仰献身的骄傲——出身富家的女孩子也做了革命者，像男人一样做出了一番事业，夙愿得偿后的满足。直到生命的最后一刻，大姐关心的仍然不是自己的被杀而是红军的安危，曾扩红理解她最后的那个眼神：如果那个男人仅仅因为求爱不得而开了黑枪，他也是不再值得信任的，革命处于最黑暗的岁月，仅仅因为自己的个人欲望没有得到满足就对自己的同志开枪，他的心灵一定是扭曲、黑暗的。这种人往往会在革命到了最低潮时，以各种畸形的面目暴露自己的绝望与动摇的心。他们会为了感觉中的死亡抓紧生前的一切东西，包括马匹、衣物和女人，而一旦革命到了最后关头，这种人就极有可能背叛，投降到敌人那边去，给红军带来可怕的影响。夜暗如墨，子弹划出的暗红弹道在她和大姐周边飞过，硝烟混在冰凉的夜气中，她抱着大姐，在心中暗暗对自己的恩人、革命引路者和世界上最美丽的女人发誓：只要她不死，一定要为大姐报仇，为红军消除那个可怕的危险。

回忆和哭泣直到天亮时才止住，她的心重新安定下来。她已被书中另一个曾扩红的故事勾起了永藏心底的伤痛往事。接下来一整天，她都没有再碰那本书，午饭后甚至动了出院的念头，但随后又被自己止住了。昨天匆忙地要求住院，她已经隐约感觉到了丈夫的猜疑，今天再急吼吼地出院回家，她担心会引起他内心更多的不安。两人都到了风烛残年，任何容易引起心灵剧烈波动的事情最好都不要发生。

天黑后，她越是不想读那本书越是睡不着，连吃了两片阿普唑仑想让自己睡过去，却无济于事。草地上的篝火，篝火边的曾扩红，一个虚弱的女红军战士，告诉另一个曾扩红，小姐的故事，她的故事，临终庄严的托付……那个黄昏，大昴星早早出现在西天，主力早就走过去了，走过去的人老是说，后边还有收容队，会有人来把你们带出去的，但是无论是这一个还是那一个曾扩红，都知道她们有可能像许多的战友一样，只能留在这片大草地上了。没什么好遗憾的，即使这样死也比当年投嘉陵江死得值，因为有了名字，有了革命经历，会有活下来的人凭“曾扩红”这个名字记得她。唯一不能都死的理由就是大姐最后的托付。曾扩红告诉另一个曾扩红，一定要走出草地，将大姐的话传给四方面军总部某位首长。于是，另一个曾扩红就有了勇气，有了任务。她不能死，必须活着往前走，就算走不出去，也一定要把话捎出草地。这时，曾扩红老红军爬了起来，开灯，重新取出书来接着往下读。

书中的曾扩红被救后成了红四方面军总部妇女独立营（后来是独立团）的一名战士，自己也是；书中的曾扩红和她的恩人打的第一仗是四方面军主力开辟通（江）南（江）巴（中）的巴中之战，自己也是；书中那位小姐的贴身警卫在这场战斗中牺牲，另一位曾扩红立即接替了她，这个有点不同，自己是在四方面军突破嘉陵江开始长征的第一仗之后接替的前者。那一仗，大姐作为妇女独立营的副营长，奋不顾身，无比骁勇，率领突击连冒着枪林弹雨第一波攻击就登上巴中县的城头，身前是妇女独立营的战旗，硝烟四起，枪炮轰鸣，火光在她身前身后一丛丛升起又落下。大姐再也不是一位富商家的闺秀，她成了一位所向披靡的硝烟女神、战争女神和胜利女神，任何枪弹、炮火和大刀片都不能伤害到她。老红军曾扩红曾在一篇文章中回忆过自己的第一次战斗，她发觉书中的曾扩红对她的革命引路人战场形象的描述居然连措辞都没有变化。这以后发生的事就不让她吃惊了，为了创立和保卫川陕根据地，她和大姐参加的每一场战斗：反田颂尧三路围攻、决战空山坝、反川军六路围攻……书中的曾扩红和她的小姐同样都参加了。大姐在决战空山坝后由副营长成为营长，另一个曾扩红的小姐也是。1935 年 3 月 28 日，红四方面军主力突破嘉陵江踏上长征之路，和中央红军会师后又分道扬镳，二次过草地南下，她的大姐成了副团长，书中这位曾扩红的小姐也是；她的大姐牺牲在全军三过草地出发前的夜晚，书中曾扩红的小姐也是。最令她激动的时刻到了：这另一个曾扩红也在那个夜晚过后向组织报告说，她的恩人兼革命引路人的死与总部机关某个一直追求她的年轻男性有关。早在小姐对此人有所怀疑前，这名也叫曾扩红的女战士就看出此人居心不良，反对小姐和他接触并发生恋情。原因是这名年轻英俊和小姐一同在国外喝过洋墨水的男人，一天夜里闯进小姐的帐篷被赶出后，发现了藏在帐篷外持枪警戒的自己，马上带着醉意对她说出一大堆女孩子特别愿听的甜言蜜语，同时还说了许多小姐在莫斯科时的风流韵事和他对此的不屑。曾扩红是那么爱自己的小姐，不能容忍任何人说小姐的坏话，在黑暗中抬手就给了对方有力的一巴掌。也是在那个夜晚，一向不对小姐私事发言的她大胆破例，把事情如实告诉了小姐。没想到，小姐哈哈大笑，反而回头为那个男人辩解，承认他们在国外相识时，她确实有过自己的恋人。但那并不算什么，因为解放了的女性是自由的女性。爱情来了，女人就像是春天的植物，想开花就开花了。小姐还说男人如何多才多艺，文武兼备，像他这样出身巨富、懂几国外语又聪明能干的人，本可以到敌人那边享受高官厚禄，却选择了红军和革命，况且他有着和自己一样的革命经历，这都说明了他作为优秀男性的卓尔不群和革命者的高贵人品。至于这个晚上失态，小姐的解释是他近来心情不好（碍于保密原则，小姐没有讲这一时期发生在中央和张国焘的“第二中央”的矛盾和冲突），偶然买到了酒，喝多了。他的许多语言虽然是不对的，是对于革命前途的悲观估计，但也不过是人在心情低落时的牢骚罢了。最让曾扩红老红军目瞪口呆的是书中还记述了下面一个细节，当书中的曾扩红忍着内心的痛苦询问小姐对这个人是不是真有了爱情时，小姐立即就做出了令她心碎的回答：是的，眼下她不接受对方求爱的原因不是因为她不再爱他了，革命正处在低潮，他们这支就要三过草地的红军时刻都有全军覆没的危险，战斗和牺牲正在前面等待着每一个人，在这样的时刻，她和他公开恋爱并且像他要求的那样举行结婚仪式是不合适的。曾扩红用难以置信的目光看着面前这个自己无限崇拜的人，第一次觉得她没有那么高大和完美了，她像天下所有人一样有着难以避免的局限。

再后来那件事就发生了。第三次过草地的命令下达，天黑前，她被小姐派去临时给养站领二人的给养。那个一直被她怀疑和忌恨的男人又去了小姐的帐篷，领给养回来的她透过撩起的帐篷门看到小姐一边望着男人，一边拿枪顶着他额头说：“你如果不马上走，我就开枪。”这个男人和帐篷外的曾扩红都看出了这一刻小姐眼睛中的决绝，男人立即骂了一句什么，转身大步离去。独立团吹响军号集合，就要踏上征途，远处传来如雷的马蹄声，一股敌人赶来偷袭。匆忙之中，小姐奉命率领一个连回头反击，她率全连官兵迎着蜂拥而上的敌人发起了反冲锋，刚跑一步，第一枪还没有打出，一颗不知从何处飞来的子弹就从后心处击中了她。小姐向前倒下时，已经冲到她前面的曾扩红不顾一切回头扑上去抱起她，发疯地喊：“小姐、小姐你怎么了，你不能……”小姐在她怀里大口吐血，用骄傲的、满足的眼神望着她，说出最后一句话：“把你知道的关于XXX的事情和我的死报告给上级。”下面的话已经说不出来，小姐死不瞑目，嘴角上现出了一线带血的笑容。曾扩红回头望去，自己似乎在四处燃烧的黑暗夜色中，看到一个男人纵马驰来停了一下又驰走的身影。

这天夜里，曾扩红老红军还是没有看完这部书。仅仅读到小姐牺牲那一段，她的眼泪就止不住地涌流，无法再读下去。她将书放下，关了灯，任眼泪汪洋恣肆地流到了第二天黎明，这竟是她一生中第一次有机会为大姐的牺牲而畅快地痛哭一场。

一进入草地，她就向上级举报了那个男人。当时的总部保卫局非常重视，将那人抓走，一边随队行军，一边严厉审查。最后却还是放了回来，他成了挑夫队里的一名挑夫。接着四方面军和二方面军会师，三大主力红军会师，长征结束。他们被编入西路军西渡黄河，进入河西走廊作战，这个过程中她仍然在不停地举报，直到总部机关下来人通知她，举报没有旁证，组织上不能仅凭她的一面之词就认定一个同志是杀死另一名同志的凶手，更不能凭一个人的想象就认定此人革命意志动摇，有可能危害整个红军，但组织上仍会将她的举报存档，以备将来查出旁证时重新审理。进入河西走廊后，妇女独立团首战吴家山，坚守永昌城，与坚守高台的红五军将士并肩战斗，与攻上城头的敌人展开肉搏，三营女战士大部分牺牲，临泽一战，妇女团损失四百人，梨园口战斗中又有四十余人牺牲。后来，她们接受了掩护总部向石窝山转移的任务，勇敢完成阻击任务后，进入祁连山打游击，生死拼杀突围出来了两百人，却于牛毛山附近全数被捕，妇女独立团全军覆没。大姐牺牲后，被编入二营五连八班的曾扩红和几个女红军在祁连山打游击时和部队失散，与一群同样与大部队失散的男红军相遇。在坚持下去、集体自杀和嫁给这些男红军之间，通过举手表决，她们选择了后者。她和自己选的男人又经过了令自己也难以置信的逃亡过程，于一九三七年国共合作、抗日统一战线形成后，到了兰州八路军办事处，见到了自己人，她当即再次举报那个男人。办事处党的负责人让她手写出一份举报信报送延安。几年间，她在红军队伍里学了写字，有些字会写，不会写的就问别人，写下了一封正式的举报信并按下手印，信被送走前她被告知，要终生为这封信承担责任。

这个夜晚的痛哭直到天亮，连续两夜不眠加上这场痛哭让曾扩红老红军真的病了，头晕脑胀，发起了低烧。这下连院长都被惊动了，她被紧急转到了重症室，二十四小时受到特别监护。过去她偶染微恙时，丈夫总是每两天来医院看她一次，现在改为每天一次，来了就在病床前坐下，用他那直到老了仍旧炯炯有神的双目默默望着她，而当她回望时，这双目光就会若无其事地移开去。有好几次她都觉得他已经猜到了点儿什么，譬如她真正的病因，至少会觉得和过去每次都大有不同。她甚至想到他可能已经猜出了她的秘密心事，不过她一点儿也不害怕。丈夫像过去一样并没有开口表示他有过这方面的怀疑，也不问她的病情住院期间为何竟加重了，又让她觉得丈夫也许没有她想的那样多疑或者干脆就是故作沉着。他每天只在她的病床前坐上一会儿，有时一句话也不说，有时对她的病轻描淡写地取笑两句，然后就被她赶走，留下了一个高大倔强的背影。她的病情也在好转，进入重症室后第二天，她已经不发烧了。

回到普通病房后，她对自己说的第一句话就是不能再看那本书。刘湘的六路围攻、马步芳的骑兵、日本鬼子的“大扫荡”和国民党新六军的军官敢死队没有要了她的命，这本书说不定做得到。但她知道这是在欺骗自己。无论如何，即便是死，她仍会读完那本来历不明的书。

一旦再次拿起那本书读最后的三分之一，真正意外的时刻就到了。书中的曾扩红已经第三次踏进草地，却没有走出那片茫茫无际的沼泽。她的故事和七十九岁高龄躺在长城脚下高干病房里读这本书的另一个同名者的故事就在这里分了岔。书中的曾扩红离开牺牲的小姐，成了总部卫生部收容队的一名队员，负责在全军后尾收容掉队的伤病员，因为草地连续走了三次，连能吃的草都被前面走过的队伍反复搜寻吃掉了，全军最后尾的她们成了最缺少食物的人。但在她们身后已经没有另一支收容队了。一队女收容队员抬着一名伤病员走在沼泽里，转眼间一起陷进去，她们连同伤病员一起再也走不出草地了。这名也叫曾扩红的女战士身边原来还有几个人，但最后就只剩下她一个人了。病饿交加的她终于在一个大草甸子上躺倒了，她挣扎着燃起了一丛篝火，白天可以让后来者看到青烟，晚上可以看到火光。她的女儿在书中大半靠猜想，她的母亲已经知道自己不可能再走出草地了，但她必须将小姐最后的托付讲出来，托付给可能跟上来的另一名红军战士。她认为母亲的愿望实现了，甚至栩栩如生地用自己并不流畅的笔复原了当时的场景：另一名红军战士，她希望也是一名女战士,看到母亲燃起的篝火,走上了大草甸子,她一定也走不动了,只想死在这里。但是母亲将自己不能不说出的托付讲给了她，鼓励她坚持走下去，至少能将它告诉另一个可能走得出去的人。女战士因为母亲的托付，不能再和母亲一起死，只能继续前行。或者她走出了草地，直接将母亲的托付报告了上级，为红军免除了危险，也为母亲的恩人报了仇；或者她没有，却像母亲嘱咐的一样，将托付告诉了另一个她遇到的人，那个人走出了草地，完成了小姐和母亲的遗愿。无论如何，作为女儿的她都认为母亲即使在牺牲之际，仍然为红军的安危做出了最后的贡献，并且以一颗至死不变的赤诚之心报答了自己的恩人。

作者曾小红就在这里结束了对母亲的寻觅和记述，让她最为欣慰的是，母亲并不是一个人孤零零地牺牲在大草地里，直到走完人生之路，陪伴着母亲的都有她的信仰，那是她的小姐传递给她的，还有那一丛白天晚上一直在茫茫草地中燃烧的篝火，这一丛篝火不但让她的母亲也让今天的她感受到了最后的温暖，像一丛永远不灭的光照亮了母亲最后留在大草地中的身影。和数年前跳进嘉陵江求死不同，这时的母亲已经有了信仰之地作为自己的归宿，她知道牺牲是不可避免的，她的归处有小姐在前方等着和她相聚，在那里，她们会永远在一起，不会有哪个男人夺走她对小姐的不容分割的爱和敬仰。自从她在漫漫长途般的寻觅中知道了这样的一丛篝火，母亲的身影连同她的最后时刻就长久地映亮了整个世界，永远地温暖了她因丧母而长久孤独和凄伤的心。

三天后，老红军战士曾扩红出了医院，没有回家就去了相关的档案馆查询。发现牺牲在长征途中的名叫曾扩红的女红军战士共有一百三十二名，而赵钱孙李周吴郑王各种姓氏的扩红则有四千八百三十二名，死在抗日战争和解放战争中的名叫扩红的女红军战士仍有一百二十四名，活到新中国成立后的曾扩红有二十一名，前二十名已去世，剩下的一名就是自己。

另一个收获是，她还找到了自己当年在兰州给延安手写的那封举报信。在这个档案夹里，还有她在每个历史时期，写给组织的要求复查大姐牺牲真相的举报材料共二十一份。

这天回到干休所的家里已经很晚。她发现丈夫正在等她。

“怎么了？”她感觉到了一点异样，边换鞋边问他。

丈夫没有回答。她开灯，被丈夫关掉。两人隔着一缕从窗间射过来的皎洁月光面对面坐下来。

“我今天去医院拿到了结果，胃癌晚期，还能活三个月。这么老了还得这种病真是不可思议。”他平静地说。

曾扩红心痛了好一阵子，但也只是沉默。“为什么不早点告诉我？”她最后说。

他不回答，却望着她。两人就这样一直坐着，像没有任何人坐在这昏暗的房间里，这里只有一缕月光存在。

“你不想对我说点什么吗？”她再次打破沉寂。

“我听说你今天又一次举报了我。你一直认为当年是我打了那一枪。”

她仍旧用沉默回答了他。

“为了这个，你甚至选择了和我结婚。过去我认为你这么做是因为你相信自己的举报。”

“不，”她急急地打断了他的话，“我嫁给你，是因为妇女独立团在祁连山被打散后你们救了我们，没有你们我们就死了，还因为……当时红军都那样了，你仍然没有变节。”

“你嫁给我更多的还是因为她的那个托付。这样我就再也不会离开你的视野……另外你也许真的对自己数十年如一日举报我没有完全的信心。”

她不说话。

“可你仍在这样做，几十年间一直这样。你这么做只有一个原因……你让组织上一直忘不了调查你的大姐牺牲的真相。”

“我也不会活很久了……现在你可以告诉我真相了吗？”她的眼中含着泪。

男人沉默了一会儿，说：“我今天怎么回答你，对你真有意义吗？”

“有意义。我活到这个岁数，等的就是它。”她颤抖着说出这句话，眼泪也要掉下来。

“我和你以及所有的曾扩红都不同。我的出身不错，又在国外读过书，我有知识，和你的小姐一样，在那个年代我可以选择另外的人生。可我还是选择了红军和革命。”

她望着他，不说话。这不是她用一生时间等待的回答。

“我们换一个话题吧。你知道我什么时候开始相信中国革命真的会胜利？”

“什么时候？”

“你选择和我结婚的时候。还有，在兰州，你写下那封举报信的时候。”

“那时你愿意接受我做你的结婚对象，我也有点诧异呀……直到今天，我仍然像当初一样诧异。有多少次你可以换一个，七七事变后国共合作那一阵子，抗战胜利后也有一段不打仗的日子，还有新中国刚成立的时间里。”

“我愿意和你结婚，是因为听说了另一个也叫曾扩红的故事。那时我在西路军的挑夫队里……第三次过草地时她掉队了，在松潘大草地中部的大沼泽里，看到一个大草甸子，上面燃烧着篝火，篝火边一个也叫曾扩红的女战士已经快不行了，她向另一个曾扩红说出了自己的故事，让后者代自己走出草地，向组织上转达一个庄重的托付。后面这个曾扩红最终走出了草地，完成了使命。再后来，每到一个新单位，我都会发现一个甚至几个曾扩红，不姓曾却叫扩红的女战士更多……每遇见一个曾扩红，我就会更加坚信：中国革命一定会胜利。”

“我有点明白了……但还是不大明白，为什么有那么多女战士叫曾扩红，你就相信中国革命会胜利？我和你结婚时，中国革命连一点能胜利的影子还看不到呢。”

“我也有个问题一直想问你。那种时刻，中国革命一点能胜利的影子都看不到，你为什么还要革命到底？”

“因为……革命给了我名字。为了天下像我这样的人能有一个名字去死，让我觉得只有这样死才值得，别的都不值得。”

“我那时就相信中国革命一定能胜利，不是因为读了《资本论》和列宁的书，像你们一直嘲笑的那样‘喝多了洋墨水’，是我从你们这些都叫曾扩红的红军女战士身上明白了一件事。”

“什么？”

“无论还要失败多少次，牺牲多少人，中国革命都要胜利。这个胜利不是因为有我们这种人在，这都无关大局，有你们在就够了。你们不会因为一次或多次失败离开革命。只要有革命，你们就没有失败……今天有多少人不懂得中国革命，就是因为他们不懂得，那时的中国有多少曾扩红需要一个名字。”

“你……真的没有对她打出那一枪？”

“我一死，组织上就会知道我对这个问题的回答……那个夜晚无论我开不开那一枪，她只要活下去都会向组织举报我的动摇，因为革命处在黑暗中，任何人的动摇都是不能够被容忍的……而对我这种人来说，暂时的动摇，不，经常的动摇，是不可避免的。我和你们不同，我有别的路可走，你们没有。我就要死了，今天我向组织上写下了最后一份自述，我一死，邮箱就会自动发出去。我承认在革命处于最黑暗的年代，我动摇过……但我爱她，想带她一起走。当她拿起枪顶上我额头的那一刻，我知道了，虽然她是个女人，却比我坚强。她能用枪逼我，不准我动摇，是她仍旧深爱着我。”

“但是……她牺牲了，有人对她开了那一枪。”曾扩红流着泪说。

“是的。她牺牲了，却成了最幸福的人，她赢得了所有曾扩红的心……而她留给我的却只有被猜疑的命运，连同痛苦和羞愧。以后的日子里，无论多么艰难，只要想到她，我的动摇就会受到无情的狙击。不就是一个死吗，我没脸动摇。还有，她在我身边留下了你。”

“你当初愿意和我结婚是因为她？”她几乎喊起来了。

“我当初愿意和你结婚，与其说是为了她，不如说是为了自己。”

“你，你自己？”

“我每天看到你，也就看到了她，看到了那个篝火边的曾扩红，看到了中国革命一定会胜利这个原来只属于你们而现在也属于我的信仰。只要你在我身边，她就在我身边，篝火边的曾扩红就在我身边。多艰难的时刻，你都可以代替她们，让我不再动摇。”

“你还是没有告诉我，为什么你从那时起就相信了中国革命一定会胜利。”

“你的小姐……或者说，你们的小姐……深深地爱上了我，但仍然会毫不犹豫地指控我。还有那个篝火边的曾扩红，她至死也没有忘记将小姐的托付转达给另一个曾扩红……由此我明白了，我的动摇多么幼稚。红军会走出草地，革命会走出低潮……就因为有她，有无数的曾扩红，你们对中国革命的忠诚超越了对最爱的人的忠诚。”

“如果你真没有开那一枪，我是说如果，你有没有想过，当时怀疑你有可能因为动摇而变节，对你的一生都是一种残酷？”

“中国革命必须胜利。没有比让无数曾扩红拥有一个名字更重要的事。没有比中国革命不成功更残酷的事。”

“你一生都背负着组织上对那一枪的怀疑，但你一直都没有离开……你没有离开的不是我，而是那个怀疑。”

“当年红四方面军保卫局没有处决我，是因为孤证不立，我距离被处决只需要一个旁证……我用了六十余年的时间和你做夫妻，也是为了等待你一直都在寻觅的那个旁证……很抱歉直到今天，我和你都没有等到它。”

“你一点也不为这样的一生遗憾？”

“在一场大革命中，个人的命运算不了什么……最重要的是，中国革命真的胜利了！”

在春天里团圆

西　元

1976年生，籍贯黑龙江巴彦。

1994年考入解放军南京政治学院，同年入伍，历任排长、组织、宣传干事、代理组织科长、营教导员。就读于中国人民大学、北京大学，获文学博士学位。现为解放军某部创作室创作员。

曾获第二届《钟山》文学奖、第二届中华文学基金会“茅盾文学新人奖”、第三届华语青年作家奖、第十二届解放军文艺优秀作品奖、2018年度《小说选刊》最受读者喜爱中篇小说奖、《中篇小说选刊》全国优秀中篇小说奖、第七届鲁迅文学奖中篇小说奖提名奖等。

我是部队某医院援鄂医疗队护理组的医生。大年初四下午，我们乘坐军用运输机到达武汉。晚十时，医疗队正式在某医院开展工作。在走廊里，我远远看到一个人。她个子不高，身材略瘦，穿着淡蓝色防护服，脚步僵硬，甚至微微有些摇晃。当我走近她的时候，不禁被震惊了。原来，这位医生身上穿的并不是真正的医用防护服，而是将那种很大的塑料垃圾袋密密实实地裹住身体，再罩上一次性蓝色薄雨衣，层层缠上胶带，头部由透明塑料文件夹做成封闭式面罩来保护。看得出来，她已经十分疲劳，再继续工作下去，就有昏厥的危险。经过洗消，我们把她带到了安全区，用医用剪剪开了那身特殊的防护服。虽是手工制作，但包裹得相当专业，医用防护服是十一道防护，她也裹了里三层外三层，层与层之间密封得很好，脖子和脚踝部位均收扎得结结实实。

小心翼翼地拿掉水汽腾腾的面罩，我看到一张苍白的脸，白得像被药水泡过，疲惫得没有任何表情。头发湿漉漉的，一绺一绺地贴在额头。嘴唇发灰，没有血色。拽下医用橡胶手套，她的手背上布满了细小的血口子，是频繁使用有腐蚀性的消毒液洗手所致。我们继续割开她的“防护服”，顿时，一股浓烈的汗味传来，还混杂着其他味道。作为长期从事护理专业的医生，我们都知道那是怎么回事。医疗队一位专业负责人走上前去，嘴唇微微有些颤抖，将一包全新的医用防护服交到她手中，说道，辛苦了，好好休息，这里有我们！

一

这名医生姓李，后面，我将称她为李医生。

李医生被编入了医疗队护理组，和我同住一个房间。不过，头三天实在太忙，几乎没睡觉，自然也没回住处，只与李医生打过几个照面。无论是戴着面罩，还是没戴面罩，李医生都没有太多的表情，说话也不带任何语气，和当初第一眼看到她时一样。所以，那三天里，她没给我留下太多的印象。

如果使劲去想，你又会发现她干活儿从不挑三拣四，脏活儿累活儿总是默默地干，不太声张。比如，二楼东侧病房里有个七十六岁的老太太，腿脚不好，大小便只能解在床下的便盆里，且不定时，每天三回五回都有可能。老太太独自一人在这儿治病，儿女隔离在家，连见上一面都不行，更谈不上照顾。李医生像对待自己母亲那样给老太太喂饭，给她擦嘴擦脸，及时倒掉便盆，使得本该味道很重的病房闻起来还算空气清新。更令人感动的是，李医生还会给老太太唱上几段黄梅戏，连病房里其他病人也沾了光。渐渐的，只要李医生一开腔，附近的病人就会聚过来听。不过，李医生的嗓子很硬，一点儿也没有黄梅戏的妩媚，且嘴巴遮在面罩后面，嗡声嗡气的，有点儿像个略显严厉且脾气不大好的中学体育老师。

还比如，每层楼的卫生间也是个老大难问题。刚入院治疗的病人情绪都很低落，很多人还很恍惚。洗澡不打肥皂、洗头没抹洗发水、大便后忘记冲掉的情况比比皆是。而且，卫生间地滑、潮湿，尖锐物品多，属于高危感染区，从各方面来讲都是个人人避而远之的地方。而这些卫生间却被李医生打理得井井有条，不堵不冒，没有臭味，到处泛着清洁明亮的水光，让心情郁闷的病人舒畅痛快了不少。其实，这个工作本不该由她来做的。

我和李医生有过几次独处的机会，时间不长，她几乎不怎么说话，似乎对我说点什么是件很费力的事情。不过，一个突发事件却让她张了口。那是中午，一个中年妇女刚领到饭菜，没吃上几口就突然精神失控，把碗摔在了地上。李医生正好在屋子里，遂试图上前帮助中年妇女稳定情绪。这时，更可怕的事情发生了，病人一把扯住李医生的防护服，大叫着，你们这些人都是骗子，根本没给我治病，就是在等着我死！大家都看到中年妇女指甲很长，以她目前有些疯癫的精神状态，可以轻易地扯裂李医生的防护服，形势千钧一发，后果不堪设想……

谁也没想到的是，李医生顺势把中年妇女搂在怀里，一起躺在了地上。她平静地说，你看，政府把全国最好的医生和护士都派到咱们这儿来，就是为了把大家的病彻底治好，怎么会是让你等死呢？你再看看，前几天咱们这儿是什么样子，他们来了之后又是什么样子？你好好想一想吧。慢慢的，中年妇女平静下来。李医生继续搂着她，温柔地抚摸着她的后背，又拍了几下，说道，相信我，我说的每句都是真心话，如果有一句假的，就让我回不了家。虽然我们都是医生，从来不迷信，但李医生最后一句话还是让我的心颤抖了许久。从她的声音中，我听出来她在悄悄流泪，每个字都好似浸在泪水中，因此也就显得格外真诚。果然，这句话让中年妇女彻底安静了。她站起来，羞愧难当地替李医生抹掉防护服上的菜汤，说，我真是混蛋，差点儿冤枉了真心对俺好的人喽！

以同行的眼光来看，李医生做得非常专业，也说明她具有丰富的实践经验，这让我不由得心生敬佩之情。不过，李医生为什么如此沉默呢？一起来的小护士们私下里叫她“不会笑”的李医生。唉，这些小丫头片子，嘴上不留情。或许是她太疲劳了，毕竟，我们是生力军，而她一直在坚守岗位。我曾劝她休息几天，她摇摇头，说丈夫和儿子都不在家，现在不想休息，也不能休息。

这个回答有点儿古怪，但我没往深里想，可能李医生本就是个很要强的女人吧？

二

正月初八晚十一点，我回到住处，准时打开微信视频聊天，儿子和丈夫早已经在那边等着我了。四年级的儿子笑呵呵地说，妈妈，我给你写了一封信，现在，我要读给你听。我也笑了，说，好吧，妈妈听着呢。儿子又说，不过，这封信已经在市广播电台播过了，主持人阿姨说，我们市有几百个妈妈去了一线。昨天，班主任把这封信发到了班级群里，家长们都说你是个英雄妈妈，还祝你早日平安回来呢！

我说，好啊，还没给妈妈念呢，就先拿到电台播去了，你这信写得一点儿也不真诚。儿子急了，说，才不是的，才不是的，我早就想给你念了，可你这几天一直忙，哪有时间听啊？我抿着嘴乐，假装换上严厉的表情，说，KET 的单词都背熟了吗？回去之后我要考你，错一个打一下手板。儿子吐了吐舌头，把嘴凑到手机镜头前，说，妈妈你看，我又掉了一颗牙。于是，我的手机屏幕被儿子巨大的板牙所占据，又一次把我逗乐了。

这时，手机镜头一转，丈夫出现在了屏幕中间。他微微举起手，手中拿了一小束玫瑰花。我眼中一亮，问，买的？他说，这边小区也实行封闭式管理，花店早关了。我是用红纸做的！我捂住嘴，仔细看了看，笑着说，今天才想起来，早干吗去了？

丈夫把儿子搂到胸前，咬住下嘴唇，表情严肃起来，说，媳妇啊，这几天，我真的是……从来没这么想过你。你在那边，一定一定、千万千万要小心谨慎，万不能马虎大意啊！咱这个家，缺谁都要塌半边天！

我瞪了他一眼，说，别乌鸦嘴，我跟儿子说几句。

儿子扣着鼻孔，憨憨地看着镜头。

我说，儿子，别为妈妈担心。你知道吗？妈妈所在的这个护理组组长阿姨，曾经在北京抗击过“非典”，在非洲抗击过“埃博拉”，她可厉害着呢！她设计的工作流程非常严密，还带着我们演练过很多回。每次进入隔离区前，她都会认真检查大家是不是把防护服穿好了。所以啊，病毒不会伤害到妈妈的。

当然，我对儿子说这些的同时，也是在安慰丈夫。

这时，李医生回来了，疲惫地在床上躺了一小会儿。然后，她拿出手机，打开微信视频聊天说起话来。我对儿子说，和妈妈同住的阿姨回来了，她也要和家人聊天，咱们说话小声一点好不好？儿子懂事地答应了。

我隐约听见李医生在给儿子念一首叫《打败大病毒》的儿歌：

每天运动多一点，脸色好身体壮，大病毒快死掉；
每天吃菜多一点，脸色好身体壮，大病毒快死掉；
每天喝水多一点，脸色好身体壮，大病毒快死掉；
每天笑容多一点，脸色好身体壮，大病毒快死掉……

我听李医生问道，大宝，昨晚睡觉做噩梦了吗？

叫大宝的男孩子答，做了一个，梦见好细胞打了败仗，退到城堡里面去了。

李医生说，别害怕。妈妈这里都是和你，还有爸爸一样的病人，他们都好好的。照着《打败大病毒》歌里说的去做，你和爸爸很快就能回家了。

大宝说，今天，我还是发烧、咳嗽，有点儿恶心想吐。不过，我和爸爸吃下很多饭，我们比赛看谁吃得多。

这时，手机里传出一个中年男人的声音，很阳光，很快乐，说道，我和大宝能吃能睡能玩，医生说，照这个样子再过上十天半个月，咱们就能团圆了。

听过这段对话，我的脑子里像是响过几声雷，一时间空荡荡的——李医生的家人已经确诊了，此时正在别的医院里！难怪她说自己的丈夫和儿子都不在家，原来竟是这样！

我结束了视频聊天，沉重地从床上爬起，有些失神地刷着牙。这时，李医生问，姐，你带口红了吗？我忙放下牙刷，跑出卫生间，答，来得太匆忙，没带。我去别的屋子看看，年轻女孩子一定有带的。果然，小丫头片子们都带了，穿防护服自拍时把自己打扮得水水灵灵的。

大宝在屏幕里说，妈妈，你笑一个好不好？我想看你笑。

李医生说，我笑了，怎么样，好看吗？

大宝又说，妈妈再使劲一点儿笑，刚才我都没看出来。大宝的爸爸也在一旁帮腔，你看看我怎么笑，哈哈，哈哈。我就当是和儿子发了一次烧，得了一回重感冒，使劲出出汗，一定能挺过去。到那时，身体更健康！

李医生用口红把嘴唇认真涂了涂，在嘴角处，稍稍多抹了一点，微微向上翘，使得脸上的笑意多了不少。她对着手机镜头说，这回怎么样？别逼我了，我尽力了呀！

三

最初的紧张过后，是按部就班却又非常严格的生活。日子一天一天、一板一眼地过去，并没有如外人想象的那般波澜起伏。没事其实就是好事，每个人，无论是病人还是医生，都盼着能平平安安地过上一天。每度过一天，病人们安全回家的希望就多一分。我注意到，风的气味变了，带着点潮湿，带着点泥土味，还有新鲜的树叶味、青草味。这样的风吹在皮肤上，麻酥酥的，似乎身体里每个细胞都活过来了，在身体里尽情地做着游戏。

李医生依然如往常那样沉默，却又一丝不苟地做着自己的事情。现在，她多了一样工作，就是每天带领大家在楼下院子里跳两次广场舞。起初几天，大家的情绪比较消沉，来的人不多，后来发现，广场舞这个东西真的是很神奇。跳过半个小时之后，原来沉闷的病房一下子热闹了起来，原本寡言的人也会主动找邻床唠唠闲话。

经过李医生坚持不懈地教唱，大家在跳广场舞时会高声齐唱：

每天，运动，多呀多一点，病毒，就会，早点消灭；
每天，吃菜，多呀多一点，病毒，就会，早点消灭；
作息规律，按时吃药，我们就能早点回家！
每天，喝水，多呀多一点，病毒，就会，早点消灭；
每天，开心，多呀多一点，病毒，就会，早点消灭；
尊重医生，听从指导，我们就能早点回家！
回家，回家……

一天晚上九点多，病房平静无事，快熄灯了。我和李医生站在白天大家跳广场舞的院子里，远远望着住院楼。李医生主动问我，你当初是怎么来的？我有点儿意外，并不是因为这个话题，而是她在主动找我说话。我好像看到她心里某些坚硬的化不开的东西正在松动……

我说，医院派来的呗。大年初一一早，院长打来电话问我，能上一线吗？我说，可以，什么时候走？他说，这几天随时可能出发，做好准备。我说，好吧，就挂了电话。当兵的，就这么简单。

李医生又问，你害怕过吗？我说，和传染病打了许多年交道，什么危险、什么不危险还是知道的。况且，害怕也没有用，你是传染病科医生，你不上谁上？

李医生犹豫了一下，说，其实，我差点儿坚持不住，就在你们来的那天下午。

我一愣，说，我记得我是晚上十点左右第一次见到你。李医生说，是的，那时你们快到了。

我说，可是，我记得有一次劝你休息，你说你不想，也不能休息。我知道你说的是真心话。而且，你工作起来那种一丝不苟的样子有点儿吓人，我一直觉得你比我们都要坚强。真的，你真的非常棒，非常棒。

李医生抬头看看夜空，想了一会儿，道，其实我想说的还不是这个。我心里头压着个东西，说不清道不明，但特别真实，就好像摆在那儿一样。我好想找个人说说！

我说，我早看出来你心里有事，要是相信姐的话，你就说吧。

李医生说，还记得那件一次性雨衣加垃圾袋做成的防护服吗？我说，记得，印象非常深刻。她笑了笑，说，稀奇古怪的东西，当然印象深。其实，我只穿了它一天一夜，你们就来了。初三那天，我有点儿恍惚，笨手笨脚地滑倒了，身上的医用防护服划了好几道很长的口子，报废了。幸好内层没破，算是躲过一劫。那时，谁也没有多余的，情急之下，只好死马当活马医了。

她说，那几天，用消毒水简直用疯了，用医用酒精洗脸，洗头，着急起来就用 84 消毒液洗手，出隔离区消毒时，跟洗澡似的。过去常用的消毒洗手液也信不过了，呵呵，只认 N95 口罩、紫外灯、酒精和 84 消毒液。唉，安全第一嘛！

四

李医生表情沉重起来，说，那几天真的是身心交瘁。有几件事，像大石头，一块接着一块地压在我心上。第一块石头，是保护好自己，保证自己是个健康的医务人员。这块石头还不算太重，当了近二十年医生，这点承受能力还是有的。第二块石头，是初二那天，一位其他科室的同事被确诊了。那个同事和我的年龄差不多，也几乎是同时来咱们医院，一起从一名年轻医生慢慢成熟起来。我们参加过彼此的婚礼，孩子也在同一所小学读书。所以，当我得知他被确诊，并且被送到其他医院时，那种心情是很难说清的。第三块石头，是初三晚上，病房里的一位老人进了重症监护室，后半夜去世了。我盯着他留下的空床，一时间有点儿不知所措。我和护士清理着他留下的遗物，大的小的，各种各样，仿佛他还活着一样，只不过是去了一趟卫生间。

李医生喘了口气，仿佛在给自己打气，说道，现在，终于有勇气说了。第四块石头，就是在初四那天下午，丈夫告诉我，他和儿子同时被确诊了。我丈夫很坚强，在电话里还安慰我，说他们已经有了床位，并且在同一个房间，医院把一切都安排得很好。

她说，在过去十多天里，别说对别人提起这一刻发生的事情，就是想都不敢去想。这四块石头如果不全压在我心头，或许没事，但一起压上来，我只觉得天昏地暗的。我站在那儿，喘不过气来，腿像灌了铅似的。别人叫我，我只是抬起头，看看他，也不知该说什么。

我不知不觉地走出住院楼，站在院子里的空地上，就是现在咱们站的这块地。好久，我才感觉能喘过气来了。我呆呆地望着医院大门，心想，我有出入证，消过毒，把防护服脱了，就可以回家。

这个时候，我问自己，回家干什么？一个人在空荡荡的房间里，你待得下去吗？如果丈夫和儿子真的出了事，而我却把自己锁在房间里，我一定会在悔恨不安中过一辈子。我该怎么办？我拼命地问自己。

就在那一刻，我突然发现，所有压在我心上的石头必须一块一块卸下来。而且，不能先卸我自己的那块，必须先把属于病人的、同事的、亲人的那几块石头卸下来，然后才能露出自己的那一块。这个顺序是无法颠倒的，你要是先把自己的那块卸下来，其他的石头反而卸不下来，只会压得越来越沉重，让你一辈子无法解脱。

或者，你也可以把这些石头看作是肩上的担子。你不能只挑着自己，你必须还得挑别人的。虽然很沉重，可你没有其他办法。真的是到了要卸掉担子的时候，也是先把别人的稳稳地放在地上，最后才轮到自己。

李医生道，我啰啰唆唆地说了这些，其实不是逻辑推导出来的，而是在我最最难受的那一瞬间，像洪流一样涌进我心里的。或者用大家都爱讲的一个词，叫生命体验。

李医生的表情似乎慢慢开朗起来，她说，是的，我真的快要被压垮了，可就算我要救自己，也要有一个正确的方法。用我自己的话说，就是先救别人，才能自救。这段日子，我就是按照这个方法来生活的，发现这个方法是对的。所以，我拼命地认真地工作，尽我所有的努力来解救病人，一丝一毫不敢懈怠。因为只有这样，我才能不被压垮，只有这样，我自己才能最终获救。

她长吐了一口气，说，真好，我终于把那时的心情说清楚了。

那天，我想通了，一步一步从院子回到病房，这个时候，你们来了。你们看到的，就是那个刚刚经过思想斗争的我。

听了她的话，我内心的震撼是无以言表的。我终于明白了李医生这一切所作所为背后的精神世界，而且当我的困惑得以解答时，竟然看到了一个如此明亮耀眼的心灵。我说，先救别人，才能自救，说得真好。在这里，医生和病人，还有所有人的命运本来就是连成一体的。

李医生又问，如果是你，在那一刻，你会怎么办？我想了想，说，老实讲，你面对的困难要比我严重得多。但当兵的人有个信念：最难的时候，再坚持一下，别当逃兵。若是在和你同样的处境下，我大概会这样想，所以，最终的选择也会是一样的。

五

病房里会时不时地空出一些床来。个别床的主人会转入重症治疗医院，另一些病人则在核酸检测中由阳转阴，进而完全康复，不久便离开医院了。于是，这些床位便会接纳新的病人。

李医生特别认真地整理着这些空床。护士整理过后，她还不满意，总是亲自动手，让病床光洁如新，让器具整齐划一。床单像湖水一样平整舒展，让人简直舍不得坐上去或躺上去。她说，一个干净舒适的床位会让病人感到安全，像回了家一样。总之，虽然病魔无常，但李医生依然执着地、顽强地为病房里添加生命的气息。

命运的体积虽然不大，但无数个努力似乎总会积少成多，积小成大。在每个晚上的视频对话中，李医生得到越来越多的好消息。比如，大宝不再发热了，丈夫也不再恶心了。两个人饭量越来越大，脸色也越来越好。李医生放下电话，会对我说，小的不烧，大的不吐，看来不错。这日子得一天一天过，慌不得，也急不得。

二十多天后的一个晚上，我和李医生躺在各自的床上，准时打开微信视频，和各自的家人聊着天。说也奇怪，过去感到平淡无奇的话题，现在竟然聊得津津有味。说来你可能不信，我和丈夫聊得最多的竟然是吃。把家附近的各色饭馆说了个遍，然后又唠远处的，还有自己喜欢吃的有特色的餐厅。一边说，一边咽着口水，发誓疫情好了之后，要把这些馆子吃个遍。和儿子聊得最多的也不是学习，而是各种各样的电影。他出不去家门，倒是看了许许多多电影，有科幻的，有战争的，有历史的，还有纪录片。他兴致勃勃地为我讲着这些电影里的内容，仿佛怕我在这边寂寞，让我也随着他看一遍……

突然，我看到李医生把手机一扔，从床铺上蹦起来，一头冲进卫生间。约摸两分钟后，从里面传来一声尖叫，然后是号啕大哭。其实细听开始那声尖叫，也未尝不是拼尽全力的哭声。我吓了一跳，轻手轻脚地打开洗手间的门，看到李医生坐在地上，连鞋子都掉了。

我强迫自己镇定下来，脑子里闪过各种最可怕的事，说，妹啊，天大的事也要挺住！李医生擦掉眼泪，拾起手机，让我看屏幕，原来是丈夫发来的核酸检测结果，他和儿子都阳转阴了！我愣了一下，突然泪流满面，和她抱在一起。虽然在这段日子，对人与人近距离接触产生了天然的警惕，但仍然阻挡不了我心中强烈的情感。我嘴里不停地说，太好了，太好了，太好了，你们要团圆了！

李医生哭了足足十分钟，实在哭不动了才停下来。她嘴上的口红也花了，像舞台上的小丑，但看起来却格外可爱。每次和家人视频通话，她都要把嘴角抹得向上翘一点，这样看起来很像是在笑。她就这样鼓舞着家人，也激励着自己。

我拍拍她的脸，说，妹啊，你知道别人怎么说你的吗，说你是不会笑的李医生。还真是，笑没笑出来，倒是先哭了。李医生试着笑笑，更像哭了，咳嗽着喘气。接着，她拿起手机，对丈夫吼道，XXX，你想要老子的命啊！大半夜才告诉我，早干啥去了？你个混蛋王八蛋，看老子怎么收拾你！回家以后，赶紧锁上门，哪儿都不许去！大宝，我跟你说，敢迈出家门半步，老子打断你的腿！你们两个给我老老实实地待在家里，等着我回来！

那个晚上，我和李医生怎么都不困，索性下了楼，在住处的林荫小路上一圈接着一圈散步。我们海阔天空地聊，有什么说什么，话题像泉水一样源源不断地涌出来。但我印象最深的是，李医生说，如果当初没有做正确的选择，今天就不会这样快乐！我想，我明白她这话的全部含义。一个把自己锁在家里的李医生当然也可以面对健康归来的丈夫和儿子，但她得到的仅仅是劫后余生的苟且和侥幸。而现在这个李医生，收获的是幸福。

六

每天，运动，多呀多一点，病毒，就会，早点消灭；
每天，吃菜，多呀多一点，病毒，就会，早点消灭；
作息规律，按时吃药，我们就能早点回家！
每天，喝水，多呀多一点，病毒，就会，早点消灭；
每天，开心，多呀多一点，病毒，就会，早点消灭；
尊重医生，听从指导，我们就能早点回家！
回家，回家……

每天上午和下午，病人们都会自动聚集在院子里，一边跳广场舞，一边高声齐唱李医生由《小苹果》改编而成的抗疫歌。几百人用简单的旋律高唱歌曲，场面十分壮观，也给医院增添了无限的生机与活力。大家越来越认同这样一种信念，快快乐乐地过好每一天，每一天的平安积累起来，就是最后回家的希望。

李医生在前面领舞，虽然在外人看来，她没什么变化，我却觉得她更加英姿飒爽了。小丫头片子们也不再私下里叫她“不会笑”的李医生了，因为大家看到她越来越多的微笑了，虽然还有些干巴，但毕竟是经常笑了。人们不仅看到了她的笑容，更见识了她的泼辣。在送康复病人离开医院时，她会远远地对病人大声说，走了就不要再回来，不要让老子看到你们！

限于篇幅，关于李医生的小故事就先讲到这了。虽然故事的开头有些悲壮，有些伤感，但到了结尾，终究成了一个喜剧，一个让人们感到温暖并且看到希望的喜剧。而且我相信，一个一个小喜剧汇聚起来，就是一幕伟大的人间喜剧。我很荣幸能在这个特别的日子里遇到李医生，与她并肩战斗，并且成为朋友。她是个柔弱却又坚强的女人，更是个高尚的人。我们相互留给了对方珍贵的礼物，不是有形的，而是精神上的。她给我的礼物是那句“先救别人，才能自救”，我给她的是“最难的时候，再坚持一下，别当逃兵”。我相信，不到真正危难关头，就不能体会到这礼物的可贵之处。我还相信，这两句话并不是两样东西，而是一种精神的两个不同侧面。

儿子告诉我，家那边的树枝开始发芽了，是嫩绿嫩绿的那种绿，在蜡笔中找不到。我知道，春天来了，万物复苏。目前，我和李医生还在并肩战斗，但最后的胜利已经为时不远。在这个春天里，我祝愿祖国繁荣昌盛，欣欣向荣，也希望李医生和她的家人，还有我和我的家人，以及世上所有因为疫情而不能彼此亲近的人们，都早一点团圆。

礼　堂

董夏青青

1987年生，陆军宣传文化中心创作室创作员。

曾出版散文随笔集《胡同往事》，短篇小说集《科恰里特山下》。

码头上拴着一艘铁焊的、能住人的趸船，离艇组在岸上的活动板房不到二百米。艇组的组长和分队的教导员睡在舱室。

半夜，教导员醒了。船头有个声音，持续的当、当、当。某个东西正在撞击。教导员弓着腰从驾驶座后头的长条椅上坐起，披上大衣爬到甲板。凭他的第一感觉，应当是江水洄流里的浪在推船，绑在船头的碰垫撞在岸上发出的响声。

他探出身看，发现碰垫离岸有一定距离，缆绳也没松。仔细听，刚才的声音也停了。钻回舱房，他脑袋刚挨上椅垫，那个声音又来了，当、当、当。他仔细地辨认着，越听越像一个人落水了，在用脑袋撞击船壳。大队有通知，上游翻了艘渔船，要是见了尸体漂下来就给队里报一声。

教导员叼上手电,爬到舱外再次检查碰垫和码头。水中无浪，船头也一动不动。他往船尾走时，手电朝水里晃了一下。电筒刹那间照见一个东西。

他倒退到驾驶舱窗前，使劲敲了几下玻璃。舱里的艇组长从驾驶台上爬起来，扭头四处看了看，过会儿跳上甲板，接过教导员手里的手电，走到船尾往水里照。

乍看，黢黑的江水里有一个长发披散的圆形头颅，被洄流推着撞向船尾，弹开后又被水流卷回来。艇组长蹲下来瞅了瞅。

“是个塔头墩子。”艇组长回过身对教导员说。

“啥墩子？”教导员反问。

“就是从沼泽湿地上漂出来的一块草甸子。”艇组长说。

艇组长从教导员手里接过探水竿，捅进江水里来回摆弄。过会儿挑起塔头，叫教导员到跟前看。腐坏的草根密密地扎紧一小块土，草枝子湿溻溻的，腥臭。

岸上的香杨、柴桦和沼柳条叶交错，在风中摆动时发出沙沙声。夜鸟唧唧直叫。一条麻蛇钻出水蓼，蹭上渗水的泥地，顺着逶迤伸展的小路虬曲向前，月光下的皮纹灼灼发亮。

教导员双臂交抱，噙着烟望着江心。他听县文化馆的霞姨唱过一个故事。荒古。挠力河边一个叫满格木莫日根的人被凶兽叼走，他十四岁的儿子希尔达鲁莫日根听闻噩耗痛断肠肚，上仓房拿起父亲的弓箭，挎上母亲手缝的马哈鱼皮箭囊。父亲已不在仓房了，他用过的东西，晒的肉干、鱼皮和鱼都在。希尔达鲁莫日根环顾其间，喊了声爸爸就昏倒在地。

前年，从江对岸游过来一只东北虎，吃掉了拴在活动板房门前的小笨狗，留下一条狗尾巴和一只前爪。次日清晨，被一个准备去江边提水的新兵发现了。那只小笨狗是刚回舱补觉的艇组长从家里抱过来的。

教导员直抽到烟快燃完了才扔掉烟屁股。艇组长比他小好几岁，见了水里的塔头淡定处之。自己父亲还是从前线退下来的炮兵，反倒怂了。

“前线铺满黄金，龟儿子敢去；阵地布满地雷，老子敢上”是当年父亲参战时期的口号。父亲那一拨入伍的战士，有一大部分是铁路职工子弟。运兵的军列停靠在火车站听候开动，坐父亲旁边的一个战士指着对面楼上亮灯的窗户，说那就是我的家。很多战士的家长赶到站台，围上前呼喊自己儿子的名字。遵照纪律，谁也不能下车，有人就钻到座位底下不让家里人看见。汽笛声响时，藏起来的人和扒着窗户招手的人一同大哭，有几个人唱起了《再见吧，妈妈》。

父亲他们经过三天三夜的铁路输送和一天两夜的摩托化机动才到前线。刚上战场那些天，二十四小时趴在工事上捕捉目标。

白天炮击不断，夜里，敌方特工频频偷袭。前半个月，大家困了就靠在工事上打个盹，连背包都没有打开过。过后打开背包时，才发现已经成了老鼠窝。里面钻着大大小小的老鼠，被子都给咬烂了。有人吃罐头不过瘾，就烤老鼠崽儿吃。

教导员刚到艇上巡江那段日子，背上摞着层地起疹子。艇队的老班长几乎人人有风湿病、骨膜炎，后背上长潮疙瘩。父亲给他寄来两盒草本药膏。父亲说起在前线时，那地方十天九雾。洞里闷热潮湿，不见阳光，衣服被子都发了霉。衣料黏在皮肤上，不光痒、起疹子，还烂裆。有人身上的湿疹化了脓，和衣服黏在一起。后来不少人干脆光身子，或者套个编织袋在身上当衣服。

有时一开船，就得好一阵子没地方蹲坑。父亲他们那时在洞里，有人用空罐头盒解决，有人就地痛快了再拿铁锹培上一层土。

一个步兵防化班长要父亲陪他出去解手，帮他听着点儿迫击炮的动静。出了工事，班长到一个隐蔽的地方蹲下，父亲猫着腰警戒观察。班长刚蹲一会儿，父亲就听见迫击炮的发射声。估摸射击方向不好，父亲上前拽起那个防化班长就跑。刚离开，炮弹就在防化班长蹲过的地方爆炸了。他俩被冲击波顶飞出去，父亲落在土坑里侥幸没受伤，防化班长提裤子那只手的腕子撇断了。

复员后，父亲回老家当了警察。父亲推着坐轮椅的战友去监狱做战斗事迹报告，下会以后进号子教犯人怎么把被子叠成豆腐块。用母亲的话说，父亲起点不错，就是做事老不赶趟。母亲说父亲跟美白牙膏似的，能刷鞋、刷首饰，刷抠不掉的双面胶，就是刷牙刷不白。

教导员从武装部出发往分配地走的那天，父亲在从单位赶来送大红花的路上遇着个抢包贼，翻墙去追的时候把裤裆撕了。

摁倒小偷时，又给胳膊划了一道豁口。他母亲蹬着车走了老远，都没有找见卖大红花的，就买了一朵新郎结婚戴的小红花给他别在胸前。教导员有个同学，背包是家里当兵的干部亲手打的，挺板正，背着怎么跑也没事。他的背包是自己打的，没等挤上火车就松了架，只好抱着。

到山东烟台时已经黑了天。候船大厅，带队干部发给每人一份面包、火腿肠和矿泉水，通知他们准备换乘轮船到大连。原本计划八点钟登船，又突然接到大风警报，说推迟到凌晨两点再出航。一群人困得睁不开眼，搂着背囊埋头打盹。凌晨两点半，带队干部叫醒所有人登船。教导员迷里迷瞪地走上码头，到海洋岛号近前抬头一看，那客轮有五层楼那么高。

船顶着大风警报开进了，在浪里晃得额外厉害。教导员蜷在床上头疼恶心，浑身发冷。过会儿爬起来扶着床架子，蹲在垃圾篓边上把刚吃的全吐出来了。反复几次，就开始吐黄绿色的胆汁。他走出屋，扶着楼道把手慢慢往前挪。到了前台，看见带队干部坐在地上抽烟。教导员问他有没有晕船药，带队干部说他带的药都分完了，问问前台吧。

找到前台，女服务员说她手里的药也分完了，建议他往甲板上走，那里通风，能透口气。教导员又摸着墙去找甲板，拽错了好几个门把手才找到通风口。

站在甲板上，涌上高空的浪峰通体银白。风与浪的尖啸声令他毛骨悚然。衣服还未被水汽泡透，他就缩回了船舱。

教导员想到这儿，觉得那恐惧更胜今晚方才。

艇组长躺回舱里，觉着刚才起来这顿折腾，把他弄饿了。不多时，想起他跟奶奶去村外的河沟里摸螃蟹。

那是一条下游河，河道窄，水流急。长年流水，水底下长满了长长的水草。脚踩上去特别滑，一不小心就栽跟头。奶奶在岸边的石头上铺了块手帕坐下，指挥他下水。

那天的河水正好漫到他两条腿岔之间。奶奶一再叫他别把腰弯得太狠，别把上半身衣服打湿了。他在水里一脚深一脚浅地倒退着走，感觉踩到水底下有东西就赶快弯腰下手摸出来。有好几次他出手的速度太慢，脚一碰着螃蟹，螃蟹就顺水跑了。过会儿他掏上来正在交配的一对，还有一只母蟹裹着一只小蟹，奶奶叫他都给扔回水里去。

带回家的一桶螃蟹，他捞出来几只个头大的放进水缸。缸里有从河道捞的水草和鹅卵石。夜静的时候，能听见缸里唰唰唰的声音。

等把螃蟹养大一圈，他也攒够了一塑料瓶的瘪眼子花生米。他记得母亲临到晚上睡前总嗳气、烧心，嚼上几粒瘪眼子花生就会好些。

“又寻思给你妈送？”奶奶问他。

他最不爱和奶奶说这个，就光点头。

“送她是白送。”奶奶说，“熊啊，年年端午给你抱走一只胖大母鸡，你个兔崽子。”

他给母亲送第一只老母鸡的时候，母亲就托带东西的人捎回过话，往后什么也别给她拿，她不缺。他也寻思过，是不是带东西的叔可怜他孝心，明知道送不下也给拿走了，不然为什么这两年连句回话都再没有过。

奶奶评价，他母亲这种人就跟脚底下的黑土地一样，见太阳死硬死硬，一下雨光哧溜儿光哧溜儿，不是杠硬，就是贼拉软。当初那个变故，换作别人家的妈，肯定不会找算儿子跟丈夫。

这些话奶奶叨叨了很多年，从起初一口气说完，到后来得喘上好几次才能数落明白。奶奶查出肺癌晚期的时候，已经开始时不时地昏迷。在县医院治疗效果不大,又转回了镇上的卫生院。奶奶临终前，他在单位带队集训走不开，是奶奶的亲侄女，他表姑在床前伺候。等回家给奶奶奔丧才听表姑说，卫生院的人都觉着奶奶的病虽然没得救治，可不至于走那么快，也许是自己偷喝了药。

他觉得这挺像奶奶能干出来的事，奶奶最烦拖累。当初他母亲离家不久，奶奶就把他接回自己的住处。奶奶对他讲，他父亲小时候在山里吃了一把野蚕豆，回到家口吐白沫，脑子给毒坏了，模样正常，其实有点儿傻。要是带着他这个拖累，更不好再找对象。

把他安顿下不久，奶奶托人给他父亲介绍了带着个丫头的寡妇，比父亲大四岁。奶奶回家开了瓶小烧，给他倒了一盅。奶奶说,她欠熊孙子一个交代,往后定会尽心尽力,不亏待他的人生。

中考前一个月，中午他坐在教室吃奶奶给带的馒头，嚼了几口觉着味道不对，胃里发烧还犯恶心。同桌拿起他装馒头的袋子一看，是个洗衣粉袋。

曙色微明。已能依稀看清连队板房松松砌就的砖头院墙和掩映在丛草里的防兽铁丝网。教导员望见有战士从活动板房里走出来，就敲敲窗玻璃，叫醒艇组长。

俩人在江边漱了漱口。教导员双手舀起一点儿水，在脸上抹了两把。

“导，你多弄点水洗，再不洗，洗不出来了。”艇组长说。

教导员蹲下又舀了几捧水浇到脸上，来回搓了搓。艇组长弯下腰，把从陆战靴筒里冒出来的裤腿扎紧，解开鞋带系了个十字结。

板房里，炊事班长给备好了饭菜。小塑料圆桌上摆着炒茄子丝、炒白菜、炖豆腐、炒菜花、炒角瓜、炖土豆、两个凉碟的小咸菜。

教导员坐在艇组长对面的小凳上，边嚼烙饼边瞅他。

“你真是享了长相的福。”教导员说。

“啥意思？”

“虎林艇组的那个老太太，谁能给她处明白了？全大队也就是你没挨过她的告状。”教导员说。

“跟小白脸子没关系。”艇组长说，“我刚去的时候她也闹，早上带队跑操喊个口号她也举报我扰民。我就琢磨，问题到底出在哪儿。最后叫我给想明白了，她是埋怨我们不带她玩。老太太是大姑娘的时候，和艇队关系处得相当好，有来有往，后来上年纪，成老婆子了，艇队这些小年轻就不爱再上她家去，这不就整出隔膜了嘛。”

“那你咋哄的，找她跳皮筋啊？”

“我那会儿上她家去谈的。”艇组长说，“我跟她说，大娘，艇组挨着您家住，这个种菜我们不懂，您要多帮我们。老太太就说，那是你们的地，我可管不着。我就再跟她说，您这话说得太生分，什么你的我的，我们出力气种地，您和我们一块儿吃好不好？往后供给到了，我都叫人先挑点好看的水果给她拿过去。每回放下仨瓜俩枣，走的时候老太太都给杀一只鸡，要么一只大鹅带上，还有一大包鸡蛋、鹅蛋、山核桃、红薯干、蕨菜。有要复员的战士跟着巡江，我就去找老太太，跟她说这小孩要回老家了，饯行饭就在你家吃啊，可说好了。每回老太太都张罗一大桌菜，吃完撵着我们走，不让留下帮忙收拾。”

“老太太的心理你给把握得挺到位。”教导员说。

“我是老太太给从小带大的。”艇组长说，“那只被老虎吃了的小狗，就是我奶奶养的，叫我抱过来了。”

“你奶奶舍得叫你抱走？”

“我奶奶在茶缸里泡她的假牙，叫那狗叼出来套自己牙上了。”艇组长说，“我奶奶掰完苞米回家一看，牙没了，晚上喂狗才见它嘴里戴着牙呢。直接牙留下，狗给踹出去了。”

艇组长扎开一盒牛奶递给教导员，自己掰了块馒头，蹲到门框边撕一点喂进嘴里。左手边就是过去拴他那条小狗的空地。

听岛上哨所的老班长说，一九九六年夏天，从俄方游过来两个喝醉的士兵，到老百姓家踹门砸窗户要酒喝。那户人家是鄂伦春族，家里的老头儿从梁上取下一把土枪，架到窗户跟前比画。那俩士兵一见，扭头跳进江里游跑了。从那边跟过来的狗，爪子受了伤，被老头抱回鹅圈养起来。时隔二十多年，俄方的老虎又游过来吃了他的狗。一来一去，谁的狗也没多，也没少。

临到中午开饭前，教导员接到上级电话。说俄方刚发来通报，他们的海军巡逻艇捞到了那具渔民尸体，下午让教导员和艇组长领队，带上二分队的翻译过去交接。渔民家属的船会跟上，艇组的船将渔民家属带到648航道的7号码头再返回。

俄方的一名中尉和一名战士用渔网兜着那个渔民，放到渔民家属的小铁船上。翻译从挎包里掏出一瓶百老泉，浇在泡胀的尸体上遮味。

教导员和艇组长在982艇上的驾驶舱里等。过会儿翻译从小铁船上跳到艇上，隔着舱玻璃冲他俩挥手。

“快走快走。”翻译钻进舱门时使劲摆手。

艇组长发动了一下船，发现点不着火，连打了三回船才有反应。这两三分钟间，翻译扯下帽子，跳到驾驶座和副驾驶座之间使劲拍打座椅，催他们赶快把船开走。

船起了航翻译才说，江面和地界上一样，讲究不能和死人抢道。渔民家属开的小铁船走得慢，要是被它抢在道前，回程这一路就得跟在它屁股后头荡悠，天黑前未必能赶回驻点。

“俄方那俩水兵是不是把人交过来以后，又把渔网给收走了？”翻译问。

“那玩意儿对他们来说可金贵。”教导员说。

“估计翻译都不知道他们那网咋来的。”艇组长说。

“编的呗。”翻译说。

“那是有渔民把网下到了人家那边，叫人家给缴了。”艇组长说，“他们拿到那网比得着一筐鱼还高兴。”

正说着话。艇组长发现船艇的转速从一千二一下提到将近一千六，船艇瞬时直朝前方猛冲。

艇组长眼瞅着艇要失控飞车，向着航道方向，大力打了把舵。

“日他哥的！”艇组长揽住舵大喊，“我把舵绳干折了！”

“快关柴油机油阀，堵死进气道！”教导员边喊边冲上去拉下油门。

熄火后，船艇一头插进江汊子里的滩涂。

“仔细瞅瞅，是供油部件卡死了还是高压油泵坏了。”教导员带人爬出舱去。

这地方没有明确的岸形。教导员张望了一眼，滩地上遍布柳毛子、山丁子和臭李子树。远处江面，一只山狸子露着半截脑袋，正在过江。

艇组长随后跟出来，叫人把撑杆放进水里将船头别出去。试了几回，肌疙瘩最粗的班长也没撑动。教导员又走到船尾看船屁股，底下坐得有点儿实，看样子也没法一下给船拖到水深的地方。

“上缆绳拉船头吧。”艇组长叉着腰喊，“船头跟江汉子水面平行的，能拉出来。”

艇组长说这话时并无十分把握。刚下江开艇那年他就浅过船，拽艇的时候缆绳给扯断了。上级找地方协调的钢绳送到之前，艇上的人没吃少喝地原地扛了三天。

解缆时，一只江鸥从天顶落下，停在船舷。待缆绳绑在浅了滩的船艇的羊角上，准备往外拖拽时，江鸥扑棱翅膀飞进一旁的灌丛。当船艇回到水中，它又从水里的矮林中飞起，落了回来。

船艇再次开动，舱里有一种嗡嗡叫的静寂。舱外那只伴着艇低飞的江鸥，正用一只亮闪闪的眼睛看着副驾驶座上的艇组长。

那年集训结束后，艇组长连夜赶回家，表姑和表姑父在等着他。表姑说奶奶临走前交代了话，意思是自己很有可能搁心不下，不情愿走。要是那样再在家里整出什么动静来，就叫熊孙子上屋外折一根桃树枝子，在屋里各个房间的地上抽打抽打，把她撵走。

如今这只鸟，水浪打着它也没走，叫艇组长想到奶奶说过的话。

收江后不久，冬季来了。下午四点，天黑下来，教导员在办公室泡了杯茶，一边嘘一边想，还是夏天能出船的时候有意思。两国的口岸也在夏季时往来最热闹。县城广场一到傍晚，好些长得和瓷娃娃一样的混血小孩，只穿着一条纸尿裤到处跑。每每有头一回到县里消夏的外地人，问他们的爷爷奶奶怎么不给小孩穿件上衣，老人们就会有几分得意地说，小孩的妈妈是俄罗斯人，天生体质好，穿多穿少都不生病。

跟着在俄罗斯做生意的中国丈夫回县城的俄罗斯女人，入夜后和她们的丈夫各人手里边拎一瓶冰啤，要么坐在路边长椅上饮酒，要么溜达进十元店，边喝边选货。逛十元店是她们最乐得的消遣。

教导员赶着年根儿办了件大事。队里以前在锅炉房工作的一名三期士官，烧锅炉那些年间弄得腰椎间盘突出，压迫神经疼得晚上也休息不好。去年又遇上全队锅炉改造，他一天到晚往楼上抬暖气片，把腰累完了。今年这名士官要退伍，找到教导员，说想让单位给开个证明，讲明他腰上的毛病是在经年累月的工作中落下的。这件事教导员一口应承了，可新来搭班子的队长年轻，怕担责任，就跟士官推托，说开这种玩意儿到社会上不好使，再说腰椎间盘的毛病也够不上评残。

教导员趁上级找他谈转退意愿的时候提了这事。他表示虽说自己近两年的工作有瑕疵，自认还是有个面子提一个要求。他恳请领导找军医给这名士官开个制式证明，最好领导能签上字。领导痛快地允了，不光签上字，还给盖了单位的章。

那天晚饭，领导留教导员在大队的小灶上吃。领导问他，还有什么要求和想法，可以再提。教导员尝了口领导给他舀进碗里的小鸡榛蘑汤，点着脑袋说还真有一件事要托领导多上心。

前年，一名刚转上士官的战士借探亲休假，瞒着队里更改了返家的车票日期，跟几个渔民去湖上打鱼，被大风刮进了湖面上没有冻实的“龙口”里。这件事叫教导员背了个处分，当年的职务也没解决。按他的年龄，级别上不去就只能等转业。

父亲跟教导员讲过一个自己救自己的故事。一天晚上，大雨如注，天黑如墨。狂风掀开了前线防御工事的表面伪装，工事里进水塌方。敌对双方一时间都顾不上战事，先投入自救。父亲所在连队的观察所工事里边，水深已达四十厘米。全连只留了一个侦察兵在观察孔警戒，其余人员悉数参加工事的排水和抢修。就在抢修进行一个来小时后，父亲抡下去的铁锹挖断了一枚埋在土中的已朽手榴弹木柄，眼看泥里蹿上一股白烟。这时，父亲又狠劲抡了一铲子下去，将那枚冒着烟的手榴弹扬起十几米后爆炸。

教导员打小总听这样的事，觉得人比猫不差，不说九条命，起码没那么容易被干完蛋。可那名战士说完就完，自己的事业也跟东北冬至时候的大鹅一样，枪眼子顶了屁眼子。

这两年的清明节，教导员都叫上那名战士的老班长一起到湖边烧纸。逢上中秋和春节，他就上网挑点好吃好用的，给那名战士的母亲寄过去。赶上老士官回家休探亲假，他就给人家转个红包，叫他们在老家当地买点特产快递给那名战士的母亲。不管是谁从什么地方邮寄，留的寄件人姓名都是“您松阿察河的儿子”。

教导员对领导讲，自己转业以后，领导得让这特产接着邮走。不能让人家母亲觉得这里的人忘记了她儿子。那名战士打小没有父亲，全靠母亲养大。为了能留士官，他当义务兵那两年里没少受累。春天，他给营区每棵树刷上八十厘米高的白石灰。夏天，一个人带着自己的脸盆去淘旱厕，淘完又拿水管子把地刷得干干净净，墙根撒上驱虫药。秋天扫树叶，接着入冬铲雪、做冰雕。他领的津贴基本全转给了母亲，探亲休假穿走的那件外套都是找同班战友借的。他去湖上也不是贪玩，是觉得市场卖的大白鱼太贵，想自己捕两条带回去给他母亲尝鲜。

教导员又说，再过上几年，知道这事的人差不多就走没了。领导不管，也不会再有人管。

领导答应下来。领导问教导员，心里边是不是记恨上级的处理，教导员听罢摇头。

当时，教导员的处分下来以后，上边要进一步处理这名战士所在班的代理排长，一位四期士官。教导员听说后，跑了一趟领导办公室。他说，可以把给他的处分再加重，让他按战士复员都可以。那位代理排长兢兢业业十六年，马上就要脱军装回老家，为这样一件事背个处分实在说不过去。况且奖励过头了，收回一张奖状就成，处分下重了谁收得回来？教导员一再坚持，不但不能给人家处分，之前预备给这名四期士官的三等功也不能给整黄了。领导把他骂了一顿，叫他赶紧滚蛋。他一听，摔了领导桌上的一个文件夹。

饭桌前，教导员起身给领导打了一碗粥。坐下时说自己谈不上记恨，这些年间另有一件事情意难平，得讲一讲。那年他刚分到艇队，对周边地理很不熟悉。一天，领导叫他带队机动到一个叫黑鱼泡子的地方，他找错了方位。

教导员对领导讲，手机装上定位以后，他又到了一趟那附近，方圆二十里地就有六个地方叫黑鱼泡子，哪分得清哪里是哪个。领导端着碗直乐，说就那个，贼黑贼黑的那个。

屋外寒风正造出刺耳、粗重的响动。窗玻璃上有一大朵透明的毛茸茸的霜花，晶体蜷曲而流动。教导员放下手中的杯子，掏出手机来看，刷到一条朋友圈时，腾地起身照窗户捣了一拳。

等教导员打车赶到那家烤串店，前年从艇队退伍的一名士官跑出来接他。

“你这干吗？”教导员说，“要害我啊？”

士官赔着笑脸说：“导，艇组长对我挺好，不能打他小报告。可我瞅着这事儿还得让你知道，就拍了个酒瓶子的照片，那条状态就你能见。”

士官领教导员进屋之前还在叮嘱，要教导员一定讲是过来打包烤串遇上的。

教导员拉椅子坐下时，原本趴在桌上的艇组长直起身子，瞅了教导员一眼。

“导。”艇组长说，“来了啊。”

“你这是啥意思？”教导员推了推艇组长的肩膀。

“我是真不乐意休假，不是假的。”艇组长说着，打了个嗝。

“每年的探亲休假都是按照规定走，人家想休的休不上，你这打死不休，休了也不回家，是想干啥？”教导员在艇组长又要倒酒时夺下他手里的酒瓶。

“我这不违规。”艇组长伸手去够那个酒瓶，“休假期间适量饮酒不违规。”

“说说，为啥不回家。”教导员推开凑上来抢瓶子的艇组长，把他一把摁回座椅上。

艇组长摊开腿，抄起胳膊将脑袋朝后一仰，不多时就张开嘴睡着了。

教导员叫烤串店的老板娘过来收拾桌上的酒瓶，冷了的串拿去加热，又点了一盘炸鸡蛋馒头片。

“他不回家，跟你在这儿是要干啥？”教导员问士官。

士官摸起桌上一根牙签扎了扎艇组长的胳膊，看艇组长没反应，才跟教导员小声说起话来。

“他不是不回家，是没家可回。”士官说。

“啥叫没家可回？”教导员问。

“我也是这之前，他奶奶没了以后听他说的。”士官说，“他小学刚毕业，他妈就离家走了，在外头又成了家。过后他爸也新找了个媳妇。就剩他跟他奶奶过，奶奶一走，他就单蹦了。这一休假，你叫他上哪儿去？”

“那要么去爹家，要么上妈家，再成家就不认儿子了？”

“不是那么回事。”士官说着直摆手，“您知道他有个小名叫小熊不？”

“听人这么叫过。”教导员说。

“他们光知道艇组长有个小名，可就我知道他这名儿咋来的。”士官说，“他小时候，家里在一个小学旁边开小卖部，一家四口，他爸妈还有他和他妹。有天晚上，他爸忘了锁门，正好一头熊下山，从门外一巴掌把小卖部的门给拍开了。当时他全家人就睡在柜台里边，柜台外边都是大货架子。那头熊在里边好一阵祸害。这时候你猜咋的，艇组长他爹吓得钻进他们平常码货和烧火做饭的小房间，还把门关上了。艇组长呢，睡在窗户跟前的木头板子上。一睁眼看见那熊，他啥都没想，拉开窗闩跳出去跑了。”

“还有他妈和他妹呢？”教导员问。

“是艇组长的妈后来给他说，他妹当时正要往他妈跟前去，那头熊推倒一个货架，把他妹给砸倒了。他妈一看，也不再想法子逃，就坐在地上等着。没想到那熊一个转身，见窗户开着，就从窗户翻出去走了。这事儿后来传出去，当地人就称呼他们一家子‘熊到家’，往后也不叫艇组长的大名，就叫他‘熊’。”

“这是他妈的真事儿吗？”教导员闭上眼，双手搓了把脸。再睁眼时，见艇组长已经坐起来，正瞅着他。

“真的。”艇组长小声说，“怎么不是真的呢？”

“我让我妈寒心了。”艇组长又说，“我奶奶说，她年轻时候在大兴安岭的林场里边给工队做饭，当地有一个插队的知青叫黄鼠狼迷了，成天见着人就上去啃人家的手，说馋鸡爪子，嘎巴脆。我奶奶说这种人就是魂儿叫大仙赶跑了，厉害的人两嗓子就能给他叫回来。我奶奶厉害,她给叫回来好几个。可就我奶奶这样的,把人的魂都能给叫回来,她叫不回来我妈。”

“你自己去找你妈来着吗?”教导员说。

“找了。”艇组长说,“我妈说,这个家里她就偏心我,有了我妹以后,她也偏着我。我妹三岁那会儿,我妈牵着我去买包子,我妹也非要跟上。家里当时差钱儿,只够买一个肉包子。我妈就抱起我快往前跑,想着我妹一看我俩走远了,就不能再跟过来。可我妹一直在后边追着跑,跑到岔路口摔倒了,叫我奶奶追过去抱回家的。我妈说,家里有点儿啥钱,都花在我身上,有点儿啥好吃的,都先拿给我和我爸,我们是男人,是最大的指望。可事到临头,有难了,我和我爸第一时间跑个没影儿。在她眼里,我和我爸也不是心有多坏,是压根儿没长心。我咋来当的兵?是我奶奶说的,部队就出活雷锋。当了兵,人家就不能再说我是没长心的东西了。”

那晚,教导员躺在队部的床上,回想艇组长在几个小时前说的话。

去年同俄方会晤,俄方的船艇领航。眼看要到主航道时,俄艇突然熄了火,顺着主流往下漂。开船的俄方老兵钻进机舱鼓捣了近半个钟头也没找到故障原因,无奈准备中止检查,将艇拖回去时,艇组长找到翻译,表示他估摸是油路出了故障,可以帮忙看看。艇组长上了俄艇,没管主机是没见过的型号,铭牌上也全是俄文字母,就沿着燃油走向查了一遍,发现是油管连接处松动进气。艇组长找来工具紧固,又排了排气,五分钟后俄方老兵按动点火开关,俄艇顺利启车。会晤结束时,俄方大队长取出一面海军军旗,亲自交到艇组长手里。可临到年底评选先进,艇组长自作主张把预备给他的先进名额让给了一名班长。

教导员觉得艇组长脑瓜很灵，有能力，就闹不明白他为什么对荣誉不积极，今时总算解了惑。这两年，队里的先进表彰大会都会邀请先进的家属到礼堂观礼。颁奖时，家属上台为先进献花，说上几句鼓励的话。照艇组长目前的个人情况，他必然不乐意以先进的身份进礼堂。

细碎的雪花在风中飘浮、旋转着，彼此推撞着，落地后不停地累积厚度。对面楼房面向马路的一侧，亮起五彩缤纷的新年彩灯。比前几日更硬、更厚的水坑结成的冰，也掺上一点颜色。

在屋内琥珀色的灯光里，艇组长安静地坐着。

霞姨的丈夫在厨房里焖肉。饭桌前，霞姨将热气腾腾的鱼块夹到艇组长和教导员面前的餐盘里。

“你们边吃，边听我把刚才的话说完。”霞姨说着又往艇组长的碗里搁了一块炸茄盒。

“教导员听我唱过赫呢哪调，说好听。”霞姨说，“我小的时候，我母亲就一边哼着那个调儿，一边烧火、做饭。锅里贴着大饼子，熬着鱼汤。那时候我母亲走的路是塔头墩子，住的房是小地窨子。地窨子里边用薄木板子铺了一层当地板，地板底下就是江水。我和三个哥哥都是她在地窨子里的鲜木头板上生的，木板上铺着鲜树叶。为了叫我们吃饱，生完小孩十天八天以后，我母亲就下地打鱼去了，孩子就放在屋梁上柳条编的吊筐里。每天回来做完饭，她都把我们挨个抱在她腿上。才四五十岁，我母亲的腿就变形得厉害，成了罗圈腿。我母亲去世以后，我经常梦到她，梦里她还要把我抱起来往她腿上放。后来等我有了孩子，我就知道不管当母亲的人在哪里，孩子永远都像还在她的腿上抱着一样。”

“我这种情况也是吗？”艇组长问，“我妈也会在心里惦记我？”

“当然。”霞姨说，“一定会的。”

“那就好了。”艇组长低下头笑了，“我奶奶安慰我的方式和您不一样，我奶奶查出病来以后，说话老是神神道道的。她说有时候闹不清是我们待的这个世界是‘死’的，还是死了的人去的地方是‘死’的。按理说，她带着我这些年，好些时候都快熬不下去了。比方说，念到初二那年，奶奶病了没法出去帮工。凑不齐学费，我开学就没去报到。过了几天，学校老师给我打电话，说有人帮我把学费交了。那人自称是半夜梦见有个小孩找他，哭自己上不起学了，还把学校地址、年级班级都告诉了他。奶奶说，这样的事不止一回，每到山穷水尽快过不下去的时候，就会有谁拉我们一把。我奶奶觉得，我们在这个世界给走了的人烧纸，也许对那边的人来说，我们也是‘死’了的人，也会有在那边的亲人、记挂我们的人，给我们送来最需要的东西。我奶奶叫我往后落单了也别害怕，总有人是念着我的。”

“你想过可能是你母亲托人去帮的你吗？”教导员问。

艇组长点头。“可我不敢给自己这么大盼头。”

“姨。”艇组长抬头望着霞姨，“就像导刚跟您说的，要是哪天我真能上礼堂领奖，您一定得到场。替我妈看看，我不熊了。”

教导员转业回到家，和他父亲成了同事。端午节那天，父亲领着他去康复医院给战友送粽子，给那位曾坐着轮椅、被父亲推去监狱一起作报告的战友。

当年的一天深夜，敌方特工原计划偷袭团部通信枢纽，被哨兵发现后，撤离途中发现了父亲所在连队的维护哨。当时哨点一共四人在位，住在一顶班用帐篷里，每人躺在一块木头床板上，离地面有十来厘米高。

一名敌方特工绕过警戒哨，将两枚手榴弹塞在战友床板底下。手榴弹爆炸后，战友身下的床板被炸得粉碎，人也被炸起几米高后摔在地上昏死过去。父亲和帐篷里的其他两个人也当场炸晕。等父亲醒来后爬过去看，战友躺着不动，两颗血红的眼珠暴突，鼻子、嘴、耳朵都在往外冒血。天亮时，等步兵在路上排过雷，卫生队来人将父亲的战友抬下阵地，送入后方。战争结束后，父亲回家又见到这位战友。战友当着父亲的面自夸，说托那床板上铺着的几块棕垫的福，他只有两条腿落下毛病。

父亲没有告诉战友，当天早上，过来塞手榴弹偷袭的特工在撤离时被一枚挂雷炸掉了左边胳膊。被俘后，那名特工住在卫生队养伤期间，父亲还给那人送了几天的饭。

医院里，父亲的战友躺在床上瞪着天花板，一声不吱。战友的女儿告诉他们，父亲的老年痴呆越来越重，再往后，连一句囫囵的话可能都说不成了。

教导员陪着父亲在床边坐了半个来钟头，俩人各吃了一个战友女儿削的苹果。走出住院楼时，教导员的父亲抬头看了看傍晚的天。

“你看啊。”父亲对教导员说，“就这一小会儿时间，太阳和月亮都在。”

教导员也仰起头，过会儿又看了眼父亲。“有一个在的，就不赖了。”

海之剑

陆颖墨

1963年生，江苏常州人，海军作家。

曾获第二届《当代》文学奖、首届《中华文学选刊》奖、第七届《小说月报》百花奖、第五届鲁迅文学奖、第六届全军文艺汇演话剧编剧一等奖和第十二届《小说选刊》大奖等三十余项文学奖项。

一

六号岛是西沙海域边缘的一个小岛。不到一点五平方公里的岛上，长满了防风桐和椰子树，密密的树林里，还有野牛出没，被人称为远海的热带雨林。小岛呈月牙状，凹进来的部分形成了一个潟湖。湖口朝南，如果台风不是从正南方过来，渔船可以进潟湖避风。小岛坐落在珊瑚礁盘上。从空中看，白白的珊瑚形成一圈宽大的镶边，把一片月牙形的绿色围住。

刚从军犬训练员培训班毕业的列兵钟金泽，带着他从军犬训练基地挑来的军犬金钢上六号岛，光在海上就走了一个多月。他和一位司务长从湛江搭乘了一艘淡水运输船，急着上西沙报到。钟金泽带着金钢，司务长带着两纸盒小鸭子，说是带到岛上养。谁想运水船起航不久遇到了台风，紧急靠岸，在海南岛一个小军港避风。军港外有一座野猪岛形成天然的屏障，港内没受太大的影响。金钢也很适应这里的生活。司务长可苦了，两盒小鸭子都已长大了，换成了四个大纸盒子。运水船好不容易出发，刚到达西沙永兴岛，又遇上台风。这回，岛上一待又是十多天。钟金泽索性带着金钢熟悉熟悉地形。司务长更惨了，四盒鸭子已经变成了大鸭子，再离开时，只好留给永兴岛一大半。从永兴岛往西去六号岛，又有土台风把运水船逼到了五号岛。在五号岛一待又是一周，到达六号岛时，已是一个月以后。

战士们在码头上，不光迎来了钟金泽和他的金钢，还迎来了司务长和他身后队列整齐的十几只鸭子，这整齐的队伍是金钢在五号岛给训练出来的。司务长走得很稳很慢，小心翼翼地捧着一个纸盒，里面是这一路上产生的三十七个鸭蛋。

看着战士们都围过来，在一大包信件里寻找自己的家信。战士们看到的家信，都是一个月以前的了。到了这儿，感觉就像到了天边。

上了岛的钟金泽有些落寞——这是记忆中的六号岛吗？

六号岛，他离开陆战队前，海训时来过。那次是什么架势，好几艘大型的登陆舰，在离岛不远处的海面上迅速就位，军舰前面的大口一张，一辆辆水陆两用坦克冲进了海中，在海面上向六号岛推进。他们两栖突击队，乘着冲锋舟，紧跟着坦克。到礁盘边，坦克停下布阵，两栖突击队的特种兵一个个跃上礁盘，开始冲锋。那个画面，在脑海中一浮现，马上就让他热血沸腾。

那次海训，是他当兵后唯一的一次远海行动，因此，他对六号岛也有特殊的感情。在陆战队空中滑降受伤后，他被迫改行，在去舰队当小车司机和上六号岛之间，他毫不犹豫地选择了后者。

从北京军犬训练基地挑选出金钢，钟金泽和其他学员一道，带着自己的军犬，在大连坐上了南下的军舰。经过渤海湾时，风浪不小，不少战士都晕得吐了，不少军犬也晕得吐了。也许是从小习武的缘故，钟金泽不晕船，但金钢是第一次坐船，也吐了。在青岛靠岸时，许多军犬上岸休整后，死活不肯上舰。金钢也不肯上舰，钟金泽硬把它拉了上去。其他军犬也一个个被拉了上去。后面的航程，风浪小了点，金钢不怎么晕了，大部分军犬也不怎么晕了。可是，有几只军犬，在陆地上生龙活虎，在舰上依然晕得厉害。到了XX军港，那几只军犬就上了岸，跟着驯犬员调整到内地部队去了。军舰接着南下，舰上留下的驯犬员和军犬都基本正常了。驶过舟山渔场，看到上万条渔船打鱼的场面，军犬们又兴奋起来了。经过XX海峡，在XX军港，军犬们上岸后，一个个步履蹒跚，晕起陆地来了。休整后，再南下进入南部海域，剩下的一个个才正常起来了。到驻地，钟金泽和几个驯犬员，带着军犬上岸报到。军舰带着最后两个驯犬员和他们的军犬继续前行。

所以说，从大陆到六号岛，一路的台风，钟金泽和金钢都没有丢脸。而现在，看着走在司务长后面的那群鸭子，再看看自己领着的金钢，觉得有点儿滑稽，又好像进了动物园。

仿佛是要验证他的预感。这行队伍离开码头,刚走到椰林边，椰林里探头探脑出来两只怪物。说是牛，又瘦又小，比羊大不了多少；说是羊，那黑黑的皮毛和弯弯的牛角分明又在宣称它们很“牛”。钟金泽想起老家一句谚语：牛在栏里捂不白，羊在坡上晒不黑。这就是传说中的野牛？又是淡淡的失落。

那群鸭子一下子吓得乱了阵，叽叽喳喳都往金钢身后躲。金钢好像盛情难却，从容不迫地朝野牛走过去。

就在这时，身后传来两声清脆的狗叫。野牛一听，就蹿进了椰林。一条军犬跑了过来，一下追上金钢，用右肩友好地碰了碰金钢的左肩。金钢马上回过身，摇摇尾巴，用脖子贴了贴对方的脖子。

一位老士官紧紧握住了钟金泽的手：“你好，我是王海生。”

“班长好！”钟金泽赶紧双手抓住对方的右手，知道他就是自己的领导和师傅。

“别叫班长了,就咱俩人,也成不了一个班。就叫我海生吧。”

“好的，班长……啊不，海生哥。”

“就咱俩，住一个屋。”王海生抢过钟金泽的行李。

钟金泽又抢了过来：“来了不少家信，你快去找找。”

王海生愣了一下,马上说:“哦,有人帮我找。”又抢过了行李。

岛上原来这条军犬叫海虎，在六号岛服役快十年了，已经年迈眼花。上级多次要派新军犬来，让海虎回内陆军犬休养所养老，王海生一次次要求上级把它留下。这回金钢都派来了，王海生还是请求上级让海虎再留段时间，说海虎特别熟悉岛上的地形，尤其是六号岛的礁盘上，地形结构和海流情况都非常复杂，现在海上的形势又紧，部队任务重——这段时间，新来的军犬还是要海虎帮一帮，带一带。于是，海虎成了金钢的师傅，海生也成了钟金泽的师傅。海生是老士官，也是十多年的老海岛了，虽然文化程度没自己高，但做自己的师傅，钟金泽没话讲；可是，金钢是海军军犬训练基地挑出来的高才生，拜海虎这位早该进休养所的老犬为师，还能学到什么呢？

礁盘上的巡逻训练一展开，马上让钟金泽服气。礁盘的底座是火山岩，在海底突起白白的珊瑚礁盘。礁盘上的珊瑚礁高高低低，深一脚，浅一脚，军犬特别不擅长在不平坦的硬质地面奔跑。海生为海虎发明了跳跃式前进，需要快速进击时，海虎能不停地跃奔。每一次腾起后落下，它都能找到准确的落脚点。学过军犬训练的钟金泽，知道落脚点的寻找太重要了。六号岛礁盘上的沟壑太多，每个沟壑下面都是海沟，大多有几十米深，还有的能达到几百米上千米深。无论是人还是军犬，掉进去再想出来都很难。看那海虎，对这片礁盘真是太熟悉了，似乎闭着眼睛都能在礁盘上来去自如。钟金泽从小学过武术，知道这是一种很高的境界。海生跟在海虎后面，自然也很自如，钟金泽跟在海生后面，不久也能勉强成行。钟金泽觉得自己只是因为对礁盘地形不熟悉，他深信过不了多久，就会熟悉这片礁盘，也绝不会比海生差。

偏偏，他十分看好的金钢，让他有些担心。连续几天的训练，就金钢落在最后。有时候，看到海沟，它还是会迟疑一下甚至停一会儿，分不清是在观察还是害怕。有一次，金钢落得太远，他忍不住折回来，拉了拉金钢的耳朵说："发什么呆，想当文学家还是哲学家？快跟上！"

由于没有完成训练课目，正常巡逻，钟金泽和金钢不用参加。常常，他带着金钢坐在岸边的礁石上，表情复杂地看着礁盘上跟在海虎后面的武装士兵。

晚霞映红了海面，白白的珊瑚上也似乎开出来朵朵小红花。面对夕阳，跳跃的海虎和快速行进的士兵在钟金泽的眼中构成了一幅美丽的剪影。在这剪影里，仿佛那跳跃的就是金钢，而走在排头的那个士兵就是他自己。

淡淡的惆怅涌上心头，他把手放在金钢的头上，不知说什么好。难道自己挑选金钢看走了眼？对他来说，金钢是最重要的武器。学过武术的钟金泽明白，一个战士挑选的武器不好使，意味着什么。

真希望金钢能争口气，尽快进入状态。在老海虎退出现役离开海岛前，一定把那身功夫都学到。

没想到，海虎给金钢留的时间太少了。

二

一场突如其来的土台风袭击了六号岛。一阵怪风，竟然把值班室的一本日志吹上了礁盘。海虎英勇地在礁盘上和台风搏斗，最后受了重伤。日志抢回来了，但海虎牺牲了。

海虎的牺牲给钟金泽带来了很大的震动，远海岛礁的恶劣环境和生命的无常一下子撞到面前。他更担心海生，怕他陷在巨大的悲痛里出不来。可是，海生没有表现出什么异常，这让钟金泽更加担心。

整个小岛让浓浓的悲伤气氛笼罩。为海虎海葬那天，所有的水兵都拥到了码头，没有一个不掉眼泪的。用白绸裹着的海虎遗体，被抬上军舰舷梯时，岛上传来一阵巨大的吼叫声。大家惊讶地回头，才发现是野牛——椰林里居然跑出了几十头野牛，发出了悲伤的哀叫。那叫声拍打着海面礁盘，震动着椰林和林梢上的天空。

钟金泽心头猛地一颤。海虎在这岛上十年，书写了多少故事和辉煌，战士们的眼泪和野牛们的叫声都在向他诉说。

岛上随舰出海的有队长和指导员，还有王海生和钟金泽。本来没有安排金钢上舰，在海虎刚被抬上军舰时，金钢一下子蹿上舷梯，跃上了甲板，扑到海虎身上，紧紧抱住海虎。没人能把它拉开。看它的眼神，也没人敢把它拉开。

队长问王海生："它去行吗？"

王海生说："就让它一起去送送吧。"

到了远海，王海生把金钢拉开了。海虎被抬起，抛进了深蓝色的大海。蓝得发黑的海面，溅起来雪白的浪花，像一双双大手将海虎拥进怀抱。

这一瞬间，钟金泽脑子一片空白。王海生手疾眼快，突然后退——他及时拉住了想跳进大海的金钢。

连金钢都这样悲伤，钟金泽暗暗担心，怕王海生挺不过去。

让钟金泽没想到的是，军舰返航后的傍晚，王海生立刻叫上钟金泽，开始了对金钢的训练。

现在开始训练让钟金泽有点儿尴尬。舰队军犬队知道海虎已经牺牲，申请要把王海生调过去当教员。王海生说再拖一拖，现在金钢还不能独立执行任务，他必须在这儿盯着。这是实话，但很让钟金泽受不了：金钢不能独立执行任务，也就说明自己不能独立执行任务。但这都是事实，训练和执勤是来不得半点含糊的。

王海生现在充当着两个角色，一是担起海虎的任务，既要带金钢熟悉礁盘，又要在部队巡逻时在最前面当向导；二是要带好这个新海岛钟金泽。

这天晚上睡觉前，王海生匆匆从队部回来，对钟金泽说："你们老部队要来岛上海训了。"

钟金泽一愣，既兴奋又紧张："还是利剑行动吗？"

"是的。"

"啊！真的？"

"是真的，去年你参加那次是'利剑一〇一'，这次是'利剑一〇二'，去年是攻，今年是守。"

一下子，钟金泽热血沸腾了，马上又回到了去年那场演习。

去年的训练除了抢滩夺岛，还围绕礁盘进行了一系列的课目。最难的一次是穿上潜水服，在海沟里潜行上岛。潜水的深度不大，但水下珊瑚礁地形非常复杂，一不小心，很容易找不到出水口。入水后，他一直叮嘱自己要沉住气，情况越复杂，越要有定力。凭着这个信念，他稳扎稳打，一举获得了第一，让许多老兵都惊叹。也就是那次训练，他才知道礁盘里有三条海沟可以由岸边通往外海。如果有敌军蛙人偷袭，海沟是重点的防范目标。

所以，他也明白礁盘巡逻对六号岛是何等重要。

王海生带来的消息，让钟金泽像换了个人似的。熄灯后，他在床上翻来覆去睡不着，王海生突然开了口："想离开六号岛啦？"

钟金泽心里一惊，一时没吱声，一会儿他终于忍不住了，起身拉开了灯。这是他内心深处的念头，自己都不敢面对，王海生怎么知道的？难道他有特异功能？

王海生也起了身，认认真真地看了他一眼，说："是金钢告诉我的。”

“金……金钢？”钟金泽心里更打鼓，简直不敢相信自己的耳朵。

“是的，金钢。还记得上个月它受了点伤吗？打那以后，我有好几次从它的眼神中读到这个信息。”

钟金泽沉默了。王海生是老驯犬员，对军犬的习性和肢体语言的了解，远远要超过新兵钟金泽。可金钢不同啊，金钢是他专门从北京军犬训练基地挑出来的。不说从北京到湛江这一路航海，光从湛江出海后，他和金钢又风雨同舟了一个多月。上岛半年多来，也是朝夕相处，金钢的眼神还有谁能比他更了解？怎么自己从金钢那儿没有看出任何表现呢。

他又想起了那次金钢负伤。

那天下着雨，海风有点大。浪花扑到礁盘，不时溅到人身上，有时，巡逻路线离海面近，浪大能打湿半身。

依然是王海生在前面领路，金钢排在第二，它已经能在礁盘上稳健地行走，只是还不能像海虎那样熟练地跳跃。

忽然一个大浪过来，把所有人都打了个踉跄。金钢一下滑倒了，它再站起来的时候，右后腿不利索了。跟在身后的钟金泽赶紧蹲下查看，发现它的腿部让珊瑚礁划了一个口子，不大，但在流血。王海生让一位战士拿出急救包给金钢包扎好，对钟金泽说：“你先带金钢返回吧。”

钟金泽一愣，马上说：“我觉得应该让它走完。”

王海生看看钟金泽，再看看金钢，没有再吭声，领队前进。金钢还真争气，忍着伤痛，硬是没有掉队。看着金钢一拐一拐的右腿，他又有些不忍：也许他应该听海生的，把金钢先领回去。但是，在这帮战士的脑海里，还站着一个海虎。在台风中那次，海虎在礁盘上抢回了一份被风刮走的值班日志，当时也是腿受了伤，但没有丝毫退却，直到完成任务后，大家才发现它的伤口。他选定的金钢，在熟悉礁盘上可以不如海虎，但在吃苦耐劳、忍受伤痛上，绝对不能比海虎差！

偏偏，在跨越一条宽大的海沟时，金钢痛苦地哼了一下。这一哼，让钟金泽脸上发烫。

巡逻结束，给金钢处理完伤口，钟金泽有些憋屈，回到宿舍，听到隔壁两个战士还在议论："你看这金钢，还是条年轻军犬，这点伤口怎么说哭就哭了呢？"

"伤口是小，但海水里盐分高，换你你不哭？"

"我哭不哭不知道，我知道海虎受那么重的伤也没哭，班长不是和我们说，军犬都能这样，何况我们，让我们向军犬学习。"

"那要不要向金钢学？"

"你这不是抬杠吗？"

……

王海生看了看钟金泽，冲过去，训斥那两个兵："金钢是新兵，受伤了还不许叫唤几声？我是新兵时，在礁盘上崴了脚，也哼哼了！"

没有人再吱声了，王海生回来，看钟金泽脸色还是不好，打岔说："这帮新兵蛋子，嘲笑金钢不就是嘲笑我吗？"

钟金泽有些小小的感动，但马上感慨：在这个六号岛上，海虎是金钢难以逾越的高峰，而王海生，也是他自己不可逾越的。

打那以后，他对自己有些小小的怨恨：真不知天高地厚，离开陆战队，来到了这个小岛。没想到这个巴掌大的小岛，卧虎藏龙，太不简单了。他自己不知道，他的怨恨已经无声地转移到了金钢身上。

金钢似乎也感受到了这种怨恨。

是不是想办法离开小岛，重返陆战队？

上次腿骨折出院到现在，已经一年零六个月了，医生说他两年内不能剧烈运动。这段时间在礁盘上的运动还不剧烈吗？他觉得自己的身体已经恢复得差不多了。也许，这六号岛真的不适合他？不，是他不适合六号岛，他适合的是两栖侦察队，他要回到原部队。

因为他的梦想从来就没有离开过陆战队，虽然他是因为训练受伤被迫离开。

还没上小学时，他就跟着邻居一位老中医学太极拳，当时老中医跟他父亲说，这小孩站桩有模有样的，是他带的徒弟里根器最好的。后来，他父亲又给他找了几位名师，直到他初中时参加省里比武拿了冠军。打小习武时，他就梦想像武侠故事中的豪杰一样，仗剑走天涯。后来长大了，目标更具体，希望自己能像岳飞一样武艺高强、精忠报国。等进了体育学院，他才发现理想很浪漫，现实很骨感，将来的去向最大可能就是中小学体育老师。于是，他为自己寻找梦想，终于找到了海军陆战队的特种兵。本来训练时，处处冒尖，没想到突然让他离开了。

曾几何时，他梦想自己能在这个遥远的天边小岛，这个面对战争风云的小岛，重新拾起自己的梦想。没想到，上岛这么长时间，自己还是不那么合格。看来，唯一的希望，就是重返陆战队了。

从那以后，他按照特种兵的要求为自己增加了体能训练内容，这一切肯定都让金钢看在眼里。可不，这段时间，心思很少在金钢身上了。或许，他没有注意到金钢的眼神，或许，金钢知道了他想离开的心思，觉得没必要向他诉说了。

面对王海生的目光，他有些惭愧，对金钢，也有了些许内疚。

“我知道你在老家省里拿过少年武术冠军，在陆战队这一茬新兵中也是数一数二的。要不是你那次受伤，也不会来这六号岛，也不会……”王海生突然止住，轻叹一口气。

钟金泽觉得不对，马上追问。

王海生又叹了一口气：“你们那批兵里还有一位也拿过省里的少年武术冠军？”

“是啊，叫张亚平，他怎么啦？”

“今年被推荐到特种兵学院上学去了，这次演习完就去报到……你也是省里的冠军，要是不受伤……”

王海生惋惜地看着钟金泽。

钟金泽很奇怪：“你怎么知道的？”

确实，他和张亚平两人都是省冠军，训练比赛中谁也不服谁。那次他摔伤，是因为直升机滑降训练。平地滑降时，两人分数一样。山地滑降，最先跳出舱门要安排平地滑降的第一名，所以这两个并列第一，都争着第一个跳。最后，营长说，平地滑降时钟金泽着地姿势稳当一些，让钟金泽先滑。如果当时是张亚平先滑，那……钟金泽总觉得自己这样想不厚道。

“你的营长和我是同年兵，新兵训练一个班的。”王海生笑了笑。钟金泽一惊，才恍然大悟，马上觉得自己老是想着超越王海生，真是有点儿不知天高地厚。

“我知道你特别想重返陆战队，也特别想参加这次演习，马上向上级推荐了你。上级同意了，如果你参加这个演习，各个课目都合格，就可以重返两栖侦察队。你们营长说他特别看好你，也特希望你回去。刚好张亚平上学去了，他那个班你去带。这不，忙了一晚上，熄灯前才有了准信。”

钟金泽感激得不知道说什么好。他马上明白了海虎之所以能成为海虎，是因为王海生之所以为王海生。一种不舍之情油然而生，喉咙哽住：“那金钢怎么办？”

“我来带。”王海生说，“我看再训一段，它就可以独立执行任务了。”

“你也不能老待在这岛上，舰队那边一直要调你。再说，你家属就在湛江，早就该回家团聚了。”钟金泽说这话时有些哽咽了。这叫什么事，该走的不肯走，留下来带他和金钢，他这个不该走的，倒走了。

“放心，我已经申请了一位驯犬兵，舰队正在今年的新战士中选调，去北京培训后就可以来接我的班。哎，你怎么还哭了，这要让金钢看到可乐坏了。抓紧训练，好好表现，别给我丢脸，让我白推荐了你！”王海生走过来，拍了拍他的脑袋。

钟金泽觉得特别别扭，忽然反应过来，对方拍军犬脑袋这么多年，习惯了。

三

这次的“利剑一〇二”没有钟金泽想象的那么气派，就来了一艘登陆舰，陆战队的兵也就来了一个连，他们营长带队。

连队分成红军和蓝军。蓝军从海底潜水，越过危险海沟，登岛偷袭。红军负责警戒、探索和追击。

钟金泽选择了蓝军。他这样选，主要是因为蓝军的难度要比红军大。红军主要是追击，在礁盘上飞跑，他担心自己的腿伤还没有好彻底，不敢用十分的劲。而蓝军，首先潜水穿越礁盘底部的海沟偷袭上岛，危险是大，而这恰恰是钟金泽的长处；上岸后，要越过两米高的防护墙和一米五高的电网。电网没问题，铺上绝缘布，他心理上没有任何障碍，但不少新兵会因为知道网上有高压电而胆怯。特别是他们刚从水里出来，甩出去的水珠落到网上，冒出电花，刺刺作响，更让人畏而止步。他唯一担心的是那个两米的高墙。上墙没问题，飞檐走壁对特种兵来说是小菜。就是落地那个动作，双腿都要受力，他怕受伤的右腿不过关，因为医生说的是两年，还差六个月。就这点，他一定要想办法解决。

见了张亚平，差点儿没认出来。自己在岛上待得久了，让强紫外线晒得浑身发黑。没想到这小子更黑。一问，最近一段时间，他们两栖侦察队在海水里练格斗，都在烈日下，可以想见是怎样的“美容”效果。

赶紧叫张亚平讲了讲他离开陆战队后还有哪些课目。张亚平讲到前一段他们在海里格斗的过程，钟金泽又心虚又着急。这种格斗，是张亚平的强项，也是钟金泽的短板。他俩虽然同是“武术冠军”，但内容大不一样。张亚平是散打，而钟金泽是太极拳。太极拳虽然属于武术，那毕竟不是以攻击为主的。当然，学了多年的太极拳，让钟金泽养成了沉稳、内敛的性格，在许多事上稳得住，心里也放得住。当然，他毕竟年轻气盛，有时“稳”过了头，就变成自己和自己较劲。而张亚平身手敏捷，特别活泼开朗，让人感到直爽、好接触。新兵训练时，张亚平老来逗钟金泽生气，钟金泽总是静静地看着他，看得让对方发毛。终于，张亚平服输了，说钟金泽“心里住着一位老人”。还是营长说了句公道话，太极拳的境界是非攻之攻，内敛、沉稳是成大事的基础。他还拍了拍钟金泽说：“你呀，可惜了天生军事家的眼神。”

钟金泽知道后面一句话应该是“只能当了个士兵”，但他并不气馁，士兵也要有“军事家”的眼神。比如说，去年第一次礁盘下的潜行，他能带领大家避开从另一条海沟突然斜插过来的暗流，险中取胜。能第一个完成动作，就是靠的这种眼神。

这一次的演习，他依然想扬长避短。他有信心，靠着这种眼神稳中取胜。

四

演习开始，三条海沟通道分三次穿行，都是由钟金泽打着手语，在前面领着。每一条海沟都顺利通过了。最后一个课目他顺利地翻过了两米高墙，圆满完成了自己最担心的落地动作。

多亏张亚平给他出的主意。下墙时，别人都是翻身而过，直接落地，钟金泽要避免右腿再次受伤，下降时用右手搭了一下墙头，正好延缓了下降速度。动作完成得很顺利。只是最后一个下降动作，他比别人晚了几秒。

营长专门把他叫过去，表扬他干得不错，说了一句让他特别心暖的话："没想到你什么都没丢。"

守备队长也通知他准备交接，说为了让他尽快加入训练，已请示舰队，先让他跟着演习部队一道回大陆，调动手续可以同时办理。

巨大的喜悦把钟金泽紧紧围绕。因为受伤，命运的巨手一下把他扔到了遥远的西沙；而现在，他又可以回到他梦寐以求的训练场了。

从队长那儿出来，他赶紧跑往犬舍。

离犬舍十几步的时候，他听到一个熟悉的声音："菲律宾、越南、马来西亚……"他不由得一愣，难道海生在教金钢汉字吗？王海生曾跟他说过，军犬对人类的理解能力，大大超出人类的想象，海虎就会听懂他的不少语言，将来金钢也会。当时，他心思都在回陆战队上，没太当回事。

走近一看，原来，王海生是教金钢对着一本旗谱，辨认周边几个国家的国旗。这儿离这几个国家都不远，台风时，也常有外国渔船过来避风。辨别各种渔船的国籍，成了他们的功课。没想到，几天下来，金钢就都学会了。再定神，墙上还挂着一面五星红旗，这也是王海生每次都要用来加深金钢印象的。

王海生见钟金泽过来，对金钢说："快，给你的老领导告别。"

金钢好像知道钟金泽快要离岛，很兴奋地直立起身子，和钟金泽拥抱。抱着金钢，钟金泽忽然有一种怪怪的感觉。怎么它对自己离开一点儿都没有不舍？他放开金钢后，几次想在它眼神中寻找点儿什么，没有找到——他感到无限惆怅。

"钟金泽，钟金泽……"有人喊他。一看，是张亚平追到犬舍，说北京来的专家想见他。钟金泽很意外，问怎么这次演习北京也来人了。张亚平说，他也刚知道，来了一个专家组呢。

他跟着张亚平跑步赶往演习指挥所。

指挥所设在三个塔形碉堡里。岛上有八个碉堡，分三个年代建成。这塔形碉堡是十九世纪初法国人占领时修建，由石块和水泥砌成。里面有上下两层，像个小型的城堡。这个碉堡的优势就是侦察视线好。还有一种墩形碉堡，是二战时期日本人修建的，整体用混凝土浇筑而成，只有一层，还有一半在地下，防护性能强，隐蔽性也很好，也是三座。这两种碉堡我军早期也用过，现在已经修建了两座现代化的大型碉堡。

到了碉堡门口，钟金泽忽然笑了一下。张亚平很奇怪，以为他要回大陆，有点儿得意忘形了。其实钟金泽是想起司务长带的鸭子下船后就住进了这个碉堡。先是一楼，很快发展到二楼。再后来，另外两座塔形碉堡都不够用了。队长看不下去了，叫司务长一定要抓好"计划生育"，不然的话，队部的办公楼也要被鸭子们占领了。司务长执行力还真强，鸭子数量很快控制到了一个碉堡的水平。这个碉堡里的鸭子，前几天才转移到墩形碉堡里去。

走进指挥所，一位上校接待了钟金泽，详细询问了他完成各个动作的情况。钟金泽一一作答。每个动作他都做得很精彩，回答得也很自豪，就是过墙落地时不太够劲，他只是简略提了一下。

偏偏，上校对这个动作很感兴趣，问他过墙时为什么用手扶一下墙头。

钟金泽一愣，这个细节，一般人是看不出来的。他知道遇到高手了，只好实话实说。

上校点点头，认真记下来了。

走出指挥所，张亚平问他情况。他反问张亚平，这个上校怎么对他的翻墙动作这么关心，是不是陆战队回不去了？

张亚平连声说："不是不是，绝对不是。"

钟金泽看对方语气不像是安慰敷衍，更觉得不对，他怎么回答得这么肯定？一定有什么情况瞒着他！他揪住张亚平，再三追问。

张亚平向他保证："等到了大陆，我一定告诉你。"

钟金泽说："你不告诉我，我不回大陆。"

张亚平只好告诉他，这次演习和平时不一样，上级要来获取一些数据，作为下一步制定防御方案的依据。刚才那个专家也找了张亚平，因为他是蓝军队伍里完成动作最快的。

钟金泽马上明白：自己是动作最慢的。他问张亚平是怎么知道的，张亚平说："我只知道取数据是为了制定方案，但是没想到，要取一个最快一个最慢的，一共找了两个人。找完我，一找你，我就明白了。要取我们两头。”

钟金泽呆住了。

好一会儿，他沮丧地说：“什么取两头，那只是个幌子。咱们是蓝军，是被追击的，你也不想想，取被追击的数据，肯定是最慢的那个最有价值。张亚平，我求求你，你去问问咱们营长，是不是这么回事？”

张亚平没有动。

“你不去，我去。”

张亚平一把把他拉住：“我问过了。”

钟金泽像被电击了一下。终于，眼圈红了，喃喃地说：“这叫什么事呀，做梦都想回陆战队，终于盼到能够回去了，可人还没有回去，倒数第一的成绩先传回去了，丢人还丢到了北京。不行，我要去找营长，重新来一遍。”钟金泽忽地一下站起来，要去指挥所。

张亚平按住他的肩膀，把他稳住。怕声音传过去，一直把他拉到椰林边：“你冷静点！这么多参训人员，是你说再来一遍就来一遍的吗？你说句老实话，再来一遍，你的时间果真就能减下来？”

钟金泽不服气，大吼一声：“那我就直接跳。”

椰林边有三头野牛正在开会，见他俩进来，朝这边探头探脑的，听到钟金泽的吼声，吓得扭头就跑。这帮野牛现在岛上就怕钟金泽和金钢，上次它们来啃防风桐树皮时，被金钢收拾了一次。

张亚平说：“右腿再跳受伤了，后面的动作怎么完成？”

钟金泽不吱声，他顿了顿，甩开张亚平，狠狠地说：“我不走了。”扭头朝金钢的犬舍走去。

谁也劝说不了钟金泽。

王海生也劝他：“你也是倔脾气，死脑筋。最差怕什么，你以后也可以拿最好的展示出来。”

钟金泽说：“那等我能展示再说。”

王海生叹了口气：“那就先要把金钢训练好吧。”

陆战队那边也觉得钟金泽现在这种情绪回去不合适，放弃了调动。

钟金泽最终留了下来。

王海生没有想到的是，钟金泽虽然留下来了，并没有安生，而是提出了一个新招。他说，偷袭的蓝军要取的最慢数据是他留下的，那追击红军的最快数据他也要刷新。

王海生板起了脸，第一次用了班长的口气：“小兄弟，也不能太任性了。说不回大陆，上级也同意了。你看，我还要把争取来的驯犬员退掉。这追击速度，是你说创造就能创造的吗？”

钟金泽拉住王海生：“跟我来。”一直把他拉到防风桐树林边。

这防风桐树林里，大多是上百年的老树。由于多年的台风，这里有刮倒的树，有刮弯的树，也有刮斜的树，还有被雷电击中的，留下焦黑的躯干。这些树纵横交错地纠缠在一起，不知多少年，形成了一个巨大的结合体。枝丫交错，老藤密布。台风不仅没有把它们消灭，反而让它们一年年更加茁壮。不像靠近营房的椰树，每次台风一来，不是剃个平头就是削个光头，等台风期过去，才慢慢长出树叶。

钟金泽说：“红军追击蓝军，都要绕过防风桐，增加了四五倍的路程，直接穿过防风桐树林，不就行了吗？”

王海生问：“怎么穿过去？锯开？火攻？还是全部烧掉？”

钟金泽告诉他，去年在陆战队时，在海南岛五指山的丛林里演练，回宿舍的路上，他听村里的老百姓说，山上有一些黎族樵夫，穿过丛林的速度比他们特种兵快多了。当时，他还真没当回事，现在想想，里面应该有一些秘诀。王海生脸色缓和了，问他："你想去趟五指山？"

钟金泽点点头。

王海生沉吟了一下说："我再支持你一回。我去和领导说。"

钟金泽太意外了，张了半天嘴也没合上。他双手按着王海生的肩头，想给他一个感激的拥抱。

这时，王海生却突然指着金钢："你应该抱抱它！"

钟金泽一愣，再看金钢的眼神，似乎有些陌生了。他忽然感到，好久没有和金钢沟通了，在金钢眼里，他就是一个将要离岛，或者已经离岛的人了。凭金钢的感知力，应该知道自己对它的不满乃至嫌弃……

他目光有些躲闪，心里一酸，蹲下去搂住金钢，想说些什么，却又说不出口。他的两眼有点儿湿润。

五

半个月后，王海生正在潟湖边训练金钢潜泳。忽然，金钢跑上岸来，冲他摇了摇尾巴，抖落皮毛上的水珠，扭头就朝椰林东边跑去。

整个小岛是月牙形的，潟湖在南边。台风大多是由北边过来，所以防风桐大多在岛的北边，形成了屏障。防风桐的南边，是椰林。过了椰林，就是营房。由于南方正面过来的台风都是因为南半球的寒流北上，形成暖流，越过赤道而形成的。南方过来的台风，风力不会太大，所以营房就建在岛的最南边，靠近潟湖。椰林的东边外侧，就是码头。

怎么去码头？王海生感觉金钢有些反常，今天没有通知舰船要上岛呀。等追着拐过椰林，他简直不敢相信自己的眼睛：一艘渔船正在朝这边驶来。

船靠岸了。钟金泽出现在了船头。他一跑上码头，就问王海生："你们怎么知道我在这条船上？"

王海生指指金钢："你问它。"

钟金泽："问它？"

王海生把刚才的情况和钟金泽说了。没等钟金泽露出诧异的表情，他赶紧问："怎么样，了解得如何？"

钟金泽羞愧而失落地摇摇头。

"没找到人？"

"找到了。"

"找到了，那个传说是假的？"

"真的。"

"那怎么不行呢？"

钟金泽告诉王海生，快速穿行丛林的办法他已经学会了，而且写成了材料寄给陆战队。但那个办法，不适合防风桐。丛林里都是小灌木，虽然密集，熟悉的人依然可以找到空隙穿行。而防风桐都是粗大枝干紧密纠缠在一起，没有空子可钻。

王海生沉默了。他知道，钟金泽又一次遭受到了失败。虽然钟金泽不喜欢小岛，也不怎么喜欢金钢了，但他身上那种不屈不挠的精神气，王海生还是很赞赏的。再说，钟金泽此行并没有白去，也为陆战队做出了贡献。

他理解这次失败对钟金泽的打击。忽然，他想起了什么："我可有一个新发现，就等你回来呢，或许对你有用！"

钟金泽赶紧问："什么发现？"

王海生指指金钢："就是它。"

钟金泽糊涂了："它？"

"它！金钢！金钢的感知能力，超过我遇到的所有军犬。你看，这次你回来，离岸边还有这么远，它就已经感知到了。金钢的行动能力比不上海虎，但它的感知能力远远超过海虎。"

钟金泽马上觉得王海生说得有理。想到金钢和海虎，就好像自己和张亚平，一巧一拙。巧拙各有所长，不能替代，却可互相弥补。自己最初训练金钢的错误，就在于让它盲目追赶海虎，向海虎看齐，抹杀了它自身的特性。

比如，海虎在礁盘上能任意跳跃，而金钢就是不跳不跃。但后来王海生接手后，经过观察，果断否定了之前让海虎带金钢的方案。果然，没太长时间，金钢靠自己的观察，在礁盘上找出了一条可以快速行进的平坦小路。从此，部队多了一种巡逻方式。

再说，椰林里的野牛老喜欢过来偷吃防风桐的树叶、树皮乃至树根，每到这时，海虎冲过去吼几声，野牛就跑了。野牛为什么这么听话？这是因为有一次特大台风，几头野牛都被刮到海里，海虎顶风冒险，把野牛们从椰林里逼到防风桐北侧背风的地方，救了它们的命。你想，海虎一声吼它们能不听？

海虎牺牲后，金钢从来不吼野牛，它知道吼了也没有用，它没有救过野牛，没威望。但它看到野牛过来搞破坏，先只是冷冷地看着，连钟金泽叫它吼，它也不理睬。忽然，它腾空而起，朝着领头的那头牛扑去，像道黑色的闪电，直击对方。刀一样的利齿，在野牛脖子上留下两排浅浅的牙印。惊魂未定的野牛快速逃离，再也没有过来。

这些野牛的祖先是水牛。相传一百多年前，海南岛的渔民带了几头水牛上岛，留下来了，繁衍生息，现在成了一大片。只是，这儿的环境太恶劣，一代不如一代，到现在又瘦又小，成了世界上独特的品种。

这些在钟金泽眼里，没太当回事，意外只是偶然，他却没有想到，这是一种特殊的能力。当初，他挑了金钢，除了因为它基本素质过硬，还不是因为金钢沉稳勇敢的个性吗？怎么一来到这儿，就只知道用它的短处比海虎灵活敏捷的长处呢？

钟金泽看了看金钢，真想说声对不起，这段时间由于想着离开六号岛，对金钢的一切都疏忽了。

像是为了证明王海生的判断，一直盯着送钟金泽靠岸那艘渔船的金钢，忽然咆哮起来。

钟金泽和王海生对视了一下，马上叫来在礁盘上巡逻的武装小分队，跟着金钢上了渔船。

钟金泽觉得这次金钢叫得有些怪异，这船是自己乘坐的，船上多是熟悉的海南渔民，经常来六号岛避风或者靠岸休整。船长阿洪当三副时，王海生就认识他，他刚才还在船头和这儿打招呼呢。

会有什么问题呀？

但守岛是一丝都不能疏忽。这方面每个士兵都十足地机警。

这一带常有外国渔民过来避风，或者生病了上岛求医。为了防止有敌军的武装渔船，对靠岸船只的管制非常严格，即使我国渔船，也要防止是敌方伪装或被敌方劫持。但像今天这样的情况还真没遇到过。

等岸上制高点都已上了兵，王海生、钟金泽和武装士兵们开始搜舱，船长阿洪一脸迷茫和委屈，但是很配合。这就让钟金泽心里打鼓，生怕金钢出洋相。很快，金钢蹿到船头，冲着锚舱吼了几声，钟金泽让打开，阿洪迟疑了一下，让船员打开了。两名战士冲进去，不一会儿，抬出几个大纸箱子。

阿洪一脸尴尬。

打开一看，是各种各样的爆竹、鞭炮和焰火，对这些火工品，王海生非常有经验。按照标准，把大剂量的全部没收了，同时严肃地通知阿洪，剩下的在岛上也不许用，岛上禁止放烟花爆竹。岛上树木密集，引起火灾后果不堪设想。

他当然没有说，在椰林和防风桐的交界处，两座现代化的碉堡之间，还有一座重要的技术阵地。

阿洪点点头，又拉住王海生："后天是八月十五。"

王海生知道，这南海的渔民八月十五都要祭海。十多年前，祭海的仪式比较简单，这些年，都发财了，越搞越复杂，最后变成谁的爆竹高，谁的焰火大，谁最能发财。因为盲目攀比，才会有不少超出标准的爆竹焰火偷偷生产出来。不过，对当地民俗，部队也不会去干预。王海生说："八月十五你们出海去放！"

阿洪说："八月十五有土台风，要不我们也不会绕道把这位首长送过来的。就是来避风。"

钟金泽知道他说的是实话，本来，他坐运输舰到永兴岛，没有船只再肯出海，都说有土台风，只有这个阿洪愿意过来，而且特别主动。他说他们老是在六号岛一带作业，对这片海清楚，也喜欢到六号岛的潟湖里避风。

请示上级后，王海生同意渔船驶入潟湖，也同意他们可以在岛上祭海，但是只能上香和放鞭炮，地点选在这个月牙形小岛左边那个尖端外的礁盘上，这里离树林最远。

阿洪千谢万谢。

还真神奇。八月十五刮了一天台风，到了傍晚，风突然变小了，看来这帮渔民对这一带海情真是太熟了。天上乌云密布，看不到月亮，但是缝隙间略微浮出一些月光，让海面也变得波光粼粼。

晚上八点，月亮出来了，又大又圆地挂在海空。土台风过后的海面风平浪静，如一片明镜。渔民们按规定排着队，在礁盘上开始祭海。王海生和钟金泽带着士兵们在边上布开，监督他们如何使用火工物品。仪式时间很长，放鞭炮要等到高香点完。就在那几支香刚点起时，金钢忽然扯了一下钟金泽的裤腿，扭头就跑，钟金泽、王海生带着两个武装士兵马上跟了过去。

等跑到椰林，到月亮岛的弓背处，一眼看见两个渔民正在准备点摆在地面上的焰火。王海生一看地上那个焰火，就知道火焰在天上展开的面积肯定很大。他大声喝令渔民住手。

渔民一看有兵跑过来，更急着点火。王海生急了，抢过士兵的步枪，拉动枪栓，再次喝令他们住手。

那个点火的渔民害怕了，边上一个年龄较大的，是大副，骂他："没出息，他们敢开枪？"夺过火把子就把焰火的引信点着了。而后，两人快速闪开。

就在这时，夜空中突然闪现一道白光，准确地击中了那根引信——引信断了！

是一把飞刀。钟金泽情急之中把匕首拔下掷出。在少年武术队时，他学过飞刀。学飞刀首先是练定力，他们学太极拳那一批的小孩都学过飞刀。到了部队，一直没找到展示的机会，没想到，这回用上了。

那大副还不罢休，背着钟金泽他们方向又点了一个焰火。这个角度，飞刀没有用，但是钟金泽还是把王海生的匕首飞了过去，想把那焰火击倒。匕首稳稳地扎在圆桶形的焰火上，焰火晃了晃，没有倒。

眼看导火索就要烧到尽头，王海生想开枪把焰火击倒，又怕引爆，伤及渔民……

焰火引爆了，斜着射向海面，在海上形成了一个巨大的火球，无比美丽，也让人无比恐惧。

是金钢！金钢在最后一刻扑倒了焰火。当然，焰火的后坐力也把它推开好几米。

金钢的前爪落到珊瑚礁上，受了点小伤。

渔民的违规行为由上级通知地方部队，台风过后，他们就灰溜溜地回永兴岛接受处罚了。果不其然，他们敢这么冒险，就因为认定烟火放得越高，今年就越发达。

金钢和钟金泽避免了一次事故，各记三等功一次。立功通知下来时，钟金泽问王海生，怎么没有他，他是怎么向上级汇报的。王海生淡淡地笑了笑：“我立过的功，太多了。胸口就那么大，再立，军功章就摆不下了。”

六

这事让钟金泽和金钢名声大震。王海生告诉钟金泽，上级又来电话问：钟金泽改转一期士官后，能不能调回陆战队。新士官钟金泽的态度很明确，一定要弄出个成果。

守备队队长听了王海生的汇报，很不理解，都给他立功了，改士官了，还要弄出什么成果？难道陆战队请他当个营长团长，他才肯回去？

王海生知道大家误解钟金泽了，钟金泽人倔，但不是死心眼的人，而且在热爱部队事业这一点上，和自己很像。现在，钟金泽绝不是因为那个“最慢”的数据纠结，而是他们将要有一个重大发现，而这个发现，对于西沙守卫部队起着极其重要的作用。

为了这个发现，钟金泽放弃了重返陆战队。这让王海生对钟金泽有了新的认识。当然，王海生觉得，无论谁能完成这个发现，做出牺牲都是值得的。

这一阵在训练金钢时，他和钟金泽常常研究，终于有了一个共识：金钢的感知能力非常强。这种能力包括特殊的听力和嗅觉，更包括第六感觉。这种感知能力如果把握住，发挥得好，能极大地增强战斗力。如果金钢能预先知道哪儿有蛙人偷袭，哪儿还需要什么追击，提前守着出口瓮中捉鳖就行了！

王海生正式向队长和指导员提出了测试金钢能力的方案。王海生在岛上的年头比他们都要长，他的话当然很有分量。队长听了也很兴奋，哪怕有百分之一的希望也不能放弃，抓紧拿出方案做试验。只要岛上有的，要什么给什么，尽量支持。当然，如果要动用武器装备和其他兵员，要报上级批准。

钟金泽和王海生感到了期待和压力，但也信心十足。

头一次试验应该说是非常成功。由钟金泽穿潜水服从礁盘外面钻入海沟，朝岛上潜行，王海生带着金钢在值班室等着。忽然，金钢起身就跑，一直跑到二号出口处，五分钟后，钟金泽果然从这个口子露出了水面。王海生测算了一下时间，大约是在钟金泽离岸还有三分之一路程时，金钢捕捉到了信息。

这结果让两人很兴奋，说明金钢有捕捉水下信息的能力，只是感知的距离没有在水面上远。

后面两次在一号出口、三号出口的试验，金钢同样判断得超前又准确。

王海生要和钟金泽互换角色，由他来潜水，钟金泽带着金钢在海边等候。钟金泽觉得没必要了，现在需要一个金钢不熟悉的人由水下潜行，看看金钢行不行。

王海生说，守备队有两名战士会潜水，我动用他们。队长说，这要报上级同意。

钟金泽说，既然要报上级，不如干脆请上级从邻岛再派两名潜水员过来。将来，咱们的目标不是要金钢捕捉偷袭者吗？下一步就是让它区别岛上战士和岛外来客。

王海生觉得钟金泽说得有道理，想法看起来有点儿大，但对上级来说要求并不高。

上级非常支持，还表扬了他们的创新精神。

试验继续进行下去。对岛上士兵，对友邻岛上来的士兵，只要他们潜行出来，金钢都能准确地在出水口处“热情”迎接。

钟金泽乐坏了，对王海生说：“就差最后一哆嗦了，趁热打铁，咱们抓紧把金钢辨别岛内外人员的能力展示出来。”

这最后一哆嗦没抖成。

王海生和钟金泽两个人一道向金钢下了指令。确认无误后，测试开始。结果很快出来了，无论对岛内还是岛外的士兵，金钢都会发出警报。

他俩心凉了半截。这怎么办？又改变指令：凡是有人上岛，金钢都不用理睬。这一条金钢也做到了。

明白了，金钢只能做到这个程度了，再辨别人们的身份，它的能力就达不到了。

钟金泽觉得自己又功亏一篑了。他忍不住训斥金钢：“你能不能争点气？在战场上，分不清敌我还打什么仗？”

金钢应该听懂了他的话，委屈得低着头一声不吭。

王海生有点儿不忍，说钟金泽：“急什么急，撒气能解决问题吗？都知道，全世界的军犬，在水里辨别能力是大大受限的。”

钟金泽也明白这个道理，可他们是海军，金钢是守卫海岛的，不能因为一个“水”字，就全盘皆输了吧。

他叹口气，眯着眼看向礁盘，看看礁盘外的海面，又看了海面尽头的落日，再一次感到了无奈。

又是一次失败？怎么做什么事都是在最后一招上卡住了。

王海生看他一副沮丧的样子，安慰他：“不要急，要想办法。”

钟金泽说：“想什么办法？人是想不出来了，就得靠它。”他指指金钢。他真想问金钢：“你到底行不行呀？”这回忍住了，从刚才金钢的反应，他知道金钢能听懂自己的话了，不能再伤害它了。

确实，关键在金钢，可他对金钢有多少了解呢？他认真打量了一下刚被自己责怪的金钢，有了一些内疚。金钢这种特殊的感知能力，不也是意外中被发现的吗？

突然，刚才王海生的一句话提醒了他——全世界的军犬，对，世界上的军犬都是这样的吗？金钢不就和海虎不一样吗？

对了，现在信息发达了，与外军交流也多了。国内外对军犬、对犬类有什么新的发现呢？

想到这，他一拍大腿，拉着王海生去了队部，边走边告诉王海生：要找张亚平，问问他特种兵学院有没有研究军犬的教授，能不能找到什么高招。

他拉王海生来的目的，是想用队长办公室桌上的那部电话。从小岛到大陆，多少年来都是磁石电话，还要经过永兴岛转，不久前，刚接通了军线程控电话，岛上一共三部，队长、教导员各一部，值班室一部。值班室那部一般不会有人用，用队长这一部，钟金泽觉得还是要王海生的面子。

很快接通了特种兵学院的总机，转到学员队。听说是西沙来的电话，对方很兴奋、很惊奇，把张亚平从课堂里叫了出来，张亚平在那边还以为出了什么大事呢。一听是钟金泽的声音，他松了口气。

听完钟金泽的请求，张亚平觉得钟金泽这个想法太离奇了。他有些为难，说自己也就是个新学员，真不知道学院有没有军犬方面的专家，不过，他还是愿意帮忙。

张亚平把钟金泽的要求全记下来，并在电话那边复述了一遍。

放下电话，钟金泽有点儿失落，觉得把这种事情拜托给张亚平有些不靠谱。

没想到，几个小时后，张亚平就打来电话了。从海边跑过来的钟金泽拿过话筒，尽量掩饰自己声音里的激动："找到军犬专家了？"

张亚平说："学校没有军犬专家，我找了我们数学老师。"

钟金泽差点儿没骂出来，这小子办事太不靠谱了。他没好气地说："你怎么不找体育老师？"

谁知张亚平那边很兴奋："你怎么知道我找体育老师了？不是我找的，是数学老师找的。"

钟金泽觉得张亚平太没数了，这边急得要死，他还有心思开玩笑逗他，气得马上把电话扣了。

不一会儿，电话又响了，王海生赶紧把话筒拿起来，听了一会儿就频频点头，脸上还露出了笑容。

钟金泽一头雾水。

王海生放下电话，激动地说："这小子找了教军事运筹学的老师。老师说我们本来早就成功了，是自己设了坑，把自己埋进去了。"

钟金泽马上问："什么坑？"

王海生说："老师说，只要军犬能发现有人登岛，就是成功了。你非要把岛内岛外的人分开，这军犬又做不到，不是自己给自己挖坑吗？自己人登岛，自己人还不知道吗？排除掉就行了。那位教授说，退一步海阔天空，他也说我们的试验很有意义。"

钟金泽一下子坐到了椅子上。可不是嘛，从前学太极拳的时候，有一招就是以退为进。他一向沉稳，最近急于求成，反而乱了阵脚。他感叹，专家毕竟是专家，又问："那体育老师是怎么回事？"说体育老师时，钟金泽心里动了一下，当年就是为了不当体育老师，他才来的陆战队。

王海生说："特种兵学院的体育老师，可不是我们中小学的体育老师，而是运动生理学方面的专家。他认为，人和动物都可能有特殊的感知能力，只是感知的方面不同而已，他建议让军犬基地对现有的军犬做这方面的测试，这工作由他们来做。"

忽然，钟金泽问王海生："什么叫军事运筹学？"

王海生一愣："我还要问你呢。"

钟金泽沉吟了一下："运筹帷幄，运筹帷幄……"他晃了晃脑袋，不好意思地对王海生说："你还是再问问张亚平吧。"

王海生拿起电话又要了过去，还好张亚平就在电话不远处，他说他也说不清楚，马上问一下。不一会儿，答案就来了，张亚平说，教授怕一句两句话这边也听不明白，说田忌赛马就是军事运筹学，用数学的方法科学分配兵力物力，也是。比如，这回他们就没运筹好，没有合理分配好人和军犬，各自该做什么，该人做的不要推给军犬。

结果实在是太让人振奋了，压在心头多少天的石头终于卸下了！钟金泽飞快地跑回海边，对着金钢大喊："伙计，你成功了！"一把搂住了金钢。

接下来的军犬测试进行得很顺利。特种兵学院的教授帮忙写的论证报告非常严谨，他们发现，所有军犬都有这个感知能力，只是强弱不同而已。强的可以马上训练，弱的也可以尽快开发。

报告由守备队以支部名义上报，一直转到了北京，收到无数肯定。有位重要的首长还在上面批示：这件事启发我们，要对传统的部队训练方式和防御模式进行全面反思和提升。要挖掘军犬的潜力，更要应用高科技和更多的创新手段。

七

因为这次发现给部队做出的贡献，上级给钟金泽和金钢各记二等功一次，这很让钟金泽意外。王海生没有记功，更让钟金泽意外，一了解，是王海生没有报他自己，说：这次试验，全是钟金泽和金钢的贡献。钟金泽很着急，也很难受。因为立了二等功，就有提干的可能性，这对王海生这样的老兵太需要了。他找到王海生，问为什么放弃。王海生又是淡淡地说，二等功他也立过，海虎也立过，还充满希望地对钟金泽说，希望金钢能超过海虎，将来立几个一等功。

钟金泽问他，那你为什么没有提干呢？

王海生说：“我是初中毕业水平，立功的时候，已经要求必须高中毕业以上文化程度。”

钟金泽说：“那那那……那太可惜了！”

王海生笑了笑说：“说实话，当时我心里也郁闷了一会儿，可当我看到海虎，全都释然了。你想想，我们能立这个功，海虎、金钢起了多大作用，它们能得到什么呢？再说我了，本来就这个文化程度，真当个军官，能指挥打赢现代战争吗？”

钟金泽说：“话不能这么说，军犬你不就训得全海军冒尖吗？”

王海生说：“这话你说到点子上了，我就适合干这个。你看，我从一个初中毕业生，在部队干到了四级士官，而且将来到了舰队军犬队当教员，还能转高级士官，这和军官的待遇也差不多了。你说，我就为部队做这么点，部队对我还不够好吗？”

钟金泽说：“说得也是。但是，军官还是不一样。”

王海生说：“是不一样，我还不了解自己吗？我要是干个军官，肯定是个垫底的军官。但我干士官，不是吹，永远走在前面。你不要小看了士官，我在士官学校短训过半年，看了不少外军资料，有一条信息让我很震撼。美军之所以在朝鲜战争中挺那么长时间，就是二战中留下来的那批老士官起了关键作用。到越战时，那批老士官早就离开部队了，他们的战斗力大幅度下降。你说，士官的作用能小看吗？”

钟金泽半天没有吱声，没想到平时不吭不哈的王海生，想得那么深。从海虎和金钢对六号岛的贡献来说，他说得确实有道理。现在，六号岛的守备队队长随时可以换，但王海生和金钢就走不了。

王海生接着说：“以前，我们有个常识，就是做了才能得到。通过这些年在岛上海虎和金钢对部队的贡献，我觉得应该改一改，做了就是得到。”

“做了就是得到。”这句话让钟金泽牢牢记住了。

接下来，更让钟金泽想不到的是，上级特批了个名额，推荐他到特种兵学院报到入学。

拿着入学通知书，钟金泽的心情非常复杂。之前，他想要尽快离开这个岛，上次差点儿离岛了，因为那个不光彩的纪录，自己赌气留了下来。而现在，他可以光彩夺目地离开了，却一点儿都兴奋不起来。这荣誉和光彩，是金钢和王海生帮他创造的，也是这六号岛为他创造的。这时候，他才强烈地感觉到，他是那么舍不得离开金钢、离开岛上的战友。

他向队长提出了最后一个请求，让他在岛上再待一段时间，直到新的驯犬员过来。

队长翻了翻台历："没商量，顶多二十天，把你休假的时间扣掉，还剩十天，要留给路途，不然赶不上报到入学了。都老兵了，纪律观念可不能松。"

王海生看他的神情，生怕他想什么怪招多留一段时间，劝他："放心去吧，我的小老弟，金钢也该毕业了，驯犬员来了，我再带一带。都待了十多年了，再待几个月算什么呢。"

这二十天过得特别快，就在钟金泽等着交通艇来接他离开六号岛，到永兴岛换乘大船的时候，"美菱"台风突然来了。

这台风预报是十级，全岛严阵以待，进入了防风紧急状态。所有人都搬入了队部那栋岛上唯一的二层楼。因为这栋楼是框架结构的，安全性好。钟金泽、王海生带着金钢，一起住了进来。如果超过十二级，就要躲进新建的碉堡里去了。

没想到台风来得特别猛。所有的椰子树瞬间都被齐头削平，有不少还折断了。海上白浪滔天，形成一排排高大的水墙向这边推进。每间屋的窗户都早就打开了，风从这边进，那边出，呼啸着穿屋而过。所有人只能蹲着，让台风带着雨点从头顶碾过，而且每个人都会感到一股力量把他们朝窗口吸去。经历过防台风的人都知道，这是风速过大形成的，大家都避开窗口或者抓住固定点，忽然，传来一阵轰响，王海生挪到窗边一看：坏了，他们那栋宿舍，全让台风扫平了！这宿舍已经建成二十多年了，海生在岛上也有十多年了，这么大的风从来没有遇到过。

他赶紧报告队长，上次十四级台风，他们的宿舍也没事，这次肯定不会低于十五级，在办公楼里待着肯定危险。

队长张大了嘴，猛地捶了一下地面，说早知道这样应该直接到新建的碉堡里去的。

又是轰的一声，办公楼南面一块临海的现浇防风水泥墙连根倒塌了。更大的狂风冲击着办公楼，楼房开始摇晃，楼板在嘎嘎作响，地面也出现裂缝，墙皮开始大片脱落。

王海生急忙说："不行，要抓紧撤！"

"你看怎么撤？"队长在这方面特别信任王海生这个老海岛。

"现在再去新建的碉堡太远也太危险。赶快去那儿……"王海生指着窗外五十米处紧贴着海边的一座墩形碉堡，那是日军当年建造的。

这个碉堡上次演习时，司务长把鸭子都转移到这来了，叽叽喳喳地叫了几天，队长实在受不了了，让转移到椰林那边的碉堡去了，现在鸭子安全了，那些野牛只要不离开防风桐，也是安全的。

要紧的是现在他们怎么越过这五十米？！

办公楼南朝潟湖，北依椰林，到碉堡的途中，全让海水一层层覆盖。海岸是不规则的，海水一浪追着一浪，分不清哪儿是岸，哪儿是海面。

王海生叫来金钢："去仓库把缆绳拉来。"

仓库和会议室隔一间屋，金钢看了看南北两边窗口，趁着风小的时候，一下子从北面跳了出去，顺着墙根向仓库急奔。不一会儿，它咬着缆绳的一头，从南边的门进来了。

王海生看了一下金钢，马上对队长说："看来，贴着地面的风还不太大，我带着绳子过去，到那一固定，同志们立刻一个个抓着缆绳过去。记住，缆绳的这端一定要固定在柱子上。”

队长说：“太危险了，你看那边贴地面的水已经不浅了。”

钟金泽要抢过绳子，说自己练过武术，过去最合适。

王海生说：“没时间了，这楼说塌就塌，浅不浅都得去！这海岛上我最老，地形我最熟。”话音刚落，他就用细绳把缆绳系在腰带上，弯腰冲了出去。

王海生真是有经验，他猫着腰紧贴着水面快速爬行。从屋里看，就像在水里游泳一样。几分钟不到，他已走出二十多米了。

队长屏住气，赞叹：“真不愧是老海岛。”

话音刚落，一个巨浪打过来，顿时把海生抛到了空中，下降时他想保持姿势用双腿着地，由于缆绳系在他的腰上，他没有完成这个动作，身子斜着重重地摔了下来。

所有人的心都悬起来了。

“海生哥！”

钟金泽喊着要冲过去，队长一把把他拉住：“冷静！”

王海生明显受了重伤，他仰面躺在地上，右手挣扎着举了起来，但是整个脸部恰好和水面齐平，在海水中不时地被覆盖和露出。很快，那只举起的右手也垂下了，茫茫的水面上，只剩狂风呜咽。

“海生！”所有人都带着哭腔喊。钟金泽觉得海生刚才那一抬手，肯定是对自己的呼唤，他马上要冲过去，队长像有预感，一把抱住了他。

“拉，快拉！”队长急得直跺脚，让大家拉动缆绳，想把海生拉回来。钟金泽拦住：“不行，这一拉后脑勺要在珊瑚礁上摩擦，更危险。”

就在这时，一个黑色身影从空中腾起，是金钢！在整个过程中，它一直在边上没出声，现在，它忽然出现了。

金钢是在北侧墙根完成了助跑，冲着大海方向斜飞过去的，猛烈的风把它推了回来，形成一个弧形，落到了缆绳附近。落地时，它在地上打了几个滚，以减少撞击力，躲到一棵被风折断的椰树后。瞅准风小的时机，它再一次奋力跃起，落到了王海生身边，它咬着王海生的右肩，让海生头部露出海面。

一阵狂风过来，把金钢和海生分开了。金钢冲着办公楼这边发出一阵长长的哀鸣。

大家从哀鸣中知道了王海生的情况肯定不妙，而钟金泽更是心里像刀扎一样，他想打手语，让金钢把王海生拖回来。这时，王海生的手又举了一下，他已无力挥动手臂，但钟金泽在胳膊举起的瞬间，看到他的手指弯了两下，依然是在召唤！

战士们都跟钟金泽说："快通知金钢，抓紧救回海生！"

钟金泽咬着牙，朝金钢打了个手语，这时他已泪流满面。

已经接近海生的金钢，看到钟金泽的手语，马上一口咬断了海生腰间的细绳，咬住缆绳朝碉堡冲去。

战士们都围着钟金泽逼他下令让金钢回头。有个战士甚至拉动枪栓要让子弹逼金钢回头，让他的班长把枪夺走了。

看着围逼自己的战士们，钟金泽痛苦地摇摇头，眼中看到的只是晃动的人影。但是，他很快擦干了眼泪，扭头盯住金钢。

队长拦住了那几个情绪失控的战士，把钟金泽推进了隔壁的队部。

金钢咬着绳子，沿着水面稳步急行，靠近了礁堡。

让所有人吃惊的是，金钢到了碉堡门口，并不进去，直接到了背风的一面。不一会儿，它又折回来，进碉堡咬着了绳子，出现在大门口。

原来礁堡是没有可固定绳子的东西，金钢让缆绳从射击孔进来，再找个角度拉住。这样的话，碉堡的墙很宽，射击孔的两个墙角和墙面都让缆绳产生了摩擦力，它牙齿的受力可以大大减少。

当金钢出现在碉堡门口那一瞬，钟金泽已顺着绳子冲了过去，有绳子助力，他的行进快多了。他毕竟自小会武术，用出各种动作来化解风力。有几次风大的时候，绳子的拉力也更大了，金钢都被扯进了碉堡，钟金泽马上摆出马步和台风抗衡，尽可能减少对绳子的依赖，减轻金钢的压力。

终于，他和金钢会合了！

冲进碉堡，他把绳子赶紧围在自己腰上，大喊：“过来，快！”

一个一个战士，顺着绳子进入了礁堡。队长和指导员是最后离开的，他们刚离开办公楼几米远，整个楼房的墙轰然坍塌。砖块像一片片树叶飞进了椰林，楼板一块块都被掀起飞在空中了，有不少进了椰林，砸断了好几棵椰子树。

只剩下楼的框架在巨风中颤抖。

所有的人在回望办公楼，都张嘴吸口凉气半天吐不出来。有一块楼板，斜着恰好砸在了队长的身后。整个缆绳，朝后猛地一拽，没进碉堡的十多个人差点仰面跌倒，碉堡里拉缆绳的也被拽出来几个。

好在缆绳没断。等所有人都进了碉堡，钟金泽想回去寻找王海生时，更大的台风来临了。

后来才知道，这次台风高达十六级，是西沙历史上最高的。

王海生牺牲了，他用生命救了整个守备队，更是用生命守住了六号岛。

八

台风过后，钟金泽和队长一起清理王海生的遗物，由于原来的宿舍全都被台风扫到海里去了，王海生留下的就是台风刚来时带进办公楼的一个文件包，这包他冲出去时扔给了钟金泽。打开包，除了几本关于金钢训练的笔记心得，看样子是为将要上岛的驯犬员准备的。

还有一封没有写完的家信。信上写道：

亲爱的妻：

可能在信中我是最后一次这样称呼你，但我真的不希望是最后一次。虽然你又一次提出离婚，为了咱们六岁的儿子，我求你收回自己的离婚申请。

你已经有一年没有给我回信了，我记得，我一共给你写了二十五封信，没有任何回音。每当有船捎信上岛，看到战士们兴奋地翻找出自己的家信时，我心里真不是滋味。不想让大家觉察到你没有给我来信，我总是悄悄地走开。咱们的孩子兵兵肯定也长高了，该上一年级了吧，现在什么样子，我也不知道。请求你寄照片给我，也总是没有回音。我常常拿着他四岁时候的照片，想象着他现在该变成什么模样。每次想象，都会有不同的结果，有时候想着他像你多了，有时候想着他像我多了。真想知道他现在长成什么样子了。

上次回家你就说过我没脸面对我们的孩子。进家门的时候，孩子没有认出我来，叫了我声大伯，你打了他一嘴巴，孩子哭了，那哭声两年来一直留在我的心里。你也骂了我，说我确实没有资格承受“爸爸”这个称呼，我确实很内疚，这么多年我欠你们的实在太多了。我答应你等海虎退役了，我也可以回大陆和你团聚，但是这两年里我和海虎留在这发生了一连串事，都让我觉得我没有离开是对的。

你知道的，我是生在胶东的一个小山村，从小就给村里放牛，初中毕业在建筑工地当了两年泥瓦工。没想到自己能当上海军，到了部队，一个放牛娃变成了一个让上下都认可的驯犬员。每当岗位离不开我的时候，我都会觉得真没想到部队会让我这么有出息。

你总是问我“你爱海虎还是爱我”，我真不好回答。但是我现在告诉你的是，海虎牺牲了。这也是最近这几个月我没有再给你写信的原因。在海虎离去后的这几个月里，大家都很悲痛，我确实非常害怕，害怕自己精神承受不住，会彻底垮了，只好把精力转移到工作训练上。我多少次实在忍不住，想找个地方大哭一场，但是我不能。因为我是上岛时间最长的兵，如果我情绪不对了，战士们本来悲伤的情绪也可能失控。现在海上形势紧，岛上任务重，部队可不能因为我分了心。所以说，我不能哭也没地方哭，有几次，只有在半夜里，我确定同舍的小钟熟睡时，我才流下眼泪并轻轻地哼几声。

好在现在小钟带来的新军犬金钢已经可以独立执行任务了，我的心也慢慢宽了。其实我也想早点离开小岛，留下小钟和金钢，让他们自己成长。但是，我真的不放心小钟，因为他那个腿已经为部队受过一次重伤了，还没满恢复期。礁盘上的地形那么复杂，他也不是特别熟，万一脚下落空，腿很容易受伤，怎么忍心让他的腿再受一次伤。现在好了，要不了太多时间，小钟就会离开上学去了，新的驯犬员我再带一带，就可以回到大陆了。

等我回到大陆，咱们再也不会分开，就等我三个月，行吗？

这么多年，我知道你虽然气话说得很多，但心里很善良。为了这个我待了十几年的小岛和接替我的新战友，你会同意这几个月的。

……

运送王海生遗体的军舰明天就要来了。

金钢在抢险中，口部和腮部都有划伤。王海生的牺牲，更让它遭受打击，这几天它一直趴在犬舍，就像得了重病。这段时间，钟金泽一有空，就陪着金钢。他和金钢，都沉浸在极大的痛苦里。脑子里老是出现王海生最后挥动的那只手，多少幻觉里他抓住了那只手，并用力拉了起来……

队长在犬舍里找到了钟金泽，说："新的驯犬员随舰上岛来了，你就陪着海生回大陆吧。你看，这场台风，都耽误你去军校报到了，好在是特殊情况，部队已经给学校说明了。"

"驯犬员不用来了。"钟金泽说。

"为什么？"队长很诧异，指着金钢说，"你不会把金钢也带走吧？"

"不，是它让我留下。"钟金泽说。

队长好像突然不认识他了："你开什么玩笑！军校毕业就是军官了，大好的前程，那么拼命争取来的，就不要了？不是都说你有天生军事家的眼神却是士兵的命吗？现在，你好不容易挤到军事家的起跑线上，不想证明自己了？我知道，海生牺牲后，你和金钢都受不了，确实金钢也需要你陪伴一段时间，但是我看出来了，金钢不是一般的军犬，它的承受能力很强，有我们在，你放心去上学，这件大事上你不要太冲动了。"

"这不是一时冲动，这是我的郑重决定。我想了好久。现在，小岛上可以没有我，可我已经不能没有小岛。我想先在这儿当好一名士官，像王海生那样。”钟金泽说。他的口气斩钉截铁，目光中透着坚决，眼眶是红的。

但没有一滴眼泪。

本来趴着的金钢仿佛也听懂了，马上起身，挺起了胸膛。

她从云上来

文清丽

陕西长武人，1986年入伍，毕业于解放军艺术学院文学系、北京大学艺术系和鲁迅文学院第三届中青年作家高级研讨班和第二十八届高级研讨班（深造班），曾在全国文学刊物发表作品六百余万字，现为《解放军文艺》主编。

一

我做梦也没想到我会爱上一个开战斗机的女飞行员，可以这么说，她好像一片云彩飘进了我的世界。

我们戏剧演员，一出场，先要亮明身份。那么我也自报一下家门。小生柳云飞，柳宗元之后，三九年华，尚未婚配。至于名气么，自己说了不算，前几年，微博时兴，我也未能免俗，放的都是我的演出信息和剧照，点击量三千人次。后来，两个粉丝为我开了微信公众号，一天留言几百条，内容大同小异，都是喜欢我扮演的张生呀、贾宝玉呀什么的。公众号的两个小姑娘很敬业,两三天就更新一次,我也没时间细看,直到一年前的一个春夜,我无意中看到一条这样的留言：我叫罗依阳。咱俩很像，都有一个施展自我的舞台。你的舞台很小，可你放飞了自我。我的舞台虽大，却无枝可依。不知怎么的，看完，我心咯噔了一下，鬼使神差，打了她微信中的语音电话。

没人接，直到第二天晚上，演出结束，我刚回宿舍，语音电话才打来。她说，对不起，我刚从天上回来。这丫头，好调皮，我笑道，你是奔月的嫦娥？她迟疑了一下，说，我是开飞机的，战斗机。说到“战斗机”时,她的声音小了许多,生怕人听见似的,随后又强调，你要替我保密。我笑着说当然，我也刚从张生变回了柳云飞。她说，你能穿越，好厉害。我说，你也不简单，开战斗机，还在天空之上，我望尘莫及。她呵呵地笑道，咱们真是秀才遇见兵,我忙接口,越聊越有戏。她哈哈大笑道,你这人有意思。我说你这女军官也让人心生敬慕，那可是无边无际的天空呀，还驾着那么沉的铁疙瘩。我们聊了两个小时，都意犹未尽，但她说不聊了，明天还要飞呢。我说，我明天也有演出，欢迎有空来看。

她说好。就在挂电话时，她又说，你为什么不问我长得如何呢？

我说你的朋友圈没有照片吗？自信的女孩子都会发照片。

她笑了笑，说，我要看天气预报了，改天聊。

这么关心天气？

飞行员，当然要时刻关注天气变化了。不等我说话，语音就结束了。

我打开她朋友圈时，心里好紧张。我不知道为什么我那么紧张。我想象一个开飞机的女孩子肯定长得五大三粗，或英气十足，但温柔可就难说了，我看了朋友圈，她发的只显示三天，且什么内容都没有。头像是一束花，无签名。

鬼使神差，我又到百度上搜索了“罗依阳”，除一名医生外，再无其他信息。我又搜索“女飞行员罗依阳”，仍无只字片言。

这个开战斗机的女孩可能没名气，或者只是个刚学会飞行的学生，或者是个小骗子。她不留电话，也不视频，只语音或短信。

第二天演戏时，上了十年舞台的我，第一次出了差错，扮莺莺的于红都走进我屋了，我还不知道说什么，好在就是一瞬间。眼尖的观众肯定发现我一时的恍惚了。气得于红晚上吃饭都没等我，她是我师妹，我们在舞台上演了十年的情侣。三年前，她忽然说，咱好一辈子行不行，台上台下。我看着那双我看了十年的大眼睛，看到了莺莺的坚定、杜丽娘的痴情，握起她递过来的手，说，好。谈了三年的恋爱，我经常分不清我们到底在舞台上，还是在现实中。她老叫我书呆子。我佩服她台上台下分得清，佩服她台下果敢、干脆，遇事有主见，可又不高兴她凡事皆替我做主。

年初，在父母的催促下，我们决定十一结婚。单位有同事笑着说，对联我已帮你们拟好了，上联是小姐小姐多丰采，下联是君瑞君瑞济川才。横幅是一双才貌世无赛。

女飞行员的突如其来，把我的心生生地搅乱了。

晚上临睡前，我又打开微信，她仍没有出现。

一周都没出现。

难道她跟我通话后，发现我不是她想象中的人，所以消失了？

都是我不理粉，竟还有粉不理我？这我可不答应，我给她打语音，没人接。我想给她微信留言，写了删，删了写，最终，还是没有发。本想把她拉黑，可不知怎么的，我保留了她。一周后，就在我要淡忘了她时，她的语音又来了，说，因为外场不让带手机。她生怕我不相信，又说，部队就是这样的，如你是我的朋友，当理解。“朋友”一词，让我心腾的就热了，却淡然地说，算不上，咱们本来就只通过一次电话而已。她半天才说，你知道我为什么想跟你交朋友吗？因为你不是在演戏，你是演你自己。

哎呀呀，这句话让我的怨气立马消散，我邀请道，周末我要在皇家粮仓演《牡丹亭》，你若有时间，可来瞧一眼。

她说很想去的，可是军人么，身不由己。

我说理解。谁让你们是最可爱的人呢。

她扑哧一笑，不好意思，熄灯军号响了，最可爱的人要休息了。你听。

我猜测她把手机对着窗外，因为我听到了清晰的军号声：嘀嘀哒，嘀嘀达。悠长而舒缓。军号是真实的，她不会骗我。我心里又是一热，说，睡吧，明天告诉我上天的感觉。

她说有时间联系。

放了电话，我打了自己的嘴巴，“明天”暴露了我急切想跟她联系的心境。难道我真像张生一样，疯癫中魔了。

这时于红闯进门，劈头就问：你跟谁联系呢？我打电话，发短信也不回，敲门也不理。

我说，粉，一个铁粉。

八成女的。她斜着眼，朝我当胸打了一拳。

我心虚地嘿嘿笑着，你的粉，九成是男的。粉不是花，更非果子，就是铁粉也吃不成，对吧。

走，散步去。她说，春天的晚上，公园里花更香，杏花都开了。她说着，诡秘地一笑。

都熄灯了，还出去？

熄灯？熄的什么灯？

我忙说，我意思天晚了，明天还要排练，改天吧。

走吧，走吧，啰唆个啥？于红像往常一样拽着我的耳朵，这次，我坚决地丢开她的手，气恼地说，我累了。

于红像不认识似的盯着我看了半天，丢下一句，撞鬼了！拂袖而去。不，那是戏台上的叫法。在现实中，叫摔门而出。

我在网上搜索了熄灯号，放了两遍，感觉这号声好神奇，好像吹开了一扇窗，我瞧见了一个陌生而有激情的世界，这世界对我充满了诱惑。哒哒嘀哒滴，哒哒嘀哒滴。是让人听到就想去战斗。我又在网上查，原来号有十几种，什么起床号、出操号、上课号、开饭号、午睡号、休息号等等。

躺在床上了，关了手机，我又想，我关心这号声干什么，它又不是笛子、箫，我们在舞台上离不得。

可笛子和军号的号谱是不是也有联系呀？这么一想，我又睡不着了，起身又打开了手机搜索。

二

相对来说，女飞行员周末时间多些，说话也活泛了许多，说我叫你柳生好不好？

柳生，你唱的戏怎么那么好呢？一出戏，我看十遍，还想看。

这话我爱听。我笑着说，我吃透了主人公的内心活动呗。

你穿着那白袍摇帽翅的样子好好看哟。我刚又看了一遍你唱的《西楼记·楼台会》，你穿紫色长袍的样子帅呆了，领上白色的兰花，乌黑的帽子，帽翅的小翅膀，流畅又大方，好美。小时，我就喜欢看戏，秦腔虽然唱腔没昆曲美，可秀才帽正中明镜，一对小翅膀似的帽翅，都是一样的。小时看《西厢记》的连环画，我还在上面用白纸描张生的画呢。只要十里八乡有秦腔戏，我说什么也要去看，什么《火焰驹》《三滴血》《豆腐状元》《女附马》《牡丹亭》，直看得泪水涟涟，仍流连忘返。最爱看戏中秀才那清雅俊逸的玉树临风样。特别那一袭素袍，满腹文章，让我欲罢不能。我不喜欢武将的战袍，在战袍上闻到的是一股血腥之气，动不动就一刀劈死了人，而秀才那帽额方镜是读书人的象征，那如飘带的帽翅轻摇，那折扇上墨宝诗画交相辉映，让我感到一种说不出的好涌上心头。秀才们琴棋诗画几乎样样精通，正因此，惹得千金小姐为其不惜与父母分裂、女扮男装千里寻夫。他们的爱情信物是诗是剑是扇，约会的地点不是在亭台楼阁就是在花前月下，这些好东西好地方深深地吸引住了我。我爱看戏，到县城新华书店买了不少戏剧画一张张贴在家里墙上。现在我知道那大多都是演出剧照。左邻右舍家家都贴着这一类画，什么《杨家将》《拜月记》《碧玉簪》等。画里的才子佳人要么在花园相会，一轮圆月挂天下，亭台楼阁在身后，几丛花草在眼前，小姐半扇遮俊脸，婀娜身材微微倾。秀才双手撩袍，双眼含光情脉脉。要么是金榜题名，秀才与小姐在洞房花烛下穿红衣，相偎共坐倾心谈。秀才这时已戴上了亮闪闪的乌纱帽，小姐也戴上了满头球翠的凤冠。

她说完这一长串话，停顿了一下，说，你听着吧。

我趁机说，用视频就知道我是否听着了。

她轻声一笑，没有回答我的问题，继续说，上了大学，我又迷上了昆曲。如果说秦腔是大山大河，昆曲就是小桥流水。昆曲不看字幕，我都听不懂，但就是喜欢，总感觉它美在一丝一缕，美在一招一式。美在情深执着，美在给人有一种梦幻感。特别是在视频上我看到你跟于红演的《玉簪记》真是太美了，笛子是昆剧的旖旎之色，这一剧里古琴竟比笛子还美。“秋江”一折，背景上的狂草书法“秋江”，水袖的舞动好似水的流动。古琴声，朴透、圆润、古朴、甜美。还有灯光、音乐、舞蹈，一个美字怎能言尽。当然最美的是词，什么“落叶惊残梦，闲步芳尘数落红”，什么“平地风波拆锦鸳，羞将泪眼向人看”。“袅晴丝吹来闲庭院，摇漾春如线”。就拿这春如线来说，说的好像是柳条，但又不尽然。它让我开始留意生活中的一棵草、一枝花，甚至一只狗。我经常边看边记，我不愿意从网上下载，就喜欢一句一句地记。昆剧词，我记了好大一本呢。观剧就像紧张训练结束后的读书，或者像吃水果，不，像我听的一曲轻音乐，真太享受了。

我笑着问，那你为什么又开飞机了？

我五音不全，只能望戏兴叹了。但飞行，命中注定，与我一生相伴。我姑妈穿着毛领皮夹克飞行服，头戴五角星的绿色军帽站在飞机前的照片挂在我家镜框里，标志着她部队番号的信、汇款单，一次次地涌进我家里。还有我奶奶，整天你姑姑长，你姑姑短。只要听到天上飞机响，奶奶马上就跑出屋，有时手上还沾着面粉，有时衣服的扣子还没扣，就光着脚跑了出去。我记得那时我大概六七岁，我问奶奶，飞机有啥好看的？咱又上不去。奶奶一只手搭在额前，仰着头说，怎么上不去，看，你姑姑不是正在天上开飞机嘛，她指定想家了，飞机又不敢在空中停，只能让咱看一眼，就走了。我也学着奶奶的样子仰头看，跟小鸟差不多的飞机早没影了。从那时起，我就想长大要当飞行员，像姑姑那样，把照片挂在家堂屋最显眼的位置。小学三年级时，我在作文里写道，我要像姑姑一样，保卫祖国的蓝天。高中毕业，我参加飞行员招考，我们几百人，只招了十五个。女飞行学员选拔标准特高，身高一米六五以上不行，偏食，不行。不吃猪、牛、羊肉，不行。因为飞行消耗体力大，吃不好，根本就飞不下来，所以我们空勤灶，比陆军饭好吃多了。我高考成绩六百五十分，又通过对政治、体格、心理、文化素质严格考核，幸运地通过了。单查体就近一百多项，实行单项淘汰制。为了模拟飞行状态下的应变能力，有个转椅考试，我当时好紧张。一般人旋转几圈后就会前后倾斜、头晕目眩。还需要根据声响摆动头托，难度更大。只有平衡能力出色的人，才能通过这一考验。转椅三十分钟后停下，又让闻四个分别装着水、醋、酒精和汽油的瓶子，分辨里面装的是什么。好多人刚从转椅上下来，就吐得不行，根本无法再闻东西，就被刷掉了。我到空军飞行学院学习的四年里，可以说每天的神经都绷得紧紧的，文化课、航空理论不在话下，咱基础在那放着，最难的是飞行技术训练，近二十门航理课程，数不清的数据，记不完的原理，哪一项不过关，就不能转入飞行训练，甚至被停飞。我经常做梦都在背数据。

全部合格后，才放单飞。

我开的是战斗机，操作难度大，俯冲跃升、快速急转、减速盘旋最大载荷常人难以想象。一般上午飞将近三个小时的特技加起落，下午上体育课练体能，否则根本不可能开上飞机。可再累，我们没有一个人放弃。为啥？院史馆胸别大红花军功章的飞行员一张张高级特技飞行动作组合轨迹图诱惑着我，那些上升横滚、下降横滚、跃升盘旋、水平八字盘旋、双上升转弯、连续横滚、慢滚等特技，看得我激情飞扬。人生，总得给自己设置一些难题吧，想想在空中跳芭蕾，多刺激，再说你还爱它。

对，给自己设难题，跟我们唱戏一样。

我最难忘的是第一次飞上天空的感觉，那是由教员操纵示范，学员看着体会飞行。

教八教练机可漂亮了！你有机会，到我们部队来亲眼瞧瞧，就知道它有多拉风！在我眼中，它既妩媚又英武，好像男女共同体。停机坪上，一字摆开，那红白相间的喷涂、尖状的机头、水滴状拱起的座舱和鱼形的机身，就是我心目中的战斗机样子！我第一次坐进它的座舱，心跳得都按捺不住。

启动飞机，我们不叫开机，叫开车。发动机启动后，带我的教员通过机内无线电请示塔台，得到许可后，方开车。

座舱是密封的，舱内特别安静，噪声小，也没有螺旋桨转动带来的扑扑拉拉的震动感，很舒适。

教员在队长指令下滑上了跑道，很是平稳，跟我坐普通客机一样。

起飞后，我先是紧张，慢慢地被一种喜悦代替。宽敞的风挡框，视野开阔。楼房、庄稼、一座座小山，皆在我脚下，让我不由得想起了那首脍炙人口的歌曲：

我爱祖国的蓝天

晴空万里阳光灿烂
白云为我铺大道
东风送我飞向前
金色的朝霞在我身边飞舞
脚下是一片锦绣河山
……

一曲歌还没唱完，忽然一片乌云撞来，我瞬间恶心起来，忙伸手到连体飞行服的口袋里掏出塑料袋，捂住嘴。

别担心，这是气流引起的，教员在后面说，如果你感觉不行，我们返航。

我说不用，我能坚持得住。

不一会儿，就感觉好多了。

飞机平稳了，我又不甘心，便对教员说，教官，能不能给我变个花样？

教员说，好的，05，我先给你做一个右盘旋。说着，我就看到前风挡框开始迅速向右倾斜，当飞机坡度几乎倾斜成七十度时，风档框便在天地线上飞快地向右旋转起来。我感觉我好像要掉下去了，又想吐了，不，还晕，心脏好像瞬间也停止跳动了，教员马上抬起机头，我又平稳地飘在了云层中。哎呀，给你怎么说呢，她一会儿俯冲，一会儿跃升，飞机在她手里就像一个变形金刚，任她随意变幻。

还有一次，那时我已分到部队，有天机长带着我飞行。飞机飞到五百米高度时，忽然撞上了一只鸽子，教员急忙请示塔台后让飞机转入了下滑，防止飞机因为失去动力而失速。

我看了一眼发动机参数，转速已经基本归零，煤油压力、发动机温度、滑油压力都在下降。

飞行最让人担心的空中停车可怕地出现了，机长命令我跳伞。我怎么能丢下她呢，她的孩子才一岁，可她向塔台报告让我跳伞，塔台首长片刻，同意了她的意见。好在，机长凭着丰富的经验，安全着陆。

从那以后，我就知道什么是战友，战友，就是愿把生留给你，自己去死的那个人。她说着，哽咽了。

说实话，初听这些，我以为我在听故事，或者在看美国大片，可当她好听的声音再次出现时，我才感觉我的眼角湿了。

然后除了飞机，就是看戏，一个接一个地看。唱戏的演员我太崇拜了，他们演什么像什么，比如你扮的那个张生好痴情，而扮的那个许仙，让人既爱又恨。演谁像谁，真的，我喜欢一遍遍地看你的戏。

我笑了，说，天长日久，功到自然成。就像你们开飞机，时间久了，肯定从会开到开出花样来。天安门国庆献礼时那些飞行员，真是太牛了，每架飞机离得那么近，吓死人了。还完成各种高难度动作，什么集合、开花、俯冲、跃升、盘旋、滚转……看得我心都要跳出来了。

她笑着说，但是你不知道他们付出的艰辛。我们女飞和男飞一样，若进入飞行训练，凌晨四点半，就得起来驾驶飞机开始了繁忙的训练。每个飞行日大约占场飞行七个小时，每人近二十个起落。飞行结束要进行总结讲评，还有每天雷打不动的一个半小时的体能训练，做吊环、双杠臂屈伸、单杠引体向上，跑五公里，滚轮、悬梯高强度训练，有时累得真不想当飞行员了，可看到漂亮的飞机、漂亮的飞行服，又不甘心退出。给你说，我第一次戴上漂亮的头盔、护目镜，往镜子一照，都不认识自己了。合体的绿色飞行服，是专门为我们女飞设计的，因为战斗机座舱较小，连体式飞行服整体紧身型没有飘、摆部分，飞行员进出座舱比较灵活，不会误碰挂座舱内开关。飞行服上有八个用拉链开合的口袋，装飞行中和跳伞后必备的生活用品。

终于我放单飞了，那天天空蓝得像海洋一样，云层像多彩的壮锦，刚开始我有些紧张，不一会儿，我就放松了，严格按照机长讲的，顺利地飞了两个小时。白天是云彩与我同行，夜晚是星星与我做伴，柳生，你不知道夜航有多么美，看着脚下的万家灯火，置身于群星之上，我感觉我就是保卫这美丽景色的英雄，感觉自己好伟大。

我说，我坐飞机时，透过身旁小小的舷窗，都能感觉到棉花般的云层好美，你们坐在宽敞明亮的大玻璃窗前，一定超爽。

她笑着说，那叫风挡。有次飞行时，我看到了彩虹，一轮完整的彩虹，而我就是从彩虹门里飞进去的，有一种进入童话的感觉。哎呀呀，我怎么给你说呢，那种感受我告诉爸妈，他们不理解，可我姑姑理解，她刚退休。我刚才说的飞行时，鸟撞风挡玻璃，姑姑也遇到过，她还遇到冰霜，遇到发动机出故障，都安全地返回了大地……我说这么多，影响了你的休息吧，夜深了。

没有，没有，请你多给我讲讲，讲讲你的飞行、你的部队生活，越具体越好。

我们营区特别大，部队院子你知道，都是整齐划一，从大门进来，一条笔直的大道，两边种着法国梧桐。机场离我们营区不远，十分钟就到了。我们飞行员吃得好，比陆军伙食标准高，两人一间宿舍，有洗衣机、冰箱、电脑。营区的宣传栏里，贴着一个个优秀的女飞行员，从女将军刘晓莲、岳喜翠、程晓健到余旭、陶佳莉等第八代飞行员，每当我从她们面前走过，就感觉自己跟她们一样，特荣耀。

是不是那个上春晚的余旭？

忽然手机里传来吹哨声，她说，集合了，再见。

我一看表，晚上十一点了，不知她又去执行什么任务了。从那以后，我到网上最爱看的就是关于女飞行员的一些资料，那些从黑白照片到一张张彩色照片，从朴实的脸到妩媚的脸，飞行服从简单到现在漂亮科学，简直太棒了。我想象着她是其中的哪一个。

真想问她长得漂亮不，真想给她要照片，可我始终没好意思开口。

认识罗依阳后，我把她当成了我最知心的人、亲密的人，啥话都告诉她。特别是我不再像过去一样，只关心戏剧。有天，她说她刚读完一本书叫《说吧，记忆》，那本书，让她恨不能紧紧抓住生命中每一天。

我说，快告诉我，作者是谁，哪国的，我要下单。

我问她部队在哪儿，她说离我所在的城市不远，五个小时。我托朋友打听，果然自驾车五个小时的地方有空军的一支飞行部队，而且有女飞。我立即给她微信留言，我一定要找机会到你部队去演出。

她说好呀，可当我说八一去时，她说近期你不要来，来了你也见不到我，我还有飞行任务呢。

我发了一个必胜的表情，让她明白我的决心。

三

生活好像还跟过去一样，唱戏、排练、聚会，可不一样的是，除了排练和演出，我不愿跟于红在一起了。于红拉着我逛公园，逛夜店。她爱游湖，躺在船上，仰着脸，闭着眼，说什么都可以不想。也到我屋里来，给我做饭。临近春节，我们演出频繁，忽然新冠肺炎蔓延，演出排练基本停了，也不能到外面去吃饭，于红就到我屋里来做饭,她也不会做饭,手机放在厨房里,边做边看。她边抹汗边说，谁能想到相府千金小姐崔莺莺还要自己动手做饭呢。我心里特难受，暗骂自己瞒她很无耻，可又张不了口，怕她流泪。因为疫情出不去，她就在屋里一会儿帮我收拾柜子，一会儿打扫卫生。她越这样，我心里越烦她，越不敢想象一辈子怎么过下去。

有天，吃着她做的鸡爪子，我试探地说，于红，咱们……咱们……我试了无数遍，“分手”两字就是说不出口。

唱戏的人，当然敏感。不知是已察觉，还是心有他想，于红瞟了我一眼，没有像过去一样，遇到这种情况，就追问个不停，而是埋头吃着饭，一声不吭。

我说，现在很危险，你不要跑了，我可以煮方便面吃。

她仍在吃，没说话。

厨房收拾完，她说我出去下。

干吗?

拿个东西。我想她拿快递，便说，不要到网上买东西，跟快递员接触也不安全。

她说，到对面超市。

我把口罩递给她，帮她戴上手套，还把一支圆珠笔给她说，摁电梯时，用笔尖按，然后按回笔尖，安全得很。

她一出门，我又追了出去，说，我陪你去。

锅里还炖着排骨呢，你盯着点。

她刚出去，电话响了。

这是罗依阳主动给我打的第一个电话，忽然叫了一声秀才，声音里好像夹杂着哭腔。

我心怦然一跳，我说，哎。

你忙吗?

不忙。

你能给我唱一折吧。

你想听什么?《西楼记·楼会》《玉簪记·琴挑》，还是《牡丹亭·叫画》?

她好像很疲惫地说，你随便。

我想了一下，本想唱《牡丹亭》中的《惊梦》中柳梦梅中的“则为你如花美眷”，怕内容造次，改成了《叫画》:

她青梅在手诗细哦，逗春心一点蹉跎。小生待画饼充饥，姐姐似望梅止渴。小姐，小姐，她未曾开半点么荷，咦!她含笑处朱唇淡抹。看这美人，这双俊俏的眼睛，是只管顾盼着小生。待小生走到这边——啊呀，她又看着小生，待我来走到那边——啊呀，她又看着小生。啊，美人，小娘子，姐姐!我那嫡嫡亲亲的姐姐呀!姐姐，想小生虽则典雅，怎及得这小娘子!哦，蓦地相逢，不免步韵一首。“丹青妙处却天然，不是天仙即地仙，地仙、地仙……竟竟，竟是地仙喏。哈哈……欲傍蟾宫人近远，恰如春在柳梅边。”小娘子，小生孤单在此，少不得么要将小娘子的画像做个伴侣，早晚么，玩之、叫之、拜之、赞之。小娘子，这里有风，请到里边去坐。哎，小娘子是客，自然小娘子先请，小生随后同行，哈哈哈!

我唱完，她半天才说，真好听，听得我心里好受一些了。

怎么了?

刚才有些难过，现在没事了，秀才，我训练去了。

罗依阳有时用语音，有时用短信，但从不用视频。我认为她是对自己的容貌不自信，但这个想法马上被我否定了，因为我想当然地认为万分之一的女飞行员一定漂亮，一定独特，身体一定健康，脑瓜一定非常人，我的儿子或闺女的妈妈一定是这万分之一的人。有了这个清晰的念头，我又心生对于红的愧疚。再说，长得美丑，现在对我来说，已不重要了，关键是我喜欢听她说话。

放下电话，我发现客厅桌上放着一张纸条，于红写的：我走了。厨房给你买了面条、馒头和面包，方便面，够你对付一阵了。还有，把排骨冻到冰箱，吃多少拿多少。

她啥时进来的？听到我们的对话吗？我不得而知。若听见也好，否则我真开不了口。

四

天越来越热了，于红催着我去拍结婚照，我却产生了去看罗依阳的念头。刚好我认识一个戏迷，是空军机关的，他一听说我想到部队去体验生活，说，这有何难，我打个电话，让部队接待一下，不过，你最好让你们团去几个人给官兵唱几折戏，他们肯定欢迎。

团长是我的老师，一听说到部队去演出，他很支持。于红得知要坐五个小时的车，说，她嗓子哑了，不去了。因为路途原因，再加上部队训练紧，我们只带了五折戏，我挑了自己最喜欢的《西厢记·密约》《西楼记·错梦》。

接待我的是一个空军少校，他说叫他刘干事。一接到我们就不停地说，我可喜欢看昆曲了，最喜欢看《牡丹亭》，最喜欢于红演的那个杜丽娘。

那是我搭档，不过她病了没来成。

哎呀，太遗憾了，欢迎你们到我们部队来演出，活跃官兵的文化生活。

我无法详述在部队的演出，可谓盛况。一个能容千人的大礼堂，座无虚席。我们在后台化妆时，就听到官兵们在唱歌，什么《打靶归来》《我爱祖国的蓝天》《强军战歌》之类的，让我还没上战场，已闻到战鼓声声催人上马。

一般我演出半小时，都不会再说话。这时，我看了下手机，没有罗依阳的任何信息，便说，我马上就要上台了，希望你能看到我最好的演出。

一直到我上台，她也没回。

虽然我不知道她看没看演出，可我仍然以为自己发挥了最佳的水平。因为我感觉台下穿着灰蓝军装的所有的女兵都是罗依阳。

演出完，与首长合影，与一个个军人合影。刘干事也在旁连连夸赞，终于瞅着一个机会，我说我有个远房表妹叫罗依阳，听说是你们单位开战斗机的，我想见见她。刘干事很快说，没有叫罗依阳的女飞行员。

你再想想，也可能她是刚毕业的新飞行员，她姑姑也是开飞机的。我心里一下子空了，可仍然不死心。

刘干事肯定地说，我到团里五年了，如果是飞行员，肯定没有，我们宣传股熟悉每一个女飞行员，且是开战斗机的，她们别说在我们团，就是在空军、在全解放军、全国，都是大熊猫。不过，有一个女飞行员叫罗小翼，她想见你，因为她今天值班，没看到你的演出，专门打电话让我安排她值班结束后见你一面。这个罗小翼，分到团里一年了，理论和飞行技行是同批学员里最优秀的，人呢，也长得漂亮，三点钟她过来，我让她陪你参观我们团，我安排了史馆、训练场观看飞行，参观我们飞行员宿舍，如果你有兴趣，可以跟我们一起吃飞行灶，我们飞行员的伙食是全军最棒的。你是名演员，有空可以唱唱我们飞行员，我敢说一定火。

昆曲很少有反映当代部队生活的，更别说飞行员了。

没有才要有，才更有必要排了。我记得好像有个越剧《女飞行员》。刘干事呵呵地笑着。你看过《我和我的祖国》了吧，最后一个就是写我们开战斗机姑娘的。

罗小翼进门前，打了一声报告，然后敬礼，典型的军人形象。她可以说用目光飞了我一眼，像小兔子受到惊吓一样，马上瞧着刘干事。刘干事又把我介绍了一番，说他还有材料要赶，让罗小翼好好陪我。然后又给我说，小罗刚分来一年多，飞行技术很棒，你可以跟她好好聊聊，就了解我们飞行员的生活了。

罗小翼话不多，穿一身蓝灰色的空军制服，扎着领带，里面浅蓝色的衬衣，肩上一杠两星，走得端正，步速快，我稍加快了步子，她红着脸说，我习惯这样走了。这是我第一次到部队，一走进两边长着法国梧桐的宽大营区，整齐划一的布置，听着嘹亮的歌声，望着一个个穿着蓝色军服的年轻身影，看到机场的塔台和草坪上停的一架架飞机，我一下子就感觉是那么的亲，那么的熟悉，好像我整天见。可同时我又有些恨罗依阳，她到底是个什么样的人，为什么把我骗到这里，自己却藏起来了。

我转过宿舍楼，如杜丽娘寻梦一样，这一搭可是她的宿舍？那一搭，可是她的球场？到了飞机场，那一架架飞机，可是我那漂亮的妹妹的战机？

虽无雕栏芍药芽儿浅，更无一丝丝垂杨线，可丝丝缕缕情丝将我牵。

你飞行害怕不？

刚开始有点儿，飞得多了，就习惯了。

我们的部队跟你想象中一样吗？

跟我女朋友讲的一模一样，对了，你们部队有没有一个叫罗依红的女飞行员？

她看了我一眼，摇摇头，却又说，也许那是她的另外一个名字，反正罗依红是没有的。

我看了她一眼，她红了脸，又低下头，说，我喜欢看你的戏，你扮的小生很帅，且每个人都不一样。可惜今天我值班，没有到现场看。

我笑了，说，我女朋友也是飞行员，她就爱看我戏。这么说，我们昆曲在女飞行员心中很有市场呀。

因为昆曲美在单纯，现在社会太浮躁。

这话这么熟悉？对了,我女朋友罗依阳也说过。我抬眼瞧她。

她笑着说，可能我们当兵的都直接，生活比较单调吧。很遗憾，刚才在我值班，没看到你唱的戏。

说得有理。有机会到我们团来看演出，我们每周都有，我给你留票。

会的。

那是悬梯吧。我看着一个吊杆上挂着的上下晃动的梯子高兴地喊道。

她说是，没问我为什么知道，指着悬梯说旋梯训练是为了提高飞行员空间定向能力而特有的一种训练手段。说着，走上前去，一只脚蹬住旋梯最下面的横栏，另一只脚蹬地，使旋梯向前摆上去后蹬地脚快速勾住旋梯，悬梯如秋天般飞了起来，它不是上下飞，而是飞了一个整圆。她足足转了有七八十个，看得我都晕了，我说快下来，危险。

她朝下一坐，悬梯就停了下来，面不改色，脸不红，又指着一棵樱桃树下的蓝色器材说，那是固定滚轮。主要是训练飞行员平衡性能的。她站在轮里，手扶头顶滚轮上圈把手，脚蹬下圈脚环，转了五六十个圆圈，然后心定气闲地说，这和悬梯都是抗眩晕的。你敢到里面，我到外圈转吗？她说着，调皮地朝我一笑，好动人，我忙说不敢不敢，看着心都停止跳动了。

她说这都是飞行员体能训练的神器，可以增强飞行员的力量、胆量和模拟飞行加速度，能锻炼飞行员的抗眩晕能力。

她说还有飞行舱模拟器，跟开真开飞机一样，可惜飞行员在训练，不能看。我说以后有机会，我女朋友会带我去的。

还有三公里跑、五公里长跑，你肯定知道，我就不啰唆了，蛇形跑你不懂吧，蛇形它最主要的精髓就是绕杆，只要你比别人快，那么你的成绩一般不会比别人低。这里的诀窍就是腿的频率不要变，但是步子要放小，身子要尽量侧着，有一种开车时急转弯的感觉。绕过杆之后腿频率不变，迈大步子，奔向下一根杆。喏，就是那种，他们正在训练呢。我循着她的指头望去，一个穿着灰色短袖的男飞行员正在穿过一个个如蛇形的白蓝相兼的木杆。

柳老师，你……你很爱你那个飞行员女朋友？

当然，看着你们，我就像看到了她一样，一样的蓝军装，一样的英气，一样的阳光。

柳老师，你这么一说，我更高兴了，我能跟你合张影吗？

当然可以。

她朝后望了一眼，叫住了一个正在跑步的女飞行员帮我们照相，那飞行员跟她一样，也是中尉。穿淡蓝色的军服，胸前的机翼很漂亮。

男朋友？好帅呀。女飞行员打趣道。

别胡说，柳老师刚给咱们演出完。

你没看？真太美了。你不是一直喜欢看昆曲嘛，这下真佛就在面前，好好请教吧。对了，柳老师，小翼跟我住同一间宿舍，整天没事干时就在电脑上看昆曲，听得我感觉她好像来自古代。她还特崇拜你，说你唱得好，扮相俊朗。小翼，我没说错吧。女飞行员说着，给罗小翼来了一个飞眼。

这么多的粉，还是漂亮女兵。我虚荣心大增。说实话，在我心目中，好像她们都一样，阳光、直接，还有那么一股英气。

那么罗依阳是个什么样的女孩子呢？听她的声音蛮好听，有点儿像我身边的这个罗小翼。一腔陕西普通话，四声分不清，比如她把吕说成绿，把何说成贺。她怯怯地靠近我，身上是一股茉莉的清香味。我们是站在一架银灰色的飞机模型前照的相。那飞机在我眼里很大，很远的地方就能瞧见，特别是那镶着黄边的鲜红的八一军徽，和银灰色飞机相映，在蓝天白云下，特别协调。

帮我们拍完照，高个女飞行员朝罗小翼挤了下眼睛，又开始向前跑去，头也不回地朝我们挥了挥手。

她穿的这衣服叫什么？

柳老师这么关注我们的飞行员生活？她穿的是体能服。

爱屋其乌，因为女朋友是飞行员，我就恨不能多了解一些你们女飞行员的生活。对了，罗老师，你家是哪儿的？

小翼，罗小翼，一个穿着迷彩服的中校远远地叫罗小翼，罗小翼飞跑了过去，敬礼，说话。我朝前走了几步，凝视罗依阳笔下的训练场，训练场有一批女飞行员跟着一个男飞行员走。准确地说，是在飞，他们每人手中都拿着一只小飞机，一会儿东，一会儿西地在做着飞行动作。像孩子似的，特好玩。

对不起，队长叫我了。

好，你去忙吧。

本来还想带你去看飞机的，以后有机会吧。六点开饭，到时我在飞机大雕像前接你。

好。

代替她来接我的是刘干事，刘干事说，罗小翼去飞行了。

她曾拿着手机给我看照片,我说照得不错。她说回头发给你。一直到我们分手，她也没加我的微信，更无从给我照片。我心里有些愠怒，不过这样的事太多了。再说，她肯定没想到我们再不能见面了。我心里略略有些遗憾，说实话，这个罗小翼长得漂亮，性格明快，如果是罗依阳，就更好了。

第二天，罗依阳在微信里出现了，说你好吧。

我真想说，我到你部队去了，部队根本就没有你这么个人，你是个骗子，此心何意。本来我想发火，可一想，资料说，飞行员情绪很重要，千万不能让她带着情绪上天，便说，你们部队纪律我不懂，可是你总能告诉我你真实的名字吧，我们通信已经半年了，我连你真实的名字都不知道。

她半天只回了一句，我有我的理由，你不是军人，你不懂。

我嘴上说，理解，心里却想道，我们演员大部分都愿意找志同道合的，那么罗依阳为什么不找同样一个开飞机的男朋友。也许人家有，只是跟我聊聊天，解解闷，所以不留真名。

我们演出《西厢记·长亭》时,于红的崔莺莺少唱了一句“去后我何适”，团长狠狠地批评了她几句，我想安慰她，说，咱们周末去拍结婚照，听说要预约好多天呢。

她淡淡地说，你真的想跟我结婚吗？我发现你不在状态，怕有别心了呀。后面这一句，她用了戏中的念白，不等我回答，扭头而去。

现在，我们只在排练厅跟舞台见，其他时间她也不理我了。

团长找我谈话，说，一个演员最好的就是他的品德，戏再好，品德不好，也没人看他的戏了。他又说，柳如飞，你是张生、柳梦梅呀，当了陈世美，失去了观众不说，怕也会失去舞台，三思呀，年轻人。

爸妈也打电话骂我，我说于红是最好的莺莺，可我找的是妻子，一个能激发我激情的那一半呀。

五

罗依阳当天晚上就打语音电话了，跟我聊得很是愉快。

我趁机说，你到北京来吧，我还没见过你，可你却熟悉我的每个动作。

她说，我也很想去的，可最近训练任务比较紧。

我左思右想，看着房间的《玉簪记》《孟丽君》《西厢记》，忽然一个想法涌了上来，我忙给罗依阳打电话，手机关机，肯定又去飞行了。我在微信上给她留言：我病了，速来。留了我的地址。

发时，我又想命令一个开战斗机的姑娘，这样的口气显然不书生。不能让她着急，万一影响她开飞机如何是好。便又把留言改道：病了才感觉好孤单，盼来。

语气弱了，又显得自己太可怜。万一她意识不到问题的严重，不来呢？可再也想不到更好的词句，我发了出去。发完刚喝了一口水，马上撤回刚才发的，重新写道：我要住院了，能来一下吗？

她来，证明心里有我。如果我都住院了，她都不来，我还留恋她什么。哎呀，张生、潘必正真聪明，他们教会了我如何赢得佳人的芳心。

对，我确信我爱上了那个神秘的飞行员。

这招真灵，她马上说你怎么了，得啥病了？女朋友怎么没照顾你。

我没女朋友。我沉思片刻，把这条短信发了过去。

别急，我马上请假。我会给你意外的惊喜的。然后第一次给我发了一长行拥抱的表情符。

我一下子忘乎所以了，忘记自己现在扮演的是病人，马上回道：你怎么来？我去接你。发了才知道自己真的被胜利冲昏了头脑，可已撤不回来了，只好又发了一条：即便我起不来，也要去接你。

她马上回道：昆剧院我梦里去过好多次，地址电话都知道，再说小生柳生谁不知道。

我还是把我的住址都一一发在她的手机上，还怕不清楚，又发了定位。

她说两天后的周末来。她说她只能待两天。

我马上计划安排她的行程，怎样让她在很短的时间里，充分地了解我，了解她钟爱的昆曲，我设计了一个又一个方案。

她爱昆曲，我要给她演出一折。若与于红合作，不但不会增色，搞不好还会坏事。我要当面给她唱我的代表作《拾画》《叫画》，还要给她唱我得了梅花奖的折子戏《西楼记·玩笺错梦》，要当面向她表白我的爱情。

场地在哪儿？剧院显然不合适，偌大的剧场，空荡荡的我们两个人，不行。宿舍，没那种氛围。

我把我们经常演出过的场地进行了一一比较，眼前一亮——听韵园，对在听韵园演。那是北方难得的南方园林，小桥流水，亭台楼阁，月亮门，太湖石，简直就是江南的翻版，可以以假乱真。好，场地解决了。

她坐长途车，也快到晚上了，我要带她到状元府第吃饭。那地方，确是清朝一状元住过，里面古朴典雅，意境深远。然后安排她住到附近一家四星级的酒店，推窗即能望到北海的红墙白塔，离我住处也就二百米。

第二天上午看我演出，下午陪她逛街，我们城市最美的蓝色港湾，有世界名牌商场，有各国美味佳肴。我们坐在水边，喝着红酒，赏着月亮，如杨贵妃和李隆基在后花园小宴。

晚上，陪她到汽车影院看老电影《女飞行员》，她一定没去过。

第三天上午她走时，我要亲自开车送她到部队，路上放着钢琴曲《献给爱丽丝》，表白。

同时，我觉得不能再骗于红了。怕见面尴尬，我在电话里艰难地跟她说，于红，我们俩不合适，我对不起你……我喜欢上了一个女孩儿，她近期要来……我以为于红会哭会闹，于红却淡淡地说，她啥时来，我可以见见她吗？

我踌躇了一下，心想做人要坦荡，她见了也好死心，便说，周六。

一切就绪，所有环节我反复核定，感觉无一处破绽，我香香地睡着了。

六

周六，我起床把三室一厅的房间收拾干净，又想，她下午到，我先出去迎她时，要像生病的样子，要不要像张生他们一样头上系着布条，想了想，千万不能东施效颦，但又不能穿睡衣见一个中国人民解放军空军中尉，可是穿得太正经，又不像病人。思前想后，最后我穿了一身在家练功的运动服，这样既随意又舒服。

不愧是军人，下午四点，门响了，我立即从床上跳起来，急急地跑去开门。

短发，微笑，怎么这么熟悉，难道梦中曾相见？

不认识了？你到我部队我陪着你。对不起。她如做了恶作剧般，微微低下头，红了脸。

快进来，请坐。我脑子好像一时短了路，半天才回过神来。刚才我还真以为就像戏上唱的，我跟她有缘，好像前世见过。都是戏剧误导了我，不，也许服装有神奇的魅力，穿军装的她让我好奇又紧张，而眼前的她，又跟我在大街上见到的女孩一样，穿着浅蓝色运动外套，侧面三条白色线条设计，既简约大方，同时又对手臂线条进行了一定的修饰。里面是黑色低胸内搭，颇具性感。下着直筒牛仔裤，显得双腿笔直纤细。她好像一位刚进校门的大学生，没有化妆，脸上纤细的茸毛在阳光下，充满了金色，可能我在演艺圈看多了脂粉女孩，她让我耳目一新。

她可能看出我的狐疑，解释道，我真名叫罗小翼，是一名战斗员飞行员，已飞三百个小时，虽然飞行时间短，但我会一直飞下去的。我是陕西人，我姑姑确实是第三代飞行员，她跟著名飞行员将军刘晓莲是战友，只是不出名罢了。我陪你参观我们团时，看到你长得好像著名昆生小生演员俞玖林，不，像施夏明，不，你比他们还帅。我真想告诉你我就是罗依阳，可我很普通，怕你失望。我只是一个刚放了单飞不久的飞行员，所以就用了假名，虽不敢承认，可我暗示了你，我爱听昆曲。还说搞不好是另外一个名字。

你好鬼，还活学活用，向祝英台学的吧，可惜梁山伯好笨。我要知道，当时一定要好好看你穿军装的样子，跟你多说说情话。

那你装病学的是张生，还是潘必正？

我们哈哈大笑。我没想到她这么机灵，有趣。

我说你不是一直想知道我如何唱戏的吗？明天上午我带你到一个花园去，我给你一个人专场唱《西楼记·玩笺错梦》。讲的是书生于叔夜爱上歌妓才女穆素徽，父亲不同意，差点儿死去，在病中想念素徽，模拟他们相会的情景，后又做梦。一会儿梦见他到素徽家，素妈妈不认识他，把他赶了出来。一会儿梦见女仆说小姐从来不认识于叔夜。一会儿又梦见穆素徽给一老者当了小妾，老者把他赶了出来。最后梦见他总也到不了西楼，因为全是大水惊醒了。

罗小翼说好呀，好呀，我为什么喜欢昆曲，就因为它是深情之美，讲尽了天下至情之人。

你很漂亮，清纯又干净。只是有些遗憾，没穿军装。那天你穿军装，好像跟现在不像。穿军装更威武，说实话，那天我都没敢细看你，我怎么会仔细打量一个陌生女孩子呢？我非登徒子，是秀才呀。好后悔呀，我比梁山伯还笨，竟然没听出你的暗示。

她捂着嘴笑道，出外不能穿军装，这是条令规定的。一说条令，我先是惊了一下，说，理解，理解。可我不甘心，又说，难道你就不送我一张你穿军装的照片吗？再说，你还没有给我们的合影呢？她歪着头说，听我命令，闭上眼睛。我乖乖地闭上眼睛。睁开！她像杨贵妃拿纸扇一样，先是闭着眼，右手拿一幅画盖住了整个面部，手指特秀气。画是一幅素描，画的是我的《西厢记》演出剧照。我戴着有双翅的秀才帽，著上面开了几枝兰花的白袍。有意思的是帽翅，左边粗，右边细，显然改了好几遍。可那细长的眼神像我。长袍上的花蕾，她画得特别仔细，还像小学生一样，上了色。帽子上的方镜，也画得很圆，像用圆规画的。这幅像小孩子的画，可她却大老远地给我带来，还镶嵌上了白金镜框。

别笑话我画得不好，人家已经画了十五幅，这是挑的最好的一幅。她笑得特好看，先微微低下头，闭着嘴，眯着眼。

画得好，以后有人写我的传记，第一张放的就是它。

下面还有一个镜框，里面放着我和她在她部队大飞机模型下的那张合影：哎呀，我离她比较近，她脸有些紧张，但笑着。

这个是订婚照，要放在我床头柜上。不，我还要放大，挂在电视机上面，每次盯着看。

我……她正要开口，门响了，是开锁的声音。我脸色大变，这就是我不喜欢于红的地方，她总是这样，做我不喜欢的事。但在客人面前，特别是在我喜欢的罗小翼面前，我不能失态，我是翩翩文气秀才郎呀。

于红好像还是我女朋友一样，提着大包小包的菜，朝罗小翼看了一眼，说，知道你来客，采购了一大堆吃的，现在饭馆也不卫生。说着，径自进了厨房。

罗小翼仍然微笑着说，真不好意思，给你们添麻烦了。但我明显看到了她的笑是装出来的，神态一下子紧张了许多。

一听“你们”，我气得快步走进厨房，语气虽弱，但面带愠怒，你怎么来了？谁让你买这些东西的。于红不理我的问话，走进客厅，坐到沙发上，一会儿给客人递茶，一会儿递水果。

我只好向罗小翼介绍，这是我……我话还没说完，于红抢过话题说，我是他搭档，我的名字太多了，崔莺莺、祝英台、穆素徽、杨玉环、白素贞等等。

罗小翼马上伸出手说，我叫罗小翼，军人，看过你的很多戏，你叫于红对不对？

女军官？你们怎么认识的？柳云飞，没想到你不但能唱戏，还能做地下工作了，我们搭档多年，你有女朋友了，一点儿口风都不露。不够朋友。

你误会了，我只是他的一个粉，不，是你们共同的粉。罗小翼说着，再也不看我，一直不停地问于红这、于红那，好像我不存在似的，生生地把我晾到了一边。如果说于红来时，我们是情侣，现在罗小翼已经坚定地走在了于红的阵营里，是她看出了我跟于红曾经的关系、误解了我，还是害羞？我不得而知。更让我诧异的是，她送我的两个镜框刚才还在茶几下，忽然不见了。

晚上无论我说什么，罗小翼也不到外面去吃饭，说于红既然买了菜，咱们就在家里包饺子。

于红说，包饺子太麻烦。

罗小翼说不麻烦的，我来和面和馅，我在家里经常做。她说着，就和起面来。她和面后，盆好干净，包的饺子更好看，放在白色的纸上，好像一只只飞机。她说我们周末经常到炊事班帮厨。

我就一直眼不停地看着她，也不顾于红的脸色有多难看。

下饺子时，罗小翼脸红着说，我没下过。

我还以为你什么都能干。于红不满地说着，坐到沙发上看电视去了。罗小翼悄悄问我会下饺子不？我说不会。她说，没事儿，不会咱学呗。然后又大声说，于红姐，五分钟饺子能熟不？于红说，你不是飞机都能开吗？

罗小翼吐吐舌头，想了想，说，没事的，我记着我妈下饺子时，好像水开了，烧一会儿，再加次水，烧开，就差不多了。不过，为了保险，水烧开三次，咱们再关火。

她一会儿揭开锅盖，一会儿盖，结果，饺子烂了不少。她专挑烂饺子吃，边吃还笑着说，她最爱吃饺子皮了。让我看得有些心疼，便把好饺子夹到她碗里，说，没事的，小翼，你不用紧张，这饺子是我吃过的最好吃的饺子。

晚上，我说宾馆已登记好了，罗小翼却说，我想跟于红姐住一起，想听她讲昆曲。这个机会好难得，于红姐这个大名人，不是你想见就能见到的。于红白了我一眼，笑着说，这可不怪我。

第二天上午，我计划带罗小翼到商场逛的，我想她一直穿军装，要给她买身好衣服，便早早起床，到食堂打了饭，又怕她们睡懒觉，给于红打电话。于红说罗小翼去跑步了，她在做饭。罗小翼想参观剧院，要她带着去。连问我一声都没有，更使我气恼，好像罗小翼是她的亲妹妹来看她的，左一句小翼，右一句小翼，语态稔熟得出乎我的意料。

我说于红，我很珍惜我们之间的友谊，希望你能理解。

于红说，你这话太小人了吧，我刚才说她让我带她去，可我没说我答应了。你的朋友，住我这儿，吃我这儿，我对你够意思吧。八点前，立即将她带走！

我一进于红宿舍，又是一惊。罗小翼穿了一件小碎花紫色裙子，系着一条白色细项链，背一个桃红色的小包，显得很有女人味。更让我想不到的是，她涂了口红，且施了脂粉，但我不得不说，化妆恰到好处。

怎么样，漂亮吧，于红双手抱臂。

原来是你的杰作。我没有说好，也没说不好，隐隐心里有点儿不舒服，我说，小翼，咱们走。

罗小翼说什么也让于红去，说否则她就不去了。于红看了我一眼，说，我上午要背剧本，你的柳哥哥带你去，一定玩得很有意思。参观剧场，下午我带你去。

罗小翼人虽然跟我一起逛，可再也没了刚来时的调皮、快乐，跟我走路都保持着适当的距离，话题除了戏，就是飞行。到了商场，她好像又变活泼了，瞧着漂亮衣服，悄悄问我能不能试。我说当然可以，只要你喜欢，尽管买。她身材好，哪件都好看。有个白衣无袖连衣裙，她穿上像个仙女。可她左看右看，反复问我漂亮不漂亮，是不是露得多了一点，她可是军人呀。她说军人时，几乎是贴着我耳边说的。我说没有任何问题，我喜欢。可最后她除了买了一身男式运动服外，什么都没买。她说，是给她弟弟买的。

中午饭我想带她到蓝色港湾去，坐在水边，吃西餐，她说就近吧，越简单越好。

只好带她进了麻辣风情，一听吃火锅，她高兴地说她最爱吃了。我让她点菜，她说她什么都能吃，让我点就是。给我们送毛巾的服务员十六七岁，满口四川话，说得快了，我就听不清。罗小翼问道，小妹妹，你是四川人？小妹妹说，对，我家四川崇州人。

罗小翼怔了一下，半天不说话了，吃得也少了。我说怎么了？

她的眼泪忽然出来了，又把小姑娘叫来问，你知道余旭吗？空军女飞行员。小姑娘摇了摇头。

别难过，我就知道余旭，我不但知道余旭，我还知道咱们中国有三百多名女飞行员，民国时期有一名女飞行员，还是电影明星呢，一直活到八十多岁。一次安全带断了，硬是跳伞到海里，被人救了。

李霞卿？你怎么知道的？

因为你，我几乎查遍了网上所有女飞行员的资料。女飞行员基本都长寿，我还知道一个写书的女飞行员，八十三岁了，还开了四十分钟的飞机。

她终于破涕而笑，说，我一直想给我爸妈在县城买房，爸妈再三说，弟弟还小，他们老两口还要种地呢。可我必须先买。她说着，哽咽了，但仍然把话说完，我怕我跟余旭……

你不会的，你绝对不会的。我说着，上前把她紧紧抱住了。

她在我怀抱里静静地偎依着，像只受伤的小猫。外面阳光灿烂，饭店人人欢笑。我不知道有多少人知道我怀中这个女飞行员心中的哀伤。又有多少人知道四川那个叫崇州的一对逝去女儿的中年夫妇的哀伤。这么思忖着，我的眼泪也悄悄流了下来。自从跟这个女飞行员接触以后，忽然变得易流泪。唱戏时流泪，看书时流泪，望天时流泪。特别是雨天，电闪雷鸣，我就祈祷，她跟她的战友，别飞。

不知是我的眼泪打湿了她的脸，还是她想起什么，她忽然松开我的胳膊说，你坐回去，我失态了。对不起。

吃饭出来，她说北京真好呀，她做梦都想在这样的城市生活。我说，以后这样的日子多着呢。她说好想去北大，好想去三联书店。我说这有何难，去就是了。

到三联书店，她抱了一大堆书，说，这下可有读的了。最上面的是一套上下集的《奥吉·马奇历险记》。交款时，我抢上前去，用微信付的款。服务员提醒我，每本书都是两种，我说，对，我跟我女朋友一人一套。旁边交款的一个学生模样的小伙儿不停地打量着我跟罗小翼，我笑笑，提着两捆书往书后放时，罗小翼说，你喜欢看吗？全买。

凡是你喜欢的，必定是最好的。

下午我带她到听韵园，这种南方式的园林，在北方算是难得。小戏台搭在一棵有八百年树龄的银杏树边，不远处即是月亮门、竹林、小湖，声音在水声映衬下，清亮飘逸。有些遗憾，若有我们南方的香樟树就更好了。

罗小翼说，她们在部队，除了每年假期，周末都是按比例外出，清晨七点前离开营区，晚上六点前必须归队。她到北京来过几次，从来没来过这个清静又别致的地方。

我握着她的手，说，那你嫁给我，以后至少每周都可以回家。

她一下子变严肃了，说，娶一个飞行员妻子，多一半时间都得守空房。

我说，嫁一个唱戏的也多半是。

我只叫了一个吹箫的朋友给我伴奏。刚换上戏服，只见于红跟着琴师和鼓师一伙人来了，他们还抬着几个大箱子，说，要演，咱们得合作完整的一出呀，这样才让解放军妹妹看得过瘾。

你怎么知道我们在这儿？

于红不回答我的问题，只瞧着罗小翼笑着说，我们配合了十年，堪称完美，如果不一起给你演出，岂不遗憾。

就是，没了穆素徽，这《西楼会》还有啥看头？罗小翼说着，忙帮着把衣服抬到更衣室去。

我很恼火，但好无奈。

罗小翼安静地坐在椅子上看着，看得好仔细，还不时地拭泪。我们唱完了，她好像还在梦幻中，摸着于红的戏装说真漂亮，我在戏上看了无数次，今天才第一次见到。

你那么爱这戏装，一会儿穿上试试，我给你化妆，你拍照片如何？

不过，我爱穿男装，我给你说过，我最喜欢秀才服了。不过，这个面包状的秀才帽没有带帽翅的那种好看。

房檐帽？有意思，第一次听这么叫，一会儿带你到我们衣箱穿个遍，各种各样的戏粉我都见过，唯独没见过你这么痴迷的。

我们既没到蓝色港湾逛，也没到汽车影院看成电影。于红一直跟我们在一起，一直在跟罗小翼讲戏，说演员生活，我根本插不上嘴。

我就像潘必正病了，陈妙常跟他姑姑去看他时，他当着姑姑的面不时地暗示陈妙常。我的暗示于红都知道了，朝我白眼，罗小翼却熟视无睹。是当兵的姑娘单纯，还是她故意装傻，看出了于红对我的情意？我不太高兴，可又怕在罗小翼面前失态，便暗示她，可罗小翼好像很喜欢于红，每每于红要走时，她都拉住，还不停地说，于姐姐，你给我讲讲你唱莺莺的感受，讲讲演白蛇舞刀的想法。让我吃惊的是她特好学，还不时掏出手机记，还不停地问这个字怎么写、那个动作是什么样子。

8

从听韵园出来，我对罗小翼说带她去南锣鼓巷转转，这是北京年轻人最多的地方。

罗小翼却拉着于红的手说，于红姐要带我去看你们的剧场，对吧。我想看看剧场，看看你们的排练场，还想看看那一件件漂亮的戏服、道具。特别戏服上的绣花好漂亮，我想摸摸。对了，于姐姐。演员身段是指身材吧？

于红白了我一眼，露出胜利者的微笑，像背书似的对罗小翼道：身段即身架，叫作现身法。特定情景下，外形表演它。走圆不走直，站丁不站八。前脚步后踮，后脚步前跨。视上先顾下，欲左先右斜。效果多婀娜，眼神须会抓。旦角觑三排，生角可增加。净角望最后，丑角不限他。手眼身法步，肩肘腕一家。身段前后随，步字即是法……

我们到了剧院服装库，罗小翼指着一顶秀才巾说，我就喜欢这样的帽子。

它叫文生巾，也就是秀才帽。帽两侧有翅膀，巾背有两条飘带，凡是比较潇洒、清秀的书生和一般扮演儒雅公子，都这样打扮。他们为什么拿扇子呢？因为扇子可以辅助演员做出许多舞蹈动作，来表现他的风流潇洒、文质彬彬。于红不停地解释着，还不时得意地白我一眼，看着罗小翼又说，你看，秀才巾也有好几种，你喜欢的那种，帽子脑后加长条翅膀的，是已取得功名的文人所戴，所以也叫解元巾。

罗小翼拿手机不停地拍着说，对，《西厢记》最初就是那个唐解元元稹写的。

我们走进衣箱房，于红又详细地指给罗小翼说，这是我们的行头，分衣、盔、杂、把四箱。其中衣箱，又分大衣箱和布衣箱，比如秀才穿的袍子就是大衣箱，我们叫它花褶，它纹样不多，多选取梅花、竹子以寓其高洁，色彩简洁鲜明，布局均衡，多为浅湖色、白色。素雅明快，给人以清秀洒脱之感，衬托出人物文静风流的性格和气质。还有这个，看着像文小生，你看，它有啥区别？

于红，这不是教室。我不耐烦地打断了。

你要有事，忙去吧。罗小翼说着，拿着一顶文士巾说，帽子的质地样式都一样，这个帽子顶上怎么多了一个小红球？

于红朝我双手一摊，说，这可不怪我，有问必答，这是为师的基本道德。然后面向罗小翼说，这是武小生戴的，《游龟山》中的田玉川就戴这样的帽子，这象征他文武双全。盔箱包括各种髯口、鞋靴、面具、乐器以及部分砌末。把箱包括刀枪把子、銮仪器仗。

哎呀呀，原来戏里有这么多学问。啊，这箱子好漂亮，我得拍一下，你看柜子上的花纹，多细密。

好了，我们的领地全转完了，现在呢，由我打扮你，你喜欢哪种戏服，尽情地穿，管衣服的阿姨跟我最要好，给我开后门了。于红说着，拉着罗小翼进了更衣室。

说实话，一个女飞行员穿戏装，我不敢苟同，可没想到罗小翼穿上一身湖绿色的长袍，戴着乌黑的翅状秀才帽，妩媚中又英气逼人。连于红也不停地说，呆了，真是帅呆了。如果你会唱昆曲，我都愿意跟你搭档了。罗小翼照完后，于红说，你们合一张影吧。

当然可以。我说。

哎呀，这不好，我跟于红姐照一张。罗小翼话还没说完，就被于红推到了我跟前。

在于红拍照时，鬼使神差，我搂住了罗小翼。她猛地一哆嗦，向后缩了一下，我感觉她是第一次与异性这样亲密地在一起，我便离她稍远些，跟她合照了一张同志式的照片。

柳云飞，你教小翼妹妹，不，教罗秀才走两步吧。我说免了，免了，心里恨不得她赶紧走，我跟罗小翼在一起，光阴如金，她出来一趟不容易呀。

罗小翼却拉着于红的手，说，于红姐，你教我。

好，姐也反串过小生，还是能拿得出手的。等我扮上。

别扮了，示范几下就可以了。我不耐烦地说。

这可由不得你，对吧，飞行员妹妹。于红说着，进屋换装去了，我刚走到罗小翼跟前，罗小翼就急步转身往更衣室走，边走边说，我去看于红姐如何化妆。

我在外面站了一会儿，此时，天已渐热，树木葱绿，街上一对对青年伴侣勾肩而过，我却如此狼狈，只好无奈地走进排练场。

小生上台走丁字步，你看这样，是不是就表现出了他的气宇轩昂。对，很聪明，能开飞机，学这，简直就是小菜一碟。这，是小生的基本身段，向右甩袖亮相，向左甩袖亮相，双手甩袖，整冠，整衣襟，转身走向椅子边，再转身拎袍坐下，拎袍跷腿，哎呀，飞行员妹妹，学得好像。我都有点爱上你这个俊书生了。唉，为啥我们喜爱书生，是书生现在绝迹了，现在的男人呀，有几个能靠得住。昨天还海誓山盟，今天就郎心似铁了。

我听着，看着，心里一直在翻腾，于红如此用心，是想感动罗小翼，还是故意拆散我们，或是要特意表现她？我不得而知，只知道她硬生生地插进了我跟罗小翼之间，让我们这天下午一直到晚上，都没单独说话的机会。

第三天罗小翼走时，我要开车去送她，她坚决不同意，说，坐大巴很舒服，视野开阔，也是她了解更多人的机会，整天在军营，机会难得，让我成全她。谢天谢地，于红终于没再跟我们去。本来罗小翼还让她去的，她这次没找借口，而是双手搂着小翼的肩说，你们好好说说话呀，我可不想当电灯泡，惹人嫌。

只留我们两人了，罗小翼话很少，我问一句，她答一句，甚是局促。

她说，你女朋友对你真好。

她告诉你她是我女朋友了？

我感觉到的。

我们已经分手了。

她爱了你十年。昨天晚上，她没有说她爱你，但给我讲了你们之间许多有趣的故事。说你真心喜欢我，说你爱吃面食，爱喝红酒，除了唱戏，啥都不懂，让我多帮你。我半夜不知怎么的胃痛，她给我到外面二十四小时药店买药，还让我做她的妹妹。

遇到你以前，我一直以为爱情就是那样的，可现在我知道那是对小妹妹的爱，现在我跟她吃一顿饭都不想。我爱的是你。

我极力表白。

她摇摇头道，我们并不了解。

张生了解崔莺莺吗？潘必正了解陈妙常吗？许叔夜了解穆素徽吗？

那是戏上，是古代，现在什么时代了，一见钟情怎么靠得住？

这些你不是看时也感动得流泪了吗？他们也不是一见钟情。崔莺莺是听了张生作的诗，张生救了她，听了张生的琴，才爱上她的。潘必正也是先听陈妙常的琴，再看她的诗，才动情的。素徽也是读了叔夜的诗，然后俩人相会，合曲之后才爱上的。我们说了那么多的话，而且我还到你部队，看了你那么棒的表演，听了你同屋、刘干事等人对你的介绍，怎么不了解？

于红姐……不知为什么，罗小翼没有再往下说。

你通过这几天接触，感觉她人怎么样？

罗小翼看着远方一树紫薇说，于红姐呀，我很喜欢她，她唱戏好坏，你最有发言权。为人嘛，真诚，会关心。做事，能干细致。最关键的一条是，真心对你好。

我点点头说，你说得没借，她很优秀。对我一片真心，可她特固执，从来不考虑我的感受。我给她说了多次，不要不经我商量，就决定事，比如我房子里这些家具，是她在我出差时，订了让搬家公司送来的，而把我原来最喜欢的不经我同意，全当废品卖了。我说了她后，她再三说，改，可没多久我出差回来，又发现厨房里的厨柜没经我同意，买了回来。你知道这种血色的颜色，让我好恐惧。疫情期间，她在我屋子里时间待得久些，说实话，我特烦，她一直嘴就不停，说我这衣服不好，那东西放得不到位，说我这人不实际，要多跟领导多来往。我忽然有一种恐惧涌上心头，难道我跟这样的人生活一辈子吗？我跟她在一起，没有跟你在一起的那种激情，那种我想保护你的冲动。我起初以为跟你在一起是一种新鲜感，可一看你眼睛，你单纯的样子，心里就想保护你，就想，这女孩我一定会爱她一辈子的。

娶一个女飞行员，你会失去很多。

我说自从你给我留的那个言开始，我就已经准备做一个飞行员的丈夫了，不，就像你们部队说的军人家属。

她摇摇头，然后又皱着眉头说，飞行员的生活并不像你以为的那样充满了浪漫，很是单调，记得那天我哭着给你打电话不？

我晚上查看女飞行员时，才知道一名女飞行员飞行时受伤了，你一定因此事哭的。

她点点头，说，她受伤后，我不敢去医院看她，不敢到她的宿舍看她受伤的腿。不敢给妈妈打电话，怕她担心，每天飞行后，我都要给她打电话报平安的。你没有当过飞行员，你体会不到那种面对死神的恐惧。过去我跟你讲的，无枝可依，真的是我真切的感受。得知我的这位战友再也站不起来后，我们不少女飞行员好长时间都提不起劲来，团里开会，给我们做思想工作，查找原因，还请老飞行员来给我们现身说法。那些女飞行员，不少都六七十岁了，可是一看到她们望着飞机那热切的目光，你就心动了。有一个八十岁了，坐在飞机里不肯下来，说如果祖国需要，她还要开飞机。真是比佘太君还牛。我们才慢慢地提起了精神。

可能也看了新闻，出事当晚，我姑姑当天晚上就给我打来电话，说，翼，不要怕，听姑的话，我飞了多半辈子，一直到五十五岁，要不是组织不让我飞，我还要飞呢。飞机出事是意外。从新中国成立到现在，怕有十批女飞行员，几百人了，光我知道，大家都很健康，出了三个女飞行员将军。只要你严格按照一切规定执行，平常多练，遇到紧急情况，听从塔台命令，一点事儿都没有。再说干哪件事没有危险？你好好的在大路上走着，还有人撞你呢。新冠肺炎，死了三四千人。翼，你记着，国家培养一个飞行员，不容易。能当战斗机飞行员，你是遇上了好时代。现在飞机性能更好，各种设备更先进了，就说飞行服，我们那时是皮夹克，你们的飞行服，又合体，又漂亮，关键是性能多样，多先进呀，你文化又高，怕什么，缺少的也就是实践，多飞几次，自然熟能生巧。天空说大也大，说小也小，不就是遇上鸟、雨暴嘛，可天上多漂亮呀，每天的云彩都没有，如果你幸运，会遇到好多次彩虹，多少人想上天还上不去呢。你知道你为啥叫小翼不，是姑给你起的。你的表哥，眼睛近视，开不了飞机。你爸给我打电话说生了一个女儿后，我高兴地说，就叫小翼，长大后我教她开飞机。你很争气，真就考上了飞行学院。

然后又给我说，这事别给你妈说，你妈心小，昨天你妈还给我说你没有打电话，急得哭，让我说了一顿，说她不像一个飞行员的妈妈，你奶奶那时心可大了，我当了飞行员，她马上说，我闺女厉害，能摘到星星呢。我只要哭鼻子，她马上说，你胆连小鸟都不如，怎么是我刘桂英的女子。你奶奶你知道，走路一阵风，干活一把好手，样样不落人后。我验上飞行员后，你爷爷不让我去，把我关在窑里，是你奶奶放出了我。后来记者到家里采访，你爷爷坚决否认，让你奶奶讥笑了他好一阵子。

当飞行员不容易，我走到这一步更不容易，我要超过我姑姑的飞行纪录，她飞了4040个小时，光荣退休，我也要像她一样，飞到脱军装的那一天。我这次进城，就是因为飞行得了第一名，教员奖励的。

当然。可惜时间太短，没有带你好好玩。

这几天我已经看见了许多我从未见过的东西，比如舞台，比如戏剧演员的生活，知足了，谢谢你跟于红姐。你没穿过军装，你不明白，你没上过飞机，你不知道在蓝天飞翔的那种自豪感。只要能永远地飞下去，让我干什么都行。

她说着，流下了眼泪。我帮她擦时，想保护她的愿望特别强烈，但还是说，你们有没有从那以后不想飞了的。

没有，虽然大家心情低落了一阵，但我们仍然安全地完成了飞行任务。不过你不用担心，我们现在抓得很严，除了有各种特情书,我还有特情笔记,搜集了飞行员遇到的各种问题。没事时，我会围着老飞行员跟他们聊天，如遇到黑视、撞鸟、雷电、发动机停车、与其他飞机相碰等飞行中遇到的各类问题，我的技术是最好的。她说着，灿烂无比。那笑让我想起了五六十年代人脸上露出的那种朴实的笑。

她这天没有化妆，但是肤色白净，眼神清亮，值得我信任。让我难受的是，我没想到还有一帮女孩子跟我认识的女孩子过着不一样的生活。她们每天跑五公里，转滚圈，腾云驾雾，甚至冒着生命危险，让我顿生怜惜之心。

她坐到大巴车上了，我忽然想起一件事，说，对了，把你送我的礼物还给我。

她答非所问，张生、梁山伯要是移情别恋了，你说观众还爱看他们的戏吗?

她直视我的眼神，让我有些紧张，我忙说，这……不一样。那是戏。人要忠实于自己的内心。

戏如人生，古今同理。

不坐车的，快下车，我们要开车了。满脸不耐烦地中年司机不停地催促着。

我仍站着不动。你不给我东西，我就不下车。

你这姑娘，送了人的东西赶紧给人家呀，要不，天黑了都到不了云阳。司机快开车。旁边一位大妈不耐烦地说。

你只能拿我画你的那张。她说着，打开身上的小包，在她取那张画我的画时，我把我们的合影也抢过来，立即跑下车，她要追，门已关上了。我跑呀，跑呀，像她跑五公里一样快。跑了约一公里，没听到后面有脚步声，便回头一瞧，大巴早没影了，我又开始追起大巴来。跑了四五公里，也没看到大巴的影子，我却体会到第一次长跑的感觉。那感受，一个字，累。一个感觉，爽。

我回到宿舍，从包里拿出两个相框，把罗小翼画我的那幅放在沙发边的电话桌上，又把我们的合影挂在电视机上面的墙上。然后躺在沙发上读起《奥吉·马奇历险记》。这时，门开了，于红进来了。

她皱着眉头说，屋子这么乱，说着就拿起拖把打扫起卫生来。

我说，你放下吧，我来。

于红一句话也不说，仍在拖地。

终于，她坐到了我对面，拿着放在几前圆桌上那幅秀才画看了半天，放回去。又看挂在墙上的画，说，画歪了。左边好像高了些，我抬头凝视了片刻，果然，便站到椅子上，重新调正。

好了，现在很好。于红说着，坐到我旁边。

我向外挪了娜，心里感觉很对不起她，希望她骂我，她却削了一只芒果，递给我说，这两天我跟罗小翼接触，没有别的目的，只是怕你吃亏，想替你把关。你不要瞪我，如果你认为我想搅乱你的好事，那你太以你之心度我了。我的粉丝比你多，追求我的人不下两位数，我并不是非要在你这一棵树上吊死。我可以明确地告诉你，今天我跟你分手，明天就有人求婚。我一直纳闷，她是什么人，让你把一个跟你好了十年的女友放弃。你想一想，你到她部队，她陪着你，却不说明，那是她在暗中观察你：好，进；赖，消失。她能来，证明你在她面前表现不赖；她一来，感觉咱俩有恋情，马上步步不离我，说明什么？你动动脑子好好想想。这说明她自我保护意识特强，或者说自我约束极强。一方面可能是对你不信任，一方面可能部队管理严，她怕影响她的前程。你们到听韵园去，你猜我是怎么知道的？你根本想不到是她发微信告诉我的。别说你，就是我，自认为能看透人，却看不透她。她给我说，飞机都敢开的人，还有什么能难住？一听这话，我不是敬佩，而是恐惧。她没给你说过她爱你，要嫁给你吧？这就是她鬼精的地方。她这叫放长线钓大鱼，她的部队在小县城，她肯定想进北京，再说，她又不可能开一辈子飞机。飞行员听起来响亮，可这不能当饭吃，隔行如隔山，你根本就不解她。她生活能力低，连个饺子都不会煮。在我那儿，我一直细细地替你考察她。说老实话，她人长得不错，比你有脑子。飞行员，待遇高。可她亲口给我说，飞行员的生活一点儿都不浪漫，有生命危险不说，根本顾不上家，她给我说，她们女飞行员，即便结了婚的，除了周末回家，平时都要住到单位的集体宿舍。你想想，你们是两个世界的人，怎么能生活在一起？她还小，二十四岁，可你快三十岁了，不要做梦了，好不好，我是真的为你好。

我本想说，如果不是你从中阻拦，我可能更了解她，但我不忍心。说真的，于红是个好姑娘，我不忍伤她。伤她，就是抹掉我们在一起的十年好时光。这么想着，我说，谢谢，即便她不跟我结婚，咱俩也不成了。于红，对不起，咱们做亲人吧，你永远是我姐。我不想我以后的生活都像电脑程序一样让人设置好了，结婚，生子，永远也走不出这个昆剧团，二十年、三十年的生活都是这样子。我不想过一种由别人安排的生活。以后，我要自行其是。

于红看着我半天，好像不认识似的，半天才说，好吧，该说的我也说完了，但愿你不是图新鲜，玩刺激。看我没说话，她抹了一下眼睛，说，这半年你的魂真被她勾走了，不，你可能是被自己想象的爱情冲昏了头脑，忽略了她真实的情况。我本来不想说，但我知道这些她肯定没告诉你。你知道她家在陕西，有个姑姑当空军，你却不知道她家是陕西农村的吧，离西安四个小时，家里还有一个失明的弟弟。她当然不会笨到主动给我说，是我套出来的。她昨晚在阳台上给她家打电话，说给弟弟买药的事，后来她问我认识不认识同仁医院的专家，她弟弟失明了，她要接到北京的大医院来住。人家遇到麻烦都尽力躲，罗小翼的麻烦是双目失明的弟弟，是随时可能出现的生命危险，而你面对的将是无尽的麻烦，想着过去的日子，我们单纯地唱戏，快乐地生活，可你却生生地把自己撞进一个陌生的世界，搞不好，你会痛苦一辈子的。

我说于红你不要说了，你是个好姑娘，我对不起你，可我确实对咱们的未来没有信心了。我没有说，正因为我们太熟悉了，在舞台上，我根本都不用去想，就知道她下一步要干什么。在日常生活中更是，可能太熟悉了，就没了激情。

她的家庭，她个人情况，你连四分之一都不了解，却轻意地爱上她，真是荒唐。

我低着头，没有说话。

于红默默地走了。她走时，把厨房的一袋垃圾放到门前，又进来把我宿舍的钥匙从她的钥匙链摘下来，放到饭桌上，看了我一眼，轻轻地带上了门。

我确实不了解罗小翼，可我就是喜欢她。可我喜欢她什么，哪一个是真正的她？那个在训练场悠然自如的，还是在我厨房怯生生的她，或是在公园里那个见啥都怕的她，又或者是那个穿着男装英气逼人的她？可这有什么要紧呢，喜欢就是喜欢。真爱没有理由。

第二天于红就不再跟我配戏，也不再理我。团里人知道我们分手后，都骂我，我的父母好一阵都不理我，她爸爸还找我谈过好几次，可是我就是爱不起来。要过一辈子呀，我不能到结婚了再后悔。

半个月后，于红又来找我，问我罗小翼还跟我联系不？

我摇头，于红说，不愧是军人，说到做到。

你是不是给她说什么了，或者威胁她了？她本来是爱我的，从她第一次见我，我就明显感受到了，你一定……我话还没说完，于红忽然抓起一把水果刀横在我脖子上。

你杀了我吧。

于红双眼圆睁，好像大破天门阵的穆桂英，而我就是她的仇敌金兀术。她恶狠狠地说，柳云飞，你可以不爱我，但是你不能侮辱我。为你这句以小人之心度君子之腹的话，我就该把你剁成肉酱，就该永世不再理你。说着，一松手，刀子扎在了一只苹果上，抱着新买的婚纱挥泪而去。

一个月后，于红结婚了。婚礼那天下着雨，雨很大，可我想，即便那天有天大困难，我都得去。我去了，她没有跟我打招呼。她跟她丈夫给所有的同事都敬了酒，却绕过了我。我没有生气。将心比心，是我对不起她。我真心地祝福她。虽然很内疚，可我要忠于自己的内心，与其以后痛苦，还不如就此两别。再说，我看她并不难过，高高兴兴的。我们分手后，她脸上反倒有了光泽，神态更好。婚后不久，她就调到了家乡的上海的昆剧团。丈夫是一个多年的粉，听说有钱，还是个小官。我心里酸酸的，但不后悔。

我没想到在浮躁的社会上，昆剧还有这么多人喜欢，特别是年轻戏迷的痴爱，决心好好唱戏。奇怪的是，再演出时，我发现我更能体会主人公的内心了。指导我的老师说，你现在终于走进人物内心了。比如，他说我的手势、眼神、脚步等，一些小细节拿捏得出神入化了。但老师又说，于红那是一个好姑娘，比你成熟。我承认，她在团里，在朋友间，在同事间，都如鱼得水。她是什么时候恋爱的，又怎么办调动的，我竟一概不知。一起合作了十年，我都不了解，看来了解一个人，不能只看时间。

在这期间，罗小翼仍没跟我联系，微信把我也拉黑了。是于红跟她说了什么，还是她对我并不像我对她那么有情，或者她认为我是一个薄情之人，我没有把握。

天越来越热，我以为我会慢慢地忘记她，可是只要看电视，我总调到军事频道。上网，必看女飞行员的新闻。我在军事网上看到一条短消息，说的是能在复杂天气下飞行的女飞行员，罗小翼的名字，就在其中。不久，我在《解放军报》的副刊上，又读到她写的一首关于飞行的小诗，它在报纸右下角一个很不显眼的位置。

天之梦

小时，蜻蜓的双翼迷住了我的双眼

从此，

我光着脚丫子在田野与西北风赛跑

现在，我驾着战机在天空中散步

妈妈，你说我与彩虹，哪个更美

……

我不懂诗，但我确信这首诗让我更迷恋她了，更迷恋她和她所处的那个陌生的世界了。

我知道了中国第一批女飞行员是一九五二年第一次在天安门广场亮相的，知道了中国空军已有十批女飞行员，甚至我到军事博物馆专门去看了退役的战斗机，到上面的驾驶室体会了飞行的感觉，还看了余旭生前的飞机服。

我一个人在那身飞行服前站了好久，眼前全是罗小翼。我不知道她心里有没有我，可我无时不在想着她。夜里梦着她，白天想着她。端起锅时，就想起了她下饺子的情景，想起了她做鸡翅的情景。那天晚上于红说鸡翅得半小时，她不但在手机上记着，还像小学生一样，不停地看表。于红说差不多了，她说，不行，还差两秒钟。一个人对小事都这么认真的人，难道她不能当好一个好妻子、一个好妈妈？

我现在才真正体会到我在舞台上说的“海上有方医杂症，人间无药治相思”的确切感受。很想给刘干事打电话询问，又怕给罗小翼造成不好的影响。第二天，我决定到她部队去找她。我没有给她打电话，怕她躲着我，我拿着于红的结婚照，让她相信，于红生活得很幸福，她没有必要为别人牺牲自己的爱情，我相信她爱我，她给我打过多次电话，发了一百一十一条短信，我都保存着。

现在我喜欢看云，半年来的日记上写满了我看到的各种云：金色的云、红色的云、青色的云、黑色的云、灰色的云。而今天，天上没有云彩，没有阳光，雨从昨天一直下到今天，我查看了罗小翼驻地天气预备——云阳，也在下雨。暴雨。昨夜我焦急得睡不着，天快亮时，睡着了，先是梦见了罗小翼，她开着飞机，我坐在她旁边。后来，不知怎么又是我开着飞机，穿着飞行服，脸上扣着氧气罩，她却穿着崔莺莺的衣服。又不知怎的，听说她在空中因为下雨，不能返航。我吓醒了，起床，瓢泼大雨仍啪啪啪地砸在玻璃窗上，在地上汇成了一片片水潭。

雨天，她说她们也飞行。复杂天候，才能练精兵。对，这是她部队训练场上横幅上写的话。

我什么也干不下去了，我得到云阳去，去那个草坪上停满了飞机上写着“八一”的部队，去向我心爱的姑娘表白。

我现在正开车行驶在去罗小翼单位的路上。我不时抬头望望灰蒙蒙的天空，望着来来往往的人流车流、路边的月季。看着车窗前那本被风吹得哗哗的《说吧，记忆》，好想告诉天空，告诉来来往往的行人，告诉世间万物，我爱上了一个叫罗小翼的女孩，空军二级飞行员，身高一米六五，大眼睛，短头发，笑起来露出一只虎牙，又白又亮，口头禅是“咱飞机都能开，还有什么干不了”。对了，她还爱画画，不过，画得我好难看，眼睛一只大、一只小，但我爱她，就像张生爱莺莺。

当英雄

裴指海

河南南召县人，出生于1974年7月。

1992年12月入伍，1998年毕业于解放军艺术学院，历任战士、排长、干事，原南京军区政治部文艺创作室创作员，中国作家协会会员。从事过军史编写工作，近年来致力于战争文学创作。

曾获全军优秀文艺作品奖，全军中短篇小说奖，紫金山文学奖，《小说选刊》《解放军文艺》《作品》等刊物年度优秀作品奖。

一

李汉良从来没有想过要当兵，他一心想当科学家。他在南召县城上完小学，顺理成章地到了南阳上了南都中学。再过一年，他就可以考大学了。他最想上的是北平的清华大学，将来到美国留学，然后再回国当科学家，给中国造原子弹。

一夜醒来，这一切都成了一个梦。

解放军突然来了，县城里的保安队象征性地放了几枪就投降了。县长和镇长换成了共产党的人，他们在每个村庄成立了农会，开始了土改。李村的地主只有李汉良家。在他父亲揪心的等待中，瘸着腿的农会主席李汉钟终于来了，带着村里的民兵，背着刺刀闪亮的长枪来了。

李汉钟还是他们家没出五服的亲戚，叫他父亲伯父。李汉良家是村里的大户，全村都是他家的佃农，李汉钟也是。那年忙过秋，他突然不见了，有的说是去闯省城了，有的说是去当兵了，当的是啥兵，那就不知道了。这事，就连李汉良的父亲也说不清，只知道他去南阳贩红薯干，就再也没回来。也有人说，是在回来的路上，被韩信寨的土匪打死了。当然，也没人敢去韩信寨问那些土匪。

提起这事儿，李汉良的父亲还有点遗憾呢，在李村，他的农活儿干得最好。就在人们慢慢要把他忘掉的时候，他在去年春天突然就回来了。那是一个阳光明媚的午后，他瘸着腿出现在村口，穿着一件破烂的棉袄，腰里扎着一根稻草绳，胡子拉碴，上面还沾着僵硬的玉米糊糊，头发像堆杂草。他拄着一根用树枝胡乱做成的拐杖，手里拿着一个破碗。他穿过整个村庄，谁也没有认出他。他也没有和任何人打招呼，沉默得像块石头，慢慢地挪到了家门口。当他推开大门时，他父亲还以为来了一个乞丐，回屋拿着一块硬邦邦的红薯面馒头出来，刚要递给他，他笑了笑，嘶哑着喉咙说："爹，是我，我是汉钟。"

他回到家里还没顾得喘上一口气，甚至还没来得及告诉父亲这些年他去了哪里、干了些啥，镇长就带着保安队来了。他那时一手拿着红薯面馒头，刚啃了两口，另一只手端着一碗开水，正要喝呢，保安队长把他从吱吱叫的椅子上拽起来，开水洒在手上，疼得咧着嘴，瞪着镇长叫道："你们为啥要抓我？"镇长冷笑一声说："你还有脸问为啥抓你？你当的是共军！我告诉你，不但要抓你，还要枪毙你呢！"

李汉钟"啪"地把那碗开水重重地放在桌子上，脖子上绷出一条条青筋，冲着镇长愤怒地吼道："老子当的是国军，老子在前方卖命，你们他妈的在后方有吃有喝的。老子在徐埠会战，腿都被打断了，你们却把老子当共军，你们还有没有王法？我要找蒋委员长去！"

他甩掉他们的手，拨开镇长，一瘸一拐地就要往村外走。乡亲们忙让开一条道，好让他去找蒋委员长。

镇长小跑几步，上前拦住他："你说你当的是国军，有什么证据？"

李汉钟狠狠地瞪着镇长，眼睛充血，像要杀人一样："我当然有证据，可我怕遇到共产党，他们要是搜出国军给我开的证明，那我还能活着回来吗？我把它扔了。"

镇长仍死死地抓住他的胳膊，眉毛痛苦地揪在一起，额头上堆起一层皱纹。他显然也拿不准了。看来有戏了。乡亲们津津有味地挤在一起指指点点，他们也不知道李汉钟到底当的是国军还是共军，只知道他那时是到南阳贩红薯干，然后就不见了。这小子，原来是去当了兵。

那时，李汉良的父亲正坐在院里的太师椅里抽着旱烟闭目晒着太阳，小鸟站在树上唱歌，他的手指随着鸟叫有节奏地敲打着膝盖。在小鸟欢乐的歌声中，他听到了吵吵嚷嚷的人声。他有些烦恼地摇了摇头，想把那些鸡毛蒜皮的吵闹声甩到一边，但他不仅没有甩掉，那些声音反而更大了。他只得出来，站在那里看了一会儿，明白是怎么回事后，对镇长有些恼怒，我大小也是个保长，你来抓人，人命关天的事情，也不对我说一声吗？

李汉良后来听父亲给他说过，他那天和镇长顶牛，除了履行保长的职责，还有与镇长赌气的成分。保长虽然是个芝麻粒一样的官，但那也是官，再大的官到了李村，也得给他这个面子。县官不如现管，县长都懂这个道理，镇长就不懂？父亲板着脸来到镇长跟前说："镇长，家有家规，国有国法，你不能说抓人就抓人。"

镇长恼怒地说："这事儿你别管，这家伙当的是共军，是要杀头的罪。"

父亲说："汉钟是我看着长大的，他是个好娃，绝对不会当土匪。"

镇长着急地说："不是土匪，是共产党。"

父亲有些疑惑："既然不是土匪，那你们干吗要抓他？"

镇长说："李保长，我和你说不清，反正共产党就是土匪，参加共产党的都得死。"

父亲扭头去问李汉钟："汉钟，那你说你参加共产党没有？"

李汉钟用袖口擦了一下鼻涕，那里结满闪亮的污垢，他好像怕冷一样缩了缩脖子说:“大伯,我给镇长说了,他就是不信我,我没有参加共产党,我参加的是国军。”

父亲转身很肯定地对镇长说:“汉钟从小就不会撒谎,他说当的是国军,那肯定就是国军,我可以作保。”

镇长痛苦地皱着眉头沉思默想了一会儿,抬起头来,庄重地对父亲说:“那好,既然你要作保,将来万一查到他当的是共军,你也得负责任。”

父亲严肃地点了点头:“那当然,我说过的话我认。”

镇长带着保安队走了,他们的背影拖在地上,垂头丧气,像一群枯萎的玉米。父亲看了看瘸着腿的李汉钟,叹了口气,又摇了摇头说:“娃呀,好好的日子你不过,当啥兵啊?以后可咋办啊?”

李汉钟歪着脑袋看看父亲,不好意思地笑笑说:“大伯,我以后给你喂牛吧,工钱你看着出,能管口饭吃就行。”

父亲为难地说:“老王头在喂牛,喂得也挺好,我总不能说把他赶走就赶走吧。这样吧,村子北头我有两亩薄田,你要是不嫌弃,就拿去种吧,也不用交租子。”

父亲说到做到,那一年,不但那两亩薄田的租子没要,李汉钟家租种的另外几亩良田的租子,父亲也没要。李汉钟年纪轻轻腿就瘸了,怪可怜的。他甚至还想给他介绍个媳妇。那女的是十几里外黄楝庄的,是个哑巴。父亲觉得,他腿瘸了,能娶上一个哑巴已经不错了。那个女的家里也愿意,但要两块大洋。父亲甚至决定了,只要李汉钟同意,他就把这两块大洋出了。都是一个村的,能帮衬就帮衬着。谁知他给李汉钟说了,李汉钟却没答应,他苦着脸对父亲说,就我这条件,娶了人家,还不是坑了人家吗?父亲有些意外,他虽然瘸了,但毕竟还是个正常的男人,怎么会是坑了人家呢？但李汉钟就是咬定会坑了人家，死活不答应。父亲只得回了话，不想人家急了，说，不要钱了，一个子儿都不要，白让他娶行不行？父亲为难地摇了摇头。父亲想不通，人家虽然是个哑巴，但模样周正，人又不傻，也没缺胳膊少腿，你还是一个瘸子呢，有什么可挑剔的？

父亲后来才知道，人家看中的是镇长的女儿。

二

冬天第一场雪来的时候，解放军跟着开进了县城，接着到了镇里，又到了村里。他们是押着镇长来的。镇长把他们带到李汉钟家破烂的草房前，讨好地对那些解放军说："就是这家，这家的李汉钟是国军，参加过徐埠会战，不，淮海战役，打死过你们好多人……"

李汉钟出来了，解放军围上去，他们身上背着的步枪上的刺刀比年初镇长带来的保安队背的步枪上的刺刀还要闪亮，发出的光芒还要寒冷。乡亲们都怕，躲躲闪闪地不敢看，李汉钟不怕。他还是穿着去年那件破烂的棉袄，他低下头，用袖口擦了一下鼻涕，那里依旧结满闪亮的污垢。他笑眯眯地看着那个腰里插着短枪的解放军军官说："首长好！"

乡亲们愣愣地看着他，都听说过"长官好"，从来没听说过"首长好"。

解放军军官皱起眉头，口气里也有了些疑惑："你当过国军？"

李汉钟的笑容更加灿烂："我当的是解放军，响当当的六纵十六旅一〇〇团，打过日本鬼子，参加过千里挺进大别山，还打了淮海战役，一直到双堆集小王庄拼刺刀时才负了伤……"

解放军军官打断了他的话："你说你当的是解放军，有什么证据？"

李汉钟说："有，我当然有证据。"

他笑嘻嘻地脱下棉袄，用牙齿把衣角的线咬断，撕开棉布，从破烂的黑色棉絮里掏出几张皱巴巴的纸，递给那个解放军军官，指指点点："这是复员军人证，这是医院开的负伤证明，这是部队开的路条……"

解放军军官很仔细地看着，突然抬手冲他敬个礼，然后紧紧地握着他的手使劲地摇着说："您还立过一等功，英雄啊，功臣啊！"

镇长吃惊地看着李汉钟，脸色慢慢地变得灰白。

镇长是在镇子外边的响水河边被枪毙的，执行枪决的就是李汉钟。新来的镇长是个外地人，他说他是山西武乡的，是南下干部。李汉钟对他说，我一年多没摸过枪了，还怪想的，能不能让我把这个反动派枪毙了？新镇长很尊重他，立即同意了。枪毙别人时，都是把步枪抵在脑袋上枪毙的。枪毙镇长时，李汉钟是站在一百米外开的枪，枪声一响，镇长就一头栽倒在了沙滩上。

冬天还没有过完，李汉钟当上了村里的农会主席，春天来的时候，他把老镇长长得像花儿一样的女儿娶到了家里。

人们再看到李汉钟，都感到害怕，就连李汉良的父亲也是绕着他走。父亲感到羞愧难当，人家是共产党的功臣呢，自己还想着把一个哑巴说给他，还以为这是一件大好事儿，哪知却是一个笑话。

父亲躲着他，但最后还是没能躲过去，他终究还是来了，带着村里的民兵，背着刺刀闪亮的长枪来了。

他们是来打土豪分田地的。

父亲很老实，立即把所有的地契都拿出来了。李汉钟掏出火柴，把地契烧掉了。他撇着嘴看父亲，一脸嘲讽。父亲也撇着嘴看他，一脸讨好，既像笑，又像哭，这让他的脸看上去更难看。李汉钟说，还要把你们剥削劳动人民的所有财产都分了。父亲灰着脸，诚惶诚恐地说，分吧分吧，我支持政府工作，我们全家都支持政府。他们把全村的乡亲叫来，把家里的东西全分了。房子也分了，只剩下两间喂牲口的茅草屋。

父亲以为这样就完了，谁知第二天，李汉钟又带着民兵来了，把父亲五花大绑起来，拉到村口的梧桐树下开批斗会。批斗会散了，李汉良把父亲背回家里，父亲就再也站不起来了，成了一个瘫子。

第二天是开学的日子，母亲说，娃啊，你还是上学去吧。

李汉良看了看小黑狗一样的两个弟弟、一个妹妹，摇了摇头。他是老大，这个时候，他怎么能扔下他们，自己跑去上学呢？他就是想去上学，也是不可能了，因为家里一无所有，连学费都交不了。

母亲低下头，小声啜泣，弟弟妹妹围着母亲，呜呜地哭着，都感觉这天要塌下来了。李汉良赶紧过去把门关上，低声地说："妈，你不要哭了，他们要是听到了，又是事儿。"母亲惊恐地看着他，喉咙里发出一阵咕咕声，硬是把那些涌到嗓子边的哭声吞咽下去了。他却抱着头蹲在地上，泪水无声地涌了出来，再也不能上学了，去不了清华大学，也不可能到美国留学了，更不能造原子弹了，完了，这一辈子算完了……

春天还没过完，父亲就死了，用一张破烂的草席卷着埋在了村子北边的山沟里。那里长满荒草，夜里传来黄鼠狼的叫声，像一群人在哭。

三

以后的日子就是在批斗和没有批斗中度过的。

老实说，李汉良还是感谢李汉钟，他只批斗他，从来没有批斗过母亲和几个弟弟妹妹，不像旁边几个村庄的，只要是地主，全家老少都要被批斗。也有人要批斗母亲和几个弟弟妹妹，李汉钟把眼一瞪说："好男不与女斗，批女人算什么本事？"他是当过正牌解放军、立过一等功的英雄，就连新镇长也让他三分，他这样一说，其他人就不敢再说什么了。母亲原是省立南阳女子中学毕业的，没吃过什么苦头，她哪里能经受得了这样的批斗？李汉良甚至想，如果他们不批斗母亲和弟弟妹妹，就是把他枪毙了，他也愿意。批斗有什么呢？时间如箭，虽然万箭穿心，但忍一忍也就嗖嗖地过去了。

眨眼之间到了一九五一年春天。形势越来越紧张，美国和朝鲜打起来了，接着又听说和中国军队也打起来了。为了防止反动分子破坏，批斗地主的次数更多了。这天早上，村里的钟响起来时，李汉良慌慌地跳起来，母亲急急地牵着弟弟妹妹向会场走去。肯定又是批斗会。李汉良是主角，母亲和弟弟妹妹是重点对象，他们必须得参加，并且还得积极参加。

当乡亲们黑压压地来到会场坐下，李汉良像往常一样，不用别人招呼，自觉地走上台子，低着头弯着腰立正站好。坐在主席台上的李汉钟却皱起眉头，走到他跟前，一脸惊讶地问他："你上来干啥？"李汉良的脑袋嗡地响了一下，完了，自己做错事儿了。但这事儿到底错在哪里，他又想不起来。他迟疑地看着李汉钟，慌慌地说："李主席，不是……不是要批斗我吗？"

李汉钟抬起那条没受伤的腿，飞起一脚，把他踢得在台子上转了一圈，吼道：“滚下去，今天不是批斗会，你抬起狗头看看上面的横幅。”

李汉良忙抬起头看了看主席台上挂着的横幅，上面歪歪扭扭地写着几个字：“抗美援朝誓师动员大会。”噢，看来不是批斗会。他心里一松，忙像条狗一样朝李汉钟笑笑，急急地跑下台子。

原来是动员乡亲参加志愿军保家卫国的，镇里给了村里八个参军指标。

李汉钟挥舞着大手，用力地砍着空气，他的唾沫星子纷飞，动员大家当兵保家卫国。李汉钟说，美国鬼子是坏种，支持国民党蒋介石打毛主席，毛主席带领我们把它打败了，它还不死心，又从朝鲜那边开打了，想要从那里打到东北，再从北打到南，把咱们亡国灭种了。乡亲们，你们能答应吗？

有两三个毛头小伙子立即站起来，喊着要当兵，但很快就被家人拉着坐下来了。小伙子挣扎着要再站起来，被家人拽得更死了，小声地教训他，当兵是要打仗的，打仗是要死人的，就是死不了，缺胳膊少腿也不是好玩的。李汉钟运气好，只是腿瘸了，但别人却不可能像他那样运气好，万一腿被炸掉了呢？万一死了呢？

那两三个毛头小伙子听了，再一想，确实是这样，蔫蔫地把头低了下去。

李汉钟见没人响应，艰难地咽口唾沫，又挥着手说当兵的种种好处。一直到日头当午，还是没有一个人报名参军。李汉钟急得满头汗水，站在台上用手指戳着骂他们：“你们这群狗日的白眼狼，都他妈的想着三亩地一头牛，搂着黄脸老婆热炕头，我要是急了，谁不报名我就把谁家的地和牛收回来，还给人家李汉良去……”

乡亲们惊恐地抬起头来，他真要这么干吗？他们紧张地交头接耳，像群蚕在桑叶上蠕动，犹豫不决，虽然怕死，但更怕自己报名晚了，地和牛就要被收回去了，这好日子就没法过了。那两三个毛头小伙子的家人松了手，另外几个老头儿推着自己年轻的儿子或者孙子，催着他们赶紧去报名。

李汉钟却宣布散会，让他们回家好好想想，想清楚了，明天再来开会。

那时，李汉良正和众乡亲一样坐在台下，春天的大地还很冰冷，他袖着双手，不停地打着寒战。有好几次，他都想把手举起来报名参军，但把手举到脑袋前了，就赶紧改变了方向，装作挠脑袋。他一个地主的儿子，怎么可能会让他当兵呢？

他低下头，看着自己佝偻着身子的影子在地上晃着，想哭。

四

月光洒满大地，一家人挤在拥挤的牛屋里，趴在碗上吸溜着晚饭。晚饭是母亲从山上挖来的野菜，掺了一点点红薯干。这要是从前，连家里的猪都不吃。但现在不吃这个，还能吃什么呢？母亲看着日渐稀少的红薯干，脸上的皱纹里爬满密密麻麻的忧愁。弟弟妹妹们红润的脸蛋迅速地瘪下去，像纸贴在骨头上，黑里透着黄，黄里渗着黑，一个比一个难看。

李汉良没敢吃多，得给弟弟妹妹留一点，他们正在长身体。他放下饭碗，看着苍茫的夜色，整个身子沉重如铅，前途犹如天上遥远的星星晦暗不明。又活过了一天，明天会是什么样呢？说死就死了。只能是和父亲一样的结局。只是苦了弟弟妹妹，他们那么小，还什么都不懂呢。他看了看他们，眼睛有些湿润，忙把头扭向门外。门外响起了脚步声。他吃了一惊，赶紧站了起来。

来人是李汉钟。他走进屋里，带来一阵风，煤油灯忽闪了几下，终于还是站稳了，火光猛地向上一蹿，他看到李汉钟的目光比外面的风儿还要冷。他的脖子不由缩了缩。

李汉钟是来找母亲说事儿的。这事儿显然不方便当着其他人的面说，便把母亲叫到另一个房间。他把声音压得很低，李汉良竖着耳朵，只能听到一片像蚊子叫的嗡嗡声。他们在说什么呢？他安慰自己，应该不是坏事，坏事不用事先商量，直接把人揪出来就行，说不定会是好事呢。可又会有什么好事呢？他苦笑了一下，觉得自己自作多情了。

真是白日做梦了，居然是天大的好事！

李汉钟对母亲说，让汉良当兵去吧。

母亲被吓住了，脸色通红，呼吸急促，声音颤抖，话说得结结巴巴："我……我们家……这……这样子，能……能当兵吗？"

李汉钟绞着手指，把头扭向一边，声音低了下去："婶，我批斗你们家，你别怪我，整个形势就是这样，我也不能不这样……大伯在的时候，对我们家一直都很好，婶，我心里有数……"

母亲点头如捣蒜："我知道我知道，你做得对你做得对……我家汉良真的能当兵吗？"

李汉钟说："我是农会主席，咱村的事儿，我说了算。婶，我琢磨着，虽然当兵危险，搞不好就没命了，可谁让你们家是地主呢？我看了，这运动一时半会儿也停不下来，这样下去也不是个办法。汉良还是去当了兵好。"

母亲的脸舒展开来，在煤油灯的照耀下，像朵花一样盛开，她充满感激地看着李汉钟，伸手去捋头发，手抖得厉害。李汉钟叹了口气，看看母亲，低低地说："婶，虽然这是个好事，可你也得做好准备，当兵是要打仗的，打仗时成堆成堆地上，成堆成堆地死人……”

母亲喜滋滋地说：“我知道我知道，说句不吉利的话，汉良真要死了才好呢，那他就是革命烈士了，我家就应该是烈属了，是不是？”

李汉钟说：“那当然，汉良一当兵，你们就是军属了，政府要给你们发个‘光荣之家’的匾挂在门上。汉良万一牺牲了，你们就是烈属了，那就更光荣了，政府有好多优抚政策……婶，我琢磨着，汉良成了志愿军，再入了党，就是党的人了，那就是自己人了，我想，总不该还批斗你们家吧。”

母亲脸上的花儿开得更艳，她谄媚地看着李汉钟说：“李主席你放心，汉良是个好娃，他到了部队，一定会好好打仗的……你的大恩大德我们一辈子都不会忘了！”

把李汉钟送走，母亲回过头来，看到夜空中飞舞着萤火虫，它们挥舞彩灯，喁喁私语。她愣了一下，眨了眨眼，那些萤火虫不见了，大地一片漆黑，夜虫在墙角低鸣。也是，现在还是春天，哪里会有萤火虫呢？她抬头看看天空，天空布满繁星，在微风的吹拂下，一闪一闪的亮晶晶地对着她笑。她不禁流出了泪水。在她漫长的人生中，她第一次觉得宇宙如此壮观、美丽。

母亲把两人说的话复述给李汉良听。当然，她省略了关于打仗要死人的那些话。当兵是天大的好事，不能让娃背着思想包袱去当兵。她的脸在煤油灯下闪闪发光，声音像哗哗的流水在歌唱，眼睛里的光照亮了发霉的屋子。李汉良闻到母亲身上散发着奇异的芳香。弟弟妹妹围在他身边，充满崇拜地看着他，他们叽叽喳喳地叫着，长大了也要当志愿军。李汉良忙嘘了一声，让他们声音低些。这事还没真正定下来呢。

那天晚上，李汉良怎么也睡不着，他盯着屋顶，听着黑暗中老鼠爬过屋梁的声音，激动得浑身发抖，牙齿格格打战。事情的发展超出了他的想象，他从来都没敢想过，居然会有这样的好机会。李汉钟真是一个好人。我一定要抓住这个机会，当了兵，共产党让我往东，我决不往西，让我死，我就绝不多活一秒钟。月光透过破烂的窗户照在他脸上，一颗泪珠缓缓地滑出眼眶，天快亮吧，夜长梦多，老天保佑，赶紧把这事定下来吧。

到了下半夜时，他似睡非睡的时候，突然听到母亲的房间里传来窸窸窣窣的声音。他忙起来，走到门口。他听出来了，那是母亲咬着被角在哭泣。他想过去安慰母亲，让她放心，自己不会死的。但想了想，还是默默地退了回去。怎么可能呢，当兵是要打仗的，这是三岁小孩都懂的道理。母亲应该也知道这一点，所以她才会在深夜里哭泣。哭吧，妈妈，你想哭就哭吧，也许哭出来就好了。他在母亲的哭声中沉沉地睡着了。

第二天再开会时，李汉钟把李汉良叫到主席台上，他把自己的旧军装借给李汉良穿着，还连夜给他赶制了一个大红花戴在胸前。他挥舞着手，瞪着眼睛看着台下黑压压的乡亲说：“你们看看，人家李汉良才十七岁，还是地主家庭出身，昨天晚上到我家里，抢着报名参加志愿军。他们家的东西被你们分光了，还要帮你们保卫胜利果实，这是什么觉悟？昨天我一说参军，你们个个像缩头乌龟，和他比比，你们丢人不丢人？”

乡亲们仔细想想，确实丢人，都低下丢人的脑袋，不敢抬头去看主席台，怕主席台上的人看到他们丢人的模样。

李汉良忐忑不安地看着黑压压的人群，一张张脸在他眼前晃动，没有一个乡亲反对他当兵。他突然觉得每张脸都是那么善良、老实、亲切，自己一点儿都不恨他们了，他们批斗父亲、用酸枣枝抽他、扇他耳光，分了他们家的田，牵走他们家的牛，都不能怪他们，他们和他一样，都是在历史之河中沉浮，身不由己。他就要浮出水面，可以大口大口地呼吸新鲜空气了。

连李汉良都自愿报名参军了，再不积极表现就真的丢人了。

李汉钟说，还剩下七个指标，凡是适合当兵的年轻人都得自愿报名，然后再抓阄决定。李汉良就不用绑了，人家觉悟高，是自愿当兵，不但不用绑，还要优待，奖励一百斤红薯干。

他瞪着乡亲大声说："从今往后，李汉良家就是军属了，是光荣之家了，不但不能批斗，以后春播时你们还得轮流帮他们家种地，秋收时还要帮他们家收庄稼，你们服不服？"

他们兴奋地昂着头，声音响亮："服！"

五

第二天一大早，李汉钟带上民兵，准备把这八个人送到县城，他们将在那里被集中起来送到驻扎在南阳的大部队。大部队就等着这批新兵一到，立即开往朝鲜。八个人跟着李汉钟到了县城。接兵的志愿军倒很热情，脸笑得像弥勒佛，端来一盆面条，是过年才能吃到的白面面条，上面还飘着油花，一人两大碗。七个人吃饱了，心情好多了。李石头打个饱嗝，对坐在身边的李汉良说："汉良哥，部队的伙食原来这么好，早知道，我就自愿报名了。"

李汉良受宠若惊地冲他笑笑。成了地主以后，乡亲们见了他都是冷冷的，看到他就像没看到一样。平常遇到了，他也就自觉地把头低下，匆匆走过去。这个李石头，在批斗会上，比谁都狠，还带头扇过他耳光呢。看来还真是部队好，管你是地主还是贫农，大家都是当兵的，上了战场，得抱成团一起拼命打仗。他唯一不放心的就是母亲和弟弟妹妹，但李汉钟也说了，自己当了兵，就是军属了，以后不批斗了。他这两天一直处于恍惚之中，浑身发飘，像走在云里头，唯恐这是个梦，一觉醒来，就会从天上跌到地上。

李石头往他身边凑了凑，低声问他：“汉良哥，你真的是自愿当兵的吗？”

李汉良忙点了点头。

李石头的脸垮了下来：“部队的生活好是好，可一想到打仗要死人我就害怕。汉良哥，你就不害怕吗？”

李汉良摇了摇头，安慰他说：“打仗是会死人的，但不是每个人都得死，你看李主席不是都没事吗？你放心好了，咱们还能回来的。”

嘴上是这么说的，但李汉良在心里对自己说，我绝对不能活着回来。这场战争最好能一直打下去，自己在部队待着，家里就不仅不是地主了，还是军属。如果运气好的话，最好能像英雄董存瑞那样战死在沙场。想想吧，成为一名全国闻名的战斗英雄，谁还会再碰你的家人？如果有那样的机会，我一定要第一个冲上去，一定！他觉得自己肯定会死的，只要是战争，这样的机会很多。阳光暖暖地照着他，炸药包的导火索哧哧地燃烧着，散发着火药的清香，他高高地举着炸药包，兴奋地喊着：“同志们，为了祖国，冲啊！”

他的声音穿过千山万水，越过大江大海，回到了家乡。乡亲听到了，他们为村庄出了这样一位英雄而流下了激动的泪水。母亲也听到了，她在田里直起身，捶打着累得酸疼的腰，幸福地看着在田野里奔跑着咯咯地笑着的弟弟妹妹，他们的笑声冲上天空，和他的喊声混合在一起，在云层中翩翩起舞……

他不由得嘿嘿地笑了。

李石头奇怪地看了看他，小心翼翼地问他：“汉良哥，你笑什么呢？”

李汉良还沉浸在自己的美梦之中，像梦呓一样喃喃地说：“我想死……”

李石头瞪大眼睛：“你咋会有这想法？”

李汉良愣了一下，心里后悔得不行，自己说漏嘴了。正紧张地想着如何搪塞过去，集合的哨声突然响了。新兵们站好队，接兵的志愿军给每人发了一个白色茶缸，上面喷了七个红字“中国人民志愿军”，还发了一条白毛巾，白毛巾上有个鲜红的五角星。最后还有五万块钱，说是津贴。

李石头问李汉良：“津贴是啥东西？”

李汉良也不明白，他想了想说：“可能就是工钱吧。”

李石头恍然大悟地点了点头，再看李汉良时，眼睛里已经有了佩服。

这样的目光让李汉良很受用，还是当兵好啊。

队伍就要出发了，李汉良想了想，还是跑出来，赶到李汉钟跟前，把部队发的茶缸、毛巾和五万块钱交给了他：“李主席，麻烦你把这些东西捎给我妈吧。”

李汉钟说：“汉良，在部队要刷牙、洗脸，还要买些日常生活用品，你把这些东西都留下来怎么办？”

他都亲切地叫他“汉良”了。李汉良心里一暖，差点要流泪，忙说：“李主席，我们家里没啥东西了，我妈他们更需要。再说，我当了兵，随时都可能死了，把这些东西留给家里，也算是个念想吧。”

李汉钟的嘴角撇了撇，眼睛里竟然也有了水样的东西在闪烁。他点点头，拍了拍李汉良的肩膀说：“汉良，你想得很周到。你放心，我一定会捎给你妈的。你到部队要听领导的话，让干啥就干啥。打仗的时候，你要有眼色，要紧紧地跟着老兵，他们干啥你也干啥，人家是从死人堆里爬出来的，有经验。家里的事儿，你就不用操心了，我李汉钟说到做到，会好好照顾你们家的。”

李汉良紧紧地咬住嘴唇点了点头，赶紧扭头跑回队伍，他怕自己再待下去会忍不住跪下来给他磕头。这个李主席虽然带人分了他们家的财产和良田，带头批斗父亲和自己，但说到底，这都是大势，他也没办法，怪不得他。能让他李汉良当志愿军，他是天下第一等好人。

但他并没有对这个好人完全说实话。他把这些东西捎给母亲，主要是看中了茶缸上的“中国人民志愿军”这七个字和白毛巾上闪闪发亮的红五星。放在家里，就是护身符。母亲会理解他的用意的，会把它们好好珍藏的。还有那五万块钱，节省一点，一年的油盐酱醋就有啦。

我可以放心地去死了。他想。

六

新兵经过一天强行军，在傍晚时分赶到南阳郊区的皇路店镇，李汉良和李石头被分到了“夜老虎连”。

连长姓赵，是个粗壮的高个子，脸黑得像锅底，左颊上有道长长的刀疤，刀疤是粉红色的，像火苗一样烧灼着新兵。连长的袖子卷得高高的，露出的胳膊上全是伤疤，肌肉扭成一团，像覆盖着一块长满皱纹的布。新兵眼睛里有了慌张和害怕，赶紧闪开目光。连长把袖子捋一下，恶狠狠地看着这十来个新兵，让他们列队站好。他皱着眉头把他们从头看到尾，那目光像刀子一样，没人能顶得住，有的低头，有的忙把眼神瞟向一边。连长过来，挨个抓着新兵肩膀摇了摇。站在最前面的是李石头，他没有防备，一下子向后跌去。他狼狈地从地上爬起来，冲着连长嘿嘿地傻笑。

连长一脸厌弃地瞪了瞪他。他忙收起傻笑，低头站好。第二个有了防备，暗自用劲，但还是往后退了两步。他忐忑不安地看了看连长，连长的表情好看了一些。虽然每个人心里都有数，也都做了准备，但连长的双手像钳子一样，你感觉那不是手，简直就是铁钳。他只是摇了摇，如果他是向上提，估计也能把你提得双脚离地。到了李汉良跟前，李汉良充满期待地看着他，把身子绷得直直的，所有力气都集中在腿上。他想好了，无论这个连长如何用劲，他都不能往后退，甚至身子最好都不要晃，让他看看，自己是块当兵的料。

连长看了看他，眼睛慢慢地眯起来，没有用双手抓他的肩，却把他的手抓了起来。李汉良正在悄悄憋劲，两只手紧紧地握成了拳头。连长掰他手指，最初竟然没有掰开。李汉良忙把手松开，连长捏了捏他的手，眯着眼睛看他："你在家是干啥的？"

李汉良心里一凛，连长一直没吭声，谁都没问，为什么要问他。他的声音都抖了："我在家干活。"

连长显然不相信，哼了一声说："细皮嫩肉，手上就这一点点茧子，还好意思说自己是干活的？我看你八成是二流子。"

李汉良急了，声音里带着哭腔："我不是二流子，我真的是在家干活的。"

李石头伸出头，大声说："长官，他是我们村里的地主，是读书人。"

连长扭头瞪他一眼。班长一脚踹过去："谁叫你说话了？什么长官？那是我们连长！"

这一脚不轻，李石头又向前跌去。他讪讪地回到队列里，冲着班长嘿嘿傻笑。

连长瞪着李汉良看了一会儿，问他："你是学生娃？"

李汉良忙说："我上过学，不过，我已经辍学一年多了，我身体很好，不怕苦，能打仗。"

连长没理他，回到队伍前，下了解散口令。李汉良松口气，刚要走，连长指着他说："那个学生娃，你跟我来一趟。"

李汉良心里一惊，连长是什么意思？他用双手摇新兵肩膀，很明显是在测试新兵的身体素质，怎么没摇他的肩膀？还问了他那么多话，难道没有相中他，不要他了吗？他腿发软，头有点儿晕，他求救地去看班长，班长却面无表情，自顾自地给那些新兵整理着军装，一点儿提示的意思都没有。他只得强撑着跟连长到了屋里。连长回过身把门关了，坐在床边，把他从头看到脚，脸上带着嘲讽的笑容，撇了撇嘴："你个子还没枪高，瘦得像豆芽，还当什么兵啊？你在哪里上的学？上到几年级了？"

李汉良额头上渗出了汗水，声音沙哑，每个字都慌不择路、跌跌撞撞："我……我在南阳南都中学上的学，再……再有一年就毕业了，我能吃苦，能打仗……"

连长打断了他："当兵是要死人的，你知道吗？"

"连长，我能打仗，我不怕死……"

他挺了挺胸，觉得自己这话说得很得体，当官的肯定喜欢不怕死的兵，但连长似乎不喜欢听这话，脸色沉了下来："你不怕死，老子还怕死呢，傻不拉叽的。你他妈的都快成大学生了，什么事儿干不了？偏偏当啥子兵嘛。"

李汉良说："我们农会主席说了，保家卫国，保卫胜利果实……"

连长瞪他一眼："别给我来这一套，他这么说，那他怎么不当兵？"

李汉良忙说："他当过兵，当的是解放军，参加过千里挺进大别山，在淮海战役负伤复员了。”

连长饶有兴趣地看着他，脸上的表情似乎放松了，口气也好多了：“不愧是个学生娃，连这些都知道。我告诉你吧，我还参加过两万五千里长征，刀劈过日本鬼子呢。平型关你知道吗？”

李汉良忙说：“知道知道，八路军打的第一个大仗。”

连长点了点头：“我就打过平型关。你小子确实有文化，不错。”

李汉良忙冲着连长讨好地笑笑。这是一个好兆头。

谁知连长的脸又绷起来了，声音冷冰冰的：“你虽然不错，但我不会要你的。你还没有枪高，年龄也小，就是一个娃娃。部队明天就要出发，现在离家还近，今天晚上你就走吧，等到了朝鲜，你就是想走也走不了。”

李汉良急了：“连长，我能打仗，我真的不怕死。”

连长火了：“我说不要你就是不要你！你听懂没有？你不怕死有个屁用，一个学生娃娃，到了战场，就是个累赘。你根本就不应该当兵，我看你连只鸡都杀不了，只会拖连队后腿。今天晚上你务必给我走了，偷偷地自觉走掉，谁也不能告诉。我要的是那些能打仗的兵，你自个走，别影响了他们。夜里十二点到两点，我站岗，你就在这个点儿给我走掉。”

李汉良眼巴巴地看着连长，连长瞪着他，脸上的肌肉抽搐一下，那道粉红伤疤像蛇一样吐着信子。他的泪水哗地下来了，他都有了要给连长下跪哀求的心了。

连长不耐烦地吼道：“你哭什么哭？你像个男人吗？”

他赶紧抹了把泪，自己是个军人，军人不能哭，不能让连长把他看扁了。他说：“连长，我真的就想去打美国鬼子，我是自愿当兵的……”

连长的眼睛里几乎要喷出火来了："谁给你讨价还价了？我是连长，我说了算。我是绝对不会要你的，还没打仗，你就不听我的话了？你自己看看，你这算是一个兵吗？回去，今天晚上你必须回去。"

李汉良眼前一黑，终于还是没能忍住，哭出声来了："连长，我求求你，让我留下来吧，我不会拖连队后腿，我会第一个往上冲，我不怕死……"

连长的眉头深深地皱起来，一脸厌烦："死死死，你就记着死了。你也别叫我连长，你们没正式列编，你还是一个老百姓，现在走还来得及。"

李汉良说："连长，你放心，我决不会给连队带来任何麻烦，我会好好打仗，我不怕死……"

连长突然拍了一下桌子，吼道："你怎么像个娘儿们一样磨叽？口口声声打仗，你懂什么打仗？死，死，死，打仗就是让敌人死，让自己活下来，你懂什么？就这么定了，明天早上如果再让我看到你，我就不会这么客气了。你走吧。"他挥了挥手，像是在驱赶一只令人厌恶的苍蝇。

李汉良不敢再说了，只得慌慌地出来了。

七

巨大的恐惧紧紧地攫住了李汉良的心，他几乎无法呼吸，怎么也没想到，都已经穿上军装了，这个连长居然会嫌他个子矮，没有枪高，年龄小，不要他了。自己已经十七岁了，也不小了。个子矮有什么？灵活，和牛高马大的美国鬼子拼刺刀，说不定还占优势呢。

李汉良头昏脑胀，人像走在云里头，把平坦的路走得坑坑洼洼。无论如何，自己都不能回去。与其在村里受罪，不如在战场上死掉。自己在家里也许可以活着，可全家就要一起受罪。自己要是在战场上像个英雄那样死掉，他解脱了，全家人也跟着受惠。自己必须得当兵，必须得在战场上死掉。就是赖，也要赖在部队，只要能赖到朝鲜，上了战场，他就会让这个狗日的连长看看，他是真的不怕死。到那时，他会后悔曾经不想要他呢。

问题是，如何留下来呢?

他低头走着，满腹心事，差点儿一头栽进路边的水塘里。正是初春，水塘闪着寒冷的光，他仿佛看到自己正在冰冷的水里挣扎着，怎么也爬不上岸。他不由打个寒战。他看了看四周，远处有不少影影绰绰的军人走来走去。他在水塘边站了一会儿，觉得没人注意他了，猛地弯腰溜到塘边，借着土坡的掩护，迅速把衣服脱得精光，跳进水里，蹲了下来。水像刀子一样滑过皮肤，身上起了一层鸡皮疙瘩，牙齿打战，咯咯地响。他紧紧地抱着胳膊，从一数到五百，约莫有四五分钟的时间，已经开始淌鼻涕了，这才爬上岸。衣服穿上了,还是冷。他对着天空打了几个响亮喷嚏，风从头顶吹过，唱着欢乐的歌。他看着水里晃动的影子，笑了。我不是不听话，而是我生病了，走不了了。

晚上睡在一所学校里，课桌被移到墙边，地上铺满稻草。可能白天行军太累，躺下来没多久，屋里就响起一片鼾声。李汉良还是觉得冷，紧紧地抱着膀子打着寒战。他感觉有人推开了门，借着月光，他看出来人是指导员，身后跟着几个老兵。他们分散开来，在每个新兵跟前摸索着什么。等他们到了他身边，他忙闭上眼。等他们走了，他侧着身子看了看，自己的衣服不见了。他茫然地看了看窗外的月光，他们把衣服拿走干什么？他想了一会儿，突然就明白了，这些新兵可能大多数都是抓阄来的吧，部队怕他们跑了，所以才把他们的衣服收走了。李汉良摸了摸额头，很烫，如愿以偿地发烧感冒了。他有点儿懊悔，早知道这样，他就不跳进水塘了。明天见了连长，就给他说，指导员把衣服收走了，他想走也走不了了。

指导员带着几个老兵刚出来，就看到连长站在月光下，抬头看着月亮，像个诗人。指导员心里想笑，这个大字不识一个的大老粗，也有闲情逸致了吗？他笑嘻嘻地对连长说："老赵，你这是在准备作诗吗？"

连长没接他的话，皱着眉头看着他，摇了摇头："老张啊，你这样做，有些不合适吧？"

指导员说："老赵啊，你不是不知道，每次大的行动，都会跑掉一些兵。现在是去朝鲜，要出国了，走得更远，打的仗更大，不能不防啊。"

连长的眉头皱得更深了，口气也变得很不好："荒唐！他们都是自愿当兵的，又不是强拉来的，咋会跑了？再说，今晚咱们干部站岗，谁能跑得了？老张啊，你都没想想，万一半夜团里突然拉动急行军呢？"

指导员还想再说什么，连长冲着那几个老兵挥了挥手："把他们的衣服都放回去。都啥年头了，还搞这一套！"

连长说完就走了。老兵们都去看指导员。指导员哭丧着脸，无精打采地说："放回去吧。"

指导员又带着几个老兵把衣服放了回去。出来后，指导员给他们简短地开了一个严肃的会。他说，虽然连长不让拿走他们的衣服，但也不能大意了，除了干部的明哨，大家辛苦一下，再轮流搞个暗哨。大家都是组织信得过的人，我们要一个都不能少地把队伍带到朝鲜。这是上级交给我们的光荣任务。

八

第二天一大早，刚起床，连长和指导员就来了。连长的目光找到李汉良，走到他跟前，像狼一样恶狠狠地瞪着他。李汉良低着头，喃喃地说："连长，我生病了。"

连长哼了一声："娇气！"

指导员凑过来，把手放在他额头上，然后缩回手，关切地说："烫得蛮厉害的，怎么样？还能不能行军？要不，把你放在卫生队，你跟着卫生队走？"

李汉良忙挺直身子说："谢谢指导员，没事，我能坚持。"

指导员很满意，拍了拍他的肩膀，然后回头冲着一个老兵说："王班长，你给炊事班说一下，给小李做碗病号饭，然后再到卫生队拿点感冒药来。"

李汉良充满感激地看着指导员，有了指导员这话，他这兵没问题了，连长是没办法赶他走了。他不敢看连长，他怕看到连长那张皱得很难看的脸。

部队开始行军，虽然因为感冒发烧，身子虚，没过一会儿，浑身都是汗，但李汉良一点儿都不觉得累，相反，浑身充满力气，有使不完的劲，不像李石头他们，没走一会儿，就小声嘟哝着叫累。李汉良还觉得走得慢呢，离家越远，就离战场越近，他这兵才当得更踏实一点儿。只有到了战场，开始打仗了，他这兵当得才算保险。

心情好了，病也很快就好了。说到底，他这主要还是心病。

过了十几天，部队赶到保定停了下来，说是换装，解放军的军装要脱下来，换成没有任何标志的志愿军军装。武器也换了，清一色苏联产的冲锋枪，比步枪洋气多了，就连一路上唉声叹气的李石头摸着崭新的冲锋枪也是爱不释手，甚至还亲了两下。

这些天里，李汉良一直躲着连长，一看到连长，哪怕是背影，他的心就咚咚地跳个不停，害怕，紧张，连口气都不敢喘，生怕被连长注意上了。部队还没有到朝鲜，他随时都有可能继续把他赶走。

到底还是没能躲得过去，连长主动找他来了。

还好，连长脸上没有生气的样子，相反，似乎还有点笑眯眯的。连长问他："适应部队没有？"

听他口气，完全把他当作他的兵了。李汉良心里一热，用力地点头："报告连长，我完全适应了。"

连长点点头："那就好。我和指导员商量了，咱们连里有文化的兵也就你一个，准备把你调到连部来，你赶紧收拾一下。"

李汉良一愣，调到连部，整天围着连长、指导员转，活儿都是轻松活儿，最多也就是打仗时，帮着上情下达，一般也没什么危险。这是兵们做梦都要去的地方，但李汉良却不想去。他当兵就是为了打仗，就是为了在打仗时赶紧死掉。别的兵怕死，但对他来说，死并不可怕，可怕的是自己死不了，打完仗还得回家，回到家里，他还是地主，一家人都是地主，说死就死啦。还是死在战场上最划算。死了我一个，全家都光荣。他看了看连长，连长笑呵呵地看着他。这个连长真奇怪，他到底是厌恶自己还是喜欢自己？他不敢给连长说他不想调到连部去，因为连长不喜欢讨价还价。他忙立正站好，给连长敬个礼，带着水淋淋的哭腔大声地说，是。

李汉良心想，我先答应着，等到了战场，我再找机会到战斗班排去。部队只要打仗就会死人，人死得多了，听说炊事员通信员也得拿着枪上，到那时，我要第一个冲上去。

在保定待了一个多月，除了“仇美恨美轻美”教育，就是搞训练。李汉良最喜欢的就是训练，他一有空就往训练场跑，武器分解结合、瞄靶射击、匍匐前进……他比谁都积极、卖力，手被石子擦破了，鲜血滴滴答答，排长劝他休息一下，他憨厚地笑着摇了摇头。有几次，连部有事找不到他，连长本来想凶他，但一看他在训练场上，就摇了摇头，却也没说什么，只是目光里带着悲哀与忧伤。李汉良看不懂连长的目光。他在苦练杀敌本领，连长应该像指导员那样天天表扬他才对啊。

李汉良是新兵中训练最好的。

李石头正好相反，他反应慢，走队列时，左右不分，经常出洋相，挨了班长几脚。他苦着脸找到李汉良说：“汉良哥，你为啥那么喜欢当兵呢？”

李汉良说：“当兵多好，生活比家里好多了，菜里油旺，还有肉片片，要不是当了兵，咱哪里能吃得这么好？”

李石头还是无精打采：“好是好，可出了国，到了朝鲜，估计就没这么好了……我还是害怕打仗，一想到打仗要死人，我就吃不好饭睡不好觉。”

李汉良说：“刚开始都会害怕的，真要打了，枪声一响，埋着头往上冲，就会啥都忘了，也就不知道害怕了。”

李石头羡慕地看着他说：“汉良哥，你咋会像个老兵一样，一点儿都不慌呢？我给你说实话，我都想跑了。”

李汉良吓了一跳，忙对他说：“你可不能有这个想法，你别忘了，前几天师里刚开过审判大会，师里那个司务长跑了不是被抓回来枪毙了吗？人家还打过日本鬼子呢，说是临阵逃跑，枪毙就枪毙了。咱是新兵，要是跑了，那更不得了了。”

李石头忙点了点头说：“我知道我知道，我不会跑的，现在离家这么远，我就是跑了，也摸不着回家的路了。”

他看了看李汉良，泪水在眼睛里打着转，声音里带着哀求：“汉良哥，你有文化，连长又喜欢你，到了朝鲜，你可得帮着我，我真不想死……”

李汉良点了点头，安慰他说：“那当然，咱是一个村里的，你有啥事了就找我，我就是帮不了你，也能给你出出主意。”

李汉良心里却充满疑惑，在大家眼里，连长是喜欢他的。他们的看法是对的，他自己也能感觉出来，连长确实是喜欢他的。指导员虽然天天表扬他，但他能感觉出来，他和指导员还是很隔，面对面站着，感觉却像隔着几座山。连长从来都没有表扬过他，但连长看他的目光和看别人不一样，慈祥，甚至还有心疼的意味，这样的目光，他只在父亲和母亲那里见过。连长就是亲。可连长为什么当初要赶他走呢？

他的手不自觉地攥成拳头，到了战场，我一定得死，只有我死了，才能保护母亲和弟弟妹妹，才对得起连长的关心爱护，成为一名英雄，为他长脸。

九

部队到了丹东，对面就是朝鲜。横跨鸭绿江的大桥被美国鬼子从中间炸成半截，在寒风中瑟瑟发抖。李汉良站在江边，看着一江之隔的异国土地，有点儿微微失望，对面空旷寂寥，没有一丝战争的痕迹。听说志愿军已经打过了三八线，向着更远的南方杀去了。李汉良的心不由得揪了起来，如果前期入朝的志愿军把美国鬼子赶进了大海，战争结束了，那就没仗可打，自己再也成不了烈士了。

他每天都在心里祈祷着，快点吧，快点跨过鸭绿江，快点去打仗吧。

部队却仍然不紧不慢地进行训练、教育整顿。

先是政委搞了几次教育，接着是团长搞。李汉良心里一动，团长是军事主官，他来搞教育，那就和打仗有关，说不定很快就要过江了。他坐在人群中，瞪着眼睛看着团长，心却早已跑到了朝鲜战场。全连奋勇冲锋着，敌人的地堡发出毒蛇般的火光，机枪子弹像暴雨一样。冲锋的战士不停地倒下去。连长让工兵去把敌人的地堡炸了。工兵抱着炸药包，慢慢地往地堡爬去，敌人机枪扫射过来，工兵的炸药包被引燃爆炸，身体被炸到半空，衣服和身体碎片纷纷落下来，像下了一场血雨。一袋烟的工夫不到，一个班的工兵就没了。他咬咬牙，丢下冲锋枪，抱起一个炸药包，对连长说，连长，我去把敌人的地堡炸了。连长刚要说什么，他就蹿了出去，借着地形地物的掩护，时而动若脱兔，时而像蛇一样匍匐前进。敌人的子弹像长了眼睛，追着他跑，先是击中了腿，接着又击中了他的胳膊、他的胸，身体处处鲜花盛开，妖娆艳丽。他艰难地向前蠕动，终于到了敌人的地堡前，猛地拉开导火索，把炸药包推进了地堡里，然后顺着陡坡滚了下去。轰隆一声巨响过后，战士们呐喊着冲上来了。不好，地堡又复活了，狡猾的敌人把炸药包推了出来，根本就没伤到他们。战士们像五月的麦捆倒了一地。他用伤残的胳膊支着身子，艰难地蠕动着，身后血迹斑斑。到了地堡前，他用尽全身力气猛地站起来，向机枪扑去，用自己的身体堵住了枪眼。战士们从地上一跃而起，高声呐喊着“为李汉良同志报仇”，冲了上去……

战争胜利了，他被评为志愿军一级英模，镇里敲锣打鼓给母亲送来锦旗和勋章。县委书记也来了，紧紧握着母亲的手，流着热泪说：“我代表党感谢您，您为祖国培养了一个好儿子，他是人民的英雄，是党的优秀儿女……”

鲜花映着母亲的脸，红霞飞舞，弟弟妹妹脸上鲜花盛开。

多么美好的人生，多么美满的结局。

团长突然拍了一下桌子，他打了一个寒战，从美梦中醒来。团长瞪着眼睛，声音像炸雷一样在头顶翻滚，谁也不用怕，美国鬼子都是少爷兵，他们是吃饱饭撑得没事干，跑到朝鲜来打仗了，人生地不熟，哪里是我们的对手？他们虽然个头长得像熊，但胆子比兔子还小，比蒋匪军还好打，枪声一响，哭爹喊娘像兔子一样地跑，大家就等着抓俘虏吧……

李汉良和所有人一样听得血往脑门上蹿。团长站在主席台上唾沫飞溅，他们坐在地上像发了高烧一样浑身滚烫，脑袋里与美国鬼子刺刀见红，一颗子弹消灭一个敌人，敌人鬼哭狼嚎，凄风苦雨愁煞人。李汉良左右看看，每个人脸庞都红彤彤的，像火在燃烧，个个把手紧紧地攥成拳头，有些还不由自主地咬着牙，上下牙齿磨来磨去，已经在脑袋里把美国鬼子想象成一只香喷喷的煮熟的鸭子，打仗就是吃肉喝汤。就连李石头的身子也直挺挺的，胸膛起伏，大口喘气，呼出的气息像雾一样笼罩着他，他就像一个导火索正在哧哧燃烧的炸药包。

眼看着要雄赳赳气昂昂地一脚跨过鸭绿江了，就要如愿以偿光荣牺牲，成为人民英雄革命烈士。李汉良浑身燃烧着，躁动不安，他觉得就是跳进鸭绿江，也能让河水沸腾。做梦也没想到，流动着的河水突然变成了厚厚的冰块，把他捂在冰冷的河水深处，眼前一片漆黑，无法呼吸……

十

因为随时都有可能过江打仗，部队允许大家给家里写信了。

连长一宣布，整个连队一片安静，个个愁眉苦脸，大眼瞪小眼，你看我，我看你。李石头最先没忍住，放声大哭。连长瞪着眼睛问他："李石头，你哭啥子？想家也不行，你要是敢跑了，我手里的枪可是翻脸不认人。"

李石头抽泣着说："连长，我不想家，我是哭我不识字，没法给家里写信。"

他的话音刚落，整个连队哭声一片，全是哭自己不识字，不会写信，从这里又想起了爹和娘，还有的老兵哭自己的娃自己的婆娘……百十人的哭声汇集在一起，像夏夜池塘里的青蛙哇哇乱叫。李汉良也想家，心里也难过，但看到这么多人在哭，五大三粗的男人，哭得抹着眼泪甩着鼻涕，他反而不敢哭了，不安地东张西望。

连长猛地拍了一下桌子，吼道："哭什么哭？我们连队还有一个识字的秀才，他替大家写信，一人写一封。看看其他连队，他们连一个识字的都没有，你们别身在福中不知福！"

哭声戛然而止，大家都伸着头去找李汉良，李汉良忙脸红红地站起来，冲着大家腼腆地笑笑。

李汉良就再也停不下来了，每天都在帮大家写信。时间紧，人又多，经常熬到夜里两三点，写得胳膊都肿了，但他不敢停下来，别人也不敢，因为命令随时都有可能来了，说过江就过江。好不容易替全连每个兵都写了一封家书，这天中午，当把最后一封家书写完，李汉良正闭着眼睛靠着墙晒太阳，连长来了。连长有些不好意思，搓了搓手说："汉良，你也帮我写封信吧。"

李汉良一惊，吞吞吐吐地说："连长，你也不识字？"

连长脸红了红说："家里穷，饭都吃不上，哪里有钱读书……你们有文化真好啊。"

李汉良忙坐下来，连长说一句，他写一句。正写着，团长来了。李汉良和连长都没注意到，继续写着信。团长站在他们身后看了一会儿，咳了一声，两人这才看到他，忙慌慌地站起来敬礼。团长拿起李汉良写的信看了看，点了点头："字真漂亮，你上到几年级了？"

李汉良说："报告团长，我再有一年就中学毕业了。"

团长的眼睛眯起来了："再有一年就可以上大学了，那你怎么不继续上学？"

李汉良眼里就有了泪珠："报告团长，我们家是地主。"

团长把信放在石凳上，眯着眼睛又看了看他。连长忙说："兵是好兵，觉悟高，工作积极……我寻思着，正要给你报告呢，这是个秀才，可是个宝贝，放在我们连可惜了，要不，调到团部去？"

团长瞪着连长，眉头皱得更紧了，比破布更难看，摇了摇头，哼了一声："扯蛋！"然后就走了。

李汉良愣愣地看着连长，连长想让他到团部去，这是好意，在团指挥所，离白刀子进红刀子出的战场会更远些、更安全，但这不符合他的想法，他就想到战场上打仗，就想死也要成为一个英雄。好在团长似乎有点儿不高兴。团长不高兴，李汉良就高兴，自己待在连队，当英雄的可能性更大一些。当然，他不能把自己的高兴表现出来，说到底，连长还是为他好。

连长以为李汉良不高兴了，讪讪地笑了笑说："你别在意，团长就这样，和我一样，大字不识一个，但人很好，对你们文化人尤其好，他会把你调到团部去的。"

李汉良鼓足勇气，喃喃地说："连长，我就想待在连队……"

连长瞪他一眼，哼了一声："真是个傻瓜！"然后一甩手，很不高兴地走了。

李汉良呆呆地看着连长的背影，心里忐忑不安，如果真像连长说的那样，团长一定要把他调到团部怎么办？自己当然不能不去，可离战场又远了，离死也远了，离英雄就更远了。他想着想着，泪水不知不觉地涌了出来。他抹了一把泪，抬头向家乡的方向遥望，仿佛看到母亲正牵着弟弟妹妹站在村头的大槐树下眼巴巴地看着他，汉良娃，到部队了一定好好打仗，家里全靠你了……

妈妈，我想死。他喃喃地说。

十一

李汉良向家乡遥望的时候，团长已经回到团部，立即找了政委。

团长兴奋地对政委说："我今天在'夜老虎连'发现一个宝贝，再有一年就可以上大学了。"

政委说："那好啊，好好培养，将来是个干部苗子。"

团长说："我找你就是来商量这事的。你上次不是说，要选人到中南军政大学学习吗？我们团不是有个名额吗？

政委说："早就过去几个月了，那时没报上来一个人，废了。"

团长说："现在有一个。你知道，咱很快就要到朝鲜去了，他有文化，死了可惜。"

政委的眼睛眯起来了："他死了可惜，其他人就不可惜了？"

团长说："不可惜。"

政委愣了一下说："他的命是命，其他人的命不是命？"

团长说："我们都不识字，除了会打仗，不怕死，就会种地。会种地的人多了，少一个没啥，但他们文化人，少一个就是少一个了。我还是想把他留下来。"

政委说："他不一定会死。"

团长说："老周，咱都是从死人堆里爬出来的，你就别唬我了。

你说国军咋样？咱们打整三师，用九个团打人家一个团，还打了两天两夜，人家其实还少了一个营，就只有两个营，咱这三千多人的团，最后打得就剩三四百人了。国军够厉害了吧。可国军打日本鬼子呢？被人家从北打到南，从东打到西，万把人的部队说散就散了。日本鬼子够厉害吧，可美军是咋打日本鬼子的？我不说你也知道，一仗就干掉了他们四艘航母，咱们打八年，一艘都没打掉。我不知道你咋想的，反正我是没准备活着回来了。再说，咱都是有老婆有孩子的人了，死了也就死了吧，断不了后。”

政委的脸沉了下来：“老王，咱这一路上都在搞“仇美恨美轻美”教育，你这是长敌人的威风，灭自己的志气，美军是钢多气少，咱是钢少气多……”

团长笑了，说：“老周，你就不要和我扯犊子了，你以为我是啥也不懂的新兵蛋子？咱打仗拼的就是人，这仗，咱肯定会赢的，咱有的是人……他们这些文化人，宝贵，能留下一个就留下一个吧，他还是个娃娃呢。”

政委皱着眉头，在屋里走了一圈又一圈，最后停在团长面前，瞪着眼睛说：“按理说，多个蛤蟆多两力，人是最宝贵的，我是不应该答应你的……这事儿，你没对我说过，我也不知道，你自己看着办吧。”

团长笑嘻嘻地说：“这事儿我还真办不了，你是文化人，认识的人多，口才又好，这事儿还真得靠你和军政大学那边联系一下，再把上次的名额要回来，咱立即就把人送去。”

政委痛苦地皱着眉头说：“就要出国打仗了，早就冻结调动了，这是违反规定的。”

团长说：“规定是死的，人是活的，活人能让尿憋死？老周，关键时刻，这事儿就看你啦。”

政委头痛一样摇了一会儿头，走了几个来回，抽着凉气问团长："老王，你就一定要把这个兵留下来吗？"

团长坚定地点了点头："老周，你就替我把这个事儿办了吧……我又欠你一个人情。"

政委无可奈何地苦笑一下说："老王，你欠我的人情太多了。我也不指望你还我了，咱俩啊，一起去见阎王爷时再好好算算这笔账吧。"

团长挠了挠头，像个孩子一样嘿嘿地笑。

十二

政委还真把这事儿弄成了。

部队要雄赳赳气昂昂跨过鸭绿江的前一天，李汉良被团里通知，立即到武汉中南军政大学报到。前来连队通知他的是司令部的一位参谋，他从嘎斯车上跳下来，急吼吼地对李汉良说："大后天必须赶到武汉，今天还有趟火车到北京，团长让我把你送到火车站，一刻都不能耽误，报到晚了，要军法处置。"

指导员一脸疑惑："团里真是这样通知的？"

参谋斜着眼睛看了眼指导员："我还是假传圣旨了？"

指导员讪讪地笑道："别别别，我不是那个意思，好事啊，大好事啊，我们连终于出了一个秀才……"

连长好像巴不得李汉良赶紧走，这事就像天上掉馅饼，他怕一眨眼就没了，急急地冲着站在旁边发呆的李石头叫道："快去，帮李汉良打背包去。"

李汉良愣在那里，不是说去团部吗？怎么改成去中南军政大学上学了？

他问那个参谋："团里真是这样通知的？"

参谋奇怪地看着他，问他：“你这是什么意思？你不想去上学吗？”

连长赶紧对参谋赔笑：“想想想，坚决执行团里的命令。”他回过头来，狠狠地盯着李汉良：“你要违抗军令吗？”

这是团里的命令，给他李汉良十个胆子他也不敢不听。李汉良慌慌地赶到宿舍，失魂落魄地收拾着东西，心跳得厉害，手心里全是汗。去不了朝鲜了，死不了了，这可怎么办？这可怎么办？

李石头眼睛都红了：“汉良哥，你这是咋回事啊？团长和你们家是不是亲戚？我们就要过江打仗，去当炮灰了，你倒好，又到学校学习去了……”

李汉良心慌意乱，这个消息像颗手榴弹，狠狠地砸在脑袋上，头疼，耳朵里嗡嗡地响。听说明天就要过江了，他昨晚激动得一夜都没睡着，天一亮就赶紧起来，恨不得部队立即开拔过江。就剩下不到一天的时间，板上钉钉的事儿，怎么说变就变了？完了，全完了，自己上不了战场，这可怎么去死？

他充满怨恨地瞪着李石头，恶狠狠地说：“你说什么风凉话？你他妈的以为我想去学校吗？我巴不得赶紧打仗死掉……”

李石头吃惊地看着他，他怎么还想死？他什么意思？他肯定是在嘲讽我！他气呼呼地把帮他打好的背包扔在地上，捣着李汉良的鼻子叫道：“你他妈的不要得意得太早，你再怎么着，还是一个地主。等老子抗美援朝回来，看怎么收拾你！”

李汉良像是从梦中醒来，冲着他慌慌地摇着头摆着手，结结巴巴地说：“石头哥，石头哥，我不是这个意思，我是真的想去打仗，真的想死……”

李石头惊疑地看着他，他的样子一点儿都不像撒谎，更不像是在嘲讽他。

李石头正要问问他，这到底是怎么回事，那个参谋来了，急吼吼地拎起背包，催着李汉良赶紧跟着他走。李汉良跌跌撞撞地跟着他，到了嘎斯车前，腿软得试了两次都没能跨上去。最后还是连长在后面推了一把，他这才爬了上去。他回头，可怜巴巴地去看连长，连长砰的一声把车门关上了，根本就不看他。看来确实是自作多情了，连长根本就不想要他。连长觉得他是累赘，哪里会想到，他是抱着必死之心来当兵的。团长肯定也是这么想的。他觉得委屈，想哭，可又哭不出来。

到了车站，参谋帮他买了火车票，离开车还有一段时间，他在候车室等，参谋站在那里不动。他有些不好意思，让参谋先回去。参谋说，不急，团长说了，要让我把你送上火车，看着你走。李汉良只得随他去了。团长这是怕他跑了啊。怎么可能呢？全团三千多人，最不可能当逃兵的就是他。

火车来了，他就走了。火车驶出丹东车站，一路吼着向南而去。他把脸紧紧地贴在窗边看着一闪而过的大地与树木、高山与河流，心里空荡荡的，完了，自己永远也无法成为一个英雄了……

他越想越难受，大颗大颗的泪珠涌了出来。

对不起，妈妈！

窗外的风呼呼地响着，像冰冷的石头一样砸着列车。他缩在棉军衣里，棉军衣像冰块一样硬邦邦的，他觉得这个春天是他一生中遇到的最寒冷的春天，冷到了骨头里。他摸了摸额头，额头滚烫。他在高烧中不停地喃喃说，我想死……

十三

李汉良在中南军政大学一待就是三年。在这三年里，他总是充满负罪感，和前方浴血奋战的将士相比，自己像个逃兵一样。

他不敢给家里写信，如果乡亲们知道他没有去朝鲜战场，那他们就会用另外一种目光看待母亲、弟弟和妹妹，他们甚至会因为他在一个大城市生活，比他们吃得好穿得好而愤怒，然后变本加厉地批斗母亲、弟弟和妹妹。他们就是这样对待父亲的，说变脸就变脸。他不恨他们，怪不得谁，天都变了，脸还能不变吗？

李汉钟说得对，这是国家大势。

他最初并不死心，盼着赶紧毕业，在战争结束以前，赶去参加抗美援朝，这样，他还是有可能成为烈士的。但他很快就失望了，教员说，他们这一届学制是三年。他呆呆地看着教员，教员的嘴巴一张一合，他一个字也听不进去。想想吧，三年时间，解放军把几百万国军都消灭了，何况几十万美军？

那些天里，李汉良什么都吃不下去，总觉得心里堵得慌。报纸上的消息也在验证着他的想法，志愿军所向披靡，从胜利走向胜利。学员们挤在一起看着报纸，兴奋得嗷嗷叫。他也装作很高兴的样子，心里却更着急，这样下去，志愿军很快就会取得胜利，他就没机会再去朝鲜了。他愣愣地想，如果志愿军进展不顺，战争一直持续下去，那该有多好。这样的想法让他恐惧，偷偷地瞄了瞄四周，还好，没有人注意到他，但他还是害怕，害怕会不小心在梦中泄露自己的想法，有时会整夜整夜地睡不着觉。

后来他能睡着了，因为他发现，志愿军并非总像报纸上说的那样次次大捷。有次上课，教员说漏了嘴，说，刚刚结束的第五次战役，志愿军轻敌，打得比较急躁，中朝军队伤亡超过了敌人，其中一八〇师损失惨重，最后只得撤了回来，战争胶着在三八线。

那堂课上得很沉重，教员难受，学员痛苦，都是从各个部队抽调来的，私下里四处打听自己部队的伤亡情况，自然也打听不出来，心情就更加沉重。晚上吃饭时，食堂里一片寂静，每个人都阴沉着脸。李汉良的喜悦却如春天的野草嚣张地蓬勃生长，在风中哗哗地唱着歌。战争胶着了，就意味着没有尽头，三年时间眨眼之间就过去了，自己还是有机会去朝鲜战场的。他害怕别人看出那些正在高声歌唱的喜悦，赶紧埋下头用力地吃饭，夸张地吧唧着嘴巴，吃力地把那些在心中高声歌唱的声音压制住。

他好不容易把这顿饭吃完，抬起头，却见其他人的饭菜几乎没动，一桌的人像干枯的树戳在那里，愣愣地看着他。有人目光里已经有了愤怒，志愿军打了败仗，你居然吃得下饭？

李汉良的脑袋嗡地叫了一声，那些歌唱的野草一下子枯萎了，在寒风中萧瑟地垂下身子，趴在地上动都不敢动。他慌慌地抹下嘴，哑着嗓子说："同学们，我也很难过，但我想，越是这个时候，我们越要吃好睡好，把身体养好，时刻准备去战场杀敌，给兄弟们报仇……"

他看着他们，他们愤怒的目光像刺刀一样，仿佛要在他身上戳出一个洞。他的目光也如刺刀，毫不犹豫地迎了上去。他比他们任何一个人都更想参战，冲锋号响起来时，他绝对会第一个从战壕里冲出来，不管前方是地雷阵还是密密麻麻如苍蝇般的子弹，他都不怕。赵连长说，打仗就是让敌人死，让自己活下来。他恰恰相反，就是想让自己死去，该举着炸药包就举着炸药包，该堵机枪就去堵机枪，他会毫不迟疑。一个一心求死的士兵会害怕战争吗？不，没有人会比他更勇敢了。这是他内心的真实想法。他眼睛甚至有点儿红了。

那些愤怒的目光变得迟迟疑疑，慢慢柔和下来，他的真诚不容怀疑。

学员队的班长是个老兵，还是个战斗英雄，他一拳砸在桌子上，说："对，李汉良同学说得对。同学们，我们要化悲痛为力量，大家吃饭，好好吃饭，吃好饭才能杀美国鬼子。"

他带头端起饭碗大口大口地吃着，泪水大滴大滴地掉在碗里……

李汉良出了食堂，已经是一身冷汗，幸亏自己脑筋转得快，以后可不能这样了，要学会沉住气，好好读书学习，以后总有机会上战场的。可不能还没上战场就犯错误了。别人可以犯错误，他李汉良是一点儿差错都不能犯的。

一年时间很快过去了，李汉良仍然没有给家里写过信。他想念母亲、弟弟和妹妹，他们过得怎么样了？乡亲们有没有批斗过他们？想念归想念，但他最担心的就是突然有一天接到母亲的信，如果是这样的话，那就意味着乡亲们都知道他没有去参加抗美援朝。还是让乡亲们蒙在鼓里好。战争仍旧一直胶着在三八线，遥遥无期，总有一天，他还会上战场的。

希望之火重新熊熊燃烧，他比谁都用功，每个科目，他都是第一名。让他失望的是，他还没从中南军政大学毕业，朝鲜战争停战了。

停战消息传来的那个晚上，整个校园爆炸了，人们拥到操场，有人放鞭炮，有人挥舞着军旗，欢呼声、口号声、笑声、歌声，像翻涌的海浪，一波一波地涌来。李汉良被人流挟裹着，周围欢乐的声音像一颗颗子弹从耳边飞过，像一颗颗炸弹在身边爆炸，震得他耳朵嗡嗡响。兴奋的笑脸包围着他，像巨浪压迫着他，他觉得呼吸困难，像一条濒死的鱼。他挤出人群，仓皇如狗，跌跌撞撞朝夜色深处走去。等远离了那些欢乐的人群，他发现自己来到了校园最高的一个山坡上。他回头张望，操场上的欢声笑语像海浪拍打着这座山坡，他像困在一座荒无人烟的孤岛上。他愣愣地打量着月光下瘦长的身影，突然对自己充满厌憎，为什么要上学呢？为什么要读书呢？如果自己没有上过学,大字不识一个，和别人一样两手长满硬茧，连长、团长就不会嫌弃他了，也许他早已经战死沙场，成为一名英雄了……

十四

李汉良毕业的时候，部队早就抗美援朝回国了。

他并没有回原来的部队，而是被分配到另一个军里当了作战参谋。他是一名干部了，但他仍然不敢给家里写信。部队正在紧锣密鼓地清查干部，那些隐瞒地主家庭出身的干部都被清理转业了，有些还是参加过抗日战争的老同志呢。他倒没有隐瞒，档案里写得清清楚楚,想隐瞒也隐瞒不了。好在军里并没有为难他。后来他听说，干部部门本来也要把他清理走的，但军长看了看他的档案说，他一直在上学，只是个学生娃娃，会有什么问题？还是军政大学培养的高级知识分子，是个宝贝呢，留下来吧。

他更不敢跟家里联系了。如果被人抓住把柄，说他还念着地主家庭，那就麻烦了，弄不好，还真的就把他清理回去了。他必须像只老鼠一样小心谨慎，任何差错都不能出，一出就是要命的事情。再等等吧，再等等吧。

还有一件事儿也让他不安。

那就是村里和他一起当兵的那七个人。他们现在怎么样了？是战死在朝鲜战场了，还是复员回家了？最好是已经牺牲了，或者和他一样成了干部，远离家乡，这样，没人知道他根本就没上过战场，也没有成为英雄。就这样杳无音讯，也许乡亲们会想当然地认为他已经牺牲在战场上了。人总是有恻隐之心的，想起他的死，也许就不会为难母亲、弟弟和妹妹了。

村里那七个人的下落始终是李汉良的一块心病，但他什么也不敢问，更不敢托人去原来的部队查问。两年很快过去了，他被提拔到下面一个团里任作训股长。在春天到来的时候，他终于有个到原来那个师出差的机会。他到了师里，犹豫了几天之后，终于在出差将要结束的前一天，鼓足勇气去了离师部不远的那个团。团长和政委都是新面孔，不但是他们，全团像换了一遍，他没看到一个熟人。也是的，他在团里待的时间本来就不长，也没认识几个人。

他问那个团的作训股长，抗美援朝时的王团长和周政委呢？股长沉重地告诉他，王团长和周政委在第五次战役时，带着部队穿插，他们隐蔽在一条山沟里，还没开始打呢，就被美军飞机发现了，铺天盖地的炸弹从天而降，三千多人的团眨眼工夫伤亡了两千多，包括王团长和周政委，都牺牲了……

李汉良愣了愣，急急地问他，那李石头他们呢？

股长皱起了眉头，谁是李石头？

李汉良说，他和我一个村庄的，是一九五一年春季在南召县玉米镇李村一起参军的，我们一共七个人。

股长带着他到了保密室，在一大堆档案里翻了半天，沉重地摇了摇头说，他们七个也全部牺牲了，也是在那条山沟里。

李汉良长长地松了口气，心里竟然有些轻松。股长疑惑地看了他一眼，他马上意识到自己失态了，心脏扑通扑通地跳了两下，脸色暗了下来，痛苦地叹口气，喃喃地说，他们还都是十七八岁的小伙子，现在要是还活着，也该娶妻生子了……

他跟着股长出了保密室的门，突然想起了赵连长，不由回头看了看那些密密麻麻的档案袋，又问，那赵连长呢？

股长问他，哪个赵连长？

李汉良说，就是“夜老虎连”的那个赵连长，我最初就是在他手下当的兵。

股长哦了一声，说，这个我知道，他也死了。不过，他不是死在战场上，是在朝鲜时，部队开展三反五反，他被指导员揭发出来，从解放战争开始，一路上放跑了好多新兵，那些上过学有文化的兵都被他鼓动着开小差跑了。这还了得！部队把他抓起来，要判刑，半夜里，他把衣服脱了，拧成绳子，挂在屋梁上自杀了。

李汉良打了一个寒战，眼前闪过赵连长黑得像锅底的脸，左颊上那道长长的粉红色刀疤，像火苗一样灼人眼睛，胳膊上的伤疤扭成一团，像覆盖着一块长满皱纹的布。他本能地把身子缩了缩。他又看到了团长，团长瞪着连长，眉头皱得紧紧的，比破布更难看，怒气冲冲地冲他吼道：“扯蛋！”他的身子不由抽搐起来，小腿肚好像抽筋了，像石头一样僵硬，直直地戳在那里，呆呆地看着股长。股长惊疑地看着他，问他：“李股长，你怎么了？”

股长的脸在他脸前晃着，他眯着眼睛，知道他是这个团的股长，但那张脸一会儿变成赵连长的，一会儿又变成了王团长的，他们哀怨地看着他，喃喃地说着什么。他张着嘴巴，使劲地竖着耳朵倾听，终于听清了。连长说，李汉良，你终于知道了，我那时并不是不想要你，而是想让你跑掉，让你活下来。王团长说，李汉良，我让你去上学，也是为了让你活下来啊……

他们都想让我活下来！

股长慌慌地扶住他，大声地叫他：“李股长，你怎么了，你怎么了？”

他抬起头，惨白着脸，喃喃地说：“我想死……”

他把头抵在墙上，手攥成拳头堵着嘴巴，拼命抑制着不让自己哭出声来。泪水像蚂蚁一样爬在脸上，它们咬破皮肤，钻进他的身体，噬咬着他本来已经变成石头一般的心，那颗僵硬的心被它们咬得破破烂烂，更多的泪水涌了出来，把身体里那块石头浸柔了泡软了。他摇了摇头，团长、连长他们哪里知道，他当兵就是为了打仗，就是为了能够死在战场上，成为一名英雄。他们都死了，他最想死，却没有死，还成了干部，活得好好的……

告别了那个团，走了很远，他突然想起，自己还不知道团长、政委和连长的名字呢，他只知道团长姓王，政委姓周，连长姓赵。他想回去再问问，可是，知道了他们的名字又能怎么样呢？他们的骨头已在地下腐烂，坟头已长满荒草，和父亲的坟一样。他摇了摇头，终究还是走了。

该回家去看看自己的亲人了，哪怕因此把他清理出部队，那也是值得的。如果还像他这样，连活着都不敢让亲人知道，那和死又有什么区别呢？他使劲地想啊想，却突然发现，已经记不起母亲和弟弟妹妹的样子了。

李汉良回到团里，立即请了假。他一刻也等不下去，要立刻回到家里。

十五

村庄还是那个村庄，但和他想象中不一样，像个老人，疲倦的面孔刻满荒凉与寂寞。自家青砖绿瓦的高大房屋早已衰老不堪，白色墙皮剥落，接近地面的墙变成暗灰色，上面长满绿色的苔藓，在春天的阳光里野蛮生长。昔日油漆得闪亮照人的大门人老珠黄，布满黑黄相间的老人斑。

他推开门，摇摇欲坠的破烂木门发出刺耳的哮喘声。院里坐着一个老人，正在腿上搓着麻绳，脚下放着一堆稻草，在金色阳光下舞蹈着。母亲在编草鞋。她穿着草鞋，站在她身后的弟弟妹妹也穿着草鞋，草鞋上的稻草茬像刺猬一样根根怒张，他感到眼睛被刺得酸疼。弟弟妹妹惊疑地看着穿着一身崭新军装的他，忘记去擦挂着的长长鼻涕，晃晃悠悠的，他的心提到了嗓子眼，莫名其妙地担心那些鼻涕会突然掉下来。母亲站起来，慌慌地把双手在破烂的衣服上擦着，充满卑怯地看着他，喃喃地问他："同志，你找谁？"

母亲也老了。她虽然只有六十来岁，但白发像英勇作战的士兵占领了她每一寸头颅，她的每一道皱纹里都是岁月的风和沙，昔日红润的脸和丝绸一样光滑，现在和她身上缀满补丁的衣服一样粗糙黯淡。

他颤抖着说："妈，我回来了。"

母亲伸长脖子，张着嘴巴，吃惊地瞪着他，神经质地抖动着手，想伸过来，却犹豫着不敢伸过来。他忙走过去，拉住了母亲的手，喃喃地说："妈，我是汉良，我现在是个干部了，是个副营级的干部了……"

她伸过头来，凑到他跟前，把他从头看到脚，捏了捏他身上的绿军装，浑浊的眼睛里闪出了光亮，喃喃地说："这衣服的料子真好。"

李汉良愣了愣，他还有几件旧军装旧军鞋，但他却没想到要把它们带回来。他有些发呆，我怎么会忘了呢？

母亲摸着他的脸，呜咽着说："我以为你再也不会回来了……"

他放下手里的提包，把母亲扶坐在凳子上，蹲在她跟前，紧紧地握住她的手。他的手温暖湿润，她的手干枯冰冷，一层如砂石般硬硬的茧子。他的泪水不可抑制地流出来，呜呜地哭着说："妈，是我，是我，我回来了。"

母亲使劲地抽一下鼻子，声音忽然低了下来："娃啊，你回来了，不会影响你的前途吧？”

李汉良忙摇了摇头。他本来想说，就是影响前途又有什么，他连死都不怕，还会怕这个吗？但他想了想，还是没说。相反，他很灿烂地笑了，说：“妈，我现在是解放军军官了，没事了，没事了。”

他站起身来，看看四周，院里一片荒芜，墙角长满杂草和营养不良的小树，几只鸡使劲地刨着地面，寻找能吃的东西。看来生活虽然艰辛，但日子还能过下去。他正要把提包打开，把带回来的糖果分给弟弟妹妹，身后响起了脚步声。他回头看了一下，是李汉钟来了。

李汉良心里一紧，忙给他打招呼：“李主席，您来了？”

母亲忙在旁边纠正：“不是农会主席了，升大官了，镇武装部长，喊部长。”

李汉钟忙摇头摆手：“别别别，我那部长是芝麻样的官……还是汉良有出息，成大军官了。汉良，你现在在部队当的啥？”

李汉良很高兴他这样问，忙说：“是团里的作训股长。”

李汉钟点了点头说：“好好好，有文化就是好，这么快就成副营了……唉，我打了那么多仗，就是吃了没文化的亏，一直都是个兵，最大的官也就是个班长。”

李汉良忙说：“部长，我不能和您比，您是英雄。”

李汉钟很满意地拍了拍他的肩膀，转过身来对母亲说：“婶，我那时让汉良去当兵，没看错吧？我就觉得他能成气候。汉良懂事，又有文化，比我在部队强多了。看来，我让他当兵这一步，还是走对了。”

母亲谄媚地说：“走对了走对了，谢谢李部长谢谢李部长。”

李汉钟回头又看了看他，脸上仍旧是笑眯眯的，但那笑容一点儿都不活泛，像长在屋顶上单薄的草，尴尬、害羞，随时都有可能被风卷走。

李汉良的心不由得往下坠，他虽然是一名军官了，但他那地主家庭出身就是他身上的皮，是怎么也剥不掉的。他李汉钟作为家乡的父母官，如果想置他于死地，一纸公函发到部队就可以把他打到十八层地狱里。他感到整个身子凉飕飕的。他脸上的肌肉抖了抖，笑容里充满谄媚，声音也不由自主地变得卑怯："李部长，您有什么事？"

李汉钟低低地说："汉良，我有件事儿要对你说，咱借一步说话。"

李汉良看了一眼母亲，母亲可怜巴巴地看着他，目光里充满恐惧。他忙冲着母亲笑了一下。他忐忑不安地跟着李汉钟到了院外，无论是什么事儿，既然躲不过去，那就像个男人一样迎头赶上，大不了，自己退伍回家，就是死，和家人死在一起，也未尝不是一件好事。赵连长和王团长、周政委的脸交替在眼前闪着，他们笑呵呵地看着他，他们知道他，他连死都不怕呢。他悄悄地做了一个深呼吸，索性直直地盯着李汉钟，他甚至能感觉出来，自己的嘴角边挂着一丝嘲讽的笑容。对，就这样，这样才像一个军人。

李汉钟搓了搓手，看了看他，又慌慌地把头扭向一边。他的表情让李汉良感到奇怪，反而是他的日光里有卑怯，笑容里有谄媚。事情似乎不应该是这样的，他即使成了解放军军官，但他还是地主家庭出身，还是活得慌慌张张跌跌撞撞，他李汉钟是正牌贫下中农，是复退军人，是镇武装部长，是英雄，要想收拾他，也就是一念之间的事情。他的表现让李汉良感到奇怪，他板直的身子不由得柔软下来，不安地问他："李部长，您找我有啥事儿？"

李汉钟的脸腾地红了，嘴巴抖了抖，声音像蚊子一样低低地说："汉良，我得给你说个事儿，你不要怪我，你当兵走时，托我把那个茶缸、毛巾，还有五万块钱捎回来。我……我一时糊涂，还想着你不可能活着回来了，把茶缸、毛巾给婶了，把那五万块钱留下来了……”

李汉良瞪大眼睛看着他。他想起来了，当初当兵走时，确实把这些东西给李汉钟，让他捎给母亲了。

李汉钟搓了搓手说：“汉良，你放心，我以后会还你的，五万块相当于现在的五块钱，我只是手头有点紧。我那媳妇，是个病秧子，家里有个无底洞……”

李汉良心里一紧，问他：“嫂子现在咋样？”

李汉钟说：“她身体不好，我们连个孩子都没有。她还总得病，慢性病，我一有空就带着她到县医院看病，总看不好……汉良，你不要把我想得太坏，我就是寻思着，老镇长是国民党的人，反正要枪毙他，我那时要是不娶了她，她能不能活下来也是问题，女娃子，也可怜……汉良，你给我点时间，我想想法子……”

李汉钟的脸更红了，正是春天的时候，天气并不热，他的额头却渗出了密密麻麻的汗珠。他抬起胳膊，用袖子擦了一把汗，袖口上有着一层闪亮的污垢。李汉良直直地看着他，坚定地摇了摇头，声音很响地说：“汉钟哥，你肯定记错了，我妈刚才给我说了，茶缸、毛巾和那五万块钱她都收到了，一个子都不少，你肯定是记错了……”

李汉良说完这话，抬头看了看天空。

这人间，还是活着好啊。他想。

大石

王甜

70后，中国作家协会会员、鲁迅文学院第十五届高级研讨班学员。原成都军区政治部创作室专业作家，现为自由撰稿人、影视编剧。已发表小说、散文、评论作品多篇。

曾获全军军事题材中短篇小说评奖一等奖、四川省文学奖、人民文学新人奖、上海文学奖等。

如果事先知道，搁谁也不会去撞现场——多没眼色！我自打进了机关宣传股，自认为已经为人低调、谦虚谨慎多了，但有些事吧，真和为人低调谦虚谨慎没什么关系。

撞上就是撞上。

组织股的小赵在走廊上遇到我，轻飘飘地说了句：“白干事，主任叫你。”显然，小赵只是传达命令而已，掐头去尾，意思明确。政治处主任要我“这个时候”去见他。别嫌简单、啰唆，必须捋清楚。因为接下来，我就要去一个世事难料的是非之地了。我步履沉稳，来到主任办公室门口，还没来得及收腹挺胸立正喊“报告”，主任那地道的四川腔，像一口浓痰样劈头盖脸地唾出来：

“买买买，买个棒槌！现在啷个办？你两个龟儿子自己掏钱算尿了！”

门半开半掩。略略一探头，就可见主任瞪大如金刚的怒目和两个垂头丧气的背影。背影的屁股和后脑勺令我一眼认出：龙股长、邢干事。他们的屁股、后脑勺和脸一样极具辨识度。他们自然就是“两个龟儿子”了。

你的同事和上级领导，正在被你的上上级领导痛骂，时机不对。太不对了。大脑高度预警，我赶紧把头往后一缩，但迟了，主任已经用金刚巨眼瞄准我了，嚷道：“进来！”

火气带进了这一声。我的心尖儿提到了嗓子眼。我像一辆夜间行驶的小汽车，小心翼翼地前行，静静地停靠在距离豪华办公桌三十厘米的地方，和龙股长、邢干事站成一排。他们两位先后侧过脸来看了看我。表情像操场上掉了漆的木质双杠，被人练得惨兮兮的样子。

现在，宣传股的中流砥柱到齐了，主任杀气十足地来回打量着我们。灭门的节奏。

我深呼吸了一口气。

但仅仅过了两秒钟，我就发现自己想多了。我不是来陪挨骂的。

作为一个领导，主任的四川腔弹性大到惊人，骂人时骂得你祖宗十八代都集体吐血，但只需一个逗号或顿号的间隔，他又会让语言长满柔软的绒毛，让你舒服得蹭上一脸。四川话大概是世界上最具跳跃性和戏剧感的方言了。

“白干事，这哈有个通知，”主任秒变和气，从桌子一角拎起一份文件递给我，“军区要搞个文艺汇演，每个单位都得选送节目，你去安排一下这个事。”

我忙接过来，匆匆瞄一眼，又疑惑地看看旁边的股长。文艺演出这种事，以往都让邢干事牵头的，因为会有大笔的支出款项。但股长没吭声，回看我一眼，鼓励性地眨眨眼，表示认同主任的安排——当然他也不敢不认同，再说他还正挨着骂呢。我想了想，小声说：“可现在，团里上下都在准备联合演习的事呵，就怕抽不出人手来。”

主任点头：“联合军演是大事，今年的重中之重，确实没那个精神去弄唱唱跳跳的。我和团长政委都沟通过了，这个文艺汇演吗，你随便凑个小节目算了，说个相声、独个唱啥子些，关键是人要少，啊。节目送上去，军区要审的，通不过也算了，但你说不送节目吧，这个态度又不对，是吧？所以呵……去吧，去吧。”

主任点着头，一只手抬起来挥动着，像赶着一只蚊子。该说的已经说了，我和这份闲得蛋疼的文件都可以消失了。

他需要调整频道，继续骂龙股长和邢干事了。

我诚惶诚恐，退出了主任办公室，小心地关上门。在走廊上往东走，大约二十米有个转角，转角过去是男厕所。我腋下夹着那份文件，推门进厕所。里面没人。我迅速把厕所门反锁上，粗糙的大圆门扭“哒”了一声。我用背抵住门，腾出一只手来捂住嘴，怕笑声漏出来。

哈哈哈！龟儿子——

哈哈哈！龙股长和邢干事都成了龟儿子——

我笑得直不起腰。

看他们那个样子！简直、简直、简直就是龟儿子……

眼泪都笑出来了。

不。不要轻易地界定我，幸灾乐祸、表里不一啥的。讲真，就算我情愿与龙股长邢干事“同呼吸共命运”，还未必有资格有条件有机会呢。主任刚才骂的，多半是经费上的事，这方面我根本沾不上边。我自打从连队调到宣传股，就像“拖油瓶”进了后爹后妈的家，从股长到干事就没人拿我当“内伙子”，彬彬有礼、客客气气地拒我于千里之外。凡有采购文化用品之类涉及经费的项目，或者容易在领导那里露脸的大型活动，通通都由股长交代给邢干事做，招摇过市地透出一种“嫡系”意味。

要说，我倒并不介意自己捞不上好处，而是讨厌他们围个小圈子，遮遮挡挡、贼兮兮地提防别人的样儿。他们花钱，买了啥，为啥买，一般只向主任交代，其他人都自觉地不去打听。我到宣传股两年多了，刚刚才知道征订报刊时，那些地方报社、杂志社竟是要给经办人回扣的，而这数额不菲的回扣是怎么个处置法，从来没人说起过。不说，我也佯装不知。反正每年负责给团里上至团长政委、下至基层班排订书报杂志的又不是我。

我嘛，一般都被指派去布置各类会议的会场，给基层连队下发通知，组织一年一度的全团篮球联赛或新闻骨干培训之类的，我最大的人事权不过是从哪个连队借两个小战士，让他们轮流走上会议主席台，给坐成一长排的领导倒开水——倒开水之前我想简单示范一下服务礼仪，一个战士自信满满地说："不用了白干事，我都晓得，当兵之前我在一家会所 VIP 包间当过服务员！"——我就不吭声了。

这样的一个我，一般而言，很难有机会值得主任级别的领导痛骂。坏处当然也来了：谁都认定我是无用之人。连挨骂都轮不上——存在感超低好吗？

我花了半个小时来写通知。

要发给基层连队，让他们积极推荐文艺人才。"各单位务必高度重视，认真对待……"屁。我一边打字，心里一边说，屁。

军区级的文艺汇演，节目让我一个人来组织选送——团领导压根儿就没重视。要个小节目，一两个演员，小气到家了。还独个唱呢，你当咱团有张学友？

龙股长和邢干事推门进来。我抬头看了他们一眼，他们只顾走路，都没朝我看。我立马调整表情，假装镇定地拿着通知打印稿给股长签字。股长签了，匆匆说："呈主任吧。哦，还有这个……这个尽量不要花钱。"我愕然。股长没解释，收拾了一两样东西，带着"老子今天倒霉透了"的表情匆匆出去了。

我原地"石化"。有个动画表情就是我这样：呆若木鸡，然后全身迸裂，夸张地碎成石块掉一地。

邢干事过来了，故作吊儿郎当状，以此抵消尴尬。他违反军容风纪规定，两手插进军装裤兜里，用胳膊肘撞了我一下："主任今天为经费的事发火，股长受了气，说的是气话呢。"看他主动提起，我马上露出"愿闻其详"的好奇脸，邢干事不好正面拒绝，轻轻一笑："也没啥，布置营区的采购计划都是主任自己签批的，现在不好报账，他就急了。"

不能说更多了。他该把话头打住了。不在同事面前说上级坏话是金科玉律。邢干事转动着仿佛酸痛的脖子，伸手去按着颈椎的穴位，懒懒地说："其实有什么好急的？报个账么，多大个事儿！慢慢来，总会有办法。"

装。给老子装。

我嘴里却顺着他的话锋走，笑道："佛系，佛系哈！"

邢干事得意地笑了。他喜欢被人视为超脱者，仿佛站立在高处。马屁拍准了。接下来，在我的力邀下，他难能可贵地花了半小时，和我讨论了选送节目的事，提了一些有用的建议。

"要说以前，三四十号人的大型舞蹈都弄过，还得了全军业余文艺比赛大奖，这个算什么呀？哈。"他又用胳膊肘撞我，"不要有压力，凭你的能力，保管一鸣惊人！"

那一下，真撞痛我了。

两周之后，一个星期三下午，基层连队推荐的节目在礼堂过审。

主任坐阵。其他评审员都是宣传股的人。有个连队正好在礼堂旁边搞训练，训练间隙，战士们都围过来看热闹。

一下午审了两个魔术（其中之一号称近景魔术，请我上台当托，被我看穿了机关）、一个相声、五个独唱和一个二人转（一个是男的，另一个男扮女装），压轴是六连选送的单人舞，报幕员特别声明属"革命历史题材"，我对此充满期待。演员着红军服装，头上裹了几圈卫生纸权当道具纱布，一出场便赢得了台下观众的掌声与爆笑。"红军"战士在行军途中受了伤，他用许多旋转、跳跃和挥展上肢的舞蹈语言，表达自己的革命决心——即使疼痛难忍与饥寒交迫，也要坚定走下去！关键是他的动作——对于男性来说，实在太撩了，总是在完成某个高难度动作或是定格造型时，全场便掀起新一轮爆笑。

连听相声都没咧一下嘴的主任，这时克制不住地大笑起来，浑身发颤，不停用手抹着笑出来的眼泪。

节目初审在类似狂欢节的热烈氛围中结束。我们评审组的留下来讨论半晌，却迟迟拿不出一个结果。

股长俏皮地说："要说效果，肯定是那个舞蹈让人印象深刻。"

大家又笑。主任笑着摆手："不得行不得行，严肃题材搞成了笑话……要出事故……"如果把军区司令政委笑岔了气，也属高级事故吧？

我据理力争："他本意不是搞笑呵，人家还跳得挺认真的。"

邢干事笑道："有时候就是因为认真才搞笑呵，因为他在认真地搞笑，或者说搞笑得认真。"

我……

最讨厌邢干事这种故作聪明故弄玄虚的样子。他把话说得那么绕，好像说：与我同等级智商的人才可以理解。

滚。

主任最后用签字笔圈出了两个独唱和一个魔术。"就在这三个里面选吧，"他点了一支烟说，"确实没啥子拿得出手的。"

节目初审的欢乐场面被目击者添油加醋地传播，像紧急拉动的号声一样迅速覆盖全团。上下班走在路上，我常被遇到的熟人调侃：听说你们选秀选出个舞男？主任按键转椅子没有？

我敢说，这场表演一定会入围全团本年度"娃哈哈评选"前三甲。

更大的嘲讽还在后面。那天我一个人在办公室里，正从军网上搜索资料，门口忽然轻轻飘来一句：报告……

一个战士，块头挺壮的，但肩上的军衔和眼神中的怯然，透露出一年兵才有的生嫩。见我没吭声，他又挺直腰板：报告。

我点头，允许他进来。他走向我，“请问”我是不是白干事。我又点头。

“哦哦哦……白干事……”他激动起来，好像我是什么大人物，“您就是白干事呵！”

我马上换了姿势，正襟危坐，近乎慈祥地微笑，问他有什么事。

“白干事，我有一个绝活儿，真资格的绝活儿！”他兴致勃勃地说，凑近我一点，像透露重大情报一般，一字一顿地说：“胸、口、碎、大、石！”

说完，他眼睛里闪着期待的光，立在那里等我惊呼。我却盯着他，一动不动。

他有点急了：“胸口碎大石呵！您知道吗？就是，就是那种……我躺那儿，胸口上搁一块大大的石板，另一个人举着大锤子，哐当一砸！大石板碎了，我没事儿！嘿嘿。”

鉴于他开头对我的尊重，我努力忍着“你他妈是猴子请来的逗比吗”那种表情，沉着地说：“节目初审工作已经结束，我们不再全团海选了。”

他一听，懊恼地说：“唉呀！其实我早就跟指导员报了名的，他也答应考虑把我的节目报选的，没想到临到头了，却换了跳舞的！”

又是六连。魔性的连队。专心恶搞实力耍猴。萌宠多到需要 PK 了吗？

我一脸公平公正：“对呵，你自己来报名，也不符合组织程序是吧？你们六连都没推荐你，我就没办法了。”

他深深地叹惜。就好像如果六连报送了他，他的节目就一定会大放异彩、脱颖而出似的。

中午在食堂吃饭，艾婷婷居然坐到我们这桌来了。这是个呃……呃……比较重要的“迹象”，我拐弯抹角地把这事记在工作笔记本上了。有那么点纪念意义。

我是这么记的：9 月 29 日中午，和邢干事、艾助理在食堂 7 号桌讨论节目事宜。

中规中矩。任何人来审查这条工作记录都没有问题，不会想到艾婷婷坐到我旁边座位时我不时咳嗽的、发干的喉咙。

艾婷婷不在政治处，她是后勤部财务股助理员。如果我像邢干事那样经常采办物品，就可以借着报账之名，频繁地见到她。财务室的布置与众不同，像老式银行那样，用铁栅栏隔开内外区域，报账的人只能透过一根根铁条偷偷打量她光洁的前额和微笑时歪在嘴角的酒窝。

现在她捧着精致的小饭盒坐到我们这张桌子来了！没有铁栅栏割裂，完整的一个她，还坐得那么自然、大方，笑盈盈地问：“对了，你们节目定下来没有？听说是个钢管舞？哈哈哈！”

有句鸡汤箴言说：“爱笑的女孩，运气都不会太差。”——那要看她笑得好不好看了。艾婷婷身体力行地证明了这个论点。她其实不算让人眼前一亮的大美女，眉眼淡淡的，混在一群女生中，你不会把眼光独独停留在她身上。但她粲然一笑——世界就不同了，要风得风，要雨得雨，草长莺飞，桃花人面。我不是说自己迷上了她（一头扎进去那种），只是隔着一段安全距离，试探性地微微心动。在没有绝对把握之前，可不能贸然冲锋。据观察，和我状态类似的干部，光是机关就有好几个。

平时艾婷婷一开口，会不知不觉围上一圈人来聊天，各有展现、精彩纷呈，我基本上插不上嘴。但这会儿，她问起了节目的事，让我有了一个现场优势——只有我最具发言权。谁都知道我才是具体负责人。于是我不动声色地发挥百分之二百的口才，将节目初审的场面描绘一番，一会儿是网络式叙述，一会儿是动漫式模仿，一会儿又装专家一本正经地自黑式点评，讲到“红军舞”时，我没想到自己还将双臂高高抬起，左手展开，右手“手搭凉棚”，做了个“憧憬未来”的舞台造型。一桌的人乐不可支，特别是艾婷婷，从头到尾，咯咯咯的笑声就像省略号一般，伶伶俐俐的一串一串，从未见过她笑得那么起劲，泪花在挤得弯弯的眼睛里闪呵闪，差一点点就掉出来。

我得意地想着，看来这个鸡肋的节目选送工作，也不是一点好处都没有嘛。

邢干事这次倒少有的安静，得体地把表现机会白白让给了我。虽然他也参加了初审。当热闹告一段落，他才问我：“今天有个兵找你，找错了门，进了组织股，当时我正好在组织股盖公章，就给他指了咱办公室的门，后来找到你没？”

我马上想起来。是有这么个兵。于是我又乘着余兴，将上午那个兵的事情讲了一遍。

“胸、口、碎、大、石！”我学着他的口气，一字一顿地将节目名报出来，满桌的人又爆发出新一轮哄笑。

邢干事没有笑。他的眼神有了些微迷离,像品咂着一杯红酒。

“说不定，这还真是一个好节目。”邢干事说。我扑哧一笑，凑近他。他的表情是认真的。

“还嫌不够呵，卖狗皮膏药的杂耍！”我说。

“想想看，”他分析着，“一般来说，要讲究舞台效果，就得大场面。人越少，越考验技术，因为观众的关注点相当集中。在只有一至两名演员的情况下，唱歌、跳舞，只有专业级别的才有保障，不然哪，稍稍出点岔子，那就是大笑话，没有回旋余地！但‘胸口碎大石’不一样呵，它架势大，雄赳赳气昂昂，两三个人就撑出气势来；它不需要特别专业的演员；它还是一种成熟的表演形式，有广泛的观众基础。对了，你不要说它是卖狗皮膏药，按官方的说法，这是传统民间艺术！懂吗？往大了说，是弘扬民族文化艺术，保护非物质文化遗产！它肯定比那些模仿韩星唱流行歌曲的‘奶狗’‘娘炮’更具有正能量！而且呀，它还偏门、冷僻，其他单位全是唱唱跳跳，最多送个屁都笑不出来的相声，哪个单位会想得到，选送这样一个杂技节目？你再想想以前你看杂技的时候，是不是精神高度集中，生怕演员失手？就这样一两个人，能让全场几千人紧张，吊足胃口，那是多高的性价比？想想吧，当那铁锤一锤下去，绝对燃爆全场！”

一口一个“你想想”，一桌的人都沦陷在这缜密的分析中，安静地思考着，不时有人点头。邢干事比我厉害。连我都感觉到，自己的脑子在慢慢冷静下来，而内心又有什么东西被点燃。

艾婷婷满眼晶莹地说：“哎，我好像都看到军区首长热烈鼓掌的场面了！”

一个半小时了。我盯着手里的一份材料看了一个半小时。一个字都没看进去。

办公室有个魏排长，这段时间从连队抽调来帮助工作的，看穿我似的，说：“你要真对那个杂技节目有想法，去跟股长主任说说呗。”

我把腿跷起来，搭在旁边的椅子上，慢悠悠地说：“省省吧，一个破节目，连主任都说了随便弄弄，还花那心思干啥？再说，胸口碎大石的效果真有邢干事吹得那么好吗？怕是费力不讨好，到头来，领导还会怪我没事找事！”

是说给我自己听的。但另一个自己却在说：这是你第一次牵头负责组织文艺节目，军区级别的，难道不应该全力以赴？还嫌自己在宣传股的地位不够边缘吗？

“其实吧白干事，”魏排长看我一眼，“我觉得你挺在意这件事的。”

我刚要反驳，忽然又刹住了。

也许，我想要做好一件事——比布置会场更有意义的一件事——来证明我自己？

六连的连长休假了。指导员在。他呀，劳碌命，什么都不放心交给底下的排长，事必躬亲。

指导员带着人手，在整修正对团大门的一块草坪。我上次见到他是一个月之前，也是这里，他指挥兵们把草坪中央的草铲掉，然后挖出一个不小的泥巴圆洞来。而今天呢，在同一块草坪上，他又指挥着同一批兵，用运来的土，把上次挖开的泥巴圆洞填上。估计草皮补不上了，只有等来年春草重生。

“干啥呢干啥呢！”仗着和指导员是老乡，我可以和他放肆地磨嘴皮，“你看你，一会儿挖洞一会儿又填上，贡献 GDP 呵？尽干些没用的！”

指导员本来已经拿着一根烟朝我走来，一听这话来气了，作势把烟收起来，说：“还有脸说我！都是你们宣传股通知的，上月要美化营区了，挖洞做准备；这月又不美化了，得，洞得填上。我说你们机关大老爷能不能体恤一下基层官兵呵？训练艰苦任务艰巨，还准备演习呢，不带这么玩儿的！”

我立马声明自己完全不知情。布置营区是邢干事他们负责的。

几句热场子的话说完，我直奔主题，说起上午那个战士的事。

“哦，他呀，”指导员终于把烟递给我，掏出打火机给我点上，“他叫温大胜，河北兵，家里条件不好，他没上完学就跟着村里一个耍大刀的出去闯江湖了，每到一地方就扯场子卖艺，刀枪棍棒啥都弄，听说肚皮碎大石——哦，是胸口呵？对，胸口碎大石是他们每场的保留节目，能不能让客官‘有钱的捧个钱场’，就靠那一锤子了。”

我张着嘴木愣地听了半晌。

“合着，你们弄了一跑江湖的来当兵？”

指导员把脖子一梗道：“又来了！又不是我去接的兵！听接兵干部说，当初去他家家访，人家可是当着面儿露了一手的，拿着砖头往头上砸，哗啦一下砖头碎成渣了！他们村长使劲求情，把娃接走吧，去部队好，留在村里是个隐患。哈哈。”

看我一直思忖的样儿，指导员跟万金油一般，表了个态：“你看着办吧。看得上呢，就拿他去表演试试，好歹是有些功夫的；如果不行就退回来，静悄悄的，莫让人说我们六连死皮赖脸，初审落选了还要上节目，好像哪个非要去军区首长跟前露一脸似的！”

主任不耐烦。

他皱起眉头，嘴里“啧”了一声：“不是已经说了吗？三选一，又钻出个啥子敲石头的！”

我忙把邢干事的那一套理论搬出来，磕磕巴巴地解释了半天。抄袭就是比不了原著，我的说服效果远远不如邢干事。主任听了，还是没走出“伤脑筋”的情绪状态。

他忽然问：“你们股长啷个说？”

“股长没意见，说主任怎么定就怎么……”

“哼，”主任冷笑，“倒撇得干净！”

他顿了一下说：“叫你们股长牵头，抽个时间审一下吧，我没这工夫了。”

算是勉强点头了。但不得不说，主任的态度给我泼了一大瓢冷水。邢干事听说了，安慰我：“你先把那个节目抓起来，保证效果，回头我跟股长说说，让他去主任那里再吹吹风。”还拍拍我肩膀说：“没事没事。”

虽然股长与主任的关系微妙而可疑，他能对主任吹多大的风不敢确定，但我还是充满感激与羞愧。邢干事这样帮我，很够意思了，我以前还那么小肚鸡肠地计较他。

温大胜接到通知,到宣传股来了。他藏不住满心满怀的兴奋，眼角眉梢都带着乐，块头又壮，更是放大了喜感。一个路过的干事见了他，随口问：“演小品的？”温大胜忙拍着胸口说：“不是的首长！您看好了，真刀真枪，如假包换！”

那干事愣了愣，讪笑着走了。再不走，要钱的帽子就该递过来了。

我朝温大胜招招手，让他靠近，问他，明天预演的话，需要准备些什么道具。比如压胸口的石板要多重的，铁锤能不能用修理连最大那把。

温大胜瞪大了眼，好像我是一个外国人，说着奇怪的语言。“明天还不能预演呵白干事，”他说，“来不及！”

我不理解这个“来不及”，他的回答可把我气了个半饱：“我师傅还没来哪！只能让我师傅抡铁锤！”

“你师傅？你师傅？你师傅！你他妈穿一身军装，上部队的舞台还要找你那草台班子的江湖师傅？

你大爷的！”

看我猛地发火，温大胜慌了：“白干事白干事，是是是……这么回事，这个这个铁锤呀，不是随便啥人都能抡，虽然我练过气功，但是没有经验的人，举着那铁锤乱敲，没有章法，万一敲得不对，或者我气还没运好就一锤子下来了，那那那……可是要出危险的！”

他这么一说，我冷静下来。也是这个理儿。若是谁都干得了，就不存在技术性了。每一行都自有行家，跨界不是那么容易的。

“怎么不早说？”我愤愤地问。

“那天您一句话就否了我，我也没想到还能演呵，就没说具体的。”他苦着脸说。

我把一只白瓷茶杯拿起来，又啪地重重放在桌上！憋屈。谁想到会有这么一出呵？而现在，已经向领导汇报过了（并得到了主任的白眼与点头），骑虎难下。咋办？

“让他师傅来，”龙股长说，“我们报销路费。”

我万万没有想到股长这么爽快。没有责怪我事先不问清楚，没有抱怨要和江湖人士打交道，甚至完全违背了他自己提出的“尽量不要花钱”的宗旨。

“闹这么大动静，如果到时候又不报选它……”我倒犹豫了。

“那就报选它。”股长又果断地说，“这个节目，虽然我们还没亲眼看到，但想也想得到是怎么回事，我觉得从新颖度、震撼性来说，其他节目超越不了了。”

“但是，主任那里……”

股长显然早考虑到了，胸有成竹地说：“主任叫我定，我就定了，回头我会跟他解释。”

我迟钝地点着头，不知道说什么好了。工作上能获股长如此力挺，还是头一回。

股长看着我，忽然眼神柔软："白干事，这次文艺汇演节目选送，不管怎么说也是拿东西出来，跟全军区的单位比拼，哪像主任说得那么轻松？压力肯定是有的。一直是你一个人在挑大梁，太辛苦了！我们呢，尽其所能，能给多大支持就给多大，你有什么困难只管说，啊。"

这番话简直就是温柔暴击！我几乎哽咽了。这真的是股长对我说的话！真的。那首歌怎么唱的？"我会等到那一天"，不，我终于等到了这一天。

邢干事也走过来，充满理解地拍拍我肩膀。我任凭鼻子因激动而发酸，努力忍着眼涩。

我们是一个团队、一个整体、一家人！

我们是宣传战线上的生死战友！

我们无往不胜！

"没文身吧？"

"没。"

"不吸毒吧？"

"哪能呢！"

温大胜笑道："白干事，你把我师傅当成啥了？他可是响当当的青龙岗铁拳派的第九代传人，那个气质那身打扮，啧啧，跟电视里的武林高人一模一样！根本不是混黑道的大哥！"

问清楚了，我略略放心。按温大胜提供的号码，给他师傅打了电话。是座机，打了几次没人接。下午下班前他回电过来。我客气地把演出的事简单介绍了一下，代表单位邀请师傅参加演出。

"当然现在还在初审阶段，"我说，"不敢保证节目一定能选上。”

那头沉吟片刻，说要考虑一下，明天再答复我。说罢挂了电话。

我拿着电话神游片刻，怀疑自己刚才是不是打了个盹做了个梦，说来就来说没就没。

第二天下午，师傅的电话打来了，在接受邀请之前，他提出了几个问题：一、出场费是多少？二、到了之后是否吃住全包？三、路费能包飞机票吗？

我回答了后面两个问题，都是肯定回答。至于出场费，要等他来了之后再面谈了。

“哪有没见面就谈钱呢，”我用一种见过大世面的口气说，“师傅您也是懂行规的，是吧？”

那边又沉默了。过了一会儿，他有些赌气地说，他的腰前些天受了伤，飞机得要坐得舒服些才行。我听出他想坐头等舱或公务舱，那怎么行，财务规定可不会来论证你的腰伤与头等舱的关系。

“经济舱也配了毯子，可以卷起来垫在腰后面，”我说，“找空乘拿一条就是。”

那边发出模糊的声音，仿佛是不满的嘟囔。终于没再坚持。

一个礼拜过去了，师傅还没有来。而军区的节目审核、预演通知却来了。“他先人板板，”主任气得拍桌子，“不是说坐飞机吗？哪家航班飞了一星期没落地？”

我赶紧又打电话。之前已经打过五六次了，每次那师傅都说：“好，马上买票”，之后便没有下文。这江湖中人也太能摆谱了，传说的道义呢？一诺千金呢？

电话通了，邢干事抢步过来，把我的手机拿走，扣到他的耳朵上。他和我一样，客客气气地跟师傅寒暄，和我不一样的是，寒暄完后他客客气气地说："跟您说一声，情况是这样，明天我们要节目复审了，您知道部队都是严格执行计划的，主任的意思呢，如果您赶不上就算了，反正有其他节目，想上的单位多，你们这个又是请外援又是贴机票的，基层的看法也不好。所以嘛，您有事儿就忙去，不急，啊。"

邢干事把手机摁了。对方很快又打过来，邢干事指着那闪亮的号码说："不接。今儿一天都不要接。"

当天傍晚，师傅就到了。

警卫排通知我去接人，我朝大门口走去，遥遥看到大门边立着个长须长发的男子，中式短打扮，白衣白裤，大约是薄绸，在深秋的寒风中衣袂飘飘，视觉效果甚是感人。站岗哨兵的眼神岂止是惊愕，简直元神出窍了。

这武侠小说中跳出来的人物，一手拎个布包袱，肩上扛着木棍。我以为他用木棍挑着其他行李，走近一看，嗬，哪是什么木棍。

好大一柄锤子。

艾婷婷那好奇的小脑袋又伸进来。

她总是这样：先是一张伶俐的脸（装配一对大瓦数亮眼睛）出现在办公室门边，那会儿还是平面的；接着是脖子，带动着脸蛋往门里面移动，这就立体些了；最后整个身子往里面猛地一蹦，自以为吓住了我们，俏皮地咯咯咯兀自笑起来。

"听说，来了个仙风道骨的大师？可否容我拜见？"她背着手，学领导踱步。

我没有起身，只把椅子转向她，手里端着保温杯，懒懒地说："哪有什么大师？主任正在接见他，顺带谈谈出场费。真是，还亲自要钱，这么大身价的人了，也没个经纪人，跌份儿呵。”我吹着保温杯的水。

艾婷婷遗憾地噘嘴，说：“没热闹看算了，回见。”又伶伶俐俐地走了。

魏排长见她走了，才笑嘻嘻地从电脑边探出头：“咦，艾助理挺喜欢来咱办公室嘛，她是全团除了宣传股以外最关心这个节目的人了。”

邢干事没吭声。我还是吹着早已冷却的保温杯的水，脸上一浪一浪地烫过来。

“唉，她呀，”我听见自己言不由衷地说，“无聊么。”

政治处主任代表我团，给江湖人士开出的价码是合适的：基础费一千，如果军区节目预审通过了，能够参加正式演出，演完后再给一千。这期间吃住全包，往返机票（仅限经济舱）报销。

我悄悄拉邢干事到走廊尽头，担心地说：“马上就要往军区送审了，可我们自己还没审过这个节目哪！”

邢干事一下笑了：“看你急得！那就审一下呗！主要是大石板没准备好。你要是不好找石料，我给你个电话号码，是个石材厂老板的,明天你带上师傅,开个车过去,到厂里拉几块大板,啊。”

我忙谢谢他。那一刻深深地感觉到自己和邢干事的差距。他思路清晰，运筹帷幄，临事不慌乱，每一步都走得稳稳当当，平心静气。而我呢，首先心理素质就不过关，遇到“苍蝇屁股大点事”（邢干事语）就忧心忡忡，生怕出岔子。

“太较真儿了。”他鉴定我。

师傅根本不急着去石材厂。一点专业责任心都没有。上台要用的道具，跟吃饭的碗一样，怎么能不尽快备上呢？

他的注意焦点还在出场费上。开始是嫌少，要把价格上抬。

可笑，主任级别的领导出面给的价，那就是定价了，根本不会和收保护费的小混混一样讨价还价。接着他又出一招，想在送审之前就拿到两千块。他没得到回复，因为在那之后主任不再见他。

这师傅到底是经了些风浪，阅人无数，知道不可能再与主任交手了，也知道像我这样的小干事屁用没有，于是他缠上了龙股长。人家龙股长，在我团的江湖上也是地位稳固、名声响亮的好吗？对付你个野路子还怕了？

“如果是我自个儿请你，我真是二话不说，立马掏票子，”股长对他说，“可现在是公家给你钱，那钱相当于在国库里，你说，我喊钞票出来，它会出来吗？我敢去撬国库的门吗？我连涨水都涨不了，还能涨钱吗？”

师傅说不过，有些——武侠小说里常写的——“恼羞成怒”，他上下打量了一番精瘦的股长，忽然退后一步，双手抱拳：“按江湖规矩，有争议，拿功夫较量，胜的说话，输的心服！”说着“嘿”了一大声，变换造型，摆出一个类似“仙鹤凌空”的架式。

我们都莫名其妙地盯着他。股长忍住笑，顿了顿说：“按部队规矩，有争议，拿枪火较量。我习惯用九二式手枪，上个月二十五米近距离射击满靶。您呢？”

师傅一时不知怎么回答，摆了造型又不甘轻易撤掉，竟僵在那里。股长点了支烟，吐出一个灰白的圈：“要不，我们各用各的规矩？”

去石材厂的路真烂。全是一条条被大货车压出的泥杠子。

老板是个满口黄牙的中年人，带我们到大仓库去，随便选。师傅带着温大胜走了一圈，指指点点，选了六七块厚实的长方形石板，老板让他的工人把货都装到我车上了，还用厚纸板垫着，予以保护。我朝师傅看了一眼。他八成选的就是易碎的石板。

千万别经不起颠簸。

要和老板谈价钱了，老板却挥挥手说："这几块不值钱，送你们了，当我拥个军。"他咧嘴笑起来。黄牙招摇。

车开动的时候，我朝他挥手，他又追到车窗前来笑道："免费的哈！别又闹着退货！"

我刚要问一句，车启动了。黄牙落在车后越来越远。

回了部队，我刚下车，石板还没卸下来呢，邢干事就冲到我面前来，一脸的严肃："刚刚接到通知，文艺汇演筹备组已经到我们片区了，今天晚上七点在我们部队大礼堂，本片区所有单位的节目参加审核预演！"

至少有五秒钟，我没有站稳。天旋地转的。已经入冬，太阳还那么明晃晃，扎得人眼睛痛。

距离预演只有五小时。而我们还从没见过压在石板底下的温大胜是什么样子。

我一把拦住下车要走的师徒两个，指着那几块大石板，请他们马上演示一遍。我们审一下，也算放个心。师傅气呼呼地说："咋的？信不过我们？信不过别请我来呀！"

"这是功夫！运气的！运多了气伤身不说，晚上就没力气演出了！"他越嚷越大声，"你懂个屁呵！"

不但如此，我的焦虑还提醒了他，手里可把握的时机不多了。

师傅领着温大胜，大步流星地穿过办公楼光洁的走廊，直奔宣传股股长办公室。股长心里明白，已经让魏排长将一千元钱装进了信封，当场交给师傅。但师傅将钱揣到怀里，并不打算马上撤退。

他把温大胜拉到股长面前，将这一年兵的肩膀拍得啪啪作响："股长，看看这小子！是条汉子吧？"

股长虚起眼睛来打量这俩货，没吱声，等他继续说。师傅说：“这娃从小爹不管妈不疼，饭都没吃饱过！自打跟了我，我拿他跟亲儿子一样，有我一口，就有他的一口……”

股长不耐烦了：“得得，不说这些了，到底要干吗？”

师傅抓起温大胜的一只胳膊说：“他马上就要为你们部队贡献自己了，你们就没点交代？”说得他好像马上成烈士，要上墙了。见我们没人吱声，师傅继续说：“看他这么勇猛顽强，应该给个一等功吧？”

所有人都憋不住地笑出了声。

师傅仓皇四顾，感觉自己说了外行话，忙改口：“那就二等？”

还是没人接话。所有人都抱着看出好戏的心态，微笑着，不说话。

师傅终于痛心疾首地大大让步了：“好吧！那就三等！三等功，不能再低了！”

股长抱着胳膊，哈了一声。说：“我们立功授奖的规定，是印在条令上的。条令嘛，是军队的红宝书，谁也不能违反。”股长朝温大胜说：“温大胜同志，你还没把条令学透吧？”温大胜面红耳赤，尴尬地低下头。师傅一拍他后脑勺：抬头！咱气足着呢！

“那你说，”师傅道，“你们那红宝书，是怎么个说法？”

股长说：“奖励是有呵，那是根据成绩大小来的。如果你们在文艺汇演中得了特等奖，那就给你报个三等功！如果是一等奖，可以考虑嘉奖。一等奖以下嘛，年底可以给你评个文艺活动积极分子。”

“宣传股评的，盖政治处的章。”邢干事补充道。

师傅其实搞不懂其中的级别差距，他回头朝温大胜瞅瞅问：

“怎么样？”温大胜点点头。于是师傅也傲骄地点了点头。协议达成了。

有一点我记得很清楚。这次文艺汇演没有特等奖，文件上列的最高奖项是一等奖。

一等奖只有一个。

师傅声称要好好休息，聚集元气。从现在开始到晚上预演，他都要不吃不喝地修炼内功，任何人不得打扰。

我只觉得可笑，跟邢干事说：“他炼什么内功聚什么元气？又不是他被压石板底下！要炼也该温大胜去炼呵！”

但今晚功败垂成都得仰仗他俩，师傅说啥就是啥了。

距离预演三个半小时。

我故意从财务室门前路过，目不斜视。用眼睛余光侦察门内动静。第四次“路过”时，确定里面没有别人了，我迅速闪身进去。

艾婷婷在金属栅栏里面，抬头见我来了，酒窝便显现出来。栅栏里的世界有了光。关不住的耀眼。

我他妈真想写诗。

她笑问我是来报师傅的出场费吗，我只是神秘地微笑，捧出一个黑色文件夹，奉呈到她面前。她肯定以为是发票吧，笑盈盈地接过，熟门熟路地打开——脸上的景象就变了。

我的手肘搁在柜台上，两手手指交叉合握，一起放在下巴底部。欣赏者的姿态。看到她的眼睛突然闪亮，嘴巴做出“呀”的口型却没有出声，看到她略施淡妆的皮肤泛起了明显的潮红，看到她感动、不安甚至有些尴尬地咬了咬嘴唇。

“是……给我的？”她努力做出自然的样子。

我把头重重地点了一下，又一下，又一下。

文件夹里是一张票。今晚礼堂的演出票。七点钟。杂技表演：胸口碎大石。倾情奉献，隆重上演。

全世界只此一张。我亲手绘制的。

知道最重要的创意在哪吗？是座位。没有写座位号，而是画了一颗心的图标。空心。

我的心空着，等你来坐。你一来，它就满了。

什么话都不用说，她那么聪明，当然一目了然。

趁她还拿着演出票端详、发愣时，我伸手到栅栏里，取出空文件夹，和所有报完账的人一样，愉快地出去了。

我换了一套军装。是新的，发了以后我一直没舍得穿。每一颗纽扣都是锃亮的。

头发上喷了一点发胶，刚刚把发梢拢住而又不至于太拘谨。为了把几根冒得太过的发丝拧到合适的位置上，我花了十一分钟。

不会有人想到，这是我隐秘的第一次约会。在大庭广众之下。在本片区所有单位的演出阵容助威下。在一场带有暴力感的杂技表演过程中。

距离预演还有一小时零七分钟。我提前赶到礼堂，必须保证一切准备工作都到位。我打算从侧门进去，这样离后台更近一些。刚到2号侧门，只见一个熟悉的影子蹲在门外一株银杏树后面，一动不动。我疑惑地走过去。是温大胜。他的身体缩成一团，像装了个震动仪器，禁不住地发抖。

我的心咔啦一紧：坏了，八成生病了。赶紧上前扶他。温大胜一见我，竟然作势要躲，被我一把死死拉住。

“怎么了？！”我大喊。温大胜，这个大块头的河北兵，此时像个尾巴被捏住的笨拙动物，可怜巴巴地哭起来：“我错了，白干事——我错了——我没干过这事——”

他没干过。从来没有躺在一块大石板下面，叫人拿锤子敲。跟着师傅走南闯北的，不只是他，还有另外一个孩子。那个算是师兄，个子比他小，比他灵活，比他好学，很得师傅欢心。“胸口碎大石”一直是师傅和师兄的节目，他么，只是个敲边鼓的，拿着反扣的大帽子一遍遍地走向躲闪的人群，争取一点点零碎钞票。

石板压身上，锤子一砸！哗，鲤鱼打挺翻起身。他看过很多遍，越看越觉得简单、容易。他也向师傅提出过表演申请，可师傅认为，比起给他这个大块头压石板、敲锤子，还是小个子师兄更具有说服力，也更能唤起观众的同情心。到头来，一次机会也没给过他。

“就这样你都敢上台！”我简直杀心都有了！什么人哪！

就在刚才，师傅第一次教他怎么躺、怎么运气，大石板一盖过来，锤子还没抡呢，他忽然觉得恐怖至极，啊啊啊大叫起来。石板一掀，逃命似的跑了。

同一个节目，师兄做是易如反掌，他来做却成泰山压顶了。

我揪住他，握了拳头要揍，他下意识地缩起肩，用手护住脑袋。尿货呵！盯着他两秒钟，我恨恨地松开了手。打他有什么用呢？我完了，我完了！我在主任那里极力推荐，我让股长、邢干事相信了温大胜，我还邀请了艾婷婷来看节目！而军区文艺汇演筹备组已经目光炯炯进入审查状态了！

啊啊——

我发出狼一样的痛苦嗥叫，手也像爪子一般伸向头顶抓挠，精心修整过的发型一定被抓成了灾难现场。

吼声像箭一般射向远方，扎到荒芜未知之地。片刻，慢慢抬头，眼前正站着两个奇怪打量我的人——邢干事和艾婷婷。

不行。我只是摇头。不行。一万个不行。

“已经到这步了，必须做下去！不然你让主任和股长怎么交代？”邢干事咬牙切齿，像逮着一个醉汉样牢牢捏着我的胳膊，“你好好想想！”

我痛苦地说：“要出人命的，继续弄这个要出人命的！”

“没你说的那么严重！”邢干事的口气却是相当严重，“当务之急是把那龟儿子摁都要摁到板板上！”我苦笑，摇头。

邢干事果断地命令：“艾助理，你在这里守着白干事。”艾婷婷忙答应着，伸手拽住了我的胳膊。邢干事则甩开我，跑到一边，揪起温大胜的衣领，冲着这大块头一个字一个字地说：“今天你要是不让石板在你胸口上砸碎，我就让石头在你脑门上砸碎！”说着，拖他往2号侧门里走。他肯定是去找师傅，然后会用冷酷口吻威胁他，一定要在预演前搞定他这个徒弟！

要让一个从来没有训练过的人，躺在大石板底挨上一大锤？想想都可怕！

我平静了一些，却全身发冷，又口干。艾婷婷从自己的手提包里取出一瓶矿泉水，拧开，递到我面前来。“你就别管了，”她安慰我说，“让邢干事去安排吧，他会办妥的。”他会办妥的。

他会办妥的……我他妈就是个废物！

喝了几口矿泉水，我无比凄凉地说：“我是做什么呢？不就是个破节目吗？为什么非要弄这胸口碎大石的屁玩意儿呢？”

艾婷婷像给小孩擦眼泪的阿姨，柔和地回答着我：“谁不想要做成一件大事呢？”

“这也算……大事？”

“当然，”她眼神坚定地说，“你的节目会轰动全场！多年以后你都可以对儿孙们说：‘我把军区的最高首长都给震住了！”

我呆呆地望着她。她太美了！她是那种，在你最冷最黑暗的时候会照耀你、温暖你的人。这是我在鸡汤式的微信推文里看到的，这一刻却字字句句都像沿着心尖尖儿在跳动。我几乎要冲动地搂她、吻她了！但她感觉到了，慌乱地说："我们进去看看吧。"

她疾步走在前面。我叹口气，跟了上去。

我对她的背影说：我要与你共度余生。

看看手机。距离预演还有三分钟。

没有音乐。

没有呼喊。

没有掌声。

我的感官拒绝一切听觉刺激，就像看一部无声时代的默片，我加倍用力地以视觉来感知这场惊悚的预演。

看到师徒两人迈着戏剧舞台特有的碎步，沿着舞台作势走了两圈；看到他们开始了热场子的小打小闹；看到温大胜在师傅调教下脸色难看地躺在了长条茶几上；两名战士抬过来一块大石板，稳稳地压在了温大胜的身上。石板很重，我却分明能感觉到它微微的颤抖。突然之间，师傅咧开嘴，定是大喊了一声，与此同时，一柄大锤高高抡起，落下……

大锤落处，大石板中心像猛地绽放花朵，干脆利落地分崩离析。多么令行禁止的石头，义无反顾地舍身成仁，圆满完成了使命。

碎石散落，像揭开一个盖子，但露出来的那个人，却一动不动。

十秒。又是十秒。然后又一个。观众有些许躁动了，有人站起来想看清楚点。

没错，是躺着的。一个敦实的人形肉体。仿佛睡着了，又仿佛吸纳着宇宙清气。他硕大的躯体夸张地横陈舞台，竟像一尊呈谢天地之恩的祭品。我的心跳便凝固了。整个世界凝固了。我没法呼吸，我可能在得到他的噩耗之前死去……

忽然，那个名叫温大胜的肉身，大喊了一声！

嚯——

灰黯世界的默声顶棚被刺穿了。我明明白白地被这一声挽救。

他一个鲤鱼打挺跳了起来！这个一小时前还在我面前痛哭的家伙，这个在石板下被重击以后足足躺了一个世纪的家伙，竟威武无比、以一脸硬汉神情面对全场。全场报以热烈掌声，有几个年轻人用手拢在嘴前向他喊：“好样儿的——”

主任、股长从惊愕中回神，终于也跟着拍起手来。

也许只有我看见，温大胜的眼角有一星亮光。

他完成了一个处子之仪，同时又浴火重生。

早上刚醒，接到魏排长兴奋的电话：节目通过了。

主任亲自来到宣传股，又一次正式通报了审查结果，高度赞扬了我们（特别是我）的工作。最后加上一句：“格先人，还吊胃口，以为娃儿遭压瘪了，把老子吓一跳！哈哈哈！”

无论如何，我们的小目标实现了，这描述一块石头破碎过程的暴力节目，即将登台军区大院的辉煌大礼堂。

邢干事朝我挤挤眼睛，示意我看手机。他给我发微信了。

是张截屏图，截的是百度百科“胸口碎大石”。其原理在于，所用石头的质量很大，所以其惯性也很大，因此，锤子很快地砸下去，由于惯性，石块的加速度很小，从而对人不会产生巨大的压力。物理公式：$F=ma$，当力一定，质量越大产生的加速度越小，从而使人不受伤害。

对着手机半晌，我苦笑了。

所以，为了宽慰我，你要告诉我这玩意儿原来是唬人的吗？

那之后的一段，琐琐碎碎而又顺理成章。

我给师傅和温大胜租了崭新、艳丽的演出服，带他们去参加军区的节目彩排。一共彩排了三次，次次成功。导演除了建议增加一点活跃气氛的小细节，没有别的意见。

但奇怪的是，就在这不需要担惊受怕，顺风顺水地走向辉煌的阶段，我却开始失眠。头痛。恍惚。幻听。好像预演之夜的那把铁锤，砸在我脆弱的神经上了，将我砸到另一个物理空间。

在这空间里，什么都变得模糊、可疑，不敢说它“是”，也不敢说“不是”。我像是落到一个哲学的孤岛上，身边每个人都带着哈姆雷特式的犹豫表情。

最后一次彩排结束，我带车、带人回部队。师傅在后排很快睡着了，旁边的温大胜却一直兴奋着，话特多，吧哒吧哒像机关枪。

“我们这节目是不是绝了，白干事？”他说，“彩排三次了，就没看到哪个比我们更绝的！”我在副驾驶位置上，懒得回头，敷衍着：“是，绝无仅有。”

“要是我在正式演出时把军区司令员政委给震住了，”这家伙顺着想象之路愉快地走下去，“他们可能会打听那个石板底下的士兵叫什么名字，然后会知道：哦，原来叫温大胜呵！他们中的哪个也许正好缺个贴身保镖——就是，以前的保镖退伍了——那个首长就会说：这个能扛住石板和大锤的兵，看上去也很能挡子弹嘛！来给我当贴身保镖好了！”

我本来已经困得半闭眼睛了，出于带车干部的责任心才努力睁开眼皮，这一番话却让我笑起来，睡意全无。

后面的温大胜听到我笑，更来劲了：“我一直都想着出人头地的那天。新兵连的时候我就思考：如果去了炊事班，将来我要当首长的贴身炊事员；如果去了汽车连，将来我会当首长的贴身驾驶员……”

我大笑。

“您笑什么呢白干事？”他好心好意地说，“您好好干，一定可以当上大首长的贴身干事！”

我说：“首长嫌不嫌热得慌呀？那么多贴身的，一层又一层……”说笑着，我回转身去，却见温大胜的头和师傅歪倒着凑在一块，已经睡着了。

头皮发麻、发根上指，说的就是我！我不确定刚才他有没有说过那番话，如果有，他的入睡速度也太快了；如果没有，如果没有……旁边是驾驶员，可是我不敢问他。万一我没有问，却以为自己问了呢？万一他回答了，我却以为他不理我呢？万一他是不存在的呢？

汗水阴冷地沿背脊滑下。

可以肯定的是，艾婷婷很少出现在我面前了。在办公楼或是食堂偶尔碰到，只要确认是我，她便会让目光与脚步都变得匆忙，好像瞬间有一百件工作等着她。她会略带尴尬地向我微笑，身体却是朝向另一个方向，然后点点头，迅速迈开步子。就像我是流感病人，一开口就会有病毒分子扑向她。

我再也不可能和她好好说上一句话了。

在那个把我变成疯子的预演之夜，她看到了我最软弱的一面。令人失望的软弱。摧毁我第一次约会的软弱。多希望我没有送出那张自作聪明的演出票。

正式演出来临那天，我又恍惚了一下。好像它是一个遥遥无期的梦，竟然成真的了。我不厌其烦，一遍遍检查着两名演员的服装，给敲鼓助威的战士交代注意事项，安排人买来两件矿泉水。

放矿泉水的时候，我注意到车厢里有个包装严实的扁扁的大纸箱。问驾驶员这是什么，回答是："邢干事让人放的，说是表演用的石板。"

既然是道具石，又是邢干事放的，那就没什么问题了。我只觉得怪怪的。从来没有这样隆重包装过道具石，仅仅因为是正式演出？有那么一秒钟我想去撕开纸箱，下一秒钟就有人来叫我了，事情还多呢。

问题偏偏就出在了石板上。

在后台候场。还有两个节目就轮到我们了。我到舞台侧面再次打探，确认了时间节点回到后台，师傅和邢干事竟然吵起来了。见我到了，师傅气愤地说："你看看，你看看，他给我把石板换了！"

地上放着打开的纸箱，露出一方陌生的石头。石纹像波浪一般，一圈一圈的水痕，色彩多为棕色，间夹一点黛青与赭红。就算我这种外行，也能看出这是贵重货。

我的脸一定由方变圆，由圆转扁了，无论是什么形状，一定都是"这他妈是啥玩意"的表情。

"雾坡石，快要绝迹的一种名贵山石。"邢干事说，"主任和股长的意思，正式演出嘛，道具要用好的。"

"再好也是拿来砸呀！"师傅生气道，"我砸惯了那种不值钱的石板，这种没砸过，硬度、韧性都没试过，万一有个闪失怎么办？"

邢干事说：“这种石头很好砸！”虽然这样说，他因为理亏而声调下挫。

师傅说：“反正我没砸过！石头和石头是不一样的，你咋不早给我几块试试呢？”

“这么贵重的石头，你砸得起几块呀？”邢干事说。

但这一次，我必须坚定地站在师傅这边。我不但生气邢干事换了石板，还生气他们根本没和我通气！毕竟这项工作，我是具体负责人。

我说：“胡闹什么？快换回原来那种板子！”

邢干事回头盯着我：“没有。根本没带来。只有这种。”

我的眼睛瞪大了，恨恨地瞪着他，想看穿他的眼睛、他的大脑。我们在夸张的物理时间里停留了许久，也许是三年，也许是十秒。这世间，只有恋人或仇人才会这么用力地互相凝视吧？

我用轻得只有我俩听见的声音问：“为什么？给我来这一手，釜底抽薪？”

他讥讽道：“你想多了，白干事。别忘了上次是我救的场。在你发疯的时候。”

他擅长这样，于不经意间直扎你痛处。

“我宁可疯，”我说，“我宁可疯掉，也不会把一个战士放在危险的石头下！”

师傅和温大胜上场了。

在两个节目之前，我还信心满满，而现在，我躲在大幕左侧的后台，盯着那两个人影时，感觉自己成了一个假人，没有呼吸，没有血液循环，没有心跳。

我的错。一直只担心演员的表演，从来没想过石头会生变故。石材厂老板只给过我们那几块普通石板，这种高级的，一定是另外专门准备的。为什么没人告诉我?

当当当的锣鼓声，围出一个紧张的空间。零敲碎打的开场动作也都做完了。温大胜开始往木茶几上躺了，不知是不是我的心理作用，他好像有些局促。躺下了，手放身边，看上去像一条搁在案板上不再挣扎的鱼。

那块名贵而陌生的石板抬上来了。端端正正放在温大胜身上。也许是贵重，板子比平时用的那种小。我心里愤慨：忘了质量越大对人体的伤害越小吗?师傅开始运气、发力，然后猛地举起大锤，用力往下一砸!

石板没有碎!

师傅一惊，他马上调整状态，又运了运气，抡起大锤又一砸——石板还是纹丝不动!

我闭紧了嘴。怕自己叫出来。

温大胜的胳膊露在外面,捏着拳头。刚才那两下该有多么痛。

台下有了嘈杂声。那是所有人都在窃窃私语。所有人的窃窃私语汇集在一起,成了声音的潮汐。我的汗水不知从哪里出发，全是冰凉的液体，蛇一般阴阴爬过。

师傅乱了方寸了。这是最让人担心的。他没有遇到过这样的局面，他也无法预期未来，只有顾着眼前。“不能丢脸”大约是江湖浪人最严守的准则吧?他开始抡起大锤，一下，一下，一下，使劲地敲起来，每敲一下他都大喊一声：碎!

台下的人兴奋了，吼吼吼，砸呀！砸呀！一波又一波笑浪。有人学着哪个小品节目的桥段，随着铁锤落下的节奏大声喊着：“八十！八十！八十！”引起了新一轮的狂笑风暴。

我的腿都软了：“邢干事，怎么办?”邢干事在旁边冷冷地说：“没办法，那是最好的石头。”那块漂亮的石头下，一块人肉在跳动。每砸一下，它就猛地跳一下。不能砸了，不能砸了……忽然，温大胜挣扎着把脸从石板旁边移出来，哭着对着我喊："白干事！救我……"

鲜血从他的眼睛、耳朵、鼻子、嘴巴涌出来，喷到半空中，好像下起了红色的雨。血雨浸透了幕布，我什么也看不见了！我看不见了……

我说过了，也许那不是真的。

魏排长来医院看我，进一步证实了：那天晚上的演出空前成功——除了我在后台大叫一声昏死过去。那时师傅刚刚提起大锤要砸。

节目获得了三等奖——只要参加演出就会得到的奖——也算不错了，股长满意，主任满意，听说团里司令政委也都满意。

所有人都觉得我太紧张了。为节目付出太多，心力交瘁。好在终于结束了，一块石头落了地——是真的石头，也是真的落地。师傅已经回家，走之前拿到了余下的一千元出场费，他据理力争，于是又给他加了五百。我错过了去机场送他。可以想象他那身打扮，又扛个大铁锤被穿军装的人在机场送行，那该是多么错乱有趣的画面。

当邢干事走进病房，魏排长抬头一看是他，回头便向我道别了。一个滔滔不绝的人离开，留给沉默者的总是尴尬。

我反复思考：既然留在我脑海里的有关演出的印象是错的，那么之前我与邢干事对峙的那段，也该是假的吧？虽然它逼真到了每一丝头发、每一次呼吸都生动浮现。我努力做出屁事没有的样子，想以"我们是同事，还处得不错"的姿态和他寒暄。

"我知道你记恨我，"邢干事说，"你还在为那块石板记恨我。"

我的脸就冷了。

是真的。他们在正式演出的时候，换掉了我从石材厂拉来的普通石头，就为了砸给军区司令员政委看。看漂亮一点。

“温大胜没事吧？”我问。

“他好得很，”邢干事说，“我跟连里打了招呼，年底评优秀士兵向他倾斜一下。”

我们沉默了一会儿。有些话不说，我一辈子都不会释怀。

“为什么不告诉我换石头的事？”

他对天长长地呼出一口气：“我就知道。你只要从昏迷中醒来，就会惦记着这事。”他缓缓地从随身带的公文包里取出一张报账单，上面贴着一张发票。他把单子递给我，然后取出签字笔，拧开，也打算递给我。

发票上只有一项购买内容：石材。雾坡石。不管是重量还是价格，都填着很大的数字。大到足够把温大胜活活压死一百次。

我说我没有买过。只去过一次石材厂，那几块石头还是他送的，没要钱。——说的时候我竟有些恍惚，害怕自己真去买过石头，后来忘记了。

邢干事坐下来，又把头朝天上望了望：“我知道。那几块石头是送的，但是之前，他卖了很大的一块石头给我们。”

你知不知道，我们本来是要在部队正对大门的草坪上，放一座大石头的？不知道吧？那是因为，石头刚买下，上级就来了文件，明令禁止这股‘豪华石头风’，还将派出工作组检查工作，包括查清账务，看谁在文件下发之后还敢顶风违纪。都怪动静太大了。去年我们片区的部队，忽然一个接一个地改造营区，都争着把院子弄得更有质感。不晓得哪家开始的，对置办奇珍异石上了瘾，如果不弄上一座昂贵石头布置到院子显眼的地方，就显得军威都低人三分似的。其实呀，我们团是走在后面的，不是弄潮儿，只是跟风。左寻右找，最后找到一座漂亮的雾坡石。据说是从东南亚进口的，价格已经相当优惠了。谁能想到那么倒霉，刚刚交付清了石头的款项，上头就来查了呢？我想着要退的，可石材厂死活不退。给他赔偿一些运输损失也不退。主任为这把股长和我骂了个狗血淋头，怪我们打款打得太快。这笔资金的报销相当麻烦……正好，这时来了个‘胸口碎大石’，简直是如有神助呵！

我抬头盯着他："就是说，从一开头，就是这么打算的了？"他没有吭声。无声胜有声。

忽然心里像扎了一根刺。

节目。汇演。荣誉。理想。不，和它们都没有关系。要的只是一张合情合理的发票。

我冷冷地说："可我没法自圆其说呵，胸口碎大石会用这么贵重的石头吗？何况表演只是小小的一块，我怎么会买这么大一座？"

"平时练习的损耗，谁知道呢？天天练习，差不多也能消耗这么多。"看样子他早已把计划烂熟于心，"演出那天我们用了一块雾坡石，有照片有录像，谁也否定不了！"

邢干事把签字笔又一次递到我跟前："这也是主任的意思。"

病好回部队那天，天寒。走进部队大门，看到那片草坪，已经看不出曾经挖过一个坑。我忽然想到，雾坡石的发票我已经签了，可石头又到哪儿去了？

邢干事一定会说："被碎掉了呀！"

诡异的记忆呵。

办公室里热闹着，一屋的人都围着邢干事，一看我来了，邢干事笑眯眯地上前问长问短，末了，以郑重的姿势，将一张大红请柬送到我面前。

“来喝喜酒呵！”

邢干事和艾婷婷的喜酒。

魏排长追问他俩好上多久了，邢干事一笑：“不好意思，地下工作一年半，一直没公开。打算结婚吧，正好碰上那个事儿，主任说，你要是不给老子把石头的账给解决了，就莫想批结婚报告！”

魏排长笑得直不起腰：“难怪，艾助理——不，嫂子那么关注胸口碎大石，应该，应该！”

我的胸口一时堵得慌，疾步走了出去。踩在那曾经剖心的草坪上，我闭上眼睛。以为一切结束了，不，什么都在，在原地，像块巨大的石头，重重地压下来。

英雄山 · 穿插（节选）

徐贵祥

1959年12月出生，皖西人，中国作家协会副主席、中国作家协会军事文学委员会主任、中华文学基金会理事长。

著有中篇小说《弹道无痕》等，长篇小说《历史的天空》《穿插》《伏击》等。

获第七、九、十一届全军文艺奖，第四、九、十一届五个一工程奖，第三届人民文学奖，第六届茅盾文学奖。

第一章

一

如果不出意外，我将永远沉默。可是，最近发生的一些事情，使我不得不开口说话了。

你看，对面那个小楼的门口，昨天下午挂上了一块牌子——历史遗留问题调查委员会。是的，是历史了，事情已经过去了几十年，我过去的战友们终于腾出手来解决这些遗留问题了。那个三层小楼，就是当年的天堂客栈。那个只有一条胳膊的将军，调查委员会的主任，就是我当年并肩战斗的战友。他手里拿着的照片上，那个身穿红军军装、打着绑腿、挎着驳壳枪的人，就是我。现在，我就是让他们头疼的历史遗留问题。历史确实遗留了很多问题，众说纷纭，活着的人都是一面之词，这就是我不得不开口说话的原因。

陈年往事千头万绪，还是从其中坪讲起吧。

一九三四年夏天，我在红四方面军某师当侦察参谋。有一天，师政委赵禹把我叫去，让我从特务营挑几个人，政治素质好一点，长相端正一点，机灵一点，最好有点文化，组成一个特别工作队，到一个叫其中坪的集镇去一趟，在那里住几天。

赵政委特别交代说，这一行没有具体的任务，主要是把我们红军送给他们看看，我们红军也去看看其中坪。

说完了这句话，赵政委又补充了一句，这很重要。

然后，就让我到粮秣科领取三块银圆，以备不时之需。

赵政委是一个大知识分子，很早就参加革命。首长做事，一向深谋远虑。他让我带队，无非因为我读过书，这几年一直跟在首长身边，见过一些世面。

当天晚上，我就到驻扎在百涧镇的特务营选人。因为此前我就是特务营的连长，人头熟，很快就选定了，有一连的副连长于众兴、二连的排长张有田，这两个人都是高小文化。还有四名战士，高小、初小文化不等，总之没有文盲。

我让于众兴把小分队集合起来，传达了赵政委的指示。大家议论说，这样的任务，过去还没有遇到过，很稀奇，其中坪是个什么样，估计会很好玩。

我说，我们到其中坪，不是游山玩水，我们去看什么，给他们看什么，这里面有学问，大家要多动脑子少说话。

做完动员，我提出要求，给每人调整一套干净的、补丁少一点的军装，一双布鞋。每个人于就寝前打两双草鞋，明天出发穿草鞋，到其中坪之前换布鞋。武器方面，把全营仅有的三支连发步枪带上，另外四个人带驳壳枪。我跟大家说明了，带上好武器，不是去打仗的，而是为了说明，我们红军不是叫花子。

交代清楚了，战士们去做准备，我和于众兴、张有田三个人围在马灯下看草图。

从地理位置上看，其中坪处在葱茏山脉东南方向，两省三县交接处，从长洲城西百涧镇前往，有一条季节性的山路。如果走这条路，有两个问题：一是太远，要翻越两座大山，就是马帮，也得三天三夜；二是不安全，有一段路要经过地方军的辖区，容易暴露目标。所以我们选择走小路。

做完这一切，我打了两双草鞋，然后一觉睡到天亮。

第二天早晨，一切准备就绪，我们背上背包，别上布鞋，打着朝阳出发了。离开驻地百涧镇不到三公里，就踏上羊肠小道，有些路段根本就不是路。

给我们带路的人名叫芎安，是百涧镇一个商贩，跟我们的供给部有生意来往。他说他和其中坪很熟，愿意挣那两块大洋，就成了我们的向导。

那一路，不断地翻山越岭，渐渐地，很少看到人家了，村庄越来越少。

紧赶慢赶，当天夜里还是没有赶到目的地，因为中间下了暴雨,我们只好在一个只有六户人家的名叫云杉的小山村里露营。

次日我们继续出发。昨夜的暴雨把山峦冲洗一新，阳光照在山坳里，远处和近处都是一团一团的彩云，好像整个世界都变了，让人感觉不是身处人间，而是置身于云雾中，伸手就能抓到一把彩云。

到了中午，我们又翻过一道山梁。在山顶上，芎安把我拉到一棵树下，让我避开阳光往西边看。起先我什么也没有看见，后来终于看清楚了，很远的地方，有一条朦朦胧胧的山脊，山坡上有一些隐隐约约的建筑，就像一段河面，在波光粼粼的阳光里，扑朔迷离地闪动着。其中坪给我的感觉，不是我们经常见到的那种普通的集镇，好像是梦里的景象。

我当然不是诗人，我只是江淮农业专科学校的毕业生，学的是林木科，但这不影响我对奇妙的经历有奇妙的感受。戎马生涯五年多了，总是在腥风血雨里打打杀杀，骤然进入一个似乎远离尘嚣、远离战争的境地，感觉有点不适应。

走在路上，议论这次行动的意义，于众兴认为，还是扩红，或者是为扩红做准备。心里头，我和于众兴的看法比较接近，但是首长没有明确交代，我不能随便招兵买马。

张有田说，听说其中坪很富，丝绸和药材卖到外国，一定很有钱。首长让我们去看看，没准儿就是敲山震虎，让他们把钱拿出来。

我不同意张有田的分析。我说张有田你这个想法要不得，你想到其中坪打家劫舍啊，我们红军不是土匪，你给我注意点。

张有田眨着小眼睛说，可是，首长他让我们去，到底是干什么呢？

我说，没有具体任务的任务，就是着眼长远的任务，把红军送给他们看看，是宣传；我们红军去看看其中坪，是了解风俗民情。但是有一个前提，我们不是去打土豪的。我们同其中坪的人打交道，一定要注意纪律和政策，要有礼节礼貌，既不能当土包子，也不能当叫花子，凡事都要体现红军的素质。

于众兴说，我们没有经过大世面，斯文不来，主要看你凌参谋眼色行事。

我说，我也没有经验，我们一起学，在战争中学习战争，在斯文中学习斯文。

我还特别交代大家，到了其中坪，不要东张西望，不要大声喧哗，不要单独行动……

一路摆着龙门阵，脚下生风，倒也不觉得累。终于在太阳落山之前，走上一条稍微宽一点的土路。芎安指着一座牌楼告诉我，那就是其中坪的东牌楼。

我让队伍停下来，大家在路边的小溪里洗脸洗脚，换上布鞋，然后排成一路纵队，整整齐齐地向牌楼开进，感觉就像举行入城式。

进入其中坪之前，没有遇到武装阻拦，只是在东头的牌楼下面，有两个装束奇异的男人过来询问，讲的是方言。不知道芎安跟他们说了什么，他们狐疑地打量我们几眼，就招呼我们跟着走。

其中坪的街道，同我老家的集镇大同小异，中间也有青石板路，只是街面稍微窄一点。看不到多少铺面，只有寥寥几家药铺、几家银器店。

路上芎安跟我讲，长老会已经得到报信，知道红军要到其中坪，但不知道红军是干什么的，到其中坪做什么，于是芎安跟他们解释，红军是来传教的，就像理查德教士那样。

我觉得芎安这话好像有点不顺耳，但是细细想想，也没有太大的问题，有点似是而非。我问芎安，这两个人穿的是什么服装。芎安说，是印度服装改制的，他们两个是长老会的公仆，穿的是公服。

我暗暗吃惊，没想到这里还有公仆，好像苏维埃似的。后来才知道，其中坪的公仆跟苏维埃的公仆是两回事，说白了就是听差的。

此前我们已经知道，其中坪是一个多民族杂居的小镇，人口不到五千。因为天高皇帝远，基本上自给自足。清朝咸丰年间，就有外国传教士来到这里传教。

据芎安说，很早的时候，其中坪就是丝绸之路的一个重要驿站。这里不仅有桑蚕丝，还有柞蚕丝。柞蚕俗称野蚕，柞蚕丝可以制成柞绸，所以其中坪的丝绸雅俗共赏。当地人用柞蚕的蚕蛹和不同的植物放在一起蒸煮，据说常食可以耳聪目明，延年益寿。

我们都带着背包，打算找一个地方露宿。芎安说，长老会知道红军的代表来了，已经安排我们住在天堂客栈食宿。我说不用了，我们红军很穷，上面只给我三块银圆，住客栈恐怕付不起膳宿费用。

芎安把我的话跟那两个公仆说了。其中一个公仆笑笑，跟芎安嘀咕了几句，芎安转向我说，其中坪有个规矩，凡是第一次到其中坪来的客人，一律由长老会承担膳宿费用，以后成为其中坪的常客，才自理费用。

我又暗暗吃惊，素不相识，管吃管住，哪有这么便宜的事情？我跟芎安说，这样不行，我们有纪律，不拿群众一针一线，白吃白喝是要犯纪律的。

芎安说，那怎么办，难道就住在街头？

我说，你给我们借几副门板，把门板的编号记住。我们啃干粮就凉水就行。

芎安有些为难，跟那两个公仆商量，然后又跟我说，他们问，你们这么做是为什么？

我说，我们有纪律，必须做到秋毫无犯，否则我们同军阀有什么两样？

二

我们在街面行走的时候，太阳还没有完全落山，有一些玫瑰色的余晖在我们的头顶、眼前和脚下弥漫，感觉很特别。好像我们不是走在街上，而是走在云里。

街道两边的百姓并不惧怕我们，在自己家的门窗后面打量我们，也有几个人在街上同我们擦肩而过，虽然好奇但是没有敌意，都是很友善的。

芎安说，民国初年，地方督军在其中坪建了一个长老会，委任当地的民族头人当会长，实行自治。后来各路军阀都想染指其中坪事务，但是他们遇到了两个麻烦，一个是洋人多，老百姓大事小事都和洋人的利益挂钩，军阀不敢过于放肆；第二是因为交通不便，跋山涉水从这里榨取油水得不偿失。所以说，这里受到的盘剥，比别的地方少得多，多少年一直很安逸。

我在街上行走的时候，心里想，这个山高路远的云间小镇，有点像世外桃源，其实正是我们希望看到的那种生活景象。当然，那时候觉悟低，不知道在这平静和安宁的背后，帝国主义以传教的名义，对我们进行文化侵略和物质掠夺，其中坪的安宁富足是以看不见的财富外流作为代价的。我今天要讲的不是这个。

当天晚上，我们坚持不住客栈，就在天堂客栈南边的一间半露天的棚房里打开了背包，用苎安借来的门板当床。晚餐之前，我让于众兴把大家集合在一起，我亲自指挥，唱《红军纪律歌》。唱了歌，我们七个人围成一圈，吃我们自己带来的干粮——杂粮饼子和红薯，就着凉水。

从我们整队唱歌，到啃干粮喝凉水，七个人坐得整整齐齐。当地的老百姓起先在远处看着我们，后来有一些人过来围观，人数越来越多。还有几个外国人，其中有两个是女性。我看不清她们的面孔，但是我知道，她们一定会觉得奇怪。我们就是以这种奇怪的方式融进了其中坪，“让他们看看”。

晚上我们去拜访了长老会的启岩阳谷会长，在座的还有理查德教士和其中坪的第二号人物、商会会长安南先生。我是第一次走进铺着地毯的房屋，幸亏换上了布鞋。

启岩阳谷是一个慈眉善目的少数民族老人，他讲汉话，我只能听懂一半，而他的汉语翻译，竟然是英国人理查德教士。据说其中坪的教堂就是理查德的爷爷修建的，可见这是一个祖传的帝国主义。

我转达了我们首长对启岩阳谷先生的敬意。我说，我们是来打前站的，以后，我们的首长会来拜访启岩阳谷先生。我们红军想和其中坪成为朋友。

理查德教士把我的话翻译过去之后，启岩阳谷叽里咕噜不知道说了些什么。理查德教士用节奏怪异的中国话对我说，启岩阳谷会长想知道，你们同国民政府是什么关系？

我觉得这个问题有点复杂，想了想我说，我们和国民党曾经一起进行革命，可是他们现在背叛了革命，就成了我们的敌人。

理查德教士和启岩阳谷都没有对我的观点表示反对，也许他们还不大明白我的意思，或者他们认为跟我这个年轻人谈论如此重大的问题只是出于礼貌。启岩阳谷叽里咕噜讲了几句话，理查德翻译说，其中坪是一个天堂家园，尊重所有人的信仰，只要不违反其中坪的规则，其中坪会把所有外来的客人都当成贵宾。

在我同启岩阳谷交谈的时候，安南先生一直没有说话，始终用一种温和的、关切的目光看着我，偶尔朝我笑笑。直到启岩阳谷向他示意，他才向我点点头说，年轻人，你们到其中坪来，有没有具体的事情，比如说做生意？

我说，没有生意，首长交给我们的任务，就是把我们红军送给其中坪看看，我们红军也来看看其中坪，算是认门走亲戚。

安南先生说，哦，这倒是一个很有意思的任务，你们坚持不住客栈，坚持吃干粮喝凉水，就是为了给其中坪人看的？

我说，这是执行纪律，我们一直都是这么做的。

安南先生点点头说，好，仁义之师，秋毫无犯。不过，你们既然来了，就是客人，其中坪有其中坪的待客之道，不必过于见外。

我说，我们常年野战，习惯了，住客栈吃饭店，反而不舒服。

安南先生说，好吧，主随客便。不过，我提醒凌先生，其中坪是乡绅自治体制，要维持各个方面的平衡，我们不希望打破它的宁静和秩序。

我说，安南先生的话我听懂了。

这次谈话，理查德教士没有过多地表达自己的意思，他主要是当传声筒。只是会面结束的时候，他想起了一件事，问我，我们会唱歌来感谢上帝赐给食物，晚上吃饭的时候，我看到你们七个人也一本正经地站队唱歌，这是不是也在表达你们的信仰？

我略一沉吟，回答他说，是的，我们是在表达信仰，我们的《红军纪律歌》体现的是热爱人民的精神，人民的利益就是我们的信仰。

理查德对我的解释似乎似懂非懂，但是没有就这个问题深入探讨下去。

因为已经很晚了，年迈的启岩阳谷会长不断地打着哈欠，我们就知趣地告辞了。

回到客栈棚房，战士们已经打起了呼噜，睡得很踏实。

我有点兴奋，躺了一会儿又起来，到外面转了一圈，发现我们在这里宿营，是一个非常好的选择。棚房不是房子，只有三面墙，面向广场的一面是敞开的，一溜五间，我估计这里曾经是牲口房。它的北边是天堂客栈，南边是教堂，天上挂着细细的月牙，从我站立的位置上看出去，月牙的下方正好是教堂的十字架，在半明半暗的群山轮廓的衬托下，泛着幽暗的青光。

重新躺在门板上，我的脑海里一直悬挂着那个十字架。我不知道它是做什么用的，但是那天夜晚我产生了一个奇特的看法，它就像一个通向上下左右四面八方的接收器，能够把天上的、地下的、过去的、将来的事情看在眼里、装在心里，有点像后来人们说的那个东西，雷达。只不过，那时候我还没有见过雷达，我把它看成灵犀之类的物件，我不知道这个看法对不对。

三

第二天，我起得很早，发现棚房的旮旯里有一团乱麻，细细的，软软的，就像金丝，扯出几根，很结实，估计是其中坪人扔掉的柞蚕丝。

我灵机一动，把昨天穿破的草鞋找出来拆了，选出一些堪用的稻草，跟这团乱麻缠在一起打草鞋。这些年，我学会了一个本事，不管走到哪里，只要有稻草或者麻线，把脚一伸，几个趾头挂上绳子，就是一架草鞋机。很快，我就打好了一双丝草相间的草鞋，穿在脚上走了几步，感觉很软和，比稻草养脚多了。

这双草鞋，给了我一个好心情。

太阳出来了，我把队伍集合起来，问大家愿不愿意到街上走走，看看其中坪的全貌。

战士们说，太愿意了。

于众兴问我，今天上街穿什么鞋子？我说，穿草鞋，把布鞋省下来。

说完我又补充说，如果大家发现有废弃的柞蚕丝，就拿回来，打草鞋，既软和又结实，一双至少抵三双稻草鞋。

大家这才发现我穿了一双新草鞋，一起羡慕。

我选择的路线是从东往西，先到街后一个地势稍微高一点的岩石上，俯瞰其中坪全景。这时候太阳刚刚从东方的地平线上露出半张脸，放眼望去，群山迷蒙，潮水一般涌动着霞光。那些砖墙瓦顶的建筑，那指向天穹的教堂的十字架，让我们感到这里离天庭很近。除了偶尔的惊叹，战士们很少说话，好像大家都在聆听一个来自遥远世界的声音。

估计其中坪的居民们都起床了，我们开始往回走。街面上出现三三两两的行人。东街共有三家银店，里面摆着一些我们没有见过的银器，其中有一家的店主，一看模样就是洋人，见到我们，老远就“哈啰哈啰”地打招呼，满脸堆笑。我们不懂洋文，跟着“哈啰哈啰”地回礼，也是满脸堆笑。

我们一路从东向西，由高往低。正走着，一个战士轻微地一声惊呼，让我们整个队伍的脚步迟疑了一下。此时正是霞光渐浓的时刻，我们随即看见了，在左前方的红亭子里，坐着两个女孩，穿着长裙，正在那里专注地画画。我注意到，亭子的瓦檐下面有一块匾额，镌有“观雪”两个字。

我的第一反应是，不要打搅她们。我向大家做了个手势，队伍悄无声息而又迅疾地从亭子外面经过。就在这时候，响起一个陌生的女声，哈啰，孩子们，你们看！

正在画画的女孩似乎吃了一惊，抬起头来，然后一起站起来，向我们微微鞠了一躬。她们举止大方，彬彬有礼，一看就是见过大世面的。

后来我们知道，这两个女孩，一个名叫安屏，另一个叫启迪，是城里女子中学的学生。那个最先看见我们的洋女人，是安屏和启迪的美术教师李海伦女士。李海伦从亭子里奔出来，迎着我们说，你们，红军？

我说，是的，我们，中国工农红军。

李海伦女士很高兴，向两个女孩一挥手说，孩子们，红军，一群特别的人，他们吃饭唱歌，感谢他们的上帝。

两个女孩一起看着我们，微笑致意。

李海伦又说，孩子们，告诉他们，你们是谁。

一个女孩说，我是启迪。另一个说，我是安屏。说完了，她们异口同声地说，欢迎远方的客人。

我很惊讶，为她们的整齐划一，我揣摩，这应该是其中坪上流社会的礼节。我回头对于众兴交代一句，让大家在附近看看柞树。交代完了，我向李海伦说，对不起，不会打扰你们吧？

李海伦说，美好的早晨，遇到美好的红军，是上帝的安排。孩子们，你们欢迎这位先生吗？

两个女孩又一起行礼，鹦鹉学舌一般回答，我们欢迎。

她们讲了这句话，就抬头含笑看我，不怯场，稍微有点陌生感。其中的一个女孩，就是自报名为安屏的那位，似乎对我的八角帽和上面的五角星很感兴趣，看了好几眼。

我意识到这个情况，就找到了话题，一会儿我可以跟她们讲讲，八角帽和五角星的含义。我正这么想着，突然，那个女孩发出一声轻微的惊叹，随即用手捂住了嘴巴。

她的目光落在我的脚上，足足有五秒钟。那天我穿的是草鞋。我低头看看我的脚，还好，是新草鞋，金色的柞蚕丝和金色的稻草在朝霞里熠熠闪光，我的脚趾也在朝霞里熠熠闪光。

我不由自主地往后缩缩脚，马上觉得不合适，反正是无处可藏，我索性把脚放回原处。

那个叫启迪的女孩问安屏，你怎么啦？

安屏把目光从我的脚上移过来，看看我，有点不好意思地说，对不起先生，我失礼了。

我向她点点头说，安屏小姐，是不是我的脚吓着你了？

安屏掩饰地说，没有，没什么，我只是奇怪，怎么会有这样的鞋子。

李海伦操着半生不熟的汉话说，红军先生，为什么不坐下来呢？我们谈谈，我对你们的事情太有兴趣了。

我说，那好，如果你们对我的鞋子有兴趣，那我就从它讲起。

观雪亭是一个五边形的亭子，我选了南边的木凳坐下，正好同画画的女孩对面。

直到这个时候，李海伦和启迪才发现，我穿的是草鞋，这双草鞋唤起她们很大的热情。她们不像安屏那样矜持，丝毫不在意我的感受，饶有兴致地察看我的双脚。我保持正襟危坐的姿势，神色坦然，面带微笑，任她们像研究猴子那样研究我的草鞋。

我知道，我的双脚并不好看，因为长年累月穿草鞋，还经常打赤脚，我的脚趾很大，茧皮很厚，皲裂遍布，可能趾甲缝里还有泥巴。可是，我不能把它们藏起来，我必须让它们暴露在光天化日之下，让它们像平时一样自由呼吸，自由伸展。李海伦女士、安屏小姐和启迪小姐看到的，是一双多灾多难的，同时也是自信的、高傲的红军脚。

能看出来，安屏小姐没有她们那样高的兴致，她的表情很复杂，说不上来是同情、怜悯，还是厌恶。我心里想，看吧，好好地看吧，这就是你们听说过的泥腿子。我们红军，没有皮鞋，没有袜子，连布鞋也穿不起，可是，你们知道，就是这样的泥腿子，走过多少路吗？

研究了一会儿，李海伦看着我，看看安屏，又看看启迪说，孩子们，你们知道这是什么鞋子？

安屏没有说话，启迪不肯定地说，草鞋，用草编织的鞋？

李海伦说，用草编织的鞋，它有名字……牌子吗？

我哈哈一笑说，有，我们叫它马克思鞋。

李海伦似乎吃了一惊，马克思？你是说，那个德国大胡子？难道……是他发明的？

我说，不是，是我们红军发明的。我们信仰马克思主义，所以把它命名为马克思鞋，穿马克思鞋，走革命路。

李海伦还是不明白，歪起脑袋问我，穿马克思鞋，走革命路，是什么意思，难道是信仰？

我说，是的，因为信仰，也因为贫穷。我们穿马克思鞋，走革命路，就是为了让更多的人不再贫穷，让更多的人不穿草鞋。

李海伦若有所思，点点头说，哦，神奇，我明白了，上帝为世界受难，你们为信仰穿草鞋。

我说，也可以这样说吧。

看得出来，对于中国工农红军，其中坪确实知之甚少。李海伦的兴趣是真实的，从草鞋开始，她问了我很多琐碎的问题，譬如红军要不要祈祷，红军的女人穿不穿草鞋，为什么帽子上是五角星，为什么要露天宿营，怎么洗澡，红军的队伍里有没有男人打女人的事情，等等。

有些问题我可以答得上来，有些问题我也不是很清楚。但是我不含糊，知之为知之，不知为不知。有些问题我可以超常发挥，比如露天宿营和上门板。我对李海伦说，这不仅是因为财富问题，更是精神问题，我们对于理想信念的执着追求，就像你们对上帝那样虔诚，我们执行纪律的时候，我们的上帝就在我们的心里……

李海伦女士的问题令我感到轻松，我的回答流畅而又自信。从李海伦和女孩的眼神里，我看出了她们对我的欣赏。这时候我非常感激我的政委赵禹，他一直想培养我成为一名政工干部，当然这是后话，因为后来的事实证明，我更擅长的还是作战，擅长在战斗中运用战术。

在我同李海伦女士交谈的时候，安屏和启迪基本上不插话。

安屏好像比初见时沉闷了一些，脸上甚至有淡淡的愁容，我揣摩是我的双脚和那双草鞋引起的，显然，我给她留下了深刻的印象……

时间不早了，我们得走了。

就在我动动屁股准备告辞的时候，李海伦女士又提出一个问题，她说，听说你们红军的女人没有文胸，都是用粗布捆绑乳房，是不是这样?

我刚刚欠起的屁股又跌回到木凳上，好半天没有回过神来。谈别的我可以口若悬河，但是这个问题我没有办法回答。我连文胸是什么都搞不清楚，更不清楚红军的女人为什么要用粗布捆绑乳房。再说，这样难以启齿的问题，就算我清楚了，可是让我怎么回答呢?

我抓耳挠腮地说，这个情况我不知道，但是……可能……她们可能用粗布捆绑……因为，我们红军太穷了，买不起李海伦女士说的那种……文胸……这是军事秘密。

我语无伦次地说了这几句，脑门已经冒汗了。

关键时刻，还是安屏小姐帮我解了围，她轻轻地站了起来，用很亲昵的声音对李海伦说了一句洋文。李海伦笑着对我说，我们的天使说，你们中国女人普遍不戴文胸，但是我要告诉你，这很野蛮，我觉得你们的革命，首先要解决的是女人戴文胸的问题。

天哪，这个洋女人，她居然把革命，把这么神圣的问题，同女人的文胸联系在一起，这么漫不经心，这么轻慢。可是在当时，我没有反驳她，我没有想好反驳她的理由。

我不打算同李海伦继续探讨这个问题，我说天不早了，我们该准备返回了，来日方长，后会有期。

我这句话刚刚说出口，就听到不远处一阵惨叫。我一听，是张有田。

终于，故事发生了。

四

我在观雪亭同李海伦等人谈论马克思鞋的时候，于众兴和张有田带着四个战士在山坡上等候，没想到，他们很快就捅了一个马蜂窝——不是打比方，是真正的马蜂窝，而且不止一个。他们在相邻的几棵树上，发现了三个。

我们的战士都很年轻，好动，再说，这次到其中坪来，完全不是想象的那样打一场恶仗，让他们感觉很不过瘾，突然发现了三个马蜂窝，立马抖擞精神，召开诸葛亮会，商量着怎么为民除害。

于众兴出了个主意，脱掉褂子突然蒙上去，连窝带马蜂一网打尽。主意是好主意，可是实施起来就不那么简单了。第一个马蜂窝确实被他们端掉了，很顺利。到了第二个，一个战士鬼鬼祟祟地爬到树枝上，刚刚把上衣扑上去，一只漏网的马蜂回过神来，一个弧线迂回，冲上那个战士的额头，使出吃奶的力气蜇了一口。

那个战士情不自禁地哼了一声，手一松，从树上掉下来。被惊动的马蜂漫天飞舞，追着屁股袭击我们的战士。好在我们的战士都是身经百战，面对敌情尚能稳住阵脚，没有鬼哭狼嚎，多数都能咬紧牙关，一声不吭地抱头鼠窜。因为此前我一再跟他们交代，讲话声音要小，不要大声喧哗。

只有张有田一个人大叫，有情况！

我们在观雪亭里，听到的就是这一声没出息的喊叫。几个女性都站了起来，紧张地向山坡上张望。我判断不是什么大事，若无其事地说，没什么，可能有人踩上蛇了，山高林密，遇上蛇难免。

我不说还好，一说蛇，大家更紧张。启迪“啊”了一声，一边收起画板，一边东张西望。安屏也有点忐忑，很不安地看着我。

我说，没事，不一定是蛇，没准儿有人摔着了。

就在这时候，一个矮胖子连滚带爬从山上跑下来。跑近了才看清是张有田，脸上已经多处凸起，一只眼睛只剩下一条缝，勉强能够看得出来，眼珠子还在转。

我背起手，不紧不慢地问，怎么回事，大惊小怪什么？

张有田说，马蜂，马蜂，他妈的这里的马蜂太厉害了，比国民党下手还狠。

我一声冷笑，活该，好好的你惹它干什么？

张有田哭丧着脸说，为民除害啊，我们到其中坪，总得干点什么吧。

我说，什么为民除害，弄得不好要死人的。

我这么一说，李海伦的脸都白了，启迪拉着安屏的手，直往她身后躲。

我继续训斥张有田，知道吗，马蜂是群攻型昆虫，你不惹它，它就不惹你，你一旦惹它，而且端它的老窝，它自然群起而攻之。要是遇到头蜂，你跑到哪里，它追到哪里……

讲到这里，我突然意识到什么，打住话头，定睛一看，天哪，果然有两只马蜂，已经冲到眼前，其中一只在李海伦的头顶盘旋，眼看就要短兵相接。

我当机立断，一个箭步上去，挡在李海伦的前面，拉开架势，以迅雷不及掩耳之势，迎头给前面那只马蜂一个回风掌，准确地将它抓进手心。另外一只马蜂一惊，嗡的一声从我头顶飞过，在阳光下画了一道金色的弧线，然后像飞机一样抖动翅膀，重新俯冲下来。

李海伦和两个女孩惊呆了，李海伦尖叫着抱起了脑袋，启迪则挥起画板在眼前乱舞。只有安屏稍微镇定一些，对我喊了一声，快蹲下！

我当然不能蹲下，我知道马蜂的性格，攻击没有得逞，它是不会善罢甘休的，它一定会继续寻找目标，如果我蹲下，它就可能攻击别人。

我屏住呼吸，纹丝不动，目光紧紧地随着马蜂的航线移动。说时迟那时快，就在马蜂即将同我脑门相撞的刹那，我一只手虚晃一招，另一只手随即跟进，将马蜂夹击在两手之中。

这一切，不到十秒钟的时间，却把我累得气喘吁吁。

李海伦把胳膊从脑袋上移开，看着我说，先生，你没事吧？

我说，我没事。我一个红军参谋，还打不过小小的马蜂？那也太没有战斗力了。

安屏站起来，看看我夹着马蜂的手说，快把它扔了。

我把手松开，将马蜂的尸体丢在地上，惋惜地说，这东西泡酒，祛风舒络，活血化瘀，可惜被我压碎了。

安屏说，凌先生，你学过武功？

我说，武功没有学过，不过，练过擒拿格斗，我是侦察参谋。

安屏说，哦，侦察参谋。

一边的启迪夹着画板过来了，问我，侦察参谋是什么意思？

我说，侦察参谋嘛，就是……察看敌情，勘察地形，就是知己知彼……

我正字斟句酌，旁边的张有田跳了起来说，侦察参谋，就是跑得比兔子快，跳得比猴子高，爬得比乌龟慢……

我气不打一处来，冲张有田吼了一嗓子，少贫嘴，看看你干的好事……说到这里，我突然打住，向山坡高喊，听着，不许到观雪亭来，所有人，沿来路紧急撤退，到北边独立树下集合。

李海伦惊魂未定，问我，凌先生，为什么不让他们过来？

安屏替我说，为了不把头蜂引过来。

我说，安屏小姐聪明。

安屏问，凌先生，你还知道马蜂的特性？

我说，我当然知道，我在农业专科学校读书的时候，学的是林木，兼修昆虫。

安屏担忧地说，你说得对，弄得不好要死人的，怎么办？

我说，你们赶紧离开这里，方便的话，帮我弄点醋送到天堂客栈的棚房。

安屏说，我想看看你是怎么帮他们解毒的。

我刚想说好，想想不对。我说，这个你不能看，相信我，我是学过专业的。

安屏说，那好，我们走了。

又对李海伦说，我们走吧，凌先生有祖传秘方，不宜外传。

我笑笑说，就算是吧。

安屏她们离开后，我摊开手掌，手心已经肿胀起来，疼痛钻心。被我击毙的这两只马蜂，估计是头蜂，毒针硬，毒性大，至少有一根扎破了我的手心，毒性早就发作了。我忍着剧痛，跑步赶到独立树下。我们那几个战士鼻青脸肿，面目全非，就像一群雕像，一动不动地哼着，等着，看着。

我上气不接下气地说，大家看我示范，赶紧挤压，把毒汁挤出来。

战士们一声不吭地挤着自己的脑门、腮帮子、脖子，独立树下回荡着胸膛里滚出来的闷雷。

挤压得差不多了，我又下了一道口令，全体解裤带，撒尿洗伤口。

于众兴一直抱着脑袋，没完没了地挤，脸部被挤得血肉模糊，听我这声喊，问我，撒尿洗伤口，咋洗？

我问他，你哪里被蜇了？

于众兴说，全在头上脸上，你让我们用尿洗脸吗？

我说，就是这个意思，尿里有碱，可以解毒。

于众兴捂着脸大叫，不，打死我也不用尿洗脸。

我说，如果你不听我的，送命不一定，但是你不能再回其中坪了，你从这里直接回长洲。

于众兴跳起来嚷嚷，为什么？

我呵斥道，用不了一个小时，你的脸就会肿得比屁股还大。赵政委让我们把红军送给其中坪的人看看，就看你那张屁股脸？赶快冲洗！

于众兴拉长驴脸仰起脑袋，往天上看了一会儿，一屁股坐在地上，闭上眼睛，一副死猪不怕开水烫的表情，嘟嘟囔囔地呻吟，我自己尿不出来，来吧，凌参谋，你来帮我吧。我想闻闻，读书人的尿是个啥味道。

战士们听话，各自端着自己的家伙，用手掌接尿，左一把右一把地揉搓。张有田也尿不出来，大呼小叫，说一点也尿不出来，越急越尿不出来。后来我让一个战士支援他，好不容易接到一巴掌尿，还没有送上张有田的脸，张有田一躲，洒了。

那个战士心疼得直嚷嚷，排长，你别乱动啊，全都洒了，一会儿咱也没有尿了，咋办？

张有田说，兄弟啊，我再也不乱动了，来吧，再别洒了。

大约忙乎了半个小时，我挨个问大家，有没有出现头晕目眩恶心的情况。大家都说没有，唯独张有田说，我想吐，我的肚子翻江倒海。

我吓坏了，如果出现呕吐现象，就有可能是肠胃中毒。这里既没有医生，也没有卫生员。我说，那咋办呢？我们唯一的消毒药品就是尿，实在不行，你先喝几口尿，好歹可以缓解一下。

我说这话，没有别的意思，纯属病急乱投医。张有田一听急了，两只手乱摆，嚷嚷道，不用了，我想吐，可是我舍不得吐，我早晨啃了两块玉米饼子啊。

我说，不吐行吗？我看你脸色苍白，没准儿毒素已经进入肠胃了，你还是先喝两口尿吧。

张有田怔怔地看着我，突然一骨碌爬起来，做了两个蛤蟆跳，嘴里说，没事，没事，你看我一点问题都没有了。

我说，好。要是再想吐，一定要喝尿。

返回的路上，我让大家往柞树林绕一下，在水渠边上洗洗，防止把一身尿味带到街上。

五

回到天堂客栈，老远看见棚房门前有几个人，原来是安屏和启迪带着公仆送醋来了，还有一个穿白大褂的人。安屏介绍说，这是其中坪中西诊所的医生。

这个医生一看就是洋派，胸前还挂着听诊器。医生见我们走路都还正常，放下心来，问我，你们采取了什么措施？

我说，祖传秘方，这里不好讲。

安屏看看我，问我，凌先生，你的手没事吧？

我愣了一下，我的手被马蜂蜇了，她是怎么知道的？我说，没事，我的铁砂掌坚硬如铁。

安屏说，让我看看。

我只好摊开手掌，手心有一块瘀青。安屏抓过我的手，盯着那块瘀青看了两眼，问我，疼吗？

我的心里一热，我说，这点小伤对我来说根本不算伤，基本上没有感觉。

安屏抬起头来，看着我的眼睛，又低下头，看看我的脚，看看我的草鞋，突然说，你像个英雄。

我惊讶地啊了一声，我说，英雄？就这点小事？

安屏说，你打马蜂的样子很好看，就像武松打虎。

我又吃了一惊，我说，你见过武松打虎？

安屏说，没有，可是我见过你打马蜂，也就见过武松打虎了。

说完这话，她笑了，我也笑了。

我刚认识安屏，就和她说了这么多话。以后每想起来，总是觉得意味深长。我一遍又一遍地回忆，我在迎击马蜂的时候，是什么样的风采，让安屏把我当成了英雄？其实，我当时的姿势并不优美，那个时候，我没有想到要当英雄，根本就顾不上啊。可是，安屏却说……这个小女孩，她养尊处优，她无忧无虑，她是没有见过真正的英雄，她要是能够看见我们在战场上的表现就好了，那才是势不可当、八面威风……

这场突如其来的马蜂事件，虽然没有造成伤亡，但是，战士们的形象还是受到了影响。大家的脸上普遍伤痕累累，集合在一起就更难看，好像是一群稀有动物。

中午开饭之前，我把于众兴和张有田叫来，狠狠地训了一顿。我说，你们尿泡尿照照，这个样子，知道的说你们是红军，不知道的还以为你们是从《西游记》里来的。

于众兴的右嘴角被蜇了，肿得老高，把嘴扯向一边，使整个人看起来有点面生。他含混不清地说，我们也是好心，总想为其中坪做点事情，哪里想到遇上马蜂呢。

张有田说，你交代了这，交代了那，就是没有说不让捅马蜂窝。

我说，这是常识，你吃饭张嘴还要我教吗？

张有田说，可是，敌人，敌情出现了，我们能无动于衷吗？我们的眼里容不得沙子啊。

我说，马蜂是敌人吗？你不惹它，它就是朋友，只有你激怒它，它才攻击你。以后记住，见到马蜂，绕道走。

于众兴和张有田唯唯诺诺，龇牙咧嘴地说，好，好好，绕道走。

训完话，我们就商量下一步的行动。

于众兴说，我们到其中坪一天一夜了，感觉我们做得还不错，今天再住一晚上，也许会有人来报名参军。

我说，可能性几乎没有，我调查了，最近二十年，其中坪没有抽过一个兵丁，但凡摊派，都是以金代丁，历任政府和各路军阀乐于接受这个规则，当地的群众发自内心拥护这个规则，我们也不能破坏这个规则。

张有田说，反正他们有的是钱，干脆我们也找他们要钱，按五个名额计算，每个名额抵五十块大洋，五五二百五十块大洋，回去也好交差。

我断然说，不可，万万不可。我们在葱茏山建立根据地，已经发展得很好了，我们不缺钱。我们最需要的，是人心，更多的人心。尤其是其中坪这样的地方，这里的人心，比金子还重要。

后来，我做出决定，按原计划，再住一晚，天亮前两个小时起床，把门板还上，把天堂客栈的广场打扫干净，给启岩阳谷和安南先生留下一封信，留下我们仅有的三块银圆，然后悄悄地离开。

啃过干粮，已是下午两点左右了，我让于众兴把战士们集合起来，带到街西去修路。那段石子路就是苎安说的大路，是通马车的，可能是前不久刚刚遭受了山洪冲击，路面坑坑洼洼，还有一些积水。我算了一下时间，三十多米长的路段，我们的战士干到天黑，应该铺出一条宽敞而结实的路面，这是我们留给其中坪唯一的礼物。

刚刚修了三分之一，安南先生来了，见我们正在干活，轻轻地叹了一声。我说安南先生有事吗，他把我叫到一边，悄悄地跟我讲，启岩阳谷对我们的印象很好，上午长老会商量了，给红军一批物资，有布匹和药品，已经派人送到百涧镇。这件事情不能走漏风声，因为地方军那边盯得紧，一旦发现其中坪同红军有来往，会找麻烦的。

这时候我才深切地体会到，赵政委让我们到其中坪来“看看”，是有深意的，一句话不说，就筹集到一批物资，多么高超的领导艺术啊。

我感激地对安南先生说，其中坪对红军天高地厚，可是，我们能给其中坪留点什么呢?

安南先生看看我，想了想说，你可以栽一棵树，我听说你们红军喜欢栽树。

我高兴地说,好,那我就栽一棵“红军树”,以后革命胜利了,我会回到其中坪，跟它讲讲我的故事。

这样就说好了，安南先生吩咐身后的公仆，到他家院子里给我找一棵树苗。

分手的时候，我发现安南先生有点犹豫，好像还有什么话没有讲完。我问，安南先生还有事吗？

安南先生说，你们捅马蜂窝的事，在其中坪有些影响，当地人迷信，认为这是不祥之兆。

我愣住了，想了想说，这件事情确实很愚蠢，是不是有人要撵我们走啊？

安南先生说，那倒没有，明天我就请长老会的人来看你们修的路，我要告诉他们，红军的愿望是好的，捅马蜂窝只是不懂而已。

安南先生离开之后，我把于众兴叫过来，问他，如果连夜返回，有没有困难？

于众兴说，啥时候返回都行，可是我们为什么要连夜离开啊，我们带了三天的干粮，还没有吃一半。

我说，我感觉有什么事情要发生，担心我们待久了，会给其中坪惹麻烦。

于众兴说，能有什么麻烦呢？我们住棚房上门板，不拿群众一针一线。就是用点柞蚕丝打草鞋，那是扔掉不要的。

我盯着于众兴说，你是不是不想走啊？

于众兴说，是啊，我还琢磨，明天大早我们去教堂看看，我们的战士，从来没有进过教堂。

我心里一动，于众兴说到我心里去了。白天我在教堂外面走了一圈，隔着栅栏向里面看，有很多奇花异草。教堂有三层楼高，上面有高高的窗子，隐隐能够看见窗玻璃上贴着色彩缤纷的图画。我猜想，那里面是什么情景呢，也许就是天堂的样子。

我对于众兴说，那好，我们就再住一晚，也许明天早晨起来，大家的脸就消肿了。

于众兴说，我们总不能空着手回去吧？你找机会跟那两个女孩谈谈，给她们讲讲革命道理，最好把她们拉走当红军。

我说，别做梦了，我要是能把那两个女孩拉走当红军，今夜太阳就会从西边出来。

于众兴说，为什么不试试呢？我们每到一地，都有一群姑娘媳妇跟着走。

我说，不一样，跟我们走的，都是穷人，童养媳居多。

于众兴说，也有富人家的小姐啊，楚兰医生就是大家闺秀。

我说，那是因为爱情，楚兰医生是奔赵政委来的。

于众兴看着我，诡秘地笑笑说，咱们也可以给她们来点爱情啊，凌参谋你也是公子哥儿，又有文化，你相中了哪一位？好像是那个叫安屏的。

我说，胡扯什么，你看看你这双脚，看看你的歪嘴，还谈什么爱情，简直痴人说梦。

于众兴嘴巴一咧，更歪了，嘟嘟囔囔地说，我的脚怎么啦，这是打天下的脚。

我说，别扯了，赶快去干活。

于众兴朝我眨眨眼，扛起铁锹，摇头晃脑地走了。

又干了一个多小时，那段路总算修出了模样，中间公仆过来了，给我带了一棵银杏树苗，对我讲，这是安南先生亲自选的苗子，幼干挺拔，枝丫整齐，成长势头看好。

安南先生精细的安排让我心生感动。从这棵树的身上，就能感受到安南先生对我们红军的体贴，所以，选址的时候，我很是动了一番脑筋，叫上两个战士一起到山坡上寻找，最后确定在观雪亭左边，一块相对平坦的地方，因为那里可以俯瞰其中坪全景，通风好。为了防止积水，我和两个战士还在它的上方挖了一条十几米长的弧形排水沟。

栽好树，回到修路现场，看看天色将晚，我吩咐抓紧收尾，早点回去。

回到天堂客栈的棚房，刚刚把干粮袋打开，白天走亲戚的芎安回来了，后面还跟着一个公仆，两个人行色匆匆，好像发生了什么事情。

我迎上去问芎安，是不是有情况？

芎安说，是有情况，国民党军队来了，安南先生请你马上到长老会去一趟。

一听这话，我的头皮都麻了，果然，怕有鬼就有鬼。

正在吃饭的战士们得到了消息，放下手中的干粮，从衣襟里面抽出隐藏的驳壳枪，并且压上了子弹。

那个公仆阴沉着脸看着我说，不能，你们绝不能在这里开枪，上帝绝不容许。

我让战士们把子弹退下来，把枪继续掖在衣襟里。我对公仆说，你们放心，就是死，我们也不会死在其中坪，我们不会让其中坪背黑锅的。

我交代于众兴，不要轻举妄动，但是要做好撤退准备。然后我跟着芎安和公仆，直奔长老会。

这次，启岩阳谷会长没有出现，长老会只有安南先生、理查德教士和一个头戴礼帽的男人。我问到底是怎么回事，安南先生递给我一封信，我匆匆看了几眼，就明白事情的原委了。

头天我们向其中坪开拔的时候，在一个叫云杉的小山村露宿住了一夜，没想到那个小山村里潜伏着一个特务，就是他向国军某师师部发了一份电报，报告了红军一支小分队的行踪。国军某师认为我们此行，一定是为征集军用物资而来，派了一个名叫谢谷的少校，带领一个排的兵力乘汽车从邻省的公路星夜翻过葱茏山，前往其中坪准备围攻我们，夺取军用物资。好在其中坪是一个特殊的地盘，谢谷少校不敢造次，派了一个副官先行到达其中坪，要求当地把红军的工作队撵出其中坪，其他的事情就不要管了。

我竭力冷静下来，攥着信笺的手微微发抖。我看清了，信笺上印着“剿匪指挥部”的字样。他妈的，他们一直把我们叫作“匪”，他们“剿匪”剿到其中坪来了。那就来吧，人对人个顶个，老子不怕你！

安南先生问我怎么打算。我说，敌人已经堵在眼前了，我们还能怎么办？他敢下手，我就敢还手。我们红军从来就不怕打仗。不过，我不想在其中坪开火，我们这就离开，在哪里遇到敌人，我们就在哪里战斗。

安南先生说，我让人给你们带路，从后山走，避开他们。

我说，我们走了，他们找你要人怎么办，我不想给其中坪带来麻烦。

安南先生说，你们已经给其中坪带来麻烦了。我希望你们尽快离开其中坪，至于以后怎么办，那是我们的事情了。

就在这时候，那个一直冷眼相观的戴礼帽的男人开腔了，阴阳怪气地对安南先生说，这位红军先生说得对，如果安南先生帮助他们秘密逃脱，国军长官是不会善罢甘休的。为了其中坪的安宁，我劝你们还是绝了这个念头。

我气愤地说，不用绝，老子从来没有这个念头。

戴礼帽的家伙嘿嘿一笑说，再说，你们也逃不出去，谢谷少校带来了一个排，几条路口都被封锁了。

这家伙这么一说，我更来气了，我向他逼近一步，冷笑一声说，老子并不怕你，老子只是不想在其中坪开火，如果你们敢在这里下手，老子可以血洒其中坪，让你们成为千古罪人。

头戴礼帽的家伙嘿嘿一笑说，红军兄弟，你干吗要血洒其中坪啊，你们把枪缴了，把你们征集到的物资缴了，投降，啥事都没有了，跟我们到国军吃香喝辣的吧。

我义愤填膺地说，你睁开你的狗眼看看，老子是缴枪投降的人吗？

头戴礼帽的家伙皮笑肉不笑地说，我知道你不是缴枪投降的人。可是怎么办呢，难道你真想把其中坪变成战场吗？一场血战下来，倒是成全了你英雄之名，可是其中坪呢，从此就改变模样了。

这时候我已经冷静下来了，我想了想说，要不这样，你去通报你们的谢谷少校，我们坐下来谈谈，如果双方能达成一致，我们搞个君子约定，让我们离开其中坪十里。十里之外，你们伏击也好，追击也罢，让我们像真正的军人打一场。

安南先生说，不妥，我不赞成，我们其中坪人一向反对倚强凌弱。贺先生，你们兵力一个排，他们仅仅七个人，况且你们在暗处，他们在明处，这样的战争是不道德的，非君子所为。依老夫愚见，谈判是可以的，但必须是对等的，我也主张你向你们的长官报告，请他到其中坪，老夫亲自参与谈判，商量一个两全其美的办法。

安南先生的一席话，让我对这个中年人肃然起敬，他确实是在替我们着想，尽管我知道敌人不会答应这个提议，也不可能有一个两全其美的结局，但我还是被安南先生打动了。

没想到情况出现了转机，那个名叫贺之发的家伙——以后知道他是国军某师的军需官，这次充当谢谷少校的助手——居然同意了安南先生的提议，答应向谢谷少校报告，并表示争取实现谈判。贺之发能有这个态度，也许是因为安南先生态度强硬吧。

后面的事情，当然又是一波三折。

六

贺之发离开之后，安南先生算了一下时间，提议我们一起等候谢谷少校。我虽然内心十分抵触，还是同意了，我的想法是，也给谢谷少校来个先礼后兵。

意见一致以后，我们就移步街东，意外的是，在路上遇到李海伦女士和安屏。

李海伦问安南先生，发生了什么事情，安南先生说，什么事情也没有，又来了几个客人。你们回去吧。

李海伦说，我知道，红军的敌人来了，可是我们为什么要回去，我们和红军已经是朋友了。

安南先生和理查德一起惊诧地看着我，我说是的，我们早晨相遇了，聊了一阵。

李海伦说，红军朋友，不用担心，天使在这里，上帝就在这里，魔鬼不会伤害你们的。

我想对李海伦说，我们没有什么担心的，兵来将挡，水来土掩，我们红军最不怕的就是打仗。但是这话我没说，我只是向李海伦女士点点头。

安南先生有点犹豫，想了一会儿，跟理查德教士嘀咕了一阵。理查德对李海伦女士说，这是一次严肃的会见，安南先生的意思，让我们外国人和女性回避，我们就不要添乱了。

李海伦女士怔了一下，朝我笑笑，耸耸肩膀。

我说，请李海伦女士放心，我们会处理好的。

李海伦说，那好，我们会关注的。

李海伦转身对安屏说，他们男人，不让我们添乱，我们只好回避了。

安屏没有说话，只是看了我一眼，目光充满了关切。

我向她挥挥手，把我瘀青的手掌举过头顶摆了两下。我相信，安屏小姐能够读懂这个手势。

外国人和安屏离开之后，安南先生带着我们一行人步行到东头牌楼下等候谢谷少校。安南先生用心良苦，路上交代一个公仆，到天堂客栈备了一桌饭菜，他是希望我们这两支颜色不同的军队握手言和。

有事不怕事，没事不惹事。我在做好战斗准备的同时，也暗暗思量，如何利用我军的政治优势，同敌人斗智斗勇。我知道，虽然都是国民党的军队，但是地方军同中央军不是一回事，无论是刘大帅还是田总指挥，都是守财奴，只要不占他的地盘，能闭一只眼他们就会闭上一只眼。我们同地方军打过很多仗，多数都是演戏，这一点，谢谷应该是心照不宣的。我希望动用我的三寸不烂之舌，加上安南先生的斡旋，使这次突如其来的遭遇化干戈为玉帛。我甚至还希望，利用这次机会，向谢谷少校宣传我们的信仰。

我承认，那时候我确实有侥幸心理，有浪漫的幻想，我毕竟才二十二岁啊！

太阳快下山的时候，从我们头天走过来的小路上，出现了一顶滑竿，后面跟着几个士兵。看见这个滑竿，我的心咯噔了一下，刚刚涌起的幻想遭到一瓢凉水。我心里想，别天真了，这是个国民党军官啊，是骑在人民头上作威作福的官老爷啊，他能接受我的观点，能够像我们一样不惜身家性命为人民谋利益吗？不可能。那一瞬间，我更坚定了斗争的思想准备，并且产生了强烈的战斗欲望。眼看着滑竿和后面的士兵越来越近，我的耳畔响起了根据地流行的那首歌——这是最后的斗争，团结起来，到明天……一旦把他们消灭干净，鲜红的太阳照遍全球……

滑竿在离我们还有三十多步的地方停下了，从上面下来一个军官。就像我们后来从电影里见到的那样，鼻梁上架着墨镜，两手戴着雪白的手套。夕阳迎面照在他的脸上，他就那么迎着夕阳一步一步地向我们走来。

安南先生看了我一下，往前迎了几步。我起先没动，后来也移动脚步，跟在安南先生的后面。我决定保持大义凛然的风度，决不示弱。

从滑竿落地到谢谷走近，走到我们面前十步左右的地方，不到一分钟吧，但是所有的人都感到漫长。直到距离安南先生只有四五步的地方，谢谷才停下，摘下墨镜，举起他那高傲的头颅，冷冷地扫视我们一遍。

我知道，他在装腔作势。

我在心里冷笑，少他妈的来这一套，老子见多了，老子不怕你！

想必你就是安南先生吧——这是我听到的谢谷少校的第一句话，声音里带着居高临下的味道。

安南先生上前一步，拱拱手说，在下正是安南，有失远迎，请长官原谅。

谢谷少校说，不必客气，卑职奉命前来剿匪，打扰了。

说着话，他摘下手套，连看都不看我一眼，接着说，事已至此，我们打开天窗说亮话，就在这里把事情说清楚了。

安南先生说，既来之则安之，长官鞍马劳顿，总得吃口饭吧，在下已在天堂客栈备下饭菜，请——

安南先生的话还没有说完，谢谷少校就举起手，粗暴地打断了安南先生——不必，战争是我们军人的事情，安南先生，你们可以回去了，让我和这位——

直到这时候，谢谷少校才把脑袋偏过来，仰起下巴，蔑视地从眼角瞥了我一眼，接着说，我和这位，啊，我该怎么称呼你呢？过去，我们喊你们共匪，可是今天……

按说，谢谷把他的手臂在我的眼前匆匆晃了一下，算是打招呼了。按规则，我也应该回以礼节，可是，我抬不起我的胳膊，仇恨紧紧地遏制了我的臂膀。谢谷少校，从他露面的那一刻起，就一直用他的步伐，用他的表情，用他的语气，用他的高昂的下巴，向我表示轻蔑、侮辱、不屑、挑衅……是可忍孰不可忍，于是不忍，一句话差点儿冲出我的脑门，那就来吧，为了不让你肮脏的血玷污其中坪，让我们到山下决斗吧，像真正的骑士那样……

这些话在我的心口汹涌澎湃，熊熊燃烧，眼看它就要冲破我理智的闸门，眼看它就要喷薄而出，眼看它就要向炮弹碎片那样扑向谢谷少校……可是，就在那千钧一发之际，意外的事情发生了，牌楼一侧出现了李海伦女士和理查德教士，他们的身后跟着安屏小姐。原来他们一直没有远离，一直暗中观察我们。可能他们觉察到一场冲突不可避免，所以在关键时刻出现了。

谢谷看见我们目光异样，调整眼角看去，似乎愣了一下，显然，他认出来了，这里有外国人。他看着这几个人外国人缓缓走近，一时竟有些尴尬。估计他对外国人还是有几分忌惮的。

我看见李海伦女士低头对安屏小姐耳语，不知道她说的是什么，接着我就看见安屏小姐微微一笑，一只手拎起裙摆，向谢谷少校走去。在那一瞬间，我看见谢谷尴尬的目光，气焰一下子降下了许多。我也有点紧张，不知道这个小女孩要干什么。

终于，安屏小姐走到了谢谷的前方，一双清澈的眸子洋溢着友善的光波，伸出她修长的胳膊，把戴着白手套的右手手背送到谢谷的面前。

我突然明白了，安屏……或者说她是按照李海伦的交代，是来给我们解围的，这种方式，在这个时候，其实也隐含着对谢谷的责备，因为他的无礼。他们显然看见了谢谷粗野的态度。

果然，谢谷的表情变得窘迫，腰板也好像柔软了许多。我看见谢谷有点笨拙地、颤抖地举起他自己的右手，从下面托起安屏的白手套，弯下腰，低下头，在白手套上笨拙地吻了一下。

从这一刻起，谢谷就像变了一个人，直起腰的时候，他的脸还是红的，定定神，啪的一声双脚一并，抬臂给安南先生敬了个礼，并且转了半圈，把他的举手礼分别送向理查德教士和李海伦，最后在我的前方放下了。

谢谷气短地说，谢谷失礼了，请包涵。

我也抬起手臂，还了一个礼。我说，其中坪的客人，红军参谋凌云峰，幸会谢谷先生。

谢谷的表情僵硬了一下，勉强地向我点点头。

安屏向谢谷嫣然一笑说，谢谷先生，你到其中坪是来做客的吗？

谢谷恭敬地回答，是的，谢谷是来做客的，谢谢尊敬的主人。

七

谢谷终于接受了安南先生的邀请。安南先生对我和谢谷说，你们各派两个人参加宴会，其他人在另外的房间安排饭菜。我和谢谷都说好。这样，我方参加人员除了我，还有于众兴；对方除了谢谷少校，还有贺之发上尉。我们一起回到天堂客栈。

路上，谢谷同安南先生并肩而行，我和于众兴知趣地同他们保持一定的距离。走了一段，谢谷站住了，好像等我上前说话。我只好加快脚步，谢谷迎着我，嘴巴动了动，正想开口，目光落在于众兴的脸上，一怔，接着咧嘴一笑。

那一瞬间，他看着我，我看着他，好像我们不是敌人，好像我们早就认识。他笑着说，哈哈，这位兄弟面若桃花，这是怎么回事？

我还没有开腔，于众兴抢上去说，我们练功，刀枪不入。说着，还前腿弓，后腿绷，唰唰几下摆了个鹰爪拳。

谢谷收敛笑容，鄙夷地说，这张脸，破成这样，还刀枪不入？出什么洋相！

我说，这是捅马蜂窝捅的，我们红军，不怕捅马蜂窝。

谢谷点点头说，捅马蜂窝是要付出代价的，不能随便捅。

我笑笑说，既然捅了，我们就不怕付出代价。

谢谷盯着我，突然一笑说，好，凌参谋有担当。读过书？

我说，十年寒窗，江淮农业专科学校毕业，比不上谢谷先生学识，不过马蜂还是认识的。

谢谷有点意外，很注意地又看我一眼说，不谈马蜂了，我们都来想想，这顿饭，该怎么个吃法。

我说，好。

第一次走进天堂客栈，我像是刘姥姥进了大观园，感觉哪里都很稀奇。我提醒自己，不要东张西望，没有见过的，不是稀奇，已经见过的，不再稀奇。反倒是谢谷，一边走一边赞叹说，天堂客栈很阔气啊，好像到了外国。

谢谷穿着长筒皮靴，走在过道的青砖地板上，发出吧嗒吧嗒的声音。而我和于众兴的草鞋，一点儿声音也没有。我想，这就是我们同剥削阶级的区别，这也是我们战胜他们的原因。我一点儿也不感到自卑和寒酸，并且产生了一个想法，一旦把谢谷干掉，我要做的第一件事，就是把他的皮靴脱下来，我还没有穿过皮靴呢。

进了餐厅，安南先生安排座位，让我和谢谷各坐一边，我看看谢谷，他视而不见；他看看我，我把头扭向一边。这个时候，我们都很尴尬，找不到适合的话题。

正尴尬着，一阵轻风扑面而来，李海伦和两个女孩进来了。我看见谢谷的脸上出现了惊喜的表情。我也惊喜，暗暗佩服安南先生的心计。男女同桌吃饭，我们红军是习惯的，只是不习惯同李海伦这样的洋女人和两个洋女生一起吃饭，尤其是这样一场暗藏杀机的宴会，况且她们还是吃洋饭。但是我知道，这也是安南先生精心安排的。

看来李海伦女士对这种场面早已习以为常了，看我和谢谷有点拘谨，笑笑说，怎么，不欢迎我们？

我说，哪里，我们已经是朋友了，共进晚餐，是我们的荣幸。

谢谷惊讶地看了我一眼。我暗自得意，嘴上却说，谢谷先生不必介意，我相信，她们很快也是谢谷先生的朋友。

谢谷愣了一下，随即对我笑笑，这回显得有点友好。谢谷说，凌参谋，你说得对，在这间屋子里，在这个餐桌边上，你我都是上帝的孩子，千年修得同船渡，万年修得一桌餐，我们好好地吃顿饭吧。

我当然听出了谢谷的弦外之音，但是我不打算反唇相讥，我不能像他那样小家子气。

本来我以为，安屏小姐是个不谙世事的小女孩，但是自从她伸出她的白手套让谢谷吻了一下，我就感觉这个小女孩不简单，壮起胆子多看她两眼，果然发现她似乎比早晨长大了许多。虽然她极少说话，总是睁着一双清澈的眼睛，闪烁着长长的睫毛，但是我知道，她见的世面，明白的道理，并不比我少。

在上菜的当口，我一直暗中观察，第一次吃这样的饭，不清楚该怎么吃法。在外国人和反动军官的眼皮底下，我必须保持读书人的风度，别人怎么动筷子我就怎么动筷子，我要特别留意安屏小姐的举止。

上了几道菜之后，安南先生招呼公仆倒酒，跟在公仆的后面，进来一个国民党的士兵，他说他是谢谷少校的卫士，他的职责就是保卫谢谷少校。然后他就站在谢谷的身后，手里还提着枪，目光炯炯，旁若无人。

这么一来，气氛就变样了。安南先生不安地看着谢谷，理查德的脸色变得很难看。谢谷的脸拉长了，挥挥手对那个士兵说，出去，好好吃你的饭，这里没有你的事。那个士兵一脸茫然，左看右看，委屈地出门了。

这件事情让我觉得好笑，也很得意。我暗想，没准儿这是谢谷特意安排的双簧，耍耍威风，可是，这个威风耍得太愚蠢。

我正在幸灾乐祸，没想到我们也有一个同志进来了，好在他在门外喊了一声报告。我还没有回答，这家伙就一头闯进来了。

进来一看，是张有田。谢谷看着张有田那张形状奇特的脸，脸上出现吃惊的表情，询问似的看着我，似乎在问，怎么又有一张桃花脸，难道贵军全体都练刀枪不入？

张有田笨拙地向安南先生、理查德教士和李海伦女士鞠着躬，一路点头哈腰走到我跟前，趴在我耳边说，凌参谋，你能不能出去一下，我向你报告同志们的一个意见。

我心中诧异，但是为了避免像谢谷那样当众出丑，我还是跟他出去了。张有田领着我一直走到天堂客栈的外面，鬼鬼祟祟地东张西望，然后压低声音说，凌参谋，麻黑向我报告，反动派的士兵和客栈跑堂的人认识，他们在一起嘀嘀咕咕。

我说，那又怎么样？

张有田说，我们担心，反动军阀做手脚，他们会不会在饭菜里做文章啊？

我问做什么文章，张有田说，下蒙汗药啊，把我们蒙翻，然后他们下手。

我愣住了，这个问题我连想都没有想过。蒙汗药这个东西我听说过，《水浒传》里面就有吴用给杨志下蒙汗药的故事。

我对张有田说，不要疑神疑鬼，回去好好地吃你们的饭。

张有田还是不放心，嘟嘟囔囔地说，反动军阀歹毒着呢，咱可不能不防啊！

我吼了一句，回去，再也不要出洋相了。

回到就餐的房间，我看见一屋子的人脸色都不好看。我镇定下来，向大家道了歉，我说对不起各位，我们一个战士，他是回民，不吃猪肉。

我这么一说，屋里的气氛马上变了，大家都长长地松了一口气。

安南先生说，啊啊，我没想到这个，我粗心了。

安南先生扭头看看侍立的公仆，公仆说，我马上安排。

这个小小的插曲过去之后，宴会就开始了。

安南先生首先讲了一番客气话，他说其中坪本来是个偏僻的地方，突然来了红军和国军的两支队伍，而且是正在战争的两支队伍同时光临，这是历史上从来没有过的事情。今晚天堂客栈高朋满座，蓬荜生辉。这里没有派别之分，都是其中坪的客人，希望大家能够像普通人那样，像其中坪接待过的千百个客人那样，暂时把纷争抛之脑后，尽情享受其中坪人的盛情。

安南先生讲完，用征询的目光看着理查德教士，理查德说的是汉话，大意是，我们都是上帝的孩子，能够坐在一起是上帝的旨意，上帝要求我们学会仁爱。这时，我看出理查德和李海伦是夫妇。

理查德说完了，安南先生两边看看，示意谢谷和我也说两句。我当然知道分寸，向谢谷点点头说，谢谷先生先请。谢谷右手把玩着银酒具，略一思忖说，两军交战，各为其主，今日相见，前世注定。吃完这顿饭，凌参谋把你们从其中坪征集到的东西交给我们，在下回去交差，我们好聚好散。

我说，我们到其中坪来，没有征集任何东西，上帝可以作证。

谢谷意外地看了我一眼，又看看安南先生。安南说，是的，他们确实不是冲着物资来的。

谢谷问我，不征集物资，你们到其中坪干什么？

我胸有成竹地回答，首长给我们交代，就是把我们红军送给其中坪看看，我们红军也来看看其中坪，算是认门走亲戚。

谢谷的眼睛里闪烁着十二分不信任，说了一句，走亲戚？你们同其中坪有什么亲戚？

我说，我们都是中国人，炎黄子孙，血浓于水。

谢谷怔了一下，向我点点头说，凌参谋，会说话。

显然，他更不相信我了。

等大家把话说完，安南先生就提议干杯，来的都是客，一笑泯恩仇。安南先生这样一说，我们几个男人和李海伦都站了起来，举起杯，丁零当啷地碰了一下。我暗暗告诫自己，切莫多喝，但是第一杯我还是喝下去了，我知道我是有酒量的。

安南先生提议完了，理查德先生站起来，按照中国人的礼节敬酒，提议为上帝干杯，一连干了三杯。这回我还是把它喝完了，因为敬上帝的酒我不能不喝，不然，就算上帝不怪罪，理查德和李海伦女士也会怪罪的。

总的来说，这顿晚餐还算平静，没有出现项庄舞剑之类的事情。李海伦显得很活跃，给我们讲他们来到中国传教的历史，讲她在其中坪的生活经历，感觉她和安南父女已经像一家人了。

两个女孩子基本上不动餐具，偶尔瞟我们一眼，然后低头嘀咕，好像不怎么关心我们的话题。

以后才知道，她们在桌子底下画画，安屏为我和谢谷都画了一张素描。这时候我和谢谷不谋而合，在这样的场合里，我们双方都尽量回避冲突。酒过三巡，谢谷还敬了一圈酒，在安南先生面前,他端着酒杯,讨好地夸奖女公子安屏聪明绝顶,才貌俱佳。

安南先生说，我的这个女儿，是当儿子养的。我这一辈子都没有做过大事，我希望这孩子将来离开其中坪，跟李海伦女士到欧洲去，好好地过一辈子。

谢谷说，欧洲也好不到哪里去，其实我们中国人如果能团结一致，致力三民主义建设，也一定会好起来的。凌云峰先生你说是不是?

我说，是的，如果我们能够推翻三座大山，消灭差别，人人平等，我们中国不比欧洲差。我们今天的奋斗，就是要让安屏小姐这样的女孩无忧无虑地成长。

这样一讲，又有一点针锋相对的味道了。其实那时候我懂的道理并不多，在根据地受到的教育，赵政委讲的那些话，被我鹦鹉学舌般地讲出来，他们都感觉我很有文化。

喝了一会儿酒，气氛就活跃了。谢谷特意走到我的面前，向我敬酒。我也站起来，同他碰杯。谢谷说，凌参谋是个读书人，而且很有头脑。老话说，不打不成交，我提议，我们为今天干杯。

我说好，路遥知马力，我们还会见面的。

我说这话的时候，并没有多想，谢谷却在意了，盯着我说，还会见面？怎么个见法？

我不知道我的话哪里有问题，我说，日久天长，同在一个天下，想见面，还是有机会的。

谢谷“哦”了一声，想了想说，凌参谋，还记得那首诗吗，关于人面桃花的？

我说，我学的是农科，读诗不多。

谢谷笑笑，压低声音说，这首诗你一定记得，而且会记住。

我说，请谢谷先生赐教。

谢谷端着酒杯，回首看看餐桌，感觉安南先生好像没有在意我和谢谷少校，理查德教士正跟李海伦女士大声说话，但是我知道，其实他们最关注的还是我和谢谷这边。

我昂首站立，端着酒杯，等待谢谷的下文。谢谷用更低的声音说，“去年今日此门中，人面桃花相映红”……下面两句？

我冷笑一声说，鄙人虽然孤陋寡闻，但是唐诗宋词还是知道几首，“人面不知何处去，桃花依旧笑春风”。

谢谷哈哈大笑，拍拍我的肩膀说，看得出，书香门第，学养甚厚。

我说，过奖，在我们老家，乡野村夫都能背几首唐诗，不然就娶不到媳妇。

谢谷没有在意我的口气，盯着我说，凌参谋，这首诗会不会让你产生特殊的感想啊？

谢谷念出这首诗的第一句的时候，我就揣摩出这个反动军官的险恶用心了。我把杯子往上一举说，谢谷先生，如果明年的今日是我的忌日，那么，明年的今日，也一定是你谢谷先生的耻辱纪念日，因为你双手沾满了红军的鲜血。

谢谷脸皮一紧，随即堆上笑容说，好的，咱们不要这么绷着，咱们像做生意那样讨价还价好吗？他们都在看着我们呢。

我说好的，你说怎么办就怎么办。

谢谷说，你跟我讲实话，你们确实没有在其中坪征集物资？

我说，我们没有征集物资，我再说一遍，我们就是把红军送到其中坪给他们看看，你也可以把这个任务理解为进行红色宣传，这样你就有下手的理由了。

谢谷把杯子往我的杯子上碰了一下说，如果我提议，你们今夜开拔，你觉得怎么样？

我说，不怎么样，这一仗不打，你回去不好交差。

谢谷点点头说，是啊，人在军旅，身不由己啊，我们总不能空着手回去吧。再说……他看着我，把下面的话又咽了下去。

我说，我明白。不过，如果你想以君子的方式解决，那么，明天上午，我们在云杉村交战，无论是伏击、追击，还是面对面的决斗，我们都接受。

谢谷说，为了公平起见，明天早上，你们提前半小时出发，道路你们自己选择，这样我们双方都在暗处了。枪声一响，我们都可以交差了，剩下的，就看造化了。

我说，好的，谢谢！

谢谷点点头说，那好，一言为定。

我和谢谷商讨交战的时候，餐桌边上的空气越来越凝重，没有人再说话了，连安屏和启迪都在紧张地注视着我们。李海伦女士终于沉不住气了，瞪着眼睛问，你们，谢谷先生，凌云峰先生，你们在说什么？

谢谷转过身去，笑容可掬地说，尊敬的女士小姐先生们，我和凌云峰先生已经达成协议，我们将以十分友好的方式解决我们的纷争并完成各自的任务。

李海伦问我，你们打算怎么办？

我说，谢谷先生说的是真话，我们不会让其中坪夹在中间为难，不会让上帝失望，不会让女孩们受到惊吓。明天太阳出来之前，我们就会离开其中坪。至于我们怎么回去交差，我和谢谷先生都已经找到办法了。

这时候，我看见安屏小姐的睫毛闪了一下。

宴会快要结束的时候，理查德突然说，谢先生，凌先生，作为一个旁观者，我能请教一个问题吗？

我和谢谷都没有说话，不知道理查德的问题是什么。

理查德说，从我们西方人的角度来看，一个国家，一个民族，有内部纷争是正常的。可是，如果当这个国家，这个民族受到外来侵略的时候，这个国家的人民，应该摒弃一切前嫌，共同御侮。我知道，贵国的东北和上海，已经被日本人占领了，可是你们，还在这里兵戎相见，难道你们不要你们的国家了吗？

理查德的话一下子把我们问蒙了，一时不知该怎么回答。老实说，我虽然有点文化，也知道一点历史，可是，对这样重大的问题还是缺乏思考。小时候读书，我崇拜屈原、岳飞、陆游、文天祥，只是不明白，那时候的国家和现在的国家是不是一回事。也不太明白，我们和国民党和军阀之间的斗争，同爱国有没有关系。

我抬头看看安南先生，他好像很受触动，一直微笑的表情凝固了。他的目光落在理查德那张自负的脸上，停留了几秒，然后收回，微微低下头，叹了一口气说，理查德先生，家家都有一本难念的经，你的这个问题，让年轻人为难了，这不是他们能够回答的。

我终于找到了感觉，我想说，这是因为蒋委员长的“攘外必先安内”的政策，可是我没有说出来。我看着谢谷，想听听他是怎么回答。谢谷沉默良久才说，爱国之心人皆有之，可是，我等无名之辈，人微言轻啊。

我说，位卑未敢忘忧国，我们红军官兵浴血奋战，就是为了救国救民。

安南先生看看我，又看看谢谷，低沉地说，我们中国，积重难返……我们当前最需要做的事情就是精诚团结，可这也是最难做到的……

我和谢谷都没有说话，安南先生的意思我们都明白。

安南先生说，中国缺的不是人才，缺的是团结。兄弟阋于墙，外人看笑话。

我说，安南先生，我明白您的意思，可是，如果我同谢谷先生说，我们化干戈为玉帛，他同意吗？我们到其中坪来，是来看看的，是来走亲戚的，他就带兵来挑衅，我们怎么团结啊？

谢谷说，凌先生，你能保证你们没有军事企图？

我说，我当然能保证，可是你不能保证，你的到来，本身就是军事行动。

安南先生眼看我们又要吵起来，赶紧说，这个话题太大，不是你们二位能够说清楚的。可是，国难当头，谁来救这个国家呢？

首先就要靠读书人。

我说，我们并不想打仗，尤其是不想和中国人打仗。

谢谷说，是啊，我还想北上抗日呢，可是，我能做得到吗？

安南先生看看我和谢谷说，你们真的找到了解决问题的办法？

我看着谢谷，谢谷看着我，我端起酒杯，走到安南先生的面前恭敬地说，安南先生，您放心，我们会解决的。

安南先生转向谢谷问，谢先生，你能保证，你们这一次……至少这一次，不会兵戎相见？

谢谷的表情僵硬了许久，说了一句话，对不起安南先生，我不能保证。

八

我和谢谷都明白，不管安南先生和理查德夫妇怎样努力，打一仗是不可避免的，就算谢谷想避免，还有他带来的一个副营长和一个连长，他们都是红军的死对头。

离开天堂客栈的路上，张有田告诉我，我们喝酒的时候，他跟两个国军士兵套近乎，得知谢谷是刚刚到这个部队的实习教官，他带来的部队，其实是地方军，挂上青天白日旗帜的历史并不长。不过，这支部队曾经跟我们打过仗，带队的副营长朱智还挨过两枪。

我没有说话，感觉情况更复杂了。

当天夜里，我们还是住在天堂客栈的棚房。谢谷和他带来的士兵堂而皇之地住进天堂客栈的客房，比我们条件好多了，也安全多了。毕竟，他们有楼梯可以守卫，有墙壁可以作为防御工事，而我们住在狭窄的棚房里，只要他们想包围我们，我们就插翅难逃。

我不打算转移，也不打算防御，我甚至命令战士们把子弹从枪膛里退出来。我抱定一个原则，牺牲，我们在其中坪决不开枪，即便我们牺牲了，也要向其中坪的百姓昭告，我们红军是讲信用的。

分手的时候，安南先生给了我一张地图，那是他自己画的，图上有三条路线，其中有一条路就是安南先生说的秘密通道，观雪亭的下面，有一段通向柞树林的山路，西边有一个从山上引水的石渠，沿石渠可以钻到山肚子里，在峡谷里走上五六里路，通往百涧镇的恒泰货栈。我们红军根据地的军需人员，就是从恒泰货栈购买药材的。

我和于众兴在灯下研究到半夜，最后决定，放弃这个秘密通道，因为这是其中坪的一条贸易通道，也是其中坪的经济命脉，还是我们根据地的药材进货渠道。我不能因为我们几个人保命，就冒这个险。一旦被反动军阀抓住把柄，会给其中坪和根据地带来不可估量的损失。算来算去，我们只有一条路可走，还是途经云杉村，哪怕谢谷在那里布下天罗地网，在那里安下刀山火海。

就是那天晚上，我发现了我对地形的先天性的敏感，这也奠定了我此后成为一个战术专家的基础——我用铅笔在安南的图上填补了我的印象，山川、河流、森林、峡谷，然后一幅标注清晰的地图就出现了。我站在谢谷的立场上替他设计了对我的伏击方案，然后再站在我的立场上设计了反伏击战的方案。

搞到后半夜，我排除了很多方案。最后，我一个人简直成了博弈的双方，你来我往，我进你退，自己跟自己打得不可开交，一直把棋下到最后一颗棋子，我确定了决战的位置——云杉村西南三百米的鹰嘴岩。

就在我准备心平气和地睡一觉的时候，门外传来脚步声，出于本能，我伸手抓出驳壳枪打开保险，但是很快就把枪放回到凳子上。

虚掩的门被推开了，居然是谢谷，他的身后跟着贺之发。贺之发的手里拿着电筒，照在我的脚上。

我坐了起来，揉揉眼睛，看着谢谷少校，平静地问，怎么，来看看我们是不是跑了？

谢谷尴尬一笑说，那倒不是，这样一个夜晚，睡不着啊。凌参谋，你怎么样？

我说，我当然睡得着，我已经做了一个梦。

谢谷说，做梦，是梦见青梅竹马还是一见钟情？

我说，这个，我没有必要向谢谷先生禀报吧。

谢谷干笑一声说，当然，我是开玩笑。虽然我们阵营不同，但是，在今天这样的夜晚，这样一个地方，我们还是可以开玩笑的，你说是不是？

我说，是的，谢谷先生如此雅兴，我可以奉陪。

谢谷说，你一定在想，我半夜造访，是黄鼠狼给鸡拜年，不是。虽然我们都是军人，但军人并不是每一分钟都在战斗。我在这个不是战斗的时刻来拜访，是因为……凌参谋，你知道今天是什么日子吗？

我说知道，是农历七月初七。

谢谷说，对了，是七月初七，也许是因为酒喝多了，我翻来覆去睡不着，老想今天夜晚会发生什么事情，想来想去我想起来了，今晚是牛郎织女鹊桥相会的日子。

我没有吭气，不知道谢谷葫芦里装的是什么药。

就在我和谢谷东拉西扯的当口，贺之发出其不意地抓过放在凳子上的驳壳枪，在手里掂掂，用欣赏的口气说，你们红军的家伙不错啊，大镜面儿德国造，二十响啊！

我说，这是蒋委员长发的，他对你们地方军未必这样大方。

贺之发皮笑肉不笑地说，你还真说对了，蒋委员长自己都穷得要死，哪里有枪发给咱们啦……贺之发一边说着，一边试试扳机，吹吹枪管，突然咔嚓一声拉开机匣，然而，里面什么也没有。

贺之发似乎有些意外，掩饰地说，好枪，确实是好枪，保养得也很好。

我的心里一阵冷笑，我当然知道，他在检查我的驳壳枪里有没有子弹，因为我已经把话说出去了，我的部队，今晚枪不上膛。当然我也没有必要点破。

隔壁的战士醒了，门口依稀有人走动。战士们一定担心我的安全，我也担心他们会鲁莽行动。我穿好草鞋，对于众兴说，我陪谢谷先生去看牛郎织女鹊桥相会，你们照样睡大觉，不要跟着我。

于众兴眨眨眼睛，有点犹豫。我说，你们放心，绝不会有事的，除非我和谢谷先生同归于尽。

这话说得有点火气，但是没有办法，贺之发检查我的驳壳枪，既不公平，也是对我的侮辱，我能不生气吗？我说过，我们红军一诺千金，不仅我的枪子弹没有上膛，战士们的枪里，都没有装子弹，我们的胸怀比反动军阀不知道要宽广多少倍。

你恐怕想象不出来，我同谢谷、贺之发一起到观雪亭去看星星是个什么情景，其实什么事情也没有发生。在后半夜的一个多小时里，我们真的像他乡遇故知一样，再也没有提明天的事情。那段时间我们心静如水——至少我本人是这样。漫天繁星密密麻麻，我估计我们立足的这个地方，离当年孔明夜观天象的地方不远，可是此一时彼一时，心情迥然不同。

谢谷指着天上的银河跟我说，我很小的时候就听说过牛郎织女的故事，那时候你知道我怎么想吗？我想我要是玉皇大帝就好了，我就下一道命令，让织女返回人间，好好地跟牛郎过日子。

我对谢谷说，你知道我那时候怎么想吗？我把自己当成牛郎织女的孩子了，我想，如果我是他们的孩子，我也不让织女再回天上了，孩子怎么能没有母亲呢？

谢谷听了我的话，哈哈大笑说，这么说，我们两个想到一起了，英雄所见略同啊。

我说，我只是觉得，孩子应该同母亲在一起。哪怕还是过着贫穷的日子，也是幸福的。

后来我们有好长一阵时间不说话，仰头看天，俯首看地。天上星移斗转，山下林海苍茫。我在想，这个世界，这天，这地，这山，这水，里面有多少秘密啊，记录了多少人间欢乐和悲苦啊。其实，我们每个人都是天地之间的一粒尘埃，我们随时可以消失得无影无踪，而这无垠的星空和苍茫的大地却永远存在。我们能让天和地发生变化吗？

也许你会认为这次看星星过于浪漫，你想象不出来，敌对双方的两个军官，怎么会在殊死搏斗的前夜坐在一起看星星。我跟你讲，以后回忆这个夜晚，我也时常怀疑这件事情是不是真的发生过，是不是幻觉。但是我告诉你，这千真万确是真的，以后谢谷也会证明这一点。

九

太阳出来了，我们红军小分队的七个人已经还了门板，打扫了棚房的卫生，打起背包坐在天堂客栈的门前，准备出发了。

昨晚形成的共识是，为了避免在其中坪开枪，战场必须在十里以外，我们出发半小时之后，谢谷的队伍才能开拔。谢谷还表示，愿意只派与我们相同人数的兵力作战。安南先生和理查德教士作为见证人。

我们列队完毕，安南先生和理查德教士夫妇匆匆赶来，身后还有安屏小姐和启迪小姐。怀着复杂的心情，我们在天堂客栈依依惜别。李海伦女士的胸前挎着一个物件，后来知道那是照相机。李海伦女士比画着要给我们照相，就在这时候，谢谷和贺之发也赶来了，我们就在天堂客栈门前，在初升的太阳的对面，排成一行，我和谢谷被安排在中间位置。那时候我们每个人的脸上都有玫瑰色的霞光，李海伦女士说那是上帝的颜色。

我无法形容我当时的心情，但是我的脸上绝不会流露。我谈笑风生，同安南先生告别的时候，我说其中坪给我们红军留下了美好的记忆，我们还会回来的，来保卫其中坪，建设其中坪。那段没有修好的大路，我们还会接着修，并且把它修成宽敞的公路。还有我种的那棵银杏树，我相信我会回来给它浇水剪枝。

照相结束的时候，安屏小姐突然叫住了我和谢谷，快步向我们走来，她的身后跟着一个公仆，手里托着一个盘子。安南先生在她的身后微笑地看着我们，显然他知道安屏要干什么。

安屏走到我和谢谷的面前，把两个桃木匣子分别交到我们的手上，我一眼就认出来了，这是其中坪特制的，用来装重要金银首饰的。我一时糊涂，诧异地说，安屏小姐，我们红军是有纪律的……

安屏含笑说，收下这个，跟纪律没有关系。

我说，我得打开看看，万一是贵重物品，我就要犯错误了。说着，我就动手摆弄匣子上的锁扣。

安屏伸手制止了我，叮嘱我们，明天早晨太阳出来之后才能打开。

我迷茫地问，为什么？

安屏对我的问题有点意外，但还是微笑说，这是其中坪的习俗，礼物不当着主人的面打开。

我说，哦，我失礼了。

安屏从公仆的手里接过两个白色的柞绸袋，递给我和谢谷每人一个，交代说，这个柞绸袋结实，轻易不会坏的。

我看看谢谷，他倒是若无其事，自己将匣子装进柞绸袋，抱在怀里,向安屏鞠了一躬说,谢谢安屏小姐,在下谨记天使的旨意。

说完，他还向我诡秘地笑了一下，嘴角闪过讥讽的表情。

我也觉得自己小气了，明白过来，弯腰向安屏小姐致谢。我说，我记住了安屏小姐，记住了其中坪的情分。

抬起头来，我看见安南先生的脸上露出意味深长的微笑。安南先生走到我和谢谷的面前说，你们二位，都是有志之士，老夫送给你们一句话,“覆巢之下,安有完卵”,重振山河,就靠你们了,老百姓盼着你们啊！

安南先生说得很动情，眼睛里似乎有泪花闪动。

我说，安南先生，我记住了，我记住了理查德的那个问题，更记住了您的话，我们会尽力的。

谢谷没有说话，只是轻微地点点头。

直到离开东牌楼很久，我还在想，其中坪此行，已经在我的精神世界里打下了深深的烙印，有很多过去没有深思的问题，从此就悬挂在我心灵的上空，这应该是我个人最大的收获。

这一路上，我的心情很不平静，思绪万千，从安南先生想到了安屏小姐，从安屏小姐想到了怀里的桃木匣子。这个桃木匣子里面到底装的是什么，当然不会是金银首饰，安屏小姐同时送给我和谢谷金银首饰，没有道理。我估计，桃木匣子里面应该是我和谢谷的画像，晚餐结束之前，李海伦分别让我和谢谷看过安屏和启迪的画。一想到那个五角星和八角帽下面的那张娃娃脸，我就觉得挺好玩的，谢谷会不会觉得好玩呢，我就不知道了。可是，为什么非要等到明天见到太阳才能打开看呢？这里面是不是有什么玄机？

我突然想，还有明天吗？我和谢谷约定，离开其中坪十里之后才能开枪，也就是说，再过一个多小时，在中午之前，我们就有一场你死我活的战斗。而安屏把桃木匣子交给我们的时候，居然交代我们明天太阳升起才能打开，她根本就没有想到，或者说想到了，但是压根儿不相信我们会自己找死。她其实就是告诉我们，或者说她希望我们明天还在活着。

这样一想，我愣住了，我马上明白了，虽然我对宗教缺乏了解，对迷信更是嗤之以鼻，但是，这个带点巫术意味的举动，还是让我心里一热。

这样想着，我就遏制了打开看看的念头，像谢谷那样把匣子抱在胸前，直到走出五六里路，我才把柞绸袋捆在武装带上，别在身后。张有田要替我保管，被我拒绝了。

从其中坪到云杉村，这一段路程没有什么可说的，我要跟你讲的是进入云杉村以后的事情。

你没说错，我们当时并没有完全排除侥幸心理，那就是希望发生奇迹。毕竟，我们同谢谷在其中坪度过了一个相安无事的夜晚；毕竟，安南先生和理查德教士夫妇都规劝过我们；毕竟，我们和谢谷以及他的士兵没有血海深仇，万一谢谷良心发现，或者动了恻隐之心，也不是完全没有可能。当然，我们不能把希望寄托在虚无缥缈的奇迹上，我们还是做好了战斗的准备。

果然，谢谷没有放弃对我们的伏击，而且伏击点的位置就在鹰嘴岩，这是我们在战术判断上的第一次高度一致。

好在我们提前做过周密的计划，采取的是跃进式队形，前面的三个人受到压制，后面一组四个人迅速散开，占领两边的制高点。由于应对突发事件的思想准备充分，我们的战士始终保持高度警惕，从而转换队形非常迅猛，不到十秒钟，全都有了隐蔽的依托。

我不知道现在谢谷的位置，但是从枪声的密集度和位置看，他们并不是只有七人参战，不过我们没有陷入包围圈，已经由明处转向半明，至少掌握了三分之一主动权。我指挥战士们沉住气，放近了打。直到敌人进入射程，战士们才开枪，出手不凡，一阵集火射击，对方死伤三四个人。张有田告诉我，他隐约听到敌人的喊叫，他们带队的连长被干掉了。我说，那好啊，让谢谷知道老子的厉害。

枪声密集起来，敌人开始报复。

我知道，这是没有明确目标的盲目报复，情绪化的战斗不是战斗，我不能像他们那样情绪化。我命令张有田传话，敌打我不打，我看。

第一阶段，我们没有被全部包围，告诉谢谷一个事实，他想速战速决，根本不可能。反而是我，产生了速战速决的想法。我让于众兴向战士们发出暗号，收拢队伍，放弃已经暴露的两个制高点，集中在鹰嘴岩左侧的一块凸起地形上。我之所以选择在这里集结，就是要打敌人一个出其不意。

战争的所有的奥秘，就在于时间和空间的运用。用空间换取时间，就是这个道理。而一九三四年夏天在鹰嘴岩，我的思路是以时间换取空间。我让于众兴传达了我的计划，然后我们突然开枪，迎面向一路敌人冲击。战士们的目标非常明确，快速冲击到云杉村南侧的山口，只要从那里进入一线天，那就是一夫当关万夫莫开了，摆脱敌人易如反掌。

整个过程，行云流水。按说，这是一个完美的结局。可是，这个该死的可是啊……就在我们迎面冲击、打乱敌人队形的时候，我被一颗子弹打中胸部，更糟糕的是，我们的一名战士中弹牺牲。于众兴指挥战士们抬着我和那名战士，冲击速度顿时缓慢下来了。我们离突围只有二百米的距离了，眼看就要成功了，敌人的一个班快速追上来，并且以火力封锁了前进的道路。

那时候我在干什么呢，我听到战士们惊呼，凌参谋牺牲了。我不确定我有没有牺牲，只是说不出话来，只好听任于众兴把队伍指挥到小路的拐弯处，边打边撤，后来被压缩在半山腰的一块悬崖下面。幸亏这里只有一条路，又是射击死角，敌人下不来，我们走不脱，双方一直僵持了三个多小时，直到当天傍晚，赵政委派部队赶来接应，我们才回到根据地。

向阳生长（节选）

曾　剑

湖北红安人，1990年3月入伍。现为鲁迅文学院与北京师范大学联办的现当代文学创作方向在读硕士研究生。中国作家协会会员，原沈阳军区政治部创作室创作员，辽宁作家协会签约作家。先后就读于解放军艺术学院第13届高级研讨班及鲁迅文学院第28届高级研讨班（深造班）。

曾获全军军事题材中短篇小说评奖一等奖、中国人民解放军优秀文艺作品奖、辽宁文学奖中篇小说奖、短篇小说奖等文学奖项。

第一章　先人们

一

日头挂在河西坝，霞光涂抹下来，竹林湾像一幅油画。大人在畈田忙活，细伢还没放学，二奶成为画中的主角。她扶着门框，跨过门槛，下了三级石头台阶，倒腾着小脚，在温暖的光线里，蹒跚地走向后山坡。二奶老了，身子越来越短，影子越走越长。

二奶站在后山坡，沐着日渐暗下去的光线，翘首盼二爹。二爹十三岁那年，跟着红军的队伍走了，再没回来。二奶去后山坡盼二爹，每天如此，成为竹林湾一道移动的风景。

她没迎来二爹。她双脚像缠着绊绳，迈着碎步，行走在村路上，往家走。她的眼睫毛颤抖着，内心的失望在她面部表露出来。她慢慢倒腾到家门口。

散养的鸡，懒洋洋地往屋里进。

二奶倚着石头墙，望着西天那淡紫色的光线，许久地凝望。她累了，耷拉着脑袋歇息。一声狗吠，二奶受了惊扰，睁眼，夕阳的光线未撤尽，二奶冲着狗说：叫啥？天还早，你二爹还没回来呢。

该回来了，我再等一会儿，二奶说。二奶每天黄昏都这么说。有人的时候，就对着身边的人说，没人的时候，就对着鸡或狗说。鸡和狗有时也听烦了，躲开去，她就对墙说，对着门前那株桂花树说。

桂花树是二爹当红军那年春天栽种的。二爹挖坑，二奶浇水。二爹走后，桂花树成为我家的纪念树，是二爹留给二奶的最大念想。

那时穷哎，深秋了，水都呼呼往外冒寒气了，你二爹只有一身单衣，鞋都冇得穿。

二奶凝望着桂花树，有时，目光从桂花树的枝叶间穿过，落在东南的石拱桥上。无论目光朝向哪儿，二奶的眼里，都噙着泪。

霞光消逝后，天暗下来，而屋里还没有掌灯时，累了的二奶，就蹲在屋檐下。她不会进到屋里，也不会去拽灯绳。她就蹲在那里，似乎她是鸡婆，在等待鸡崽们进窝。

父母从畈田回来。我们从学校回来。父亲挥动着双手，对二奶说：娘，天黑了，凉了，进屋吧。二奶不应父亲，仿佛父亲是在同别人说话。我说，奶，进屋。二奶不理我。她从来不是别人让她进屋她就进屋，她只在天完全黑下来，实在等不到二爹，才双手扶墙，慢慢地把自己移到堂屋里。

我们管二奶叫奶，抄近道。我们没有亲奶。我们的亲奶早死了。二爹是二奶的男人。我们红安人，管爷爷叫爹，管父亲叫父、伯或爷。

二奶的门牙落光，她那瘪下去的嘴，增添了嘴角的皱纹。一头干枯的白发，遮挡不住她窄小的额头。额下，那双眼永远闪动着企盼的光，偶尔有点响动，那眼里就瞬间布满惶惑与不安。

二奶还没完全老，因为她还有泪。一次，我问，奶，你哭了？二奶摇摇头，说是风扫了眼。我不再问，但心里清楚二奶的痛。二奶说，你二爹跟着红军走，是想打土豪，分田地，有屋住，娶媳妇。二奶说到这儿时，总是一脸的幸福和羞涩，笑容荡漾在她那横竖交错的皱纹里，一定是二爹俊俏的少年形象，浮现在她日渐混浊的眼前。

二奶的话，显然有杜撰的成分，十三岁的二爹，未必那么早就会想到娶媳妇。

二奶是二爹的童养媳。她是跟着她的母亲讨饭到我们竹林湾来的。那天，二奶被她母亲拽着，在我们竹林湾乞讨了一个下午，直到太阳落山，一口凉粥都没讨着。天黑下来时，我的爹爹给了她们一个饭菜团子，饭少，菜多，且是野菜。爹爹把饭菜团子放进她们那只有个缺口的碗里，对这对母女说，你们到别的垸子里去讨吧，年景不好，歉收，我们竹林湾的人，自个儿都吃不饱。

当母亲的就点着头，蚊子一样细的声音嗡嗡道，我们吃完了就走。

爹爹关了茅屋的门。半夜里，爹爹听见孩子的哭声，先前以为是野猫在叫，又怀疑自己在梦中。细听，那哭声清晰了。他起床，开了门，循着哭声，借着月色，在茅屋右侧的稻草堆旁，他看见了那个讨饭的女孩，却不见那当娘的。娘把女孩哄睡着了，自个儿偷偷地走了。

爹爹在清冷的月光下，看着这个六七岁的女孩，她在初秋的风里，身体抖瑟着，牙磕着牙，咯咯地响。爹爹说，跟我进屋吧，明早我带你去找你娘。爹爹说这话，是骗她，也是骗他自己，让他有勇气把她带进来。这年头，多一张嘴，或许就要舍去一条命。

这年爹爹十六岁。

二

竹林湾临河而建。河叫石桥河，因了河面那一座高高的石拱桥。

茅屋里传来尖厉的哭声，喊娘声，二爹醒了。他蹬腿，双手抓挠着空气，一双惊恐的眼终于涌出泪痕。他一直在哭，看见小姑娘，他突然不哭了，睁着一双黑亮的大眼睛，望着眼前这个陌生人。小姑娘同样瞪着一双大眼，胆怯地望着他。

松香散发着温暖香醇的气味。

二爹笑了，咯咯咯地笑，好像有人抓挠他。小姑娘也笑了。她一脸惊喜，她不知这屋里还有这么点个小伢。

这年，小姑娘七岁。二爹一周岁多，刚会跌跌撞撞地走路。

天亮开，阳光穿过茅屋那孔窄小的窗，照着两张稚嫩的脸。爹爹不忍心告诉小姑娘，她的娘撇下她走了，因为那个饭菜团，当娘的知道把她送给这样的人家，不至于饿死。或许还不全因为那个饭菜团，或许她看见了爹爹家门前的那堆稻草垛。稻草堆在这里，谷子自然就储在家里。她哪里知道，这些稻草是村北富户刘百斗家的，爹爹是他家的长工，没黑没夜地流汗，才挣得这样一口饭菜团子。

太阳升到三丈高时，小姑娘的母亲就出现了，不过，她已经死了。她的尸体漂浮在石桥河里。竹林湾的人，都围过去看热闹。她的脸是朝向水面的，有人用竹竿把她捅了一下，那尸首翻过来，爹爹看到一身破烂的衣服，认出了这个女人。

爹爹回家，他怕小姑娘认出她的娘，他告诉她，我去给你们弄吃的，你看着小弟弟，哪儿也不准去。

竹林湾是个杂姓湾，说杂也不杂，只有刘、杨两姓。刘家的坟地，不许埋外姓人。爹爹家里找不到一根像样的木头，就将他的床板卸下来，剖成薄薄的木板，给这个女人拼了个棺材，埋在我们杨家的地头，那是我家唯一的一块地。爹爹说，既然她的闺女在我们杨家，那她就是我们杨家的亲戚。寻块地，让这个苦命的女人入土为安吧。爹爹说这话的时候，显得少年老成。

谣言起，说爹爹没安好心，家里穷，眼看就要娶媳妇了，怕娶不上，就把这个小姑娘养起来，让她活个命，过几年身子长起来了，就是他的媳妇。按他们的说法，爹爹收了个童养媳。

我十六岁的爹爹，把这些话当成河面上的风，不去理会。多一张嘴吃饭，可不是闹着玩，那意味着得从他和我二爹的嘴里掏粮食，弄不好是要死人的。这可怜的小姑娘，没看着就罢了，看见了，怎么能让她在自家门前饿死。爹爹断定，那当娘的，是特意把女儿安顿在他家门前,然后自绝于世。爹爹当着这些人的面，上前，伸手疼爱地理了一下小姑娘额前的头发，一张秀气的脸出现在众人面前。小姑娘穿着虽然破旧，长得却周正，一双大眼睛，闪动着胆怯的光，也闪动着灵性。

仅这件事，湾子里的女人们都佩服爹爹，一个十六岁的孩子，就会为自己的后来打算。而那些老少爷们，简直妒忌他了。看他这样的家景，一间半茅屋，就那一小块地，靠给人打长工，多少年也不可能翻过身来，就等着打光棍当寡汉条子吧。可现在，他早早地把媳妇娶进了，再过十年八年，就可圆房生伢。何况这七岁的小姑娘，已经会扫地、洗菜、往灶膛添柴火了。

爹爹不理会这些人的流言和猜疑，他熬了一个通宵，把他和二爹住的屋子隔成两个空间。他住一处，七岁的小姑娘带着刚满周岁的二爹住一处。

小姑娘叫金枝。

爹爹是一个不喜欢辩解的人，他只用行动说话。几天后，爹爹去了一趟七角山外的董家大湾，领回一个叫玉叶的女人。玉叶因为不能生育，被男人休了，住在娘家。嫁出去的女，家里是不能长养的，何况玉叶的爷，是个旧时秀才，死要脸面。他听说十六岁的爹爹，要娶比他大八岁的玉叶，乐得号啕大哭，像捡了天大的便宜。他不知道，爹爹就想找过花嫂——过了花期不值钱的寡妇。这样的女人，要么是死了男人，要么是被休。这样的女人，不要彩礼，用竹林湾人的话说，是便宜货。同样的过花嫂，爹爹选择的是被休在家的董家大湾的玉叶，而不是死了男人的河西湾的另一个女人。一个死了男人的女人，未免被阴魂纠缠。而被休在娘家的女人，到底不那么晦气，至于生不生儿，在爹爹看来，一点儿也不重要。家里又不是没孩儿，他的弟弟比他小一轮多，不就如同自个儿的孩嘛。

爹爹的这一举动，给那些胡乱猜测的人一记耳光。他们恍然明白，爹爹把小女伢领进来，纯粹是善举。

三

把奶奶玉叶娶进门的那天晚上，爹爹请湾里几个长者到家里喝酒，一年的工钱，花得所剩无几。爹爹高大，有棱角，十几岁的人，长得像壮实的牛犊。湾子里的人，都觉得白瞎了爹爹这个人。爹爹笑道，我这样的家，白天有人烧火做饭，晚上有人暖被窝，知足了。爹爹说，找各位来，除了喝我的喜酒，还有一件事有劳乡邻。众人抬眼，忐忑地望着他，都知道这酒不是白喝的，但经不住诱惑，还是来了。竹林湾的人，向来老实，怕惹事，怕多事，有人就想打退堂鼓，可这酒杯已经端上了，不灌到肚子里，怎放得下？只得硬着头皮，等爹爹开口。

爹爹管捡来的小姑娘叫丫头。爹爹说，找各位长辈来，是想当着你们的面，把石头和丫头的事定了。几位长辈如坠云山雾海，他们有什么事？听爹爹下面的话，他们才恍然明白。爹爹说，我把丫头许给石头当童养媳，请众人保个媒，做个证。

一湾子的人，被爹爹这翻来覆去的举动搅得有些疲惫，背地里骂爹爹是人精，但也还仁义，毕竟那时我的二奶金枝，是一个漂亮的小姑娘。爹爹要是再等几年，自个儿把小姑娘收了，也是水到渠成的事。一个重情义的人哩！竹林湾的人赞叹说，为自己的兄弟想得周全。爹爹不管别人怎么议论，童养媳定了，就名正言顺了，湾子里那些人，就不敢对丫头这个外乡人用异样的目光审视，更不敢打她的主意。爹爹虽然是长工，但性子烈，几板斧就放倒碗口粗的树，他们是知道的。至于将来，两个孩子能不能在一起过，那是以后的事。

爹爹是木匠。石桥河一带，把木匠尊称为博士。

我的过花嫂奶奶玉叶，不但不生伢，还是个病秧子，地里活儿做不得，家里搞得一团糟，这可亏了我的二奶金枝。她除了给一家人烧火做饭，还要织布，换点钱补贴一家人。

我的过花嫂奶奶玉叶在我们老杨家，只待了数年就死去了。竹林湾的人说，奶奶玉叶颧骨高，克夫的命，而我爹爹之所以躲过一劫，是因为爹爹人好，福大命大造化大，镇住了她。于是，她只得将自己克死了。

令爹爹欣慰的是，我的奶奶玉叶，并非不能生育，她给爹爹留下了一个儿子，就是我的父亲杨大志，小名如喜。爹爹说，生我父亲那年，家里一贫如洗，他顺嘴给父亲取名如洗，奶奶觉得如洗不吉祥，取谐音，叫如喜。

二奶抱大了二爹，又开始怀抱我的父亲如喜。竹林湾的人感叹说，金枝是爹爹捡进屋的用人，爹爹把金枝捡进家，是捡了大便宜，也算是善报。

竹林湾几十户人家，只有我们一家姓杨。

这得从我爹爹的父亲我们的太爹说起。

我的太爹原是十里外杨家湾的人，一个博士。太爹年轻时游荡乡间做手艺，一天，他游荡到竹林湾，被一个财主相中。财主家日子殷实，唯一的缺憾，就是没有儿子，香火无法延续。

说来也是缘分。那天下雨，财主留太爹住宿。太爹一身鼓胀的肌肉，干活不偷奸耍滑，财主对他印象好。那个晚上，财主问太爹，当我女婿不？太爹吓得一下子坐起来，以为是梦语。床那端财主说，到我家来吧，你同冬菊一起过日子，只是一个条件，改姓刘。

冬菊是财主的女儿。

太爹想都没想，就应了。太爹家穷，弟兄五个，守着那两间破屋，怕是连过花嫂也娶不上。太爹想要女人，想要一个家，这样，他在外游荡做手艺，回到家，屋子里好歹有些热乎气。他实在不愿回到那群光棍之间，锅凉灶冷。至于姓什么，在太爹看来，那并不重要，重要的是血脉——血管里流淌的，还不是老杨家的血！

那个晚上，太爹就再也没睡着。他躺在床上，眼泪浸湿了被角。冬菊是小姐，家境也好。这福分，他是从不敢想的。但现在福气来了，就好好待人家吧。

太爹入赘的三年时间内，竹林湾发生了很多事。先是喜事。太爹入赘一年后，就给他的岳父续上了香火，让他的女人也就是我的太奶冬菊生下一个男孩。但孩子的百日未过，太爹那病恹恹的岳母就一命呜呼。仅过了三个月，太爹的岳父因为挣一坨硬屎而毙了命。为了那截堵在他大肠里三天三夜出不来的硬屎，他在厕所蹲了一个晚上，第二天早晨，被人瞧见时，他已倒在茅厕里，人比他挣出来的那截屎橛子还硬。

太爹自此背上忘恩负义和不孝的名声：知道泰山大人拉不出

屎，怎么不给他抠？更有甚者，说太爹是谋财害命，故意给他岳父吃了不好消化不好屙的东西。族长带人，把太爹送了官。太奶冬菊变卖了四间正房、两间厢房，把太爹从官府赎了出来。这样他们就只剩一间厢房，泥草屋。太爹一家人，自此少与刘姓人家来往。

太爹干活，不分白天黑夜。他想用五年时间，把女人卖出去的瓦屋赎回来。三年后，冬菊生下我的爹爹，后来又生下一个女婴。婴儿生下来，瓮声瓮气，连哭声都没有，半个时辰就断气了。冬菊也因流血过多，体质弱，又成天想着她那个一出生就奔向死亡的女儿，慢慢地，精神恍惚。后来，竹林湾的人，在石桥河里，发现了她的尸体。

石桥河淹亡的人以女性居多，太爹给我的太奶冬菊打了一副松木棺材，在竹林湾，也算得上是厚葬。那几间瓦房，便无力赎回了。

刘姓族人想把太爹赶走。

那天清晨，太爹搬了一只四脚条凳，搁在石拱桥最高处，把磨刀石固定在条凳上，磨他那把斧子。太爹从清晨磨到天黑。斧子磨热了，他就歇下来，抡起斧子在空气中挥舞。那样子，完全不是练习砍木头，而是砍人。斧子挥舞的高度，正是人的肩膀之上、脑袋之下。他砍得阳光下的竹林湾，寒光闪闪。

太爹为冬菊守身一年之后，娶回一个丑女人，一个黄花大闺女。这个女人只有一只眼，另一只眼球在小时候让荆棘刺破了，长大后，成为一个干瘪的窟窿。她的头发总是不利索，因为要故意掉下一绺来，挡住那只死鱼眼。太爹将这样一个嫁不出去的女人娶进来，他需要的不是眼睛，是女人，是陪他睡觉的女人。有一个眼睛，白天看路就行了，要那么多眼睛干什么，晚上睡觉，眼睛不都是闭着的吗？

独眼女人，给太爹留下的儿子就是我的二爹。她在生二爹时，受了风寒，得了一场大病。二爹半岁时，她死了。

谣言像河面的风，乍然而起，说我们老杨家（他们不承认太爹是刘姓人）祖上缺阴德，顿不住女人。太爹听到这样的闲谈，心里冷笑：咱杨家顿不住女人，可顿得住男人。男人在，香火就断不了。这不，石头欢实着呢。

嫁出去的姑娘，泼出去的水，而入赘了的男人，更是覆水难收。别说他在十几里外的那个杨家大屋没有一砖半瓦，就是有，他也不能回去，那是要被人笑掉大牙、戳穿脊梁骨的。

太爹留恋竹林湾。那被刘姓族长低价买走的四间瓦屋和宅院，是回不到他手中了。不就是财吗？人为财死，财没了，麻烦就少了。

那天，太爹带着爹爹，走出老宅院旁的那一间厢房。他越过石拱桥，在桥东盖了两间茅棚，与他的旧宅相对而视。人说开门见山，太爹开门就见他家的旧宅。他内心怎想？是卧薪尝胆，还是迷恋石拱桥，不想离桥太远？别人不得而知。

如太爹所想，祠堂没搬移过来，太爹家的宅院，成了刘姓家族的刑场，谁犯了族规，就吊在院里的老槐树下抽打，有打死的，有打残的。自此，老宅院在石桥河的河风中，飘荡着一股血腥味，一股阴气。我们老杨家人，自从搬出这个院落，就再也没回去过。

老宅直到 20 世纪 70 年代，依然坚挺在石桥河畔。“文化大革命”时“破四旧”，房屋险些被拆。几个民兵用树枝在墙缝里掏，他们希望里面藏有金条，至少是袁大头。希望落空后，他们就将宅院掘地三尺。他们认为，当年的主人，能有这样的宅院，一定是有钱人家，一定给儿孙藏了金银。他们果然挖出了一个花坛子，用绸布裹着的，那布已经烂了，剩下一点儿碎渣，看不出布的颜色。坛口封着。三个民兵扑向坛子。第四个民兵，眼看他抢不到宝贝，举起锄头，砸向那坛子。那个扑上去的人，身上出现了一个血窟窿，血水像喷泉，蹿出一丈余高。这个宅院，血的腥味再次飘荡。

那个坛子揭开后，里面空空的，只有一团带着霉味的空气，那几个民兵气不过，一锄头将那个坛子敲碎了。

有人猜测，那个坛子就是古董，比一坛大洋还值钱。

那年，太爹把岳父留给他的十亩旱地、五亩水田全部交给刘姓族人。太爹在杨家大湾的几个兄弟不理解，要来拼命。太爹说，不这样，他在竹林湾顿不住脚。他喜欢这片地，喜欢这里的竹园、石桥河、石拱桥，还有竹林湾南面的观音寨。生活在这样的地方，只要饿不死，就是富足的。

太爹和爹爹，自此在竹林湾的东南角，过着他们贫苦冷清的日子。他们那个茅屋里，几乎见不到炊烟，太爹靠给人做木匠活儿维持生计。太爹给人家做活儿，还得带着爹爹。多一张嘴，太爹就得少要一个铜板的工钱。直到太爹娶了那个独眼的女人，这家里才有了过日子的迹象，茅屋里多了温热的气息。

二爹管二奶叫姐，二奶扮演的，却是母亲的角色。她白天给一家人烧火做饭，晚上哄着二爹睡觉，有时，二爹可能是想娘，不舒服，在床上瓮声哭着，二奶就搂着二爹睡。自从二奶进到家门，杨家就再也没听见过二爹撕心裂肺的哭喊。

二奶用野菜做面团，贴在烧红的锅壁，锅底舀入两三碗水，把锅盖盖好。灶膛里有暗火，用不了多久，热气腾漫。一家人吃得香甜，但一人只有一个，二奶常常先把那个最小的吃了，把那个最大的留给爹爹。他是家里的劳动力，干重活儿，就得多吃些。

再后来，二爹能吃了，她就吃得更少，或者干脆不吃。有时候，二奶把米粉做成面疙瘩，多放些水和野菜，倒也能把一家人的瘪肚子勉强撑起来。

二奶会捕鱼。石桥河的风浪停歇了，太阳暖暖地照着。二奶带着二爹，拎了竹篮，竹篮底用麻绳系了几片菜叶。竹篮把上系了麻绳，竹篮里放着石头。二奶把篮子放进水里，回家干活儿。半个时辰后，二奶来到河边，猛地抓绳，将篮子迅速地提起，那篮子里，定然会有几条小鱼。有的也不是太小，有拇指粗的，炖汤喝，又鲜又嫩。

二爹的个头，就在这野菜面团和鱼汤的催促下，慢慢地长高。

我们从没见过奶奶玉叶，她留给父亲的印象都是模糊的。在我们的印象里，二奶更像是我们的亲奶。

四

那个遥远的深秋，竹林湾东北的七角山来了一支队伍，他们驻在山里那些伐木工的房子里，那些伐木工有的被赶走，有的充了军。这些白腿白帽黑衣服的兵，三天两日，就到周围的垸子里来搜刮，竹林湾同样难以幸免。他们要银圆，抢鸡鸭，不给就打人。他们来到太爹家时，太爹说，你们看吧，有什么值钱的东西，你们就拿。

队伍是刘家兴勾搭来的。刘家兴在家闲得无事，遇到这些当兵的，觉得好玩儿，就加入了这支队伍，穿上军服。碍于同乡情面，刘家兴并没进到太爹家里，只站在高高的石拱桥上，远远地盯着。太爹把这十几人的队伍冷在一边，走过门前那片赤裸的坡地，走向刘家兴。他方嘴大张，怒目而视，指着刘家兴，想说什么，但最终什么也没说。他挺着腰板，走过石拱桥，走向河西那片田野。太爹越走越远，背影模糊在田野上升腾的薄雾里。

白腿子兵走了，离开了竹林湾。那天晚上，竹林湾的人睡了个好觉，但第二天下午，噩耗就传遍竹林湾：太爹被这些白腿子兵砸破了脑袋。爹爹赶去收尸时，太爹还有一口气。太爹的气息向外抽着。他脑袋上的伤口，往外冒着血泡。

爹爹坚信太爹的死，与刘家兴有关，但太爹并没有说，他一口一口地吐血，每吐一口血，就往外迸出一个字，每迸出一个字来，就会带出一口血。太爹说，把……石头……带大。太爹还说，把姓改过来，咱还姓杨……让老杨家……在竹林湾活……出个……人样……

这是太爹留在人世最后的话，它无数次在爹爹耳边响起，令爹爹难受，让他刻骨铭心。这年，二爹一岁多。亲娘生他后死去，现在，又没了父亲，二爹可怜。但二爹天生乖巧，他偶尔哭着向爹爹要他的爷他的娘，更多的时候，他在我们老杨家那两间茅屋前，跌跌撞撞地玩耍，全然不知道灾难已经降临。

我是很多年后，听父亲说，爹爹其实是红军的人，他远在七里坪做博士手艺时，认识了红军的人。他给红军的队伍打独轮推车，但他还没来得及正式加入队伍，他的“亲红”行为，就被白腿子军发现了。

爹爹很快就将他和二爹的姓氏改了过来。那年，爹爹十六岁。十六岁的爹爹知道，这意味着他与刘姓家族将有一场战争。太爹入赘到刘家随岳父的姓，他们家族的人都排斥，不想让他姓刘，叫爹爹杂货、野种。现在，爹爹自己将姓氏改过来，这意味着爹爹根本不稀罕姓他们的姓，这无异于给他们刘氏家族一记耳光。一群人围过来，说竹林湾本来是单姓垸子，爹爹既然不姓刘，那么，他和他的弟弟就没有资格住在竹林湾。但我十六岁的爹爹，初生牛犊，不怕虎豹。在一个正午，他用太爹留下的墨斗，蘸上墨水，在木板上凿出“杨氏”两个大字，牢牢地钉在自家门楣上。之后，他拿起太爹留下的、磨得锃亮的斧头，走到石桥河边，当着那些在树荫下歇凉的人，一斧子将一株碗口粗的柳树砍断。只一斧子。

这是爹爹惯用的技法。他示威的时候，就磨斧子，或是砍一个物件。歇凉的人，吓得走回自个儿的屋里。这时候，刘家兴想灭掉爹爹，但没等他反应过来，爹爹就背着一杆长枪，在石桥河的石拱桥上，朝着高远的天空放了一枪。枪声未歇，一只孤雁从高空滑向水面，砸起一片水花。

是一杆火铳。

爹爹不看孤雁，他若无其事地望着天上飘落的白云。他知道，那些刘姓人家，正在门缝后面，或在窗口边沿，伸着脖颈，吐着舌头，眼睛灯笼似的看着他。他能窥见他们的心，他们一定在心里嘀咕：这铳从哪里来的？他想干什么？

爹爹自然不会告诉他们，铳是从何而来，至于要干什么，效果达到了。枪声把竹林湾的老幼都惊动了，他们站在石桥河边，望着十六岁的爹爹。由砍斧到火铳，竹林湾的人对爹爹突然心怀敬畏，他们揣摩着这个十六岁的少年，这个半大劳动力。直到这年秋上，十六岁的爹爹把讨饭的二奶领进家；直到他把玉叶这个比他大八岁的过花嫂娶进门，竹林湾的人，才真正认识了爹爹，那就是：他们永远也不可能真正认识他，他们永远也搞不懂他下一步要干什么，会做出什么让他们不适的事。

一个时辰后，刘家兴带着他十几人的小分队，来到老杨家。他们站在爹爹家门前，冲爹爹说，我们只杀共产党分子！

爹爹说，那好，从今天起，我就是共产党！

爹爹目光如炬。

刘家兴双手一挥：上！几个白腿子冲上来，爹爹纵身一跃，从白腿子头顶飞过，落在刘家兴面前。他旋转如风，一把尖刀就顶在刘家兴的脖子上。爹爹说，要死大家一起死。

刘家兴没看清爹爹是怎么掏的刀，那把尖刀此前藏在哪里。他目光软下来。河面升腾起的水汽像是雨，打在桐树叶上，再滑落地面，发出滴滴答答的声音。

石桥河里每年都死人。每年，河面都会漂着一具尸体、男人，女人、老人或孩子。这些溺水而亡的人，大多来自上游，偶然的年份，竹林湾也会有人自绝于这汹涌的河水。

这年一直到冬天，河面没见有过死人，竹林湾的人很惊讶，认为这多年不变的现象，可能自此绝迹。不少人在茶余饭后，谈论这件好事。

爹爹指着河水说，家兴，都说石桥河今年没见尸体，我看不一定。要么没有，要么不止一具。

刘家兴右手一挥，带着他的队伍悄然离去。

刘姓是大家族，多少年来，刘姓人家日益壮大，老杨家，人口不增，也不减，每年如此。爹爹已无心续弦，这壮大杨家的重任，需得二爹担当，可二爹太小。

二爹十岁那年，一个春日的晚上，熟睡中的二奶，突然从梦中惊醒。她很快就明白了，是二爹的手，在抚摸着她的胸脯。这只手，同幼儿时寻找奶吃的那只手，似乎一样，又似乎不一样。长成大姑娘的二奶，脸上像扣了个火盆，燥热难当。她一把推向二爹，差点把他推下床去，二爹吓得大哭。见二爹哭，她又心疼，把二爹搂到怀里，自己也哭。爹爹有所觉察，第二天，他上山弄来一些木头棒子，剖成窄木条，将二奶和二爹的那逼仄的小空间，一分为二。床还是那张床，只是中间有了隔板。

太爹虽然没有传给爹爹木匠的手艺，但爹爹天资聪慧，太爹做活儿时，他在一旁玩耍，大一点儿时，跟着打杂，早将这些活铭记在心。

爹爹干了半个月的力气活儿，从富人家挣来一截木头。那天无事，爹爹拿出太爹留下的博士工具，在茅屋前的阳光下拉开架势，打衣箱，做碗柜。

爹爹自学成才。

五

那是一个春天的上午，我的二爹在山上放羊。二爹的羊群很小，只有六只。这天，日头很低地挂在天空。二爹的六只羊特别烦闷，不好好吃草，只知道跑，从这个山坡跑到那个山洼。二爹跟着羊群跑。他的羊把他搞得也很烦闷。他跟着羊群过了北山洼，羊群还是停不下来，他顺手抓起一个石头，正要向羊群砸去，他看到了一支部队，他们奔跑在他的视野里，他们奔跑在白亮的空气中，动作缓慢，像奔跑在白色幕布上的皮影。二爹惊骇地看着这些人，接着，他看见了火光，就在那些皮影似的人周围，接着是旱雷般的轰响。浓烟升起。

敌人来了，打仗了，快跑……二爹给自己下了一道命令，转身飞奔，这时，他听见一只羊咩地叫了一声，才想起他的羊。他踅转身，向着他的羊群而去。二奶的喊声在树梢掠过来：石头，回来，快回来，打起来了。哥让我来喊你，让你快去山洞躲一躲。

南山坡下，有爹爹偷挖的山洞。

哥呢？二爹问二奶。

他背着如喜先走了。

如喜就是二爹的亲侄儿，我的父亲杨大志。

那羊呢？二爹停下来问二奶。二奶喊他快跑，往回跑，不见他迈步，二奶就朝着二爹飞奔。她那双裹到半道又松开了的半大的脚，轮番在草丛和山石上起落，轻盈飘忽，如蜻蜓点水。在二爹犹豫之时，她像一只鸟飞落在二爹面前，冲他吼道，羊重要还是人重要？

羊重要！二爹大声道。

白军杀过来了，人都没了，羊就成了别人的羊了！

羊是我家的羊，羊不能成为别人的羊！

那时候，爹爹家穷，二爹不可能拥有自己的羊，前年冬天，爹爹到镇子里给人做工，人家给他一只怀了崽的母羊顶工钱。

二爹不走，二奶过来抓二爹，二爹像泥鳅一样从她手中滑走。二奶飞奔上前，死死薅住二爹的衣领，任凭二爹怎么抓挠，就是不松开。二爹十三岁的小男孩，虽然有些力气，到底敌不过二奶。二爹挣扎一阵子，听见北山坡传来喊杀声，就顺从地跟着二奶狂奔。

二奶和二爹一气跑到南山坡下的山洞。他们钻进洞里，将洞门用树枝掩好。喊杀声、零乱的脚步声从洞门外飘过。他们后来听说，是一个叫田开河的红军游击队小队长将白军引开了。田开河在敌人的枪口前，一直奔跑了三里多地，最后在石拱桥上，纵身一跃，跳入石桥河。等白军来到石桥河边，他已从水里直接钻到岸边的红柳丛。白腿军没见田开河，就没再追他。他们认为，这么高的石拱桥，田开河不淹死，也得摔死。

竹林湾的人，在山洞里躲了一天一夜，枪声完全消失后，他们走出逼仄狭长的山洞。白亮阳光洒满观音寨，照耀着石桥河，也照耀着二爹，照耀着他那双稚嫩的手，他手中竟然抓着一块骨头，一直抓在手中。

天啦，快扔掉，快扔掉！二奶冲他吼道。

昨日慌乱中，二爹随意抓在手中，准备砸羊的，竟然不是石头，是一小块死人的头骨。

出到洞外的人，大口吞着新鲜的空气，却在青草气息中嗅到了血腥气味。一堆动物的尸体，摆放在村口的碾场，两个军人在那里守着这些死尸。二爹冲上去，看见了他的六只羊。二爹哭喊着去抱自己的羊，被一个持枪人拦住了。那个人说，等一会儿，乡亲们来了，一起认领。二爹说，那就是我的羊，我认得。

二爹号啕大哭。已是半大小伙子了，他孩子气地大哭，让那个当兵的慌了神，他们不知如何来安慰这个少年。他说，你别哭，你去拿吧，是你的羊，你就拿走。

二爹冲到那堆死羊旁。他蹲下去，看见那些羊，找不到一只还有气息的，他的哭喊高起来，大声地号哭。他冲那个当兵的喊道：你赔我的羊，你赔我的羊！

当兵的说，羊不是我们杀的。我守在这里，是怕野狗来吃。他不再理二爹，冲竹林湾的人喊话：老乡，把各家的牛羊猪狗都领回去吧，都放一夜了，再放，就该坏了臭了，赶紧弄回去煮着吃了吧！

爹爹只背回一只羊。他从家推去一个独轮车，装上剩下的五只，用草绳绑了。他对那个扛枪的人说，这五只羊，给部队上吃吧。我们吃不了，部队上正缺粮，肉就更稀缺了。

湾子里几个老人，就学爹爹，把自家的猪呀鸡呀送到部队上去。

爹爹去送羊时，战士不要，说赶紧拿到石桥镇上去卖肉吧，这天也不凉快，再放一天一夜，肯定就臭了。早点去卖了，还能换点钱。爹爹说，不了，这兵荒马乱的，有钱也是祸害。正说着，一队人马开了过来，他们就驻扎在竹林湾。领头的队长，正是田开河。

爹爹说，那就各自拿回去吧，炖给当兵的吃。家家都做，他们也吃不了那么多，剩下的，吊在石拱桥下，慢慢做给他们吃。

石拱桥下，阴凉如冰。

那天晚上，除了刘家兴，竹林湾所有人家，都住了红军战士，家家给战士炖肉吃，竹林湾飘荡在羊肉猪肉鸡肉的香味之中。只有二爹，独自一人，坐在河边的石阶上，望着缓缓流动的河水，一言不发。爹爹喊他进屋吃饭，他不动。二奶端一碗羊肉，送到他跟前，他不接，痴呆一般，傻相的脸庞上，还挂着泪。

天黑了，二爹害怕。石桥河每年都死人，每年都有新添的水鬼。水浪拍打着岸边石头窟窿，发出噗噗的声音，像是水鬼在唤魂。有时，河里的鱼翻起一个大浪，弄出很响的水声。二爹头皮发紧，他往家走。他看见了二奶，二奶端着碗，一直在那儿等他。

姐，二爹喊了一声，声音洪亮而悠长。

令二爹没想到的是，那个背枪的很精干的年轻人，居然就是木兰山游击队石桥河分队队长田开河，他同爹爹早就认识，他住到二爹家，真是冤家路窄。二爹缠着他，要他赔羊。二奶把饭菜盛到桌上，田开河带着人训练归来。他洗手，吃饭，像自家人一样。他还喊二爹吃，二爹说，不要脸，杀了我的羊，还在我家吃。田队长笑道：羊肉这么好吃，我为什么不吃呢。要不，你也吃。二爹脸扭向一边。他说，你不吃，那就喝点羊汤吧。他逗着二爹，把一碗羊汤递过来，二爹干呕一声，蹲在地上，差点吐了。他没吐出来，眼泪出来了。他跨出茅屋，躲到房后生闷气。

二爹自此不吃羊肉，不喝羊汤。

每天，田队长回来，二奶就把洗脸水端上去，说，田队长，你洗吧。二爹也跟上去。二爹的话，就不像二奶那么客气。二爹喊，你赔我的羊，你赔我的羊！

羊没了，二爹像生了病，两天不吃不喝，只跟在田队长身后，要他赔羊。田队长觉得二爹可爱，好玩，也不辩解。二爹前跟后撵，与田队长快成了冤家。爹爹训斥二爹无理。他告诉二爹说，你和你姐躲在洞里时，是田队长把坏人引开的，是他救了你和你姐的命哩。

二爹一直跟到训练场。田队长就教他练枪，二爹不练枪，他只要他的羊。有一天，田队长被二爹缠得没办法，许诺说，好，我赔你的羊，等下次打仗，我缴获几块大洋，给你买十只八只羊，你还放羊。

我不要十只八只，我只要六只，我只要我的羊！二爹说。

于是二爹就盼着打仗。

田开河带着他的部队，训练、整队、唱歌。他们的歌声迷住了二爹。他们唱道：

八月桂花遍地开，
鲜红的旗帜竖呀竖起来，
张灯又结彩呀，
张灯又结彩呀，
光辉灿烂闪出新世界……

田队长训练间隙，时常会在二爹头上、脖子上拍几下。一见他的手伸过来，二爹就直着脖颈，歪着脑袋，躲避着他。可半晌见不着田队长，他又会凑上前去，问什么时候打仗。他不像别人那么叫田队长，也不叫他田爷（叔叔），就那么哎一声，完全把田队长当仇人。田队长故意逗他，今晚我们就打仗。于是第二天一早，他就向田队长要羊，田队长笑而不答。

二爹几乎不离田队长。他盼着他们打仗,他要重建他的羊群。突然有一天，他见了田队长，不提赔羊的事，他要田队长帮他干仗，把那个叫刘家兴的家伙一枪崩了。田队长问他为什么，刘家兴虽然是白军，可打仗是大人的事，他一个小孩子，不应该关心这些。二爹说，他打我哥。田队长说：怎么个事？二爹没有细说，只是抹眼泪。

那是二爹心中的秘密。一天晚上，刘家兴带着几个人，把爹爹叫起，让他跟着他们一起走。二爹听到了动静，他没有喊叫，只悄悄地跟着，借助黑夜和树枝的遮掩，偷看他们。他们把爹爹带到南山坡下，几个打手，对爹爹拳打脚踢。爹爹要反抗，刘家兴说：你不怕死，难道你那个兄弟，你那个刚丢奶的儿马子就不怕死？还有你家那个金枝，可是早就有人盯上了。

爹爹说：你们说吧，要么样？

刘家兴说，少同田开河他们做事。

爹爹说，我没同他们做事。

刘家兴说，你要想你的那个儿马子和你那个兄弟活着，让你家那个小媳妇不被人害，就照我说的做。

爹爹沉默着。刘家兴说，不说话？行，不需要你说话。我就不相信你的心这么狠，会把自个儿的儿、弟兄都送上绝路。

爹爹说：行，我按你说的做，但是，你们不能伤孩子。

刘家兴说，你没资格跟我谈条件，你记住我的话就行。刘家兴在微暗里一挥手，一个打手举起枪，掉转枪头，枪托重重地砸在爹爹的后背上，像瓦匠拍打泥土的声音，沉闷，湿淋淋的，那是一种不留外伤而能震碎五脏六腑的打砸。

二爹一声惊叫。刘家兴问，谁？他朝二爹这边的树林搜寻，爹爹大声说，好，我答应你们。他用声音拽住他们。他的声音黏稠潮润，像有着很多痰水。他已满嘴是血。

二爹双手捂嘴，倚着一棵矮松抽泣。

六

天近黄昏，二奶在河边洗衣服，她心里突然一阵慌，有些闷，空落落的，好像有什么不好的预兆。她抱起木头脚盆，衣服也来不及拧干，就那么胡乱地扔进盆里，匆忙奔到家。她看见二爹床头的外套不见了，床下的一双布鞋也不见了。天还不太冷，二爹平时是舍不得穿鞋的，他就穿一个褡裢，长裤，光着脚。

二奶像中了枪，大脚盆和捣衣槌跌落地下，盆里的水溅湿了黄土泥地。她很快意识到，她不能这么呆站着，她拔腿就跑。她那被她娘包了一半又放开的脚，还算有力。她很快跑到了后山坡，接着上了北山洼。

二奶远远地看见了二爹，他跟在队伍的后面，一个小身影，他那晒得黝黑的膀子，在夕阳下闪动着幽暗的光。他依然没舍得把上衣套在身上。二奶喊着，石头，石头……

二奶追出北山洼，队伍到了七角山。二奶跑上七角山，队伍过了七角山，踏上七角山水库的堤坝。二奶追上堤坝，就再见不到队伍了。队伍几十人，突然消失，像一群鱼游进了水库里，像一列鸟钻进了水库边的树林。

天黑下来，四野死一般寂静。

爹爹连夜追到七里坪。他有感觉田开河的队伍是去了七里坪。

七里坪镇上静得可怕，别说军人，一个老百姓的背影都难得一见。整一夜，粒米未进，滴水未沾，因为怀揣找到二爹的希望，爹爹没感到饥渴，现在希望渺茫，爹爹像一下子被人掏空了一样，瘫倒在地。

爹爹坐在地上，望着他的两只脚。布鞋的碎片在风中抖动，鞋前脸开线，裂开，脚趾露出来。两只布鞋，像两只张着血盆大口的翻毛狮子。

爹爹累了，不知不觉眯上眼。半梦半醒中，他看见了二爹，二爹朝着他奔过来，脚步声急促而零乱。他被惊醒，果然有人，不是一个人，而是一支队伍，他们急匆匆地向北行进。使爹爹惊喜的是，他看到了二爹。他虽然没看清楚，但他从那个小小的背影和那奔走的样子，他感觉到那就是二爹。他想冲过去，脚麻木如两截木头，无法站起。他坐在暮色里，冲着二爹喊：石头，石头！没有人应他。爹爹看见队伍行走在狭窄的巷道里，就要消失在一片低矮的青砖瓦房中，他急了，大声喊：石头，石头……爹爹无奈地坐在那里,喊着石头,他知道,他喊不回他。他突然想起，到队伍上的二爹，还没个名字呢，没上过一天学的二爹，应该有个学名。按家谱，爹爹他们属于“纪”字辈。是红军来了，家里才分得了田地，二爹又是奔红军的队伍去的，那就叫纪红吧。那一刻，爹爹的脑子快速转动。他冲着二爹的背影喊：石头，你的学名叫杨纪红……

二爹走后，奶奶和二奶两个女人，宠着父亲。父亲的啼哭停歇下来，奶奶就会想起二爹，二奶更是想得夜不成眠，悄然落泪。奶奶懂女人的心，就同爹爹商量，给二奶找个人家，把日子过起来了，感情冲淡了，想得就不那么苦，时间一长，心里的伤痛，慢慢就愈合了。

二奶不同意。二奶说，我生是杨家的人，死是杨家的鬼，你们要是嫌弃我，我就去跳河，从石拱桥上往下跳。只求你们在我的坟旁，给石头留块空地，以后石头老了，走了，就把他埋在我身边，我下辈子还当他的媳妇，这辈子我没能伺候他到老，下辈子当牛做马伺候他。

爹爹不再吱声，奶奶陪着哭。

时隔数年，我的奶奶玉叶再怀身孕。七角山脚下董家大湾，一个靠接生过日子的老寡妇，给奶奶相面，摸脉。说奶奶怀的是千金，不过凶多吉少，与奶奶的命不合，要奶奶吃一服中草药，打掉这个孩子。奶奶固执地生下这个孩子。

女孩活了下来，奶奶出血过多，死了。我们杨氏家族顿不住女人的传言，像河面的风，在竹林湾四处飘荡。

这个女孩，就是我的姑姑秀兰。

二奶盼瞎了眼，二爹却一直没有回来，有人说他死在了红军长征路上，有人说他战死在黄安城，无法考证。红军长征路上，每牺牲四个战士，就有一个是我们红安人；那年黄麻起义，牺牲的也大都是无名烈士。还有一种传言，说二爹被俘，于解放前夕，被挟持去了台湾。

我们想二爹，盼着有一天，他突然带着一大家人，回到我们竹林湾。二奶盼的，会是什么情景？她肯定希望出现在乡道上的，只有二爹自己，而不是一家人。

奇货的父亲刘家兴，在他的女人死后，想把二奶收了，二奶坚决不从。上河湾下河湾河西湾，甚至远在董家大湾的鳏夫，托人向二奶提亲，都遭到拒绝。二奶说，石头还活着，我的男人还活着。他就快回来了，回来就不走了。二奶这样说时，总是一脸幸福地笑，一定是那个叫石头的俊俏的少年形象，浮现在她明澈的眼前。

第二章　初上窑场

一

竹林湾竹园阔大，竹子繁茂，因此得名。无论冬夏，桥北河湾沿岸一片碧绿。北湾拦河截坝，筑起一口池塘，名曰秀水塘。秀水塘的水是流动的，那个土筑塘坝，等同于过滤器。秀水塘常年是清凌凌的水映照着蓝莹莹的天。水塘边那株老槐树老成了精。据说大炼钢铁那年，湾子里的人拿着斧锯，要把它锯掉烧火炼钢，一下锯，那树汁喷涌出来，颜色血红。众人吓得丢斧弃锯，落荒而逃，自此无人敢动这个老妖精。

时光的流逝，把传言变成了遥远的难以忘怀的真人真事，现在的古槐，落满尘埃，显得更加苍老。它老了，不再开花，不再散发出浓烈的香味。夜里，树干上的洞穴，在风中呜咽，像野鬼的哭泣，很是骇人。而白天，枯枝上的嫩叶，在阳光下闪动，像无数只鸟在挥动翅翼。树荫和清水带来的凉爽，无疑是竹林湾人夏日的最爱。于是，老槐树虽然成精，夜里闹鬼，人们对它敬而远之，也只是在夜晚。白天，树下那方土地，成为竹林湾人的乐园。塘坝上那些石头，就是露天桌椅。竹林湾的人，从畈田回来，在这里坐着歇息、抽烟、喝茶，谈古论今。

夕阳下的石桥河水，像微风中的巨幅彩布，轻曼柔和地涌动着。光线从河水反射到我家门前那片坡地，黄昏昏黄的光线，让春日的坡地充满暖意。刺槐的阴影，从坡地漫过屋顶，屋子暗下来。我从堂屋里，搬出一高一矮两只木凳，在门前搁稳。

这年我九岁，是一名小学三年级的学生。我展开作业本，未及写字，一道阴影罩住我，是母亲。她仰头，看一眼西天的落霞，不紧不慢地将目光落在我脸上，说，四郎，天热了，你也大了，我和你父的床挤不下，你上聋二那儿去睡吧，今黑夜就去。

我直起腰，斜望西天，殷红的夕阳陡地一沉，我心里咯噔一下，仿佛它重重地砸中了我。暖暖的光线随即抽丝一般消逝了，一股陡起的凉意浸入我的脊背。

聋二是村里一个寡汉条子，一个人过着日月。我不知道他有多大岁数，好像三十多，或许四十，也可能过五十了。总之，在我们山里，他已经是个小老头。他有着寡汉条子特性：孤僻、怪异，似乎还有些清高，少与人来往。

去寡汉条子聋二那儿睡，倒没什么，毕竟他那个茅棚还很宽敞。关键他是个窑匠，成天与泥巴打交道，汗淋淋的头发沾上尘土，像戏子头上的琉球。尘土其实也不是脏东西，何况他每天傍黑都要在清水凼里抹脊背，不像别的寡汉条子那么邋遢。我不想去他那儿，是害怕窑场北面的松林，那里有一片坟地——最北是刘姓的祖坟，南边是野死的人——喝农药死的、被车撞死的、跳桥死的、在河水里淹死的。未成年的小孩子死了，用凉席一裹，也埋在那里，进不了正坟，只能埋在这野地。而这样死的人，都是冤死鬼，不甘心，急着寻替身。我每次到窑场，那些死人的脸，就会出现在我的眼前，我总会吓出一头冷汗。

我没理母亲，埋头写作业。母亲用一种商量的口气说，我同聋二说好了，他想你去哩，你就去呗。母亲天生一副大嗓门，除非不说话，一说话，响遍半个竹林湾。她这样低眉下气，在我的记忆里，还是第一次。

我打岔，说揭人不揭短，你别成天聋二聋二的，我叫他二父。

母亲这下声音恢复到她的原始状态，震得我耳膜生疼。母亲说，哎呀，我家四郎就是嘴巴甜，难怪聋二那么喜欢你，一听说我让你住到他那里去，高兴得像是得了儿，里里外外，又扫又擦。别看是个茅棚，弄得可干净咧。我看啊，你就当他的儿吧。我不吱声，厌烦地躲着母亲。母亲视我的不吱声为默许，说，四郎就是懂事，不像他家的毛刺，书读到屁眼里去了。

毛刺是聋二的侄儿，与我一般大小。

我嫌恶地瞥母亲一眼，收起我的作业本，往书包里一塞，说，不写了，讨人嫌！

我转身，父亲从田里收工回来，他把一只长把秧耙靠在墙角，疼爱地望着我，一副讨好的表情。我像喝了一碗冰冷的剩米粥，满肚子不舒服。

凭啥？凭啥是我？我上面有三个哥哥，大郎二郎三郎，为何不让他们上聋二那里去住？我扔下作业包，坐到石拱桥上，看西天的落霞。石拱桥上常有人往下跳，不是半大小伙子玩水的那种跳，而是寻死。若大人们逼着我们做一件不愿去做的事，我们也会站到石拱桥的最高处，这时候，大人们多半不会再威逼。

夜里，我到父亲母亲床上去睡时，父亲的眼瞪得像电灯泡，眼神是嫌恶的。我不知道他为什么烦我，我懒得理他，爬上床，闷头就睡。从出生那天起，我一直就跟他们睡在一起。我知道我大了，该分开睡了，可哪有房屋，哪有床？半夜里，我听见哼哼唧唧的声音，床像木筏子在水里漂荡。我睡眼微睁，看到父亲赤裸的身体。他像一只虾，弓着，腿弯曲。他在母亲身后，像一架移动着的犁。

不能怪我，只能怪那夜的月光太明。月光从三块明瓦里，探照灯一样，正好照在他们身上。

我知道他们在做什么，我不小了。母亲想要个女，这话她白日里说过。母亲说，在农村，没有儿子不行，光有儿子也要不得。看咱们竹林湾的女人，还是有女的享福。儿媳妇有几个对婆婆好的？母亲自问自答：没有，一个没有！都是娶了媳妇忘了娘。忘了娘是好的，最后都成了冤家。母亲说，她当初以为我是个女，才把我留了下来。

我想装睡，但我不能。我从初春的薄被里钻出来，像一条鱼麻溜地跃出水面，游走到哥哥们的住处。他们就住在下半截房里，一人多高的半堵墙，将他们和父亲母亲的住处隔成两处，阻挡视线却不隔音。一张床，睡着大郎二郎和三郎。他们旁边，是一个大谷池子。整个小屋，都快下不去脚。

我往床上爬，二郎半梦半醒中，一脚踹在我的腰上，我跌落在地，屁股生疼。我听见二郎说，哪有地方？语气带着火。他扯起一个床单，随手一扔，床单在窗外照进来的月光下，像一朵云的阴影，落在谷池子上。他说，你就睡谷池子吧，里面还有小半池子谷，暖和。

我没感到暖和，我感到浑身刺痛。我爬起来，把床单还给他们，走到外屋。

外屋也没地方。外屋一分为三，紧挨大门的是堂屋，中间是二奶逼仄的睡房。说是睡房，连床都没有，只在几块土砖上，搭了一张门板。最里侧那一小间，就是我家的灶屋。灶屋是不能睡人的。我跑到二奶那逼仄的房里，明瓦上射进来的月光，打在二奶的脸上。二奶头发凌乱，细眼斜睁，腮帮塌陷，嘴大张着，没有牙齿的嘴空荡荡的，亮出一条灰白的舌头。二奶死了！我吓得叫出声来，二奶动弹了一下。她没死，她还活着，但我分明嗅到了死亡的气息。用母亲的话说，那是老人身上散发出来的老气。

父亲是瘸腿，他无力为我们多盖一间屋。

我最终还是回到父亲母亲的房间。夜静下来。父亲母亲的床上，有着温暖而神秘的气息。我在床的最外侧，贴着父亲赤裸的身体躺下。父亲身上滑溜溜的，一股潮润的汗酸味，与很淡的腥味混杂着。他已响起香甜的鼾声。我迟迟睡不着，故意把呼噜打得像旱雷。

二

窑场在北山洼。一个土窑，一间茅棚，一块平整出来的沙土地，就是整个窑场。茅棚是聋二的家，聋二白日在茅棚前做砖坯瓦坯，夜里在茅棚里歇息，深秋或初冬烧窑卖砖瓦。

下午放学，我走在河坝上，河水里倒映蓝天上的白云。河水在微风中轻轻荡漾，那水里的白色云朵，便轻轻地随着微波上下起伏着。我仿佛看见了昨晚父亲那白亮的屁股，它那么像一朵视觉强烈的白云，在我眼前随风移动。我似乎身处昨日的那个月夜，置身于床上。我胸闷，透不过气；还有二郎重重的一脚，它使我的腰到现在还疼，屁股也疼；二奶那死人一样的脸，一身的老气。这一切，像一堵无形的墙，阻挡着我回家的路。我漫无目标地在田间游荡，不觉来到窑场。

聋二欣喜地过来迎我。他新剃了头，照平时显得干净利索。他两手是泥，伸过来想接我的书包，又缩回手去。他窘迫地看着我。之后，他几步跨到茅棚下那个大水缸前，舀水洗了手，这才接过我的书包，另一只手搭在我的肩上。他朝着我笑。他说，你娘说昨天就让你来，你咋没来？我没吱声，他没再问。

虽是茅棚，里面收拾得干净，夕阳从窗口照进来，门大开着，茅屋里很亮堂。

聋二收摊，不再拍砖泥，也不做瓦坯。他拿了米，择了菜，到茅棚旁的溪水凼去淘洗。溪水凼的水清幽幽的，像一口清潭，其实是山泉水流到这里，在这里储存，满了之后，又沿着溪沟往下流去。

聋二生火，焖米饭。他说，以后晚上就在我这儿吃，别跑来跑去的。你今晚来，告诉你娘了吧？我点头，其实，我没告诉她，我谁也没告诉。我在家里像个多余的人。我想吓唬他们一下，我还想试探他们，我不回家，有没有人找我。

我帮着往灶膛里添火，聋二说不用我，他让我把凳子搬到外面，在晒场把作业写了，晚上灯光暗，对眼睛不好。

我就搬了一只竹椅，屁股下垫两块砖，趴伏在竹椅上，就在夕阳下写作业。聋二将他的一件上衣叠整齐，塞在我的屁股下，又拿出一件外套，披在我肩上。他怕我着凉。这样的举动，记忆中，父亲母亲从未有过。聋二让我心生温暖。

天暗下来，家里并没人找我，我内心有一种说不出的滋味，失落、慌乱、气愤。我越来越觉得，我在那个家里是多余的人。我很伤心。我以为我不回家，他们会找我。天黑时，家里养的猪没回屋，鸡窝里少了一只鸡，母亲都会找，她却不找我。天完全暗下来，听不见母亲呼唤我的声音，我觉得自己可怜，差点落下泪来。

四郎，吃饭了，喊我的是聋二，不是母亲。

我转过脸去，聋二一手拿着一只大海碗，里面是面条，上面覆盖着一只黄亮亮的煎鸡蛋。他的另一只手夹着一双筷子。他笑着把碗筷递过来。我慌了神，我说，我又不是客，我……

碗已塞在我手中，香喷喷的。聋二往面条里撒了韭菜。我吃了一碗，聋二又给我盛了一碗，我吃得满嘴流油。这是有记忆以来，除了过年，吃得最饱的一次。家里弟兄多，又都是长身体的时候，干活儿的人少，都是能吃的半大小伙子，锅里的饭、盘子里的菜、缸里的米、谷池子里的谷，像泄洪的河水下得快。我常常只吃半饱。

风从南面吹到北山洼，吹动北山坡的松树，浪涛一样波动。远处影影绰绰地浮出淡青色的山丘。我看了一会儿风景，收回目光。我的目光与聋二相撞，他眼里朦朦胧胧，溢满关爱。

我挺着圆鼓鼓的肚子，帮着聋二洗碗，他不让。我去拿扫把扫沙地，他说，不用，天黑了，扫个啥，明早再扫。我就站在窑棚门口，看夕阳落下后的田野。刚才还绿油油的小麦和油菜，被罩在灰蒙蒙的夜雾中。泥土潮湿的气味和青草的味道混合在一起。蛙已开始了它们暮春的鸣叫。

三

黑夜袭来时，母亲的声音划破夜幕，她在湾子里骂街似的喊了几声。仅这几声呼喊，我眼睛一热，眼泪涌出来。我的三个哥哥，大郎二郎三郎，他们只顾玩自个儿的，没人喊我。我的父亲，只知道埋头种地，成串的儿子在他眼前晃荡，他很少过问。他或许对我们不在乎，或许对我们这种散养的状态很满意，或许他根本就没发现我们在他面前多一个或少一个。他要么在田地里闷头干活儿，要么坐在八仙桌前抽卷烟，喝酽茶。到底是母亲，也骂我们，也打我们，但还是惦记着她的儿子。难怪世人都说，母亲是伟大的。

我赌气，不吱声，是聋二应了她。聋二说，四郎在我这儿哩。于是，整个竹林湾都知道，那个晚上，我住在聋二的窑棚里。

母亲应着聋二，来到窑场。她灭了罩子灯，在茅棚的油灯下，将一张讨好聋二的笑脸展现出来。她说，我一猜他就在二父这里。

她将“聋二”改为“二父”，这是竹林湾很重的礼节，随着孩子的辈分称呼对方，听起来很亲近，我却感到肉麻。

母亲看看灶台，米饭已喷发出清香。我不再往锅里添火，把锅里的火苗压灭，让明火变成暗火，这样米饭不会煳锅。聋二往另一只锅里倒油，撒葱花，比大米饭更香的香味呛得母亲直打喷嚏。她冲聋二笑，说，二父，你的手艺可真不错，以后，四郎就交给你了。

聋二显然受不了这么高的礼节，说，桂花嫂，你还是叫我兄弟吧，随孩子们叫，我受不起。母亲就改口叫二兄弟。她说，行，叫二兄弟顺口。二兄弟，四郎在这里，可麻烦你了。

聋二说，没事，桂花嫂，四郎在这儿，我热闹。我一个人冷冷清清的，没得意思，四郎正好给我做伴。母亲说，二兄弟人就是好，你越是这样说，我越是过意不去。

母亲要回去。来时，是跟着一个过路人来的，回去时，母亲有些害怕，毕竟是山道，说不定湾子里那些野死（非正常死亡）的鬼魂，正在通往坟山的道上游荡哩。

母亲让聋二送她，我一个人不敢在窑场待。聋二撤了灶膛里的火，我和聋二把母亲送到我家屋后，我再跟着聋二返回。

聋二把拍砖用的方桌搬进来，依床摆着。饭菜的香味直往我鼻子里钻，我往茅棚里侧让开。我刚才吃过面，不能再吃。聋二盛了两碗饭，让我与他并排坐到床沿。他递给我一双筷子，说，吃吧。我说我刚才不是吃过面吗？聋二说，那是过下（下午茶）的。在我们竹林湾，来了客人，如果留吃饭，饭前做点热汤面，下点瘦肉。没有瘦肉的，放点韭菜鸡蛋，这叫喝茶。早晨叫早茶，上午叫午茶，下午叫下午茶。喝早茶叫过早，上午茶叫过中，下午茶叫过下。聋二把我当客待，我心里一暖，同时有些惶惑。

作业写完了，没什么事做，我就看书。聋二在棚檐挂一只马灯，继续忙碌。他推土，和泥，为明天做砖瓦坯子做准备。我在茅棚里另点一盏灯。风吹进来，油灯摇曳，光线闪耀，茅草墙上，到处是晃动的影子，像动物，像人形，像鬼魅。我害怕，走出窑棚，走到聋二身边，跟着他。窑棚前面的一株松树干上，挂着一盏马灯。四野空旷，凉风吹着。夜罩着整个山洼，马灯使山洼的一切变得朦胧幽暗。顺着马灯射出的光线，我望见了北山，看见山脚下那片坟地。我看不清坟的凸起，但我知道那里有很多坟，隐没在树影中。刚才茅棚里暖和，饭菜也香，我一时忘了坟的存在。现在，眼前的一切，像紧箍咒一样，弄得我头皮发紧，心也缩得紧紧的。我回到茅棚里。在茅棚里，我心里还是有些紧。我喊了一声二父。聋二回到茅棚，满手是泥。他问我，么事？我没有回答，我如果说怕鬼，他会认为我胆小。而且一提“鬼”字，我会更害怕。他一定是从我的表情上看出我内心的胆怯。他说，好了，不做了，白天抓紧一些。他在马灯下舀水洗了手，之后就坐在我身旁。他说，才吃过，怕是睡不着，你读书吧，读给我听。我盯着课本，有时翻一下眼皮看聋二。他静静地看着我，一脸很浅的微笑。我突然觉得，比之我的父亲，他更像父亲。父亲是沉默的、劳累的，他很少对我这么笑。

看了一会儿书，我打起哈欠，聋二说，洗个手脸，泡个脚，睡吧。灶台里煨着水壶，是一个旧的掉了漆的绿色军用水壶，不过它现在完全是黑色的，像一只被烧焦的乌龟。聋二用铁火钳夹住水壶，将热水倒进一只白瓷脸盆里，又往脸盆里舀了一瓢冷水，伸出一只手指头，在水里画着圆圈试水温。他说，洗吧，不烫。他将脸盆搁在我面前的地上。

洗完手脸的水，倒进脚盆。我把脚放进盆里时，全身热乎了。我的两只脚在热水里上下交攀，把水弄得吱吱脆响。洗了一会儿，聋二说，好了，别把水洗凉了。他说着，一手拿一块农家织的土布，另一只手抄起我的一只脚，将土布贴上来，给我擦水。我不好意思，把脚往后缩，他粗大的虎口将我的脚挊得无法动弹，像是给我脱鞋似的一拧一抹，我的脚就干净了。

我脱衣躺下。聋二抄起脚盆，在茅棚门口像撒网似的双手一扬，我听见水落地的扑腾声。他回屋，舀水，浣了脚盆，往脚盆里打了热水，兑了凉水，抱着脚盆出了屋。屋子里一下子静了，风从门口灌进来，从茅草的缝隙钻进来，吹得灯光摇摆，茅草墙上，再次出现奇怪的影子，它们晃动着。我喊聋二，没有回应。我趿着布鞋追出去，我看见他在茅棚的一侧擦洗身子。我看见他月下的身子分作三截，中间白亮，是他的屁股，那很少被太阳晒到的地方。父亲白亮的屁股，再次出现在我面前，我还想起父亲虎视眈眈的下体。我想，聋二会不会也是这样的呢？我就往前走，聋二极快地用汗巾围住身上的那圈白，头也不回，问我，你不睡，起来做么事？他的声音很大，像是在吼。

我脸一热，觉得丢人。我急忙说，我怕。此刻，我情愿说自己胆小，也不愿承认自己有偷窥的企图。他沉默着。我又说，二父，你到棚里洗呗。

聋二套上长裤，进到茅棚。他不再擦洗身子，只洗脚。他洗了很长的时间，那水已不再冒热气，他还在洗。洗脚水发出的声音，陪伴着他长时间的沉默。

我躺在床上。聋二终于洗完，他关了茅棚的门，上了床。家里没有多余的被，我们共一床被子。床单下是稻草。稻草显然晒过，干涩的气味驱走了床铺四周的潮气。我从来没睡过这么宽敞的床，很舒坦。

聋二的茅棚里，本来只有一张单人床，母亲告诉他想让我上他这儿睡的那天，他在他的床铺旁，钉了一个长条形的木框，与他的床铺相连，成了一张双人床。

聋二灭了灯。夜的黑扑过来。我们睡通腿。我的头朝着门。北山上那些旧坟，浮现在脑子里，我总觉得，那坟里会伸出长长的手来，只等我闭了眼，就来掐我的脖子。我爬起来，移动着身子，挪到聋二那一端。我说，二父，我也睡这边。聋二说，行。我又说，二父，点着灯不灭行吗？聋二说，不行，晚上风大，我们都睡着了，会把棚子烧着的。

我往里靠了靠。我感受到他粗粝的呼吸。他知道我有些怕，说，你睡吧，等你睡着了我再睡。

我侧脸看他，他的眼睛在黑暗中熠熠闪着。他果然睁着眼睛，等着我睡。我觉得他比亲生父亲还亲。我往他后背挨过去，贴着他温热的肌肤。

四

在通向学校的小路上，麻球拦住我。麻球同聋二一样，也是寡汉条子，因为脸上有麻点，又长着一个球一样的圆脑袋，因此得名。麻球踮脚，一条腿长一条腿短，干不了重活儿，生产队照顾他，让他放牛、捡粪，闲余时偶尔给人剃头。

我和我的小伙伴们都不喜欢麻球。未见其人，先闻其味，那猪屎的臭味，让我们苦不堪言。我们总是躲着他，可他偏是躲不开的人，我们每个月要被他按在椅子上剃一次头。一想起他那提粪箕和拿粪耙的手在我们头上摸来捋去的，我们身上就像爬满了毛毛虫。他一张臭嘴，总是说一些我们小孩半懂不懂的话。看他迎面走来，我绕道另一个田埂，他瘸着的腿，竟然走得飞快，我低头寻路，抬眼工夫，他堵在我站立的田埂那端。

这个猪粪一样讨人嫌的人，躲不开，我就想早点从他身旁过去。我故意用手捏着鼻子，表明我对他的嫌恶。他不理会，只顾自己说话。他说，春天了，你娘这是发情了，把你赶到窑上去，好让你父跟她上骒。

上骒是我们石桥河一带的方言，指一个公的牛羊猪狗，爬到母的牛羊猪狗背上，耸动着屁股，配羔子崽子的行为，也指男人和女人做丑事。上骒不是什么好话，经麻球嘴里说出来，就更龌龊。难怪我的哥哥们说，麻球狗嘴里吐不出象牙，只能吐猪屎，让我离他远一点儿，但我无法逃离。满嘴黑牙的麻球，抓住我的手，说，你父你娘把你赶走，是想给你生个妹妹。他们晚上想这样。他说着，他左手食指拇指拃成一个圈，右手食指插入圆圈，前后移动。我憋红了脸，受了极大的委屈。我感到这个麻球是在骂我，眼泪几乎落下来。我绕开他，快步走。我白麻球一眼，他却不知趣，顾自说着：你娘真厉害了，都快把你父吸干了，看你父瘦的，他就是一只猴子。瘦猴瘾大，一天一日，一日一猴（“猴”字此处是动词，方言，蹬腿弯腰的动作）。你父跛着个腿，什么也不耽误。麻球越说越下流，要是毛刺，早骂他了。我内向，脸皮薄，骂人张不开嘴，只在心里骂道：自己的腿也是跛的，还说别人。

麻球从来不承认自己是跛腿，他说他只是踮脚而已。

我在窄窄的田埂上，与麻球擦身而过。我真想把他这个粪球挤到水田里，无奈他是大人，底盘重，虽然踮着一只脚，也比我有力量，站得稳。

麻球快步追我，他踮脚到底没我跑得快，没追上我，但声音追了上来，一字一句：你父你娘把你赶跑了，夜里还不得疯死？别看你父瘦，屁股可不小，又大又白，在你娘身上像聋二拍砖坯似的，叭、叭、叭……他的话像坚硬的石头，拍在我的脊背骨上。

我两腿酸软，就在这一瞬间，他突然箭一般奔向我，双手从我的腋下包抄过来，裆部贴着我，像郎猪在母猪身上上骒一样，耸动着他的屁股。他说，你父就是这样给你娘上骒吧，就是这样，这样，这样……我感到身后有木棍一样的东西，一下一下杵着我。他的嘴像猪拱地垄一样拱着我的脖颈、耳根。我被他越抱越紧，几乎窒息。我寻个机会，将头狠狠地向后仰去。我的后脑勺砸中了他，可能是他的鼻子，也许是嘴唇，我听见他啊的一声，那双震颤着的手松开了。

我趁机挣脱开他，在田埂上狂奔，在水田旁边的坡地上，我看见了他的粪箕，它差点绊倒了我，幸亏我机灵，一个跳跃，跨越而过。原来他早就放下粪箕，专门用来拦我。

躶日的儿马子！

他还在骂。他的声音捎带着猪粪的气味，在风中飘荡。

“躶”[①]是我们红安方言，特指男人身上长出的“果子”，即男人的性器。红安人，民风淳朴，说话文明，用词隐晦，这源于红安的理学遗风。宋朝的程颢、程颐曾在红安讲学，红安县二程镇镇名就由此而来。二程镇现在还有祠堂供奉着“二程”的塑像。当然，那时候的红安不叫红安，叫黄安府。

五

麻球年轻时，跟一个老剃头师傅学剃头。“徒弟徒弟，三年受罪。”乡村的手艺人，得三年出徒为师。但据说这个麻球，学剃头的时日，不但没受罪，反倒享受到天伦之乐。师傅游街走巷，他跟着；师傅不出去，他就住在师傅家。他到处说他吃得好，做

---

① 躶：“裸”的异体字。在红安县志及红安方言中，特指男性生殖器官。

得也不苦，在师傅家住得舒适，师娘对他好得不得了，三天两头，就把他的被子浆洗一遍，饭碗端到他手中。说得多了，就让人听出别的色彩，说他与他的师娘有一腿。有不信的，说不可能，他师娘怎么会看上这样一个满脸麻子的人？有人信了，说怎么不会呢？他师傅多大岁数，他那时年轻，年轻人躲硬。更何况他是麻子，“脸上有麻，床上不塌”。这里的“塌”是软塌塌之意，说的是麻子上骒的功夫。传言多了，到师傅耳朵里，师傅把他赶出家门。他回到竹林湾，自己操刀，在石桥河一带给人剃头。他只能算半个剃头匠。“半瓢水晃荡”，麻球吹自己是剃头好手，却不是割破了别人的脸，就是割破别人的鼻子。

麻球的麻脸与别人的麻脸不一样，别人的麻，是坑，他的麻，是凸起的，那张脸，便像还未炸开的松球。我们怕他那松球一样的脸，怕他的粪箕粪耙，怕他身上的猪屎味。我们更怕他的那把剃刀。我们六七岁的时候，他常在无大人的墙脚，或是林子里、坡凹处，逮住我们，手伸进我们的裆里，摸我们的那一小坨肉，摸、捏、撸，还问我们，你父跟你娘昨夜上骒了吗？我们不回答，他就用劲，还说要把我们裤裆里那坨肉割下来喂狗。我们那时候，自然不知道这坨肉多年后，会给我们带来那么大的愉悦，我们只是怕痛，还担心割了之后撒不出尿来。于是，我们有问必答，直搞得他目光邪闪，嘴流涎液，满意而去。而我们的后果是，裆部会肿痛好几天，但从未向大人们说过。他做得出，我们却说不出。这样的事，于我们乡村男孩，是很平常的一种玩闹。

直到我后来上了中学，才知道麻球这坨臭猪屎，是在亵渎我们的娘，是意淫。他这么追着孩子们，说着我们父亲母亲的关于他想象中的性事，能获得精神上的愉悦，甚至生理上，也会伴有快感。我后来回竹林湾，偶尔看到麻球，想起过去，竟然觉得他其实不那么坏。他应该算得上我们竹林湾男娃们的性启蒙者。

麻球拦我的那个早晨,我像风一样飞奔。我只有用风的速度,才能逃离麻球身上那股猪屎的气味。我已经跑出很远了,他还在喊,晚上别上聋二那儿睡,上我那儿吧,我也给你做好吃的……

我跑了好长时间,甩掉了他身上的猪屎味,甩掉了他的声音,但他的影子,却一直跟随着我,怎么也甩不掉。一个捡粪的,猪粪牛粪臭狗屎,都往他那个粪箕里装,他却像是干什么体面活似的,将粪箕立在离猪粪牛粪臭狗屎一米远的地方,侧着身子,将粪耙斜到猪粪牛粪臭狗屎的前方,单手用力,那堆猪粪牛粪或臭狗屎,就在他面前飞成一个抛物线,落在他的粪箕里。如果不是一坨粪,是一个石子或土块,他做出那样的动作,可谓潇洒。因为是捡粪,湾子里的人,说他是臭美。按说,他这也是做好事,使村街变得干净,但没一个人说他高尚,不仅因为他一身猪粪味,还有他那张自娱自乐的嘴。他喊我夜里上他那儿睡。我才不去呢,跟他睡,与睡在粪堆里有何区别。

麻球追逐我时,是早饭后的时光,但我并没有吃早饭。我上过早学后,回家吃饭,饭还没有熟,母亲直咳,不断地用扇子扇着灶膛,灶膛里冒着一股黑烟。母亲埋怨柴没干,只冒烟不冒火。母亲说,唉,当个女人真难,一年三百六十五天,一天三顿,哪一顿也少不了。一锅饭,一盘菜,一眨眼就没了。我命苦哇。都是你父,害得我生这么多儿,哪怕有一个女伢,替我烧顿火,做顿饭,我也不会这么累死累活……

我不愿听母亲这么叨唠,说着牢骚的话。我怕上学晚了,老师训斥我,我就饿着肚子往学校去。

顺着南山坡,走到南山冲,聋二在田里薅秧苗,看见我,冲我喊,四郎,你这么早就上学,你吃饭了吗?

我说我吃过了。

六

我刚坐到教室里，肠子就在里面造反，乱动，像有一双大手在里面拧着。肠子不但绞痛，还发出幽幽声，同桌吴三宝以为我是放屁，嫌恶地斜我一眼，还夸张地一手捂着鼻子，另一只手呈扇子状扇风。他刺痛了我的自尊心，我站起来，直问他，我没放屁，你捂鼻子搞么事？我的举动引来全班同学的目光。老师说，别捣乱，再闹就出去！老师的目光指向我，显然，他是在批评我。

我坐下，低头，不看老师，也不看同学，就盯着桌子。许久，下课的铃声响起，我那憋在眼眶里的泪，终于不可克制地涌了出来。我怕他们看见我哭了，就躲到教室后面。

我用手压着肚子，听讲走神。儿子多，除了穷，有什么用？人家毛刺，他娘成天换着花样做给他吃。母亲做的饭，清汤寡水。现在，饭又总是晏。她竟然还想给我们生个妹妹！

四郎！一个声音从林子里传来。我循声，不见人，有几根松枝在晃动，微微的恐惧让我心里一紧。我正要逃离，聋二钻出松树丛。他从怀里掏出一个包裹，是一张白色的崭新的毛巾，毛巾里，香气扑鼻，是一个饭菜团子。

我接过来，毫不犹豫地接过来。我蹲在地上，吞咬着饭菜团子。里面有菜，有大米饭。聋二见我狼吞虎咽，让我慢些吃。他说，不怕，吃不完带到教室去吃，我听说有的同学没吃上饭，家长也往教室送过。

家长？我心里一动。我包着一嘴饭，翻着眼皮，看见他脸上掠过一丝幸福的光。别的家长，是把饭直接送到教室，他既然送来了，为何躲避？因为他不是家长？是考虑我的感受，还是怕同学嫌他是个寡汉条子？

我几口将饭菜塞进嘴里，咀嚼完毕，聋二递给我一个军用水壶。这个水壶也旧了，但油漆还在，不是那种新鲜的绿，是暗绿色，型也正，不像他灶膛里的那一只，已成了一只黑乌龟。聋二很少穿旧军装，只有这两只水壶，表明他曾经是一个军人。

水很热，但不烫。我一边喝水，一边瓮声问他，怎么晓得我没吃早饭。他说，听你娘说的。我的眼睛酸酸的，好像有液体在涌动，好像喝进去的水没有流进喉咙，而是直接流向了眼角。我把头很低地低下去，不让聋二看见我潮湿的眼。

聋二一直微笑着看我吃。他笑的时候很好看，牙很白。他的短头发使他看上去其实并不老。我望着他转身离去的背影，心里酸涩，这是我记忆中第一次知道感动。家里弟兄多，谁吃过了，谁没吃过，似乎没人过问，更别说把饭送到学校。

同学们还是发现了房后的一切，他们问我，你们湾那个烧窑的寡汉条子给你送饭了？我疑惑地望着他们，莫非他们的目光能转弯？毛刺说，嗨，谁闻不出来？那饭菜包香得冲鼻子。毛刺说这话时，咽着口水。孩子都这样，总觉得别人家的好，他家的饭菜，我见一次馋一次。而我家的疙瘩汤，他娘是不稀罕做的，他竟然跑到我家，吃得哧溜哧溜响。

一天就这么过去了，家里的夜饭还是晏。天完全黑了，毛刺端着碗，到我家门口吃，而我家的灶膛里，还是浓烟四起。

二奶进到屋里。她咳嗽着，却没有声音，喉咙里像暗流涌动。

第三章　烈士

一

石桥河是一条天然河，绵延数百公里，从县城西的金沙湖流出，向西向南，途经几个乡镇，流至石拱桥下，河水回旋，河面变得宽阔，烟波浩渺。夏日水涨，桥矮下来，竹林湾半大小伙子，站到桥上石狮的肩头，两腿一蹬，双手高展，人就像水鸟一样，扑向河面。

石桥河水在竹林湾稍息片刻，继续它的征程，向南流向觅儿寺、八里湾、黄陂县，注入长江。石桥河一年四季，河水奔流。石桥河的上游是金沙湖，因一条金沙河而得名。金沙河的源头在大别山。巍巍大别山，屹立在鄂豫皖边区。夏季雨水多，沟沟壑壑的水，奔向金沙河，金沙河裹挟着金灿灿的黄沙，奔涌向前，穿红安城而过，流到城外，水域变得又宽又深，形成一个天然湖泊，即金沙湖。文人墨客在湖畔驻足、游玩、吟诗作赋。金沙湖是上天赐给红安人灌溉田地的天然之水，种粮吃饭养命，是水的宝库。山野农夫，缺少文人的浪漫，多了农人的实际，他们称这湖为金沙河水岸。每日清晨和黄昏，湖面烟雾迷蒙，湖中间的那个小岛，若隐若现，整个湖面，美若仙境。湖畔的泥土，在霞光或夕阳下，亮光闪闪，像粒粒金沙。夏季雨水充沛，官府派人在这里加固堤坝，或放水泄洪，石桥河是其排水河流之一。金沙湖泄洪时，石桥河水汹涌奔流，水面随之变阔，在竹林湾处，宽百余米。有雾的清晨，看不见对岸，放眼望，竹林湾像是依傍在湖畔。

金沙湖水，滋养了红安人，也滋养了石桥河。石桥河，也为金沙湖的平安存在立下功劳。

石拱桥有五孔，中间孔最大，两旁四孔略小，以桥的最高点为中心，东西对称。五孔下方，除了最西孔，其他四孔之下，各插着一支铁剑。老人们说，石桥河里有一条小黑龙。黑龙在水里，保证我们风调雨顺。桥下水深且阔，是小黑龙常待之地。黑龙要是出来作恶，那四支利剑中离得近的那一支，就会自动飞向黑龙，足够要它的命，故而龙很少出来祸害人。

我们半信半疑，那剑被固定在石头缝里，怎能自动飞出？为何不在桥的西孔下也装上剑？老人们说，如同狼要吃肉，小黑龙要吃人，得给留下一片地。它若没人吃，去到别处，谁掌管石桥河的风雨？况且它吃的人，都是该死之人。

二

那年夏日，洪水泛滥，石桥河上却并未见死尸浮过。秋日河水静流，石桥河也是平静的。冬日水瘦，更不会死人。竹林湾人以为，石桥河每年都死人这亘古不变的规律，这年改变了。却没承想，冬日里，还是死了人，不是淹亡，是砍头，是刀割。他不是别人，正是木兰山游击大队石桥河小分队的队长田开河。

那个冬日，我爹爹看见游击队长田开河被白腿子军押解，一屁股跌坐在地之后，很快意识到，他不能这么坐着。他得去看看，想办法，能营救出来更好，营救不出来，也尽量接触他，问问我二爹的事。爹爹在林子里东奔西撞，一路小跑，回到自己的家。他告诉我的二奶，让她把我父亲如喜带进南山坡下的山洞里。他预感到竹林湾将有一场大劫难。

保长刘家兴，敲着大铜锣，喊道：各家各户，只要有喘气的，就去石桥河下，观看惩罚暴徒田开河。

刘家兴的身后，跟着五六个白腿子兵。他们拿着枪，指指戳戳，像赶牲口一样，把人往河边赶。二奶牵着父亲如喜，往洞里跑时，被发现了。他们也被圈进了人群。其实，南山坡爹爹挖的那个地洞，能躲过白腿子兵，却躲不过保长。竹林湾的人，谁在哪里藏身，刘家兴比自己手上有几根指头都清楚。

石桥河下，黑压压的全是人头。河套两旁那些村庄的人，像暴雨前出动的蚁群，都往这里移动。这几年，石桥河畔，田肥水美，后来几场战争，人口锐减，石拱桥下河水之畔，人群攒动如蚁的场景，以后再也没出现过。

田队长绕道竹林湾。他想告诉爹爹，告诉我的二奶，我的二爹石头在队伍上。兵荒马乱，他怕有闪失，没敢把他带回来。过些时日，一旦有机会，他就亲自把二爹送回来。哪知在石桥河畔，一身农民打扮的田队长，被保长刘家兴认出来了。保长带着他的保安队，将田开河抓获，并立刻报告给白腿子兵。

爹爹看见五六个白腿子兵跑上石拱桥。他们从桥上扔下一条麻绳。他们把麻绳缠在田开河的脖子上，欲将他吊在桥下，但似乎不想让田开河死得过于痛快，达不到示众的效果。一根从污泥里探出来的铁丝提醒了一个白腿子兵，他抽出那根铁丝，扯开田开河的上衣，向他裸露的肌肉抽去。无奈那铁丝锈蚀，碰在田开河厚实的胸脯上，瞬间折断。

那个白腿子兵恼羞成怒，他冲人群喊：谁家有铁丝，回家拿一根来！没有人回应，保长也在喊着，谁家有铁丝？见无人应答，两个白腿子兵举枪，要朝人群扫射。麻脸的刘天球说，别，别，我去拿，我家有。刘天球说着，叉开两只圆规似的细腿，向湾子里跑去。那个白腿子兵冲他喊，快去快回，你要是不回来，老子抓到你，剥你的皮，抽你的筋！

刘天球很快回来了，他手里拿着两尺长的铁丝。刘天球是竹林湾的一个老鳏夫，年幼的儿子就是麻球，与我的父亲如喜同龄。刘天球去拿铁丝，其实是想趁机溜走，因为保安队长刘家兴最后那句话，他不敢溜。他把自己年幼的独子，藏在茅厕里捆了个结实，还用毛巾塞了嘴。之后，他从他家院子的破门上，解下这根铁丝，回到石拱桥下。

那名白腿子兵从刘天球手中抓过铁丝，抽打田开河的脸和赤裸的上身。血从他的皮肉里渗出来，先是极少的。天地冷硬，血渗出来，挂在他的胸膛上，呈红色球状，像粒粒珊瑚，慢慢地，伤口多了，大了，血就像漫过田埂的雨水，越来越多，模糊了他的脸和赤裸的肌肉，往下流淌，滴落在河床的淤泥上。

那年该着有难，多年没干枯的河，干得像一条过水的小阴沟，小黑龙渴得飞奔离去，后来涨水了，才回来。竹林湾的老人们如是说。

田队长咬牙，始终没有发出一声叫喊，甚至呻吟都那么低沉，比铁丝抽打在皮肉上的声响更轻。

那个白腿子兵一边抽打田开河，一边问他大部队在哪儿。田开河冷笑道，在七角山，在木兰山，在三角山，在天台山，在鸡公山，在桐柏山，在大别山……有山的地方，到处都是我们的部队。白腿子兵冷笑道：如此猖狂！阎王爷刚刚将你判了。他的小喽啰们正在路上拿着绳子来套你，你还装茅厕里的石头——臭硬。

田开河呸他一声，说，不错，阎王的喽啰们来了，不过，不在路上，就在眼前。你们就是这群地狱里的喽啰。你们很快就会回你们地狱里的老家！

白腿子兵气得猛一挥手，田开河脸上多出一道血痕。他吼叫着，说，你干什么去了？大部队在哪儿？田开河把一张血肉模糊的脸，朝着白腿子兵。他毫无惧怕，用嘲讽的目光看着他们。他说，我去送信，给各个游击队送信，给所有红军大队送信，告诉他们，来消灭你们这些欺压老百姓的狗东西。我们的大部队遍布黄安、麻城县的每一个角落。田开河说完这话，就不再张口，任白腿子兵怎么发问，他就这么沉默着，像在闭目养神。

另一个白腿子兵，从那个打手手里接过铁丝，面朝田开河，咬牙切齿说，想当聋子是吧，那好，我成全你。他将血淋淋的铁丝拽直，一手薅住田开河的左耳，将铁丝往他的耳朵穿进去。众人发出一声惊呼，田开河并没叫。此刻，呈现在石桥河人面前的，是一个因剧烈疼痛而挣扎，但始终没有发出痛苦呻吟的聋人。铁丝不断地往田开河耳朵里进，像一把钻钉钉向一只血葫芦。铁丝终于从田开河的右耳穿出。两股血流，从他的两耳奔涌。

田开河五官向中间聚拢，他嘴唇紧闭，他是在紧咬牙关，不让自己发出痛苦的呻吟，但人们还是听到了声响，那是来自他胸膛的沉闷的声音，那是他热血奔涌的声音。人群发出一次又一次的惊叫。

那个白腿子兵将铁丝两端缠成死结，铁丝就在田开河的头上绕成一个半圆。白腿子兵将绳子套在铁丝上，朝桥上挥手，田开河就被吊了起来。这是竹林湾人从未看过的情景。以前，刘姓族人也在桥下吊过人，要么是从腰间系牢，缚住双手拷打，要么是吊着脖颈，直接处死。被穿透双耳吊起来，他们还是第一次看到。人群发出的尖叫声，像河面的风，吹动一波又一波的浪。

田开河双腿上缩，似乎想减轻自己的重量，减轻疼痛，但这样的动作，可能使他更加痛苦。他慢慢地伸直双腿，先是脚尖上勾，接着那脚尖就垂下了。

围观的人，有人还小声说着，可怜啦，这些白腿子，也太狠心呀。人群甚至发生了骚动，白腿子兵朝天放了几枪，骚动的人群平静下来。

田开河被吊离地面。爹爹满脸是痛苦的表情。他看见田开河绷直双腿，不让自己有丝毫动弹。爹爹明白，田队长在极力地向众人展示他的刚强、勇敢。他在极力地维护他一个红军战士的尊严。

我的爹爹掉转脸去，不忍卒看。他听见白腿子兵再次冲田开河喊叫。他们明知道他已经听不见，他们显然是杀鸡给猴看。爹爹紧握双拳，指关节咯咯有声。又是一声鞭响，说！白腿子兵吼道。田开河嘴里，一股鲜血奔涌而出，喷洒在他面前那个白腿子兵的脸上。有一小片血淋淋的肉在阳光下坠落。田开河咬断了自己的舌头。

田开河听不见，也说不了，但那几个白腿子兵不肯善罢甘休，他们拿出纸和笔。一个白腿子兵说，哼，说不了，就写，撬不开你的嘴，不还有手吗？写！

田开河的手被反缚身后。一个白腿子兵解开他的手，要他写出木兰山游击队指挥部所在地。他们或许以为被折腾成这样的田开河，无缚鸡之力，的确如此，田开河右手一挥，想给那个白腿子兵一个耳刮子，但他借不上力，无奈地做了个挥手的动作。他吐出一口鲜血，喷洒在那个白腿子兵的脸上。

白腿子兵躲闪的同时，跌倒在污泥中。

这是一个壮实的大个子兵。他爬起来后，伸出袖子，擦去脸上的血痕。他朝着田开河，吼叫着，叫你写，你不写，看来，你这手也是不听招呼，留它何用！

田天河的右手，伴着一道寒光，落在污泥上，剩下的半截胳膊，喷涌着血。爹爹拔脚就要冲过去。就在这一瞬间，一只小手死死地抓住了他，接着，他听一个稚嫩的声音，父！爹爹低头，看见他年幼的儿子，我的父亲如喜，正胆怯地仰望着他。父亲身后，是我的二奶。显然，幼时的父亲没有这么大的力量，二奶的一只手，也紧紧地拽着爹爹的衣襟。爹爹的腿迈不出去。他一把将儿子搂在膝前，用两腿将儿子的脸埋起来，不让他再看这骇人的场景。

随后的情形，别说小孩，就是爹爹他们这样的七尺汉子，也不敢正视。那个大个子白军，让田开河用左手交代，没有回应，就砍下了他的左手。随后，他们将田开河往下放了放，使他的脚尖能够着地面。他们要他用脚尖在泥地上，画出木兰山游击队所在地，没有回应，他们挥刀砍下了他右脚，接着是左脚。几乎所有的人都转过脖子，脸朝向远处。田开河的双手和双脚就这么离开他的身体，被衣袖和裤脚包裹着，在污泥上痉挛。

白腿子兵一刀割断了田开河的裤腰带，用刀尖轻挑，田开河的裤子滑落下来。白腿子兵将刀尖抵在田开河的裆部，手腕一拧地挑，一个肉团掉落地下，而他的两腿之间，就只剩下一个血窟窿。

那个白腿子兵用血淋淋的刀，指着田开河身上这个血窟窿，说，这辈子临死无妻，下辈子同样断子绝孙，让你这个暴徒永世做鬼，做太监，不得翻身。

一股怒火，在爹爹心里燃烧。他紧紧地按住我父亲的头。父亲的小手抱住他的大腿，爹爹时刻感受到他的存在。如果不是放不下父亲，爹爹真的就冲出去了。

爹爹一身力气，一把斧头，砍得木头雪花般飞舞。桥下三四个白腿子兵近距离拼杀，怕也难是他的对手。爹爹怕的是桥顶，那上面架着两杆步枪，一挺机枪。爹爹清楚，他要是冲出去搏杀，必死无疑，他身边这些人，包括他的儿子和我们的二奶，都难以幸免。

爹爹不能冲过去,就尽量地不去看那残忍的场面。同他一样，被迫围观的人，不忍看下去，可又不敢离开，人群一有骚动，子弹就响在他们的脚下。

等爹爹再次在白腿子兵的吼叫声中转过脸去时，他看见的，只有田开河的头，像一只血葫芦挂在那里。爹爹的脚就像踩在棉花上，轻飘飘无一丝力气。

整个行刑的过程中，父亲贴着我爹爹的衣襟，几次偷偷抹过脸去。他哭了，但是，他害怕，没哭出声来。他看过地主刘家兴家杀猪，把猪架在门前的梯子上，也是这么一刀一刀地砍，一块一块地卸，最后只剩下一个头。

爹爹将父亲的脑袋往里收了收，让他紧靠着自己。爹爹仰望天空。深秋的天空，刚才还天高云淡，现在，一片片云朵，投下一块块黑色的阴影。白腿子兵几声吼叫之后，天像一口黑漆漆的锅，整个地倒扣下来。

桥上的保安队员冲人群训话：如果谁家敢私藏共匪，其结果就同他一样！

人群散去。散去的人群，在路上议论着这位红军游击队队长田开河。

田开河是下河湾一个读书人。他参加共产党，组织游击队。白军在抓到田开河之前，找老两口要人，老人受不了打骂，在家悬梁自尽。他们死于同一时辰，同一房梁。可怜的田开河，还没来得及给爹娘收尸，自己就身首异处。

三

爹爹回到家，迟迟睡不着。午夜时分，他披衣起床，拎一个麻袋，拿一柄铁锹，借助树和黑暗的掩护，走近石桥河。

有两个人，一人背一支枪，守着田开河被悬挂的头颅，是保安队员。他们并没有站在桥上，他们在桥洞里，那里避风。爹爹完全可以收拾这两个人，但是，他不想弄死他们，那样会引起新一轮的屠杀。爹爹等了很长时间，一个哨兵到边上撒尿，另一个哨兵倚着墙，响起了呼噜。风声和尿滴声，掩盖了爹爹的脚步声。爹爹很轻松地接近那个撒尿的人。他左手搂住他的头，右手闪电一般，口袋里事先准备好的破布，就塞在那个人的嘴里。爹爹能挥动一把砍斧，也会雕龙凿凤，是一个粗中有细的人。他没费什么劲，就把那个人绑了，一根绳，将手和脚系死在一起。另一个哨兵听见动静，哎哟的惊呼声刚喷到喉管，就被爹爹一掌拍了回去。爹爹像踩倒一棵高粱似的，将他按倒在地，这人还没来得及喊叫，嘴同样被一块烂抹布堵死。

那一夜，爹爹戴了一只黑线织的、只露两只眼睛的套头帽子。这样的帽子，至今在我们石桥河两岸的冬天还有人戴，它有一个形象的名字：狗钻笼。

爹爹确信那两个保安队员被绑得无法动弹，就不再理会他们。他借助夜的微光，将身子低下去，几乎是匍匐在地。他寻找着田开河的尸体、两只脚、两只手，两条大腿，还有腰身子，再加上那个依然悬挂着的头。白腿子兵，真的把田开河大卸八块了。爹爹把每一块都装进麻袋，将麻袋藏在河边的那些树叶脱落的柳枝间，悄悄地上桥，摸到那根麻绳，他一点点地往上收，将田开河的头解下来，捧在胸前，回到桥下，将这只高贵的头颅装进麻袋里，与他的手脚放在一起。

爹爹没有上桥，他就在桥洞下，踩着污泥往南走。他突然想起，田开河的舌头和阳物还留在桥下。爹爹返回石拱桥下去。那半截舌头太小，早没进污泥里，找不到了。爹爹不敢久留，找不到就找不到，但田开河的阳物，是一定要找到的。这个不能丢下，没了这个，田开河下辈子无法托生成一个完整的男人。

爹爹花了很长时间，终于摸到了男人身上最柔软的一坨，被冬日的风，吹得冰冷坚硬，像一块干硬的泥巴，但爹爹还是感觉到了它。爹爹心里一喜，总算有了一具全尸！这竹林湾的人，还算仁义，仅有的几条狗，各家都看好了，没有往外放，这才保住了田队长的尸体。

下河湾在石拱桥西南，与观音寨隔河相望。爹爹在下河湾处，将麻袋轻轻放下来，打开麻袋口，朝着石河湾静默三分钟，让田开河的灵魂归家。

黎明时分，一场雨绵密而冰冷，像是老天爷在为英雄田开河悄然落泪，又像是在冲洗石拱桥下那摊血痕。保安队长刘家兴，在细雨中带着五六个保安队员，搜查尸首，搜寻那个盗尸人。他怀疑我的爹爹，因为在竹林湾，恐怕只有爹爹有这么大的本事，能一人制服两个保安队员，且做得那么干净利索。但他仅仅是怀疑，没有亲见。他带人在竹林湾转悠，想搜寻到一些凭证，寻了一上午，没有结果。而此刻，我的爹爹依然在他的一亩旱田里，默默地干活儿。保安队员在他身边的田埂上走来走去，脚后跟带起一股尘土，爹爹眼都不抬。搜寻无果，保安队长刘家兴就带着他的保安队去寻找田开河被埋之地，发现石桥河边的土地上，有新土的痕迹，就掘几锹看看。他扬言掘地三尺，也要把田开河的尸首挖出来，再次挂到石拱桥下示众。就在此时，观音寨传来了枪声，红军游击队打过来了。刘家兴急忙带着他的保安队，混入白腿子兵群，说是助战，实则是保命。

观音寨上，仗打了一天一夜，先是红军占领了山头，在上面修筑工事，到下午时，红军撤离，白军上了观音寨。到晚上时，红军突然发起进攻，白军撤离。那场战斗，白军最后好像无心恋战，急匆匆地撤到七角山腹地，消失在通往县城的土路上。

硝烟散尽，我年幼的父亲跟着二奶到观音寨捡柴火，捡蘑菇。二奶不让去，父亲吵吵着，要捡子弹壳。在半山顶的某一处，二奶发现了一些新折断的松枝，她用稻草绳去捆，她要把它们背回家，晒几天，就可以烧。二奶拨开它们，发现它们遮掩着一片新土，像是一个新坟。二奶有些害怕，她拽着父亲，急促地离开那个地方。

二奶回来后，把她的发现告诉我的爹爹。爹爹说，那的确是一个坟，那是队长田开河的坟。他告诉二奶，不要告诉别人，否则会很麻烦。爹爹说，他一个人，无法把那坚硬的土地挖出一个棺材状的坟来，山上多石头。他只在相邻的地方，躲开石头，连着挖了四个坑，按照头、双手、身子、双腿和脚，排列安葬，基本上是躺着的形状，勉强算得上入土为安。

父亲大一些的时候，才知道这个坟的故事。解放后，父亲重新修筑了那个坟。他把那四个凸起的土包连起来，垒上青砖。土包与土包连接处的青砖凸出来，使人们一看就知道这是由四个坟连缀而成。每天清晨，黎明的薄雾被太阳驱散，站在石拱桥上，能看见观音寨半山坡向阳处，一个青砖坟被半掩在树枝和绿草间。这也是爹爹把田开河的坟选在这里的原因。坟沐着太阳，朝着石拱桥，朝着田开河殉难之地。多年以后的每年清明节，父亲都会带上我们，给这个坟添点新土，在坟头上放一束野百合。坟的四野，映山红红得像一簇簇燃烧的火把。每次，父亲都鞠三个躬，什么也不说。

四

爹爹埋葬田开河，他以为自己做得神不知鬼不觉，但他的事，还是被传出来。下河湾田开河一个同族的兄弟，也想取回堂兄的尸首，让他入土为安。他来到桥下，看到爹爹正在做他计划做的事，而且做得那么漂亮，他躲在暗处，看着爹爹做着这一切。

爹爹那夜的故事，不但传遍竹林湾，也在整个石桥河流域传颂。当然，那个田姓青年，并没说出爹爹的名字，只说是一个很厉害的人。而那个叫刘天球的，因为拿来铁丝，被视为恶人的帮凶，被人指着脊梁骨咒骂，他自己也咒骂自己。他说，我个鸈日的，我不知道他们是要用铁丝穿田队长的耳朵，我要是知道他们是穿田队长耳朵，打死我，我也不去找那根铁丝。真的，我真的不知道……刘天球不久疯掉了。再后来，在一个冬日的早晨，人们在露天茅厕里，发现了他的尸体。他的肚子被粪水灌得像猪尿脬一样大，大伙儿说是报应，只是这报应不该殃及麻球。可怜麻球还是一个孩童，自此成了孤儿，遭受人间罪孽。

突然有一天，爹爹躺在冰冷的门板上，被人抬回竹林湾。他大口大口地吐着血。奶奶伺候爹爹。她一边抽泣，一边擦他嘴角的血迹。二奶在一旁做帮手。二奶问，嫂，大哥这是怎么了？奶奶说，在外做工，回来的路上，在林子里碰到了鬼，被鬼拍了背，震裂了肝肺。二奶泪像雨点滴落。她其实在湾子里听到了一些风声，她知道我奶奶瞒着她的意图，冤冤相报何时了？她不想这么斗下去。那时，奶奶的肚里已经有了我的姑姑秀兰，也就是我们的秀姑。

爹爹最终没熬过年关，在腊月初八这天，他喝了半碗腊八粥，吐出一口鲜血，脖子一歪，就咽气了。奶奶急火攻心，动了胎气，生下了我的姑姑。但奶奶因失血过多，前后脚跟爹爹走了。丧事喜事，脚前脚后，来到我们老杨家。

这年，黄安县淫雨为灾，各乡村大麦、小麦及油菜收获不及往年三成，饿殍遍野。

我的二奶当起父亲和秀姑的娘。后来有了我们，我们管二奶叫奶。很长时间，我们以为她是我们的亲奶，她所盼的二爹，只是她的小兄弟。我们觉得家里缺一个爹爹，就问父亲，父亲说，爹爹病死了。父亲说得很平静，仿佛在说着一个局外人。

1952 年 9 月 1 日，黄安县正式更名为红安县，启用新的官印。这几年，追认烈士工作在全县展开，二奶带着年少的父亲，迈着她那双被缠裹又放开的半大的脚，走在通往乡里、县里的土路上。那时候，红安县烈士十四万，登记有名有姓的有两万两千五百多人，很多人家，靠一纸烈士证书和每月八块钱，抚慰着伤痛的心灵。二爹没了消息，生不见人，死不见尸。县民政局一个女工作人员对二奶说，有一个姓杨的小红军，叫杨向东，在黄麻起义中牺牲了，跟你说的那个杨石头同龄，莫不就是他？反正也没别人来认领烈士证，要不你领去？估计怕是你要寻的人。二奶跳起脚，冲那个女工作人员说，我不要，他不是我家的石头，我家的石头一定还活着。我家的石头叫杨纪红。二奶去查烈士名录，没有杨纪红这个小红军，二奶的心里陡地轻松。她不敢面对的事情，果然没有出现。

二奶手抚着父亲的肩，对民政局的女工作人员说，先不说我男人石头，这孩子他父，应该是烈士。当年田开河队长在石桥河下被分尸，是他掩埋的尸体。因为给红军做事，得罪了白腿子兵，被白腿子兵打了，回家躺了几天，吐血死了。女民政说，评烈士是有标准的，你说的这个人，我们也是知道的，县里有记载，他埋葬了红军田开河，做了好事，值得颂扬。但他不是红军，至于他是否是被白腿子兵打死，没人亲见，没有证据，所以，他一时还不能算烈士。

不算就不算吧，人已经死了，二奶想寻活着的人。她坚信二爹活着，他绝不是那个死去的小红军杨向东。

二奶领着父亲，匆匆走出民政局。

几天后，民政局的那个女民政，带着一个男民政，特地来到我家。他们告诉二奶，他们没有查到叫杨纪红的小红军，倒是还有一个也叫杨向东的，被俘后投了敌，后来跟了国民党的部队，是死了，还是去了台湾，就不知道了。据记载，他投敌那年，不是十三岁，而是十六岁。有老红军写的回忆文章说，他的口音夹杂着县西南石桥河一带方言。二奶心里一慌，她连忙说，不可能，不可能，他绝对不会是我家的石头，我家石头叫杨纪红。他肯定还活着，但不可能投降，也不可能成为国民党。他的性格我知道，他就是死，也不会投降。那个男民政说，你说的也许没错，他很可能死在黄麻起义的战场，也可能死在红军长征路上。可黄麻起义，尸首无数；红军长征路上，可能每牺牲四个人，就有一个是我们红安人，真的查不到。

二奶的脸煞白。女民政心软，安慰二奶：不一定的，也许活着，一定活着。他当时太小了，没有记忆，找不着家。他……女民政语无伦次，她走出屋去。二奶留他们吃饭，他们头也没回，很坚决地走了。

自那次回来，二奶再也没有到过县民政局，县民政局的男民政女民政，也自此没有登过我家的门。那一段时间，关于二爹是否投了国民党，是否真的到了台湾的猜测，像傍晚的雾，笼罩着我们老杨家。我们都担心那种猜测成为现实，那样，整个老杨家将迎来这暮色之后的黑暗，那将是我年少的父亲生命中不能承受之重。事实也如此，多年来，这个传闻让我家在竹林湾几乎抬不起头，幸好我的爹爹偷偷埋葬过烈士的尸首，这功抵消了二爹那说不出真假的过。

五

这是二爹最后的战争，如果那个叫杨向东的人，真的是我们的二爹。

天空是纯净的蓝，但很快就被炮火照亮。短促的机枪声，最初是清脆的、寂寥的、尖厉的，接着就变得密集、低沉。有时候，枪声停歇了，山谷静下来，死一样的静，反而让人觉得更加可怕。

这是雨后的天空，冷气从脚掌往心里游动，二爹吱吱地吸着空气，这样似乎暖和些，却是更冷。他望一眼头顶，白云在硝烟上轻轻飘过，阳光洒下来。他不知道，这样晴朗的天，为何这么冷。

一直等到太阳快落山，天更冷。枪声响起，几十人的游击队，不断有人倒下去。眼看剩下的人不多了，白军循着枪声，围了过来，黑压压一片。大个子副队长抄起二爹，动作轻盈，像是怀抱一个婴儿，一下子把他塞进不远处的一个小山洞里，那个小山洞隐藏在灌木丛里，旁边有溪流。二爹根本就没发现那里有一个洞。副队长把二爹往洞里塞，说，天塌下来，你也不要出去。等这些狗东西都走了你再出来。之后，你脱下军装，沿着西南方向走，回家吧。我们怕是都活不成了，但你得活着！

大个子副队长说着，几步跨过溪沟，投入战斗。二爹蜷缩在洞里——其实也算不上洞，是一个被雨水冲刷得凹进去、能容下一个人的天然缺口，两旁松树的根和灌木的枝叶掩藏着它。二爹看见游击队一个旗手倒下去了，在旗帜快要倒下去的那一刻，副队长一个箭步跨过去，接住了旗杆，将正在歪倒下去的红旗立起。

风吹着红旗，像波浪样翻滚。副队长紧紧地抱着旗杆。他被子弹打中，全身流血，肚子也在流血。他的肠子流了出来。他两膝跪地，借助旗杆的力量，不让自己倒下，也不让红旗倒下。

他就那么跪着。又一枪，打中他的胸膛，二爹看见血喷涌而出，看见他遭了雷击一样抖动几下，之后，手臂抽搐，两手哆嗦。他看见副队长最后倒下的那一刻，还朝着他看了一眼，二爹看见了他脸颊上的泪珠，在阳光下闪着光芒。他还看见他很严肃地看了自己一眼，那是一道无声的命令，告诫他不要出去。

红旗还立在那里，那是一面红色为底，上面有金黄色图案的旗帜，是红四方面军的旗帜。红旗依然在风中飘扬着。队长在倒下去的最后时刻，用尽全力，将旗帜稳稳地插在山坡雨后潮润的土地上。

红旗其实被子弹打破了，被风吹走一块又一块，几乎只剩下焦黑的旗杆。二爹伤心地望着眼前的一切，他才发现，他们的人都被打光了。白军围上来，在那些还没有完全死去的红军游击队员身上，补上一枪，或者砍上一刀，或者用枪刺狠狠地刺下去。他们每做出这样一个动作，二爹内心就尖叫一声。他将一根手指伸进嘴里，用牙咬住它，不让自己尖叫。

二爹身旁，升腾起一团团呛人的烟，一团团带着苦味的泥土。爆炸声像是来自远处的山谷，更像是来自脚下的洞穴，像山崩，像地裂。

二爹浑身疼痛，他慢慢地意识到，他没死，他还活着。身上的伤口痛，散发出扑鼻的血腥味。他觉得他随时都可能睡过去，他觉得自己的命，细若游丝，二爹不懂这个词，但他明白这个意思：好像只剩下一根头发丝牵扯着，一个喷嚏，都会使这根头发丝绷断，而让他失去生命。

洞口的风吹过来，二爹闻到青草气味里，夹杂着一股血腥。是白昼，二爹却感到比黑夜还让人害怕。他望着那些尸体，像砍下的成捆的柴火棒子，东倒西歪地撂着。

白军撤出这片战场，就要远去了。山谷死一般地静。这些东倒西歪的尸体，似乎比白军的枪口还要可怕，但他努力使自己不要害怕，只等他们再离得远一些，他就逃出来，回家去。就在他们的身影快要完全隐没在林子里时，二爹被眼前的情景吓得大喊一声，他看见洞顶凹进去的地方盘着一条蛇，它没有动，僵死一般，那眼神却闪着刀刃一样的寒光。二爹的喊叫没有内容，只是本能地惊呼。二爹飞奔出去，跌进外面的溪沟里。他担心蛇会飞出来，缠着他，或咬他，他闪电般，又从溪沟爬上来，跌跌撞撞地飞奔。二爹的惊呼声颤抖着，像是一颗呼啸的子弹，飞向白腿子兵。

二爹就这么被白军逮住。路上，他们问他，为什么这么小就参加红军，二爹说，我不是红军，是放羊伢。他们说，那么，这衣服呢？二爹说，是死人身上剥下来的，冷。二爹没有军裤，是黑土布长裤，只有上身穿着军衣，在洞里，他要是想到脱去上衣，他们或许会放过他。惊恐之中，他没想这么周全。现在，已经晚了，他被押走。

我后来才知道，我们老杨家是一个怕蛇的家族。所以我二爹看见蛇，就冲了出去。他宁可被白腿子兵抓去，也不敢在洞里与蛇共处。

这是红安县某本革命史书上对二爹的叙述，如果说那个叫杨向东的小红军战士就是二爹杨纪红的话。但无论是杨向东，还是杨纪红，之后的消息全无，是被白腿子兵杀害，还是投了降；是战死沙场，还是跟着国民党的队伍去了台湾，并无记录，只有猜测。

六

二爹走后，二奶在一天又一天的漫长等待中，消耗着自己的青春。二爹投了白腿子兵，当了叛徒的传言，像山一样压在二奶这个瘦弱女子的肩头。有些刘姓人家，曾经是白腿子兵的帮凶，现在，红军回来了，白军跑得差不多，他们知道他们的日子长不了，很快变了脸，装腔作势，假惺惺地站到人民这边，唾骂二奶，说二奶是白腿子兵的童养媳。二奶不堪冷言恶语，在黄昏将逝、夜幕来临之时，她抱起一坛鸡蛋，慢慢地一步一步向河边走去。二奶选择的是浅水湾，那里水浅，洗衣洗菜的人少，还有一片天然土堤的遮挡。二奶一脚踏进水里，又踩进另一只脚，还在往深处走。就在这一刻，一声喊叫，像一根绳子，紧紧地拽住了她：娘！是父亲如喜稚嫩的童音。二奶慢慢地回过头去，看见父亲在她身后，在离她不足一丈远的地方，一双大眼闪着光亮，惊骇地望着她。黄昏若明若暗的光线，映照着他眼里的泪水。二奶说，你回去吧。父亲奔过来，双脚踏进水里。他去抓二奶的手，二奶的手抱着坛子，父亲从二奶的腋下抄过一只手，紧紧地挽住二奶。娘！父亲又喊了一句。

父亲先前一直喊我们的二奶为二娘，但这次，他一声干脆的“娘”，喊得二奶内心一阵酸痛，喊得她双腿一软。二奶再也没有力气向更深的水域走去。父亲一出生，就是二奶带着他。二奶也说不清父亲为何愿意跟着她，即便我亲奶奶活着的时候，他与那个病秧子母亲，并不比二奶更亲近。

二奶把坛子轻轻地放在河水里，清澈的河水，撞击着被淹没了一半的坛子。二奶的心，也像这被石头撞击了的水，翻动着浪花。她望着我的父亲如喜，年少的如喜好像知道她要做一件骇人的事，眼里泪水充盈。二奶抱起坛子，那被撞起的水花消逝了，浅水湾的河水趋于平静，二奶的心慢慢沉寂下来。她一手搂紧坛子，一手轻轻地搭在父亲的头上，说，走，咱回家！

二奶生火，一气给父亲煮了六个鸡蛋。二奶说，既然不死，就好好活着。

父亲剥开白花花的鸡蛋，往嘴边送时，却是一阵干呕。父亲自此不吃鸡蛋。

二奶把坛子放回屋，放在她的床头。她拉着父亲如喜的手，说，听话，在家待着，我去去就来。父亲不放心地跟在她身后。二奶站在石拱桥上，冲竹林湾喊道，我男人石头没有死，他还活着。竹林湾的人莫要再瞎放屁，石头没有投降白腿子兵，石头是跟着红军的队伍走的，那是徐向前的队伍。我们老杨家的人，不会这么没骨气，当叛徒……

二奶知道这样一个家庭的艰难，知道我父亲未来的处境。目不识丁的二奶，饱受不识字的苦，她知道父亲要出人头地，只有一条出路，就是读书。那时候，不少垸子已经开始有了小学、中学，也有私塾。二奶白天锄地、种菜，晚上纺线、织布，以换些钱粮，供父亲读书。二奶没送父亲到小学，把他送到一位私塾先生那里，是河西湾的梅先生。很多年后，他很老了，我们叫他老梅老师，区别于他儿子小梅老师。梅先生为人谦和、客气，收的礼金也少。二奶将父亲送到他处，读书，也学做人。

多年以后，我知道二爹二奶的故事，也明白了二奶为何要抱一坛鸡蛋跳河。自从二爹离家，她就开始给二爹攒鸡蛋。攒够了一坛子，装不下了，她就会给我的父亲煮几个，剩下的拿去卖了，接着攒，如此反复。二奶抱着这坛鸡蛋，就是怕她跳河沉不下去，死不了。二奶之所以没有抱一块石头，而要抱着一坛鸡蛋，因为这个坛子，已经成了二爹生命的象征。二奶抱着这个坛子，就如同抱着我的二爹，同他一起生，一起死。

朱向前

祖籍江西萍乡，1954年生于宜春，现任中国作协全国委员、军事文学委员会副主任、《文学评论》编委。历任茅盾文学奖、鲁迅文学奖、中宣部“五个一工程”奖、国家图书奖评委，国家出版基金项目评审专家，中央电视台主讲嘉宾。

已出版《诗史合一——毛泽东诗词的另一种解读》《莫言：诺奖的荣幸》《军旅文学史论》《听松楼读书录》《春山阁读书录》等专著、文论集20余种。主编《向前——新锐军旅小说家丛书》《中国军旅文学经典大系》《中国军旅文学史（1949—2019）》等。

《朱向前文学理论批评选》获第三届鲁迅文学奖，《寻找合点——朱向前军旅文学批评选》获第四届中国人民解放军文艺奖，《中国军旅文学50年》获2006年度国家社科基金项目优秀成果奖。

徐艺嘉

文艺学硕士，中国作家协会会员。

出版长篇小说《我们都缺伴儿》，在《新华文摘》《南方文坛》《艺术评论》《黄河文学》《神剑》《西南军事文学》《人民日报》《文艺报》《解放军报》等刊物发表文学批评作品百余篇。

曾获“紫金·人民文学之星”长篇小说奖。

有度文化　北岳好书

万里长城万里长

出品人 | 郭文礼　选题策划 | 刘文飞　责任编辑 | 刘文飞

复　审 | 陈学清　终　审 | 古卫红　印装监制 | 郭　勇

项目运营 | 有度文化·刘文飞工作室

投稿邮箱 | liuwenfei0223@163.com　微信公众号 | YOUDU_CULTURE

微　博 | http://weibo.com/liuwenfei

有
度
YOUDU
CULTURE
有度文化